제7회 김만중문학상
소설 부문 수상작품집

제7회

김만중 문학상

소설 부문 수상작품집

책과나무

| 차례 |

금 상

이
서
진

마지막
메이크업

1

 남자가 안내해 준 염습실은 특유의 방향제 냄새가 난다. 에어컨의
저온 상태는 실내에 찬 공기를 유지한다. 옷 위에 소독가운까지 입
었으나 서늘하다. 고인을 보지 않는다. 상조회사의 사전 정보만으
로도 충분하다. 65세 · 여 · 자연사. 테이블에 키트를 올려놓고 뚜껑
을 열어 도구를 나열한다. 헤어드라이, 에어브러시 기초와 색조 스
텐실 붓. 복원은 필요치 않을 것이다. 사고사가 아니므로. 수입은
적당하고 작업은 어렵지 않을 것이다.
 서른 중반쯤으로 보이는 남자는 나를 안내해 준 후에도 염습실을
나가지 않는다. 방금, 중량 십 킬로그램의 키트를 들어 올릴 때 남
자는 힘을 보태 번쩍 들어 주었다. 키트의 손잡이는 공교롭게도 한
개뿐이다. 남자와 내 손이 포개지는 건 당연하다. 저, 고인의 죽음
이 인지상정이듯. 남자의 얼굴이 잠깐 붉어졌으나 개의치 않는다.
나는 슬쩍 고인을 넘어다본다. 장의사가 습을 마친 상태일 터다. 고
인은 금색 문양이 있는 흰색 수의를 입었다. 머릿속에 메이크업의
이미지와 주조를 나열한다. 우아하고 화사한 이미지. 흰색, 연한노
랑, 살구색, 갈색 골드펄. 작업은 단조로울 것이다.
 남자는 키트 옆에서 머뭇머뭇한다. 말없이 남자를 흘낏, 쳐다본
다. "괜찮겠어요?" 남자가 미심쩍은 표정으로 묻는다. "그럼요." 아

무렇지도 않게 대답한다. '그쪽이야말로 괜찮지 않네요.' 정작 하고 싶은 말은 목구멍에 가둔 채. 남자의 미간은 시시각각 좁혀져서 불안과 초조가 묻어난다. "혼자서……." 남자는 고인에게 잠깐 시선을 건넸다. 이내 나를 본다. "신입이에요? 괜찮습니다. 나가 보세요." 헤어드라이 선을 손가락으로 배배 틀며 말한다. 이제 막 시작할 일을 위해 워밍업을 하듯. 사실, 시신을 화장하는 일은 정교한 손동작을 요구한다. "이따, 뵙겠습니다." 의례가 몸에 밴 상조회사 직원답다. '그댄 어쩌다 하고 많은 일 다 놔두고 죽은 자들 치다꺼리인가요?' 나는 남자의 뒤통수에 대고 속으로 묻는다.

남자가 나가자 나와 고인만 남았다. 아니, 고인과 내가 남은 걸까? 아니다. 정확하게 말하자면 나와 시신뿐이다. 애송이가 틀림없는 상조회사 직원의 혼자서, 라는 말은 틀리지 않았다. 혹여, 남자를 애송이라고 진단한 내 확신이 틀릴지언정. 나는 혼자다. 혼자서내 일을 해야 한다. 무섭지 않겠느냐고 묻지 않고 혼자서도 괜찮겠냐고, 남자는 에둘러 물었다. 물론이다. 나는 괜찮다. 괜찮을 뿐 아니라 아주 편안해지기까지 한다. 시신은 클레임을 걸지 않는다. 내작업에 결코 장애가 되지 않는다는 최대의 장점이 있다. 특수효과다. 이런 특수효과는 망자에게서만 얻을 수 있다. 남자의 우려와 달리. 그러므로 나는 혼자가 좋다.

웨딩 메이크업과는 차원이 다르다. '핑크톤으로 해 주세요!' 신부의 무리한 요구에 붓질을 멈출 때가 종종 있다. 수줍은 신부의 모습을 가장 잘 표현할 수 있는 기법을 내가 모를 리 없다. 그러나 피부 색이 검고 게다가 잡티까지 난 신부가 핑크 계열을 주문한다면 한순간 무력해지고 만다. '신부님은 퍼플 와인 계열의 색조가 무난합니다.' '아니에요! 그래도 난 화려한 핑크톤이 좋아요.' 그럴 때면 슬슬 이마에 미열이 나기 시작한다. '핑크 계열은 이목구비가 뚜렷하고 어려 보이는 얼굴에 맞습니다.' 다소 주눅이 들게 한다. 자존심에 먹물 한 방울을 흘리는 수법이다. '그래도 평생 한 번뿐인데……' 착, 눈을 내리깔고 찜찜해한다. 나는 때를 놓칠세라 곧장 어르고 달랜다. '신부님은 브라운이나 퍼플 와인 계열이 더 잘 어울리지요. 웨딩 메이크업의 본질은 신부님을 가장 아름답게 돋보이도록 하는 데 있으니까요.' 어르고 달랠 때는 내장이 뒤집어지려고 한다. 창자가 얽히고설키면 어쩌겠는가. 오장육부를 제자리에 머물게 하려면 속으로 우아한 악담을 퍼붓는 수밖에 없다. '평생 한 번? 꿈도 야무집니다. 두 번 세 번은 기본이 될 수 있는 세상이지요. 일생일대 최고의 날은 어디에도 없습니다. 그러니, 부디 잠잠하기를……' 분수를 모르는 신부를 만났을 때 내가 취할 수 있는 유일무이한 방어기제다. 중요한 것은 신부가 입을 다물어야만 최상의 웨딩 메이크업이 된다.

고인은 말이 없다.
이상적인 작업환경이다. 마스크를 쓰고 장갑을 낀다. 시신의 머리카락부터 빗어 내린다. 전체적으로 시신은 깨끗하다. 자연사는 질병사와 같은 의미이다. 65세의 여자가 노쇠해서 죽지는 않았을 테니까. 81세의 평균수명에 65세는 턱없다. 고인은 아마도 암으로 사망했을 가능성이 크다. 얼굴 피부가 창백한 경우는 대개가 암 중에서도 위암과 투병한 흔적이다. 그 진작 항암치료는 결딴이 났을 터, 고인의 머리카락은 적당한 길이에 파마기가 남아 있다. 윙윙, 헤어드라이 소리가 염습실의 적막을 깬다. 최대한 웨이브를 살려 이마머리를 풍성하게 드라이한다.

고인의 얼굴은 갸름하다. 사지를 방부 처리해도 안면만은 피하는 게 관례다. 탱탱 부풀어 오른 망자의 얼굴은 피붙이들에게 더 큰 슬픔을 견인해서 오열의 기폭제가 되게 한다. 그뿐만 아니라, 경우에 따라서는 혐오와 공포까지 조장해서 그나마 남아 있던 연민의 찌끼마저 싹 거두어 버린다. 고인의 눈 밑과 입 주위에 제법 잡티가 보인다. 검버섯은 아니어도 한 점 티마저 제거해 주고 싶다.

분명 망자는 척박한 황무지 같은 세상을 애면글면 산 것 같지는 않다. 얼른 봐도 한 땀 한 땀 손으로 지은 수의다. 급박한 죽음은 아니었을 테다. 혹시 고인은 자신의 죽음을 준비했을까. 호스피스병동에서 마취제로 통증을 완화시키면서 비교적 편안하고 품위 있게 임종을 맞았으리라. 고인의 얼굴을 들여다본다. 굵게 패인 주름은 아니어도 실낱같은 선들이 눈가와 이마, 입가에 선명하다. 65년의 세월을 고인은 그렇게 입증한다. 잠자듯 감은 눈이 고인의 예순다섯 해를 위무하는 듯하다.

사실, 염습실에 들어와서 나는 고인 앞에 예조차 올리지 않았다. 추모는 산 자들의 의례이지만 장례 메이크업 전문가인 나는 썩 수긍

할 수 없다. 죽은 자의 얼굴을 매만지는 행위는 고도한 위장이기 때문이다. 생전의 편안하고 자연스러운 모습으로 꾸며 주는 행위인 시신 메이크업은 연출이다. 산 자들을 위한 위로……. 고인을 평온하고 아름답게 연출함으로써 남은 자들의 슬픔은 달래진다. 이별에 대한 고통보다 생전의 감사와 애정이 새록새록 살아나서 떠나보내기가 수월하다. 유족들은 매번 찬사를 아끼지 않는다. 나는 무뢰한이 아니다. 내가 고인을 추모할 수 없는 이유는 극명하다. 그것은 한낱 위장술로 밥을 빌기 때문이다. 고인의 얼굴을 마치 신부 화장하듯. 아니, 외려 신부 화장보다 치열한 몰입이다. 혼자만의 작업……. 나는 비로소 망자와 일치한다. 죽은 자를 화장하는 일은 산 자가 죽은 자가 되는 수밖에 없다. 나는 65세의 자연사한 여자가 되어 화장품을 선별하기 시작한다.

보습 영양 제품을 듬뿍 펴서 발라준다. 펄 베이스에 창백한 피부색과 최적인 파운데이션을 선택해 에어브러시로 뿜는다. 눈 밑 잡티를 제거하려고 이삼 회 분사한다. 다소 두툼하더라도 피부색을 일탈하지 않는 게 원칙이다. 고인의 피부색을 벗어나면 도무지 가늠조차 어려운 부조화로 치닫기 때문이다. 가령, 완숙한 아름다움이 가능한 30대의 건강한 여성이어도 자신의 피부보다 지나치게 밝은 화장법을 고집한다면 얼굴이 물에 불은 듯 더 크고 부해 보이기 마련이다. 마치, 죽은 지 이삼 일 지난 시신처럼. 하물며 시신에 부적합한 화장이겠는가. 자칫, 음산하고 괴기스러운 망자로 만들고 만다.

전치현상은 이유 불문하고 일어나므로 딱 공포영화의 한 장면을 연출하는 것과 같다. 고인에게 이상적인 화장술은 그저 자는 듯 자연스러움과 더불어 생기 있게 보이는 독특한 효과를 거두는 데 있다. 메이크업뿐이랴. 매사 터무니없이 벗어나는 경우는 때때로 참담하기까지 하다. 과녁을 벗어난 화살이 목적을 이루었다고 실없이 말할 사람은 없다. 부조화는 위장술에 치명적이다.

입 주위 역시 4회까지 분사한다. 팔자주름은 깊지 않으나 오른쪽 콧구멍 옆으로 무엇에 찔린 듯 흉터가 있다. 미세하지만 거슬린다. 생전의 고인이었더라도 흉터를 감추었을 것이다. 고인이 화장을 즐겨했는지 아니면 민낯을 더 선호했는지 모를 일이지만. 이왕이면 깔끔한 위장, 완벽한 연출을 해야 한다. 균형감을 맞추기 위해 왼쪽 역시 똑같이 4회 짧게 분사한다. 이만하면 베이스는 마무리된 것 같다.

나는 허리를 펴고 고인을 찬찬히 훑는다. 두루마기 안에 겹치마저고리가 보인다. 그 안에 홑치마저고리, 겹바지, 홑바지가 차례대로 입혀졌을 것이었다. 세상을 얼마나 여유 있고 느긋하게 살았으면 손수 수의를 지었을까. 내가 시신을 메이크업하면서도 편안하고 익숙하듯이 고인 역시 그런 기분으로 바느질을 했을까. '그래, 괜찮아. 어차피 사람은 죽는 거야. 두려워할 거 없어. 내 손으로 짓다니 이것도 행복 아니니? 그래도 좀 무섭다고? 이젠 병원도 의사도 지긋지긋하잖아. 비렁뱅이 시인처럼 잠깐 소풍 나왔다 해 저물어 돌아간다고 생각해. 귀향…… 멋지잖아? 소풍은 한나절이면 충분하다고? 이

젠 됐어. 그럼 준비가 된 거야.' 고인의 입술은 금방이라도 들썩일
듯 얇았다.

　베이스가 끝난 고인의 얼굴은 아직 완성되지 않은 예술품처럼 미
진하다. 나는 아이 메이크업 구상에 들어간다. 눈썹은 진갈색으로
각지지 않게 그린다. 섀도는 화이트 펄로 눈두덩 전체를 고르게 펴
바른 다음 연노랑 섀도로 아이홀까지 바른다. 이때 메인섀도는 골
드로 쌍꺼풀 이삼 밀리 위까지여야 한다. 포인트 섀도는 갈색이 맞
춤하다. 눈꼬리에는 홀 기법으로 선이 생기지 않도록 그러데이션 한
다. 눈두덩에 골드 스타파우더를 덧칠한다. 눈썹 뼈에 메인과 동일
색상으로 하이라이트를 주는 것도 잊지 않는다. 다음으로 라이너는
리퀴드 아이라인으로 자연스럽게 그린다. 마지막으로 인조 속눈썹
을 눈의 길이에 맞게 잘라 붙인 다음, 검정 마스카라를 뭉치지 않게
발라 깔끔한 눈매를 표현한다. 아이 메이크업 중에서 가장 정교한
손놀림이 필요한 부분이다. 이때를 위해 착, 달라붙는 수술용 글러
브를 준비한다. 푸른색 소독가운에 두건, 그리고 소독 마스크와 장
갑까지 나는 흡사 수술실 집도의 같다. 단, 0.1밀리의 오차도 허용
해서는 안 될 그 치밀한 외과의. 일체의 눈두덩 떨림조차 없는 시신
이지만 이 순간만큼은 차라리 내 손가락이 벌벌 떨린다. 고인이 감
았던 눈을 번쩍 뜰까, 하는 일말의 두려움은 결코 아니다.

　맥없이 감은 고인의 눈에서 웬일인지 묘연한 슬픔이 냉기가 되어
슬금슬금 내 오관을 타고 들어오는 것을 감지한다. 실내를 한 번 둘
러본다. 나와 시신뿐이다. 지하 장례식장에 빛이라고는 한 점도 없

다. 하기야 망자에게 한 줄기 빛이 무슨 소용이랴. 이쯤 되면 으슬으슬 약간의 한기를 느낀다. 사시사철 상관없이. 에어컨의 작동 원리라고 규정지을 수만은 없는 어떤 불가해가 엄습한다. 휴우, 깊은 숨을 토해낸다. 마스크에 입김이 서리는 걸 느낀다. 타박타박 산허리를 넘듯 나는 아이 메이크업을 끝낸다. 이제 하산할 일만 남았다.

치크 메이크업은 고인의 베이스 메이크업과 조화로운 살구색을 선택한다. 광대뼈를 중심으로 부드럽게 바른다. 생동감을 주려면 한두 번 대각선 터치기법이 유용하다. 나는 일부러 붓놀림을 세게 한다. 어찌하든지 생전의 모습을 발현시켜야 한다. 볼 터치가 제대로 되지 않으면 고인은 한 구의 시신으로 머물 수밖에 없다. 화룡점정과도 같은 이치다. 그러므로 한 번 혹은 두 번의 터치는 각별하다.

터치 후에도 붓을 든 채 무르춤하게 고인을 내려다본다. 매번 느끼지만 연한 살구색은 아련한 기억을 불러온다. 유폐된 세계를 갈구하던 유년의 어느 때라든가, 청춘의 푸릇푸릇한 기운이 몰고 온 어느 날의 자각, 나타날 듯 드러날 듯 잡혀지지 않는 생의 편린들이 가뭇없이 떠오르는 그런 아슴아슴한 기억들 말이다. 나는 붓이 세게 지나간 고인의 살굿빛 볼을 눈여겨본다. 돌이켜보면 유년과 청춘의, 이를테면 간신히 더듬더듬 만져지는 삶이 존재했으리라. 차고 넘치도록 숱한 날들이었을 것이다. 65년은 세상을 우회했더라도 짧다고만은 할 수 없는 세월이다. 고인의 치크 메이크업은 성공적이다. 바로, 아득하고 희미한 기억들이 살굿빛 하나만으로도 형태를 띠고 감지되기 때문이다. 이윽고, 고인의 볼은 센서 등이 된다. 생애 전반을 시기별로 분절한 그때마다 센서 등은 교차했을 것이다. 탄탄대로의 푸른색과 고해의 구간인 적색이며 잠시잠깐 맛보는 유쾌한 기다림의 주황색. 센서 등은 실로 다양했으리라.

잠깐이면 됩니다, 혼잣말을 한다. 말없는 고인을 작업하다 보면 적막은 더 큰 몰입을 가져온다. 그 침묵이 적요해서 메이크업이 끝나 갈 무렵에는 예의 한마디를 주절거린다. 고맙습니다, 답례할 것 같은 고인의 입술을 주시한다. 립 메이크업 역시 살구 계열의 컬러로 입술 전체를 바르고 그 위에 투명립글로스를 바른다. 스텐실로 지긋하게 입술 부위를 누르고 너무 옅거나 진하지 않게 고르게 붓질한다. 라인은 생략하는 편이 고인에게 잘 어울릴 것이다. 수고하셨습니다, 고인의 입술이 열리지 않으므로, 열릴 턱이 없으므로, 내가 대신 고인에게 말한다. 나는 마지막 립 메이크업 붓을 내려놓는다.

전체적인 점검을 위해 좌우로 오간다. 또각또각, 구두 소리가 싫지 않다. 유족들은 한쪽에서만 고인을 대하지 않는다. 양쪽에 즐비하게 선다. 상조회사 상품에 장례 메이크업을 추가하는 경우는 대개 여유 있게 사는 사람들이다. 그렇지 않다면 유가족 중에 누군가가 고인에 대한 애정이 남달라야 한다. 그것은 집착에 가까운데, 사생결단 낼 것처럼 다른 가족들의 의견을 묵살하고 기어이 메이크업을 고집한다. 마치 고인의 뒤를 이어 자신마저 망자가 될 기세로. 줄초상을 원하는 상주는 없으므로 수십만 원이 추가되는 비용을 감당하는 식이다. 열에 여덟아홉은 전자이지만 한둘은 후자에 속하는 경우도 있으므로 작업 후 점검은 필수다. 집착의 주인공은 상식과 합리성을 밥 먹듯 내팽개치므로 작업은 틈이 허락되지 않는다.

　나는 시신의 얼굴을 관찰한다. 허리를 굽혀서 세심하게 살피기까지 한다. 베이스, 아이, 치크, 립 메이크업 모두 색상 선택은 무리가 없다. 아니, 고인과는 이상적이다. 작업 전 콘셉트였던 우아하고 화사한 이미지는 만족할 만한 성취다. 아무리 이성을 잃은 유족이어도 이 정도라면 클레임을 걸지는 않으리라. 마감재인 향수를 키트에서 꺼낸다. 뚜껑을 여는데 난데없이 고인의 풍성한 머리가 확, 눈에 들어온다. 최대한 웨이브를 살린 앞머리. 어쩐지 부스스한 느낌과 동시에 마네킹이 연상된다. '생전의 편안한 모습으로'가 시신 메이크업의 본의 아니던가.

　나는 향수병을 내려놓고 헤어젤을 꺼낸다. 색조가 묻은 장갑을 벗고 새것으로 바꾸어 낀다. 정수리를 축으로 앞머리를 살짝 쓸어 넘긴다. 웨이브를 손상시킬까 내 손가락은 춤추듯 날렵하다. 한 발짝 뒤로 물러나 고인의 머리를 본다. 훨씬 자연스럽다. 촉촉한 느낌이 들면서 생기를 더한다. 이제 고인은 생전의 잠자는 모습으로 돌아갔다. 생전의 고인을 볼 수는 없었으나 아마도 그럴 거라고 나는 미루어 짐작한다. 아니, 짐작만 갖고는 안 된다. 확신에 이르도록 해야 한다. 7년차 장례 메이크업 전문가로서. 고인의 발치로 와서 다시 확인한다. 흡족하다.

　향수를 뿌린다. 시신을 어림짐작 3등분하여 부위마다 2회씩 뿌려준다. 향수를 뿌릴 때 내 후각은 민감해진다. 그렇다고 내가 남다른 감각을 갖고 있는 것은 아니다. 고인을 대할 때마다, 아니 더 정확하게 말하면 시신의 연령대와 성별, 그리고 자연사·사고사·자살 따위 죽음의 형식에 따라 향수를 선택하는 정도다. 키트 안에는 대략 대여섯 개의 향수병이 도열해 있다. 적당한 가격에 향이 독하거나 자극적이지 않은 제품들이다. 오늘 고인에게는 아덴 그린티를 선택했다. 65세의 생을 비교적 편안하게 품고 떠나는 여성에게 적절하다. 향의 지속력이 길지 않은 것도 왠지 고인의 연배와 맞춤한 것 같다. 달콤하거나 매혹적이지 않은 상큼한 향이 망자 주위를 떠다닌다. 이제 됐다. 더 이상의 확인은 불필요하다. 테이블 위에 늘어놓은 도구들을 키트에 담는다. 언뜻 고인을 돌아본다. '이젠 정말 혼자로군요. 편히 가세요.' 그리고 보니 나도 혼자다.

2

'꼬르륵 꼬르륵'

균의 문자 메시지는 의성·의태어가 태반이다. 듣도 보도 못한 이 모티콘까지 합하면 그 종류는 훨씬 많다. 때로 나는 암호를 해독하 듯 한참을 들여다본다. 지구상에 아직 발견되지 못한 땅이 남아 있 을까. 마치 문명이 근접하지 못한 어느 종족의 문자인 것 같다. 돈 이 떨어졌다고, 돈 좀 송금해 달라고 말하면 될 텐데 균은 목소리마 저 인색한 걸까. 차마 번번이 돈 달라 말하지 못하는 그 애가 안쓰럽 다. 숫자 1을 선두로 번호를 누른다. 긴 전화번호는 얼마 전에야 비 로소 머릿속에 입력되었다. 나마저 똑같이 문자로 응대하다가는 우 리 모자는 그야말로 모자 따로 신발 따로 어울리지 않는 모양새가 되기 십상이다. 밀짚모자와 하이힐은 얼마나 이질적인가?

"네."

짧다. 매사 간결성을 추구하는 애답다.

"밥은 먹었어? 잠은 잘 자니? 기숙사는……."

"쾌적해요."

통화 때마다 반복되는 물음이 지겨워졌을까. 균은 자동화된 기계 처럼 즉각 대답한다. 더는 묻지 말라는 사인으로 여겨져 나는 무안 해진다. 하긴, 14시간 시차는 생각지도 않고 밥을 먹었냐고 묻다니?

새벽에 누가 밥을 주랴.

"영어는 좀 되어 가니?"

딱히 물을 것도 없다. 밥 먹었니, 와 다를 바 없는 공연한 질문이다. 제 일신 야무지게 꾸려가는 데 무어라 할 것인가.

"그렇죠, 뭐. 최대한 아껴 쓰는데⋯⋯."

"알고 있어. 되는대로 보내마."

이번에는 내가 먼저 균의 말을 받는다. 돈이 사람을 궁색하게 만드는 것은 당연하거니와 삶의 반경까지 축소시키고 결국은 인생 자체를 졸렬하게 각색해 버리고 마는 막강한 위력이 있다는 걸 모르지 않기 때문이다.

"가을학기부터는 교외장학금도 알아볼게요."

"그만하면 충분해. 어떻게든 굴러가지 않겠니?"

"그 일을 좀 적게⋯⋯."

"신경 쓸 거 없다. 내 직업이야."

다시 한 번 균의 말을 자른다. 그 애는 언젠가부터 장례 메이크업, 시신 메이크업이라는 용어를 놔두고 '그 일'이라고 부른다. '그 일'은 단지, 지시대명사로 균의 뇌리에 각인된 것 같다. 균이 수없이 많은 영어단어를 자신의 뇌에 저장했듯이.

"웨딩만 했으면 좋겠어요."

"그럴 날을 기다리자!"

태평양을 오가는 통화가 마치 옆에서 얼굴 보고 얘기하는 것 같다. 균의 미세한 한숨 소리가 성능 좋은 스마트폰을 피해 가지 못한다. 나는 일부러 목소리를 크게 한다. 균은 새벽 공부 할 시간이라고, 헛기침을 한번 한다. 알았다고, 몸 해치게 공부하지는 말라고, 빠르게 덧붙이고 전화기를 내려놓는다.

　균의 새벽 공부는 변함이 없는 듯하다. 중학 시절부터 대학을 간 지금까지 줄곧. 칸트, 라는 균의 별명은 어느 정도 일리가 있다. 주중에는 집과 학교, 주말 역시 집과 학교, 한 군데 더 추가하여 시립 도서관이 전부였다. 일요일 정오가 되면 집 근처 초등학교 운동장에서 1시간쯤 농구를 하다 들어오는 게 고작이었다. 그것도 가뭄에 콩 나듯. 균은 철저하게 시간을 배분했다. 공부, 세면, 식사, 등교, 수업, 하교, 세면, 식사, 공부. 공부를 위해 태어나서 공부만 하다 일생을 끝낼 것처럼. "칸트는 지팡이 소리라도 냈지. 걔는 소리도 없더라." 부러움인지 칭찬인지 듣기에 따라서는 시샘일 수도 있었다.

　말 많고 탈 많은 특목고에 합격했을 때는 어째서 말이 많고 탈이 많아야 하는지 그 이유를 입학도 전에 알게 되었다. "개천에서 용 난 거 맞네. 요샌 개천에서 실지렁이만 난다는데 것도 아냐. 뭔 복이야? 화장하고 다닌다고? 내 아들이 특목고 간다면 화장 아니라 귀신 분장하고 날마다 거릴 활보하겠어. 자리 비었으면 어때? 이 좋은 세상에. 문 열고 나가면 천지가 다 자린데. 안 그래? 아들 덕에 팔자 펼 일만 남았네." 개천·화장·팔자는 모두 내게 해당되었다. 게다가 그 '자리'라는 말은 무슨 뜻일까. 몇 날 며칠을 골똘하던 나는 겨우 깨달았다. 넌 혼자잖아, 라는 환기와 더불어 숙박시설의 또 다른 은유라는 것을. 그러니까 균이 특목고에 합격한 것은 불합리하다는 평이었다. 불합리의 이유는 명백했다. 첫째는 출생 신분, 즉 태생지가 개천이고 둘째는 어미의 직업이 미천하며 셋째는 생업이 미천한 그 어미가 한술 더 떠 과부라는 사실. 말하자면 개천, 이라는 말 속에는 부모의 사회적 지위며 경제적 능력이 수준 미달이라는 지엄한 현실 인식을 내포했다. 입학생 가정사까지 죄다 오뉴월 볕에 이 잡듯 헤집어야 하니 특목고는 말도 탈도 많을 수밖에 없었다.

　도대체 그 대단한 특목고, 라는 게 '특수 목적 고등학교'라는 긴 이름의 준말이라는 것을 합격통지서를 받은 날에야 나는 알았다. 우편 봉투를 보고. 봉투 왼쪽 상단에 인쇄된 학교 명칭은 냉전시대의 무슨 특수부대 이름을 연상케 했다. 학교가 웬 군대? 도무지 학교와 군대는 연결되지 않았다.
　며칠 후 학교에서 입학생들에게 보낸 안내문을 읽어 보고 나는 무릎을 쳤다. '기숙사 입소, 점호, 외출·외박 규정, 개인 소지 불가 물품…….' 개인의 자유가 보장되지 않는 엄격한 규율과 통제. 군대 내무반의 수칙에서나 볼 수 있는 건조하고 딱딱한 어휘들이 즐비했다. 더 닮은 점은 균이 합격한 그 특목고의 소재지가 군부대가 산재한 곳과 똑같은 지방이라는 점이었다. 도시에서, 민가에서, 동떨어진 그곳. 산 좋고 물 좋은 외딴 곳에서 군인도 아닌 학생들이 일 년 삼백예순다섯 날 무얼 할까. 전방이 가까운 지역이니 군인들은 국방의 의무를 다하겠지만 균 또래의 청소년들이 할 수 있는 게 뭘까. 빼어난 산수를 벗 삼아 음풍농월에 유유자적은 아닐 터다. 그런 곳이라면 균의 칸트적 철저한 생활습관이 무용지물이었을 테니까.

'천연의 풍광과 더불어 심신을 단련하며, 21세기 창의적인 글로벌 리더로 인류에 공헌하기 위하여, 배움의 길을 가야 한다.' 학교장은 안내 팸플릿에 썼다. 나는 그때 균의 책상 위에 있던 안내문을 꼼꼼하게 읽었다. 군대식 생활 규칙과 쉴 틈 없이 빽빽한 학사 일정을 보면서 학교장이 선도한 창의적이며 인류 공헌에 이바지할 세계적인 리더가 과연 몇 명이나 나올 수 있을지 의문이었다. 아무래도 창의적인 인재를 배출하기는 어렵겠다는 판단을 했다. 개천밖에 되지 못한 주제에. 호수나 바다, 그리고 대양 편에서 보면 그야말로 경거망동하다고 수류를 막아 버릴지도 모르겠다. 쥐뿔도 없고 게다가 쥐뿔도 모르는 처지에 돼먹지 못하게 무슨 망발인가? 급기야는 수장시켜 버릴 수도 있겠지. 컬러풀하고 세련된 안내 팸플릿이 어쩐지 미덥지 않았다. 그때, 나는 균이 진학하게 될 특목고는 차라리 특명을 위해 자기 목숨을 내놓고 훈련받는 집단인 특수부대 같다는 느낌을 지울 수 없었다. 왜, 있잖은가? 역사 속으로 사라진 특수부대. 단지, 목숨 바쳐야 할 충성의 대상이 국가나 최고통치권자가 아니라 '자기 자신'이라는 차이가 있을 뿐이었다.

일신의 안락은 성공의 다른 표현이리라. 균 역시 일신을 위해 앞도 뒤도 보지 않고 심지어 어미인 나마저 아랑곳없이 자연풍광이 수려한 특목고로 가게 되었다. 미래의 탁월한 자신을 꿈꾸고 기대하며……. 균의 '특수 목적 고등학교'가 부디 '특수부대화'되지 않기를 바랄 뿐이었다. 끝내 개천을 벗어날 수 없는 나는.

개천의 내력은 통장 잔고를 알리는 자동화된 목소리에서 금방 드러난다. '귀하의 계좌는…… 일백칠십팔만 사천이백삼십 원이 있습니다.' 티 없이 맑은 여자의 음성이다. 경쾌하기까지 하다. 기계에 내장된 목소리는 왜 전부 여자일까? 하나마나 쓸데없는 생각을 한다. 마치 개천의 송사리가 '난 왜 이렇게 작지?' 하는 우문과 같다. 물론 사고할 수 있는 송사리가 하릴없이 개천을 헤엄치고 다니지는 않겠지만. 답은 뻔하다. 송사리니까. 송사리로 태어났으니까. 빼도 박도 못할 송사릿과 민물고기니까. 명쾌하고 아울러 의미심장하기까지 하다.

전화기 버튼을 꾹꾹 눌러 균의 계좌로 50만 원을 이체시킨다. 숫자 개념이 젬병이어서 얼른 머릿속으로 만 단위까지만 셈한다. 겨우 사칙연산 산수 실력만으로 세상을 살아가는 내게 내장된 목소리는 친절하게 잔액을 고지해 준다. '귀하의…… 일백이십팔만 사천이백삼십 원이 있습니다.' 오늘 작업한 메이크업 비용이 입금되면 통장잔고는 원래 있던 금액으로 채워질 것이다. 상조회사는 이틀 후쯤 돈을 넣어 줄 테니까.

'꼬르륵 꼬르륵'

균의 통장만 배가 고픈 게 아니다. 내 계좌는 출혈 직전이다. 일 년 학비는 46퍼센트 재정 지원을 받아 한꺼번에 목돈을 지불했다손 치더라도 기숙비와 식비며 매달 용돈을 송금하려면 적어도 현재 잔고의 서너 배쯤은 채워져야 한다. 이번 달은 일감이 턱없었다. 웨딩은 그런대로 들어왔으나 장례 쪽이 2건밖에 되지 않았다. 게다가 10

년 된 자동차마저 골골대더니 균의 한 달 용돈을 먹어치우고 말았다. 손등만 한 쇳덩어리 부품 한 개와 그보다 좀 더 큰 팔뚝 길이만한 알루미늄 한 개가 균의 30일을 단 30분 만에 해치운 것이었다.

카센터에서 카드를 내어줄 때 내 손은 약간 떨렸다. 알코올에 절은 중독자가 첫 잔을 받을 때 수전증을 일으키는 것처럼. 나는 돈에 절여진 채였다. 배추 속처럼 폭. 젊은 여자가 웬 낮술인가, 하는 표정으로 초로의 사장이 카드를 받아 결제했다. 아닌 게 아니라 내 얼굴은 상기되어 후끈 달아올랐다. 차라리 자동차를 수리하지 말걸, 하는 후회마저 들었다. 그러나 뒷좌석에 나란히 앉아 있는 키트 두 개가 눈에 튀어들어 온 순간 잠시잠깐 후회한 것을 또다시 후회했다. 자동차 수리는 잘한 일이었다. 키트 두 개를 양손에 들고 끙끙대며 웨딩홀과 장례식장을 번갈아 오갈 수는 없었다. 그건 아무래도 무리였다. 키트의 중량 문제를 떠나서.

어떻게든 수혈이 되겠지, 통장 잔고에 숫자 0을 줄지어 붙이는 상상을 하면서 카센터에서 나왔다. 삶을 긍정하자, 아니 낙관하자, 10년 된 자동차의 운전대마저도 둥근 지구를 닮아 대단해 보였다. 지구 어디라도, 균이 있는 캘리포니아 데스밸리라도, 너끈하게 달릴 수 있었다. 죽음의 협곡이라도 말이다. 어차피 균은 죽기 살기로 미국으로 갔다. 국내장학재단을 비롯하여 백방으로 학비지원을 수소문해서 제 욕심껏 명문대학을 고집했다. 경제학을 전공해서 돈을 무진장 벌어 보는 것이 목적이라고 했다. 균의 그 '목적'을 나로서는 쉽게 납득할 수 없었다. 다만, 세상의 모든 경제학 전공자는 돈 버는

데 정통한 사람들이겠거니, 이해했다.

개천에서 빌빌대는 나는 균의 입학허가가 나지 않기를 바랐다. 연간학비를 인터넷에서 균 몰래 검색한 결과였다. 수 개념이 취약한 나는 전자계산기에 1,300을 곱해 보고는 경악했다. 상상할 수 없는 숫자였다. 나로서는 하루가 멀다 않고 죽은 자와 산 자의 얼굴을 반죽처럼 주물러 대도 도달할 수 없는 금액이었다. 국내 대학을 들먹이는 내게 균은 한마디로 잘라 말했다. "생계비만 지원해 주세요." 균의 옆모습은 얼음장처럼 차가웠다. 뾰족한 콧날이 더 날카로워 보였다. 자식을 재우고 먹이긴 해야 부모 아닌가요?, 하고 싶은 말을 균은 애써 참고 있는 것도 같았다. 나 역시 더는 아무런 말도 하지 않았다. 역시 균은 특목고에서 특수훈련을 받은 것이 사실이라고 나는 확신했다. 균은 한국을 떠나기 전까지 이를 앙다물었고 시종일관 주먹을 쥔 채 책상 앞을 지켰다. 과연, 특수부대 요원을 닮아 있었다. 개천의 물은 점점 불어나서 나를 가두었다.

통장의 배고픔을 확인하고 보니 실제로 배가 고팠다. 아침에 허둥지둥 뜨고 나간 밥 한술이 전부였다. 웨딩홀과 스튜디오, 야외촬영장, 장례식장으로 이동하다 보면 때를 놓치는 것은 다반사고 그야말로 굶기를 밥 먹듯 해야 한다. 키트 두 개를 자동차 뒷좌석에 나란히 모시고. 밥은 못 먹더라도 키트 안의 내용물은 떨어질세라 즉각 채워 준다. 돌발 상황을 허용할 수 없는 직업 생리 때문이다. 그러니까 내 위장은 비어 있더라도 키트는 항상 꽉 차 있어야 한다.

냉장고 문을 연다. 김치와 절인 깻잎과 멸치볶음 그릇만 있어 휑하다. 냉장고는 텅텅 비었다. 허옇게 풀어진 냉기만 와락 달려든다. 화장품들로 빽빽한 키트와는 영 대조적이다. 마트를 갔다 온 적이 언제였는지 기억도 나지 않는다. 화장품 총판은 사나흘이 멀다 하고 들락거리면서. 가운데 칸에서 반찬그릇 세 개를 한 번에 식탁에 꺼내 놓는다. 밥통을 열고 푸슬푸슬 찰기 없는 밥도 푼다. 그나마 밥공기로 반나마 뿐이다.

나는 4인용 식탁에 앉아 혼자 밥을 먹는다. 김장김치는 아직 삼월이지만 좀 시어졌다. 유난히 김치볶음밥과 김치찌개를 좋아하는 균 때문에 넉넉하게 한 김장인데 겨울이 가기도 전에 미국으로 가 버렸다. 그 바람에 나는 다가올 김장철까지 줄기차게 김치만 먹고살아야 하는지도 모르겠다. 어차피 잘된 일이라고 생각한다. 균의 한 달 용돈보다 내 생활비의 지출을 줄이는 게 수월하니까. 날김치가 더 시어지면 볶고 끓이고 삶아서 먹으면 될 일이다. 심각한 영양불균형만 초래하지 않는다면. 하기야 김치는 파, 마늘, 무 등의 각종 야채가 들어가서 비타민이 풍부하고 칼슘과 무기질이 함유된 알칼리성 식품으로 알고 있다. 게다가 발효식품이어서 변비와 암 예방이며 식욕촉진과 다이어트, 노화방지에도 효과가 있다고 들었다. 그러므로 세간에 널린 보약이나 건강식품보다 탁월할 터다.

깻잎과 멸치볶음 그릇은 뚜껑도 열지 않은 채 김치 한 가지에 밥을 먹는다. 나는 김치 가닥을 젓가락 사이로 찢어내며 깨닫는다. 삶을 긍정하면 모든 게 순조롭다고. 순풍에 돛단배이듯. 바람 하나만으로 충분하지 않던가? 그러니 김치 한 가지를 놓고도 혼자 밥을 먹을 수 있는 거라고. 홀로 먹는 밥이 그리 모욕적이라거나 외롭다고만은 할 수 없다고. 태양초를 뒤집어쓴 배추 잎사귀가 핏발 선 눈동자처럼 선연하다.

균이 간 미국의 학교 식당에서도 김치가 나올까? 궁금하다. 왜, 여태 묻지 않았을까. 혹시 나오더라도 이런 깊은 맛은 아닐 텐데. 균은 김치 없이 밥을 먹을 수 있을까? 김치가 오늘따라 좀 맵게 느껴진다. 눈을 한번 껌벅인다. 붉은 고춧가루가 어른거린다. 아직 아삭아삭하다. 불현 콧등이 싸하고 눈동자가 젖는다. 매운 탓이리라. 태양초가 숙성되면 더 매워진다는 정보가 혹시 '네이버 지식인'에 나올까?

국산 태양초와 중국산 고춧가루 중 어떤 것을 선택해야 할까 망설였던 일이 있었다. 오존층 파괴와 지구 온난화, 이상기후라는 무성한 말들이 헛말은 아니어서 이 땅의 월동 준비에 영향력을 행사했던 즈음이었을까. 작년 가을은 초겨울도 아닌 11월 중순부터 추위가 닥쳤다. 마침 SAT를 끝낸 균이 잠깐 주말귀가를 해서 함께 마트에 갔다. 전에 없던 일이어서 패딩을 걸치며 따라나서는 균이 나는 어색했다.

이미 중학교 때부터 그 애는 나와는 다른 세계였다. 내가 허둥지둥 웨딩홀과 장례식장을 밤낮없이 드나들 때, 균은 학교와 집을 시계추처럼 오가며 규칙적으로 살았다. 집에서도 좀체 나오지 않고 제

방 안에서 제 책상을 지키기 일쑤였다. 나는 늘 균의 뒷모습만 볼 뿐이었다. 수굿한 어깨는 언제나 책상에 닿을락 말락했다. 가끔 간식을 갖고 들어가면 고개를 들고 눈을 지긋 감고 있을 때도 더러 있었는데, 그럴 때 나는 접시만 가만 놓고 나왔더랬다. 혹시 잠을 자는 듯해서. 오순도순 얘기는커녕 거실 소파에 나란히 앉아 텔레비전을 본 기억도 쉽게 떠오르지 않는다. 그 애는 책상을 지키고 나는 키트를 지키면서 살아왔다. 우리 모자에게 일상의 접점은 단, 한 군데도 없었다. 그런 그 애가 김장을 하겠다고 장을 보러 가는 어미를 선뜩 따라나선 것이다.

할인매장은 배추와 무, 파와 마늘 같은 야채류를 산더미처럼 쌓아놓았다. 예상외로 김장철이 빨리 왔고 주말이라서 야채 판매대는 그야말로 문전성시였다. 균은 복작거리는 사람들 사이로 카트를 밀면서 내 뒤를 따랐다. 열 포기짜리 배추 두 묶음을 마트 카트에 담고 부수적으로 들어갈 야채류 적당량도 그 종류별로 구색을 갖추었다. 멸치젓과 까나리액젓을 고를 때까지 균은 말없이 카트만 밀었다.

문제는 고춧가루였다. 나는 국내산 태양초와 중국산 고춧가루 사이에서 쉽게 결정할 수 없어 한참을 지체했다. 중량 대비 가격이 중국산은 태양초보다 훨씬 저렴했다. 그러나 빛깔부터가 중국산은 거무칙칙했고 태양초는 선홍색처럼 맑았다. 고춧가루 봉지를 코앞에 바싹 대고 들여다보았다. 김장에서 고춧가루는 젓갈만큼이나 단연 중요한 재료다. 더군다나 균은 겨울방학 내내 김치를 원재료로 한 음식들을 즐겨 먹곤 했다. 김치부침, 김치찌개, 김치볶음밥, 김치

김밥. 나는 두 종류의 고춧가루 사이에서 머뭇거렸다. 서너 배쯤 비싸더라도 균이 먹을 거니까 태양초로 해야겠다고 갈등을 접는 순간, 귀에 익은 목소리가 들려왔다. "앗, 짜증나! 그깟 고춧가루가 뭔데!" 빠른 템포의 음악 소리와 왁자지껄한 소음 속에서도 자식의 목소리를 분간하지 못하는 어미는 없다.

뒤를 돌아보았다. 균은 카트에 기대서서 신경질적으로 나를 쏘아보고 있었다. 그 눈빛이 야멸스러워서 나는 흠칫, 했다. 내 아들 균이 맞는지……. 평소 품행 단정했던 그 애였는데 카트에 삐뚜름하게 기대 선 자세조차 미심쩍었다. 딱 불량청소년으로 보였다. 그러나 틀림없는 균이었다. 순간, 심장을 가르듯 바람 한 줄기가 훅, 지나갔다. 눈가가 따끔거렸다. 아마도 고춧가루 봉지를 자꾸 매만진 탓이리라. 나는 얼른 태양초 두 봉지를 들어다 카트에 담았다. "웬 시간 낭비예요? 학굔 알아봐야 한다고요! 전액지원이 가능한 곳으로." 균은 휙, 카트를 돌려 계산대로 향했다. 이제 다 구입했냐고, 더는 살 게 없냐고, 묻지도 않은 채. 저 애가 기어코 미국으로 가겠구나, 절망하며 나는 균이 밀고 가는 카트 뒤를 따랐다. 줄지어 기다리던 계산대에서 균이 잡고 있는 카트 안의 배추를 멀뚱하게 쳐다봤다. 저 많은 김치를 누가 다 먹을까?, 살아가는 데 일말의 도움도 되지 않는 괜한 걱정까지 보태면서.

숟가락을 놓고 주방을 한번 둘러본다. 싱크대는 한 점 물기조차 없다. 정수기 옆에 컵 한 개가 고작이다. 아무래도 4인용 식탁은 잘못 배치된 가재도구처럼 생뚱맞다. 1인 가구에 웬 4인용이랴. 없어도 무방할 것이다. 사람이든 물건이든 존재 가치를 상실하게 되면 조용히 사라져 주는 게 옳을까. 아니면 꿋꿋하여 정작 비열하기까지 그 자리를 고수해야 할까. 그러고 보니 4인용 식탁뿐 아니라 대형 냉장고와 김치냉장고, 식기세척기 등 주방의 살림살이가 죄다 꼭 필요한 것인지 판단할 수 없다. 과연 내가 무엇을 식별하랴. 아는 것이라고는 화장품이요, 할 수 있는 것도 그 화장품을 바르고 찍고 두드리고 그리는 것뿐이니…….

고픈 배를 채우고 나자 나른하다. 이런 순간은 균이 즐겨 먹던 김치도, 아사 직전의 통장 잔고도 강 건너 불구경하듯 방관자가 된다. 누군가 내게 먹기 위해 사는가, 살기 위해 먹는가, 따위 그런 터무니없는 물음을 해온다면 질문자의 뺨을 후려치고픈 충동에 시달릴 것이다. 그럴 리는 없겠으나 뺨 한 대를 얻어맞고도 질문자가 답을 듣기 원한다면 망설임 없이 '둘 다!' 하고 대답하겠다. 내가 밥을 먹는 건 때로 먹기 위해서고, 때로 살기 위해서다. 그러니까 먹기 위해 사는 것과 살기 위해 먹는 것은 지극히 동시적이다. 선후가 있을 수 없는 등가 말이다. 이런 난센스를 물어오는 사람의 별난 취향은 존중하지 않아도 된다. 적어도 이런 정도로 판단할 수는 있겠다. 독특한 철학 내지 사치스런 신념. 그러므로 배부른 돼지보다 배고픈 소크라테스가 낫다, 라는 말을 나는 신뢰하지 않는다.

밀이라는 영국인 철학자는 아무래도 한국의 보리를 알 턱이 없었을 것이다. 한국에서 태어난 나조차도 보릿고개, 라는 굶주림의 대명사를 옛날이야기로 흘려듣지 않았던가? 17세기 유럽인에게 한국의 식량 사정까지 고려하지 못했다고 타박할 맘은 추호도 없다. 인간의 지성과 양심을 부정하고 싶지도 않다. 그러나 생존 자체보다 앞서는 게 있다면 그건 한낱 난센스다. 영국인의 별스러운 취향을 탓할 수는 없을 테니까. 먹는 것과 사는 것은 동일하다. 사는 것과 먹는 것도 마찬가지다. 떼려야 뗄 수 없는 관계. 즉, 균과 나의 관계이며, 균이 간 미국과 내가 있는 여기 대한민국과 같은 관계들이다. 뗄 수 없는 관계 때문에 나는 오늘도 시신과 함께했고, 돈을 송금했으며, 4인용 식탁에 혼자 앉아 밥을 먹었다. 그뿐만 아니라 뗄 수 없는 그 관계 때문에 내일을 위한 충분한 수면에 들어가야 하는 것이다. 떼려야 떼어지지도 않으며, 떼어서도 안 되는, 그런 뗄 수 없는 관계 때문에.

3

스튜디오가 썰렁하다. 김 작가도 영애도 보이지 않는다. 무거운 키트부터 한쪽에 내려놓는다. 일찍 도착한 나는 포트에 물을 올린다. 난방기가 작동하는데도 실내는 공기가 차갑다. 좀체 물러가지 않는 꽃샘추위 탓일까. 테이블에 펼쳐진 신문을 들다 그만둔다. 첫 여성 대통령 사진이 여간 컬러풀하지 않다. '인선 흠집 내기, 숨은 일꾼 어디서 찾나', '국정일정 차질, 민생안정 지연' 헤드라인은 사진과 대조적으로 온통 나라 걱정이다. 나 역시 김 작가가 걱정된다. 보수언론의 수장격인 신문 구독을 문제 삼는 게 아니라 그의 위태위태한 나날들이. 아무래도 그 자신 이 땅의 한 개인으로 민생 안정을 꾀할 수 있을 것 같지 않다. 머리기사 제목 그대로 '지연'시키고 있을 뿐이다. '안정'은 얼마나 편안하고 아늑하랴. 더없는 평화와 고요상태일 터다. 여성대통령의 민생안정은 차질과 지연을 거듭하다 끝나버릴지도 모르겠다. 김 작가의 지지부진한 일상이 그렇듯.

쉭쉭, 포트에서 물이 끓는 소리가 난다. 소파에서 일어서는데 안쪽에서 이야기 소리가 들린다. 편집실이다. 나는 물이 다 끓기를 기다려 녹차 한 잔을 만들어 다시 소파로 온다. "개나 소나 다 찍잖아? 기다려 줘. 기다려 달라고!" 김 작가의 '기다림의 철학'은 여전히 진행형이다. "언제까지? 기다리다 지레 죽겠어. 이젠 지긋지긋해. 죽고 싶어!" 영애의 '죽음예찬'도 만만치 않다. 언제부터 다투었을까. 부부의 평행선을 이해할 수 없다. 일회용 녹차는 쉽게 우러난다. 영애가 김 작가의 예술사진에 쉽게 감응한 것처럼. 나는 뜨거운 녹차를 들여다본다. "일감 물어다 주면 뭐해? 산으로 바다로 카메라 들쳐 메고 건성인 걸. 제발 스튜디오나 지켜. 애들이 뭘 찍어? 아마추어하고 프로하고 같아?" 죽겠다고 으름장을 놓던 영애의 목소리가 한 톤 내려갔다. 김 작가에 대한 영애의 감성 온도는 아직 유효한 것 같다. 김이 모락모락 피어오르는 차는 쉽게 식지 않을 것이다. 아무렴 찻물이든 사랑이든 빨리 식으면 무엇에 쓰랴. "걱정 마. 꼭 붙어서 찍을게." 김 작가의 목소리도 한층 누그러졌다. 차 한 모금을 마신다. 아직 뜨겁다. "좀 잘해. 신랑신부한텐 의미심장한 카메라가 되도록." 영애의 당부는 말마따나 의미심장하다. 신랑신부에게 웨딩사진은 꽤 중요할 것이다. 한낱 찻물조차 쉽게 식으면 안 될 터, 그들의 사랑이 급속도로 식어 갈 때마다 방바닥에 엎드려 퇴색한 사진이라도 들여다봐야 할 테니까. "거, 좀, 그만해라. 엉?" 김 작가의 목소리가 다시 올라간다. "알았어요." 영애가 재빠르게 꼬리를 내린다.

김 작가와 영애가 편집실에서 '따로 국밥처럼' 시큰둥하게 나올 때 출입구 자동문이 열리더니 스텝 둘이 나란히 들어온다. 청바지에 색상만 다른 면 재킷 차림의 스텝들은 꼭 쌍둥이 같다. 일꾼 넷. 나를 포함해 다섯이지만 스튜디오 메이크업만 끝내면 나는 열외다. 대신 영애가 온갖 치다꺼리를 할 것이다. 영애는 본업과 달리 '눈부신 아침' 스튜디오에서는 소품과 조명, 때로 메이크업 수정까지 해야 한다. 김 작가를 사랑한 혹독한 대가이다. 웨딩플래너로서 '눈부신 아침'을 꿈꾸고 디자인한 영애에게 '흐린 저녁'이 돌아왔다고 하면 그건 나의 착각일까?

"일찍 왔네?"

테이블에 놓인 찻잔을 보며 영애가 알은체를 하자 김 작가가 머쓱하게 수인사를 건네고 스텝들과 편집실로 들어간다. 메이크업이 끝나기까지 작업 매뉴얼을 짤 것이다.

"어째 일진이 사납겠는걸. 저 원수, 카메라 팽개치고 튀면 어쩌니?"

영애가 소파에 털썩 앉으며 편집실 쪽으로 눈을 흘긴다. 꼬박꼬박 '우리 김 작가' 혹은 '김 작가님'이라고 부르던 호칭이 돌연 '원수'가 되었다.

"어제오늘 일도 아닌데 왜 시작했어?"

"낸들 남는 거 있다고 싸우겠니? 오늘도 그냥 애들하고 하라는 거야. 동호회에서 철새군락진가 어딜 간다고. 지겨워! 그놈에 출사인지 출산인지. 애들하고 김 작가하고 같니? 판이 다르잖아?"

이내 영애는 김 작가로 정정했다. 그녀의 방식은 매사 수월하고 간편하고, 거기다 경쾌하기까지 하다. 나로서는 따라갈 수 없는 그녀만의 독특한 방식이다.

"판은 신랑신부 초상권에 달려 있겠지. 그나저나 불협화음 끝내. 시간 다 됐어."

"유난희? 같이 가면 안 돼?"

동행을 기대하는 눈빛이다. 오늘 일정은 '눈부신 아침' 스튜디오뿐이다. 다만, 현재까지는. 우려스러운 점은 시신 메이크업 의뢰는 대개 갑작스럽다. 수시로 휴대전화를 점검하는 습관은 저절로 생긴 버릇이 아니다. 콜을 받으면 부랴부랴 돌아올 밖에.

"알았어."

"고마워, 유난희."

그녀는 내 이름을 반복해서 부른다. 유난희, 라는 이름을 그야말로 유난하게. 어쩐지 불길한 생각마저 든다. 일진이 사나운 쪽은 영애와 김 작가가 아니라 외려 내가 될지도 모르겠다는 얄궂은 생각은 밑도 끝도 없었다. 야외촬영을 따라나선다면 무슨 파장을 불러올 것만 같은 어렴풋한 느낌이었다. 그만큼 나는 민감했다. 유쾌하지 않은 이름 석 자에 대하여. 모난 돌처럼 툭, 불거진 유ㆍ난ㆍ희, 라는 이름. 가능하면 사람들 입에 오르내리지 않기를 나는 오래전부터 염원했다.

"근데 왜 여태 안 오지?"

약속 시간 10분을 초과하고 있었다. 20분 먼저 도착한 나로서는 30분을 스튜디오에 앉아 있는 셈이었다. 영애는 시계와 출입문을 번갈아 쳐다본다. 그때 자동문이 슥, 열린다. 신부였다. 신부 옆에는 신랑이 없다. 웨딩촬영을 신부 혼자도 하던가? 나는 영애를 쳐다봤다. 우린 동시에 허공에서 누가 먼저랄 것도 없이 시선을 교환했다. 신부의 행색은 남루했다. 청바지에 스웨터. 색이 바랜 갈색 단화를 신었다. 물론 스튜디오에 준비된 드레스와 커플룩이며 한복까지 매번 바꿔 입을 테지만 그래도 신부 옷차림은 아니었다. 옷 갈아입을 시간마저 턱없었을까? 차라리 방금 들어온 스텝들 중의 한 사람으로 추가시키는 게 낫겠다. 아직도 한 달이나 본식을 앞둔 예비신부이기는 하지만. 더구나 테이블 위에 인쇄된 일정표를 보니 야외촬영까지 잡아 놓았다. 하긴 앞뒤가 맞지 않는 일이란 세상천지에 널렸으니까.

"신랑님은?"

"오겠죠. 먼저 시작합시다."

영애의 의심스런 눈빛도 의식하지 않았는지, 아니면 타고난 품성이 남다른 탓인지, 보기 드문 신부다. 아니, 그간에 볼 수 없었던 퍽이색적인 신부다. 때마침 내가 키트를 들고 메이크업실로 향할 때자동문이 열린다. 감색 슈트 차림의 남자가 수줍은 듯 가만히 들어오고 있다. 나는 웨딩키트를 들고 발걸음을 떼지 못한 채 남자를 쳐다본다. 갑자기 머릿속이 전짓불이라도 켜진 것처럼 깜박깜박하다. 뇌세포에 걸려들 듯 말 듯 이미지가 흐릿하다. 남자 역시 나와 시선이 마주치는 순간 미간을 모으면서 시력검사를 하듯 찡그린다. 여전히 좌우 정상시력을 유지하는 나 역시 앞 못 보는 사람처럼 동자를힘주어 껌벅인다. 남자의 미간이 두 줄로 모아진다. 아아, 불안과초조로 시시각각 좁혀지던 미간!

"애송이……."

나도 모르게 나지막하게 혼잣말하듯 입술을 달싹였다. 남자 역시

한 달 전쯤의 용감한 장례 메이크업 전문가를 기억하는 눈치다.

"웨딩도⋯⋯."

멀뚱하게 서서 말끝을 흐린다. 남자의 얼굴은 장례식장에서처럼 곧바로 붉어졌다.

"준비 다 됐습니다."

사무적인 어조의 영애가 메이크업실에서 나온다. 키트 무게 때문에 몸의 기울기가 한쪽으로 쏠린 내 옆구리를 툭, 친다. 동시에 영애의 입에서 믿을 수 없을 정도의 지나치게 상냥한 음성이 이어진다.

"어서 오세요, 신랑님."

몹쓸 소리를 듣기라도 한 것처럼 어안이 벙벙하다. 나는 영애와 오늘의 주인공 중 한 사람인 남자를 번갈아 쳐다본다. 애송이가 신랑이구나!, 지각은 언제나 한 템포 느린 법이다. 영애한테 정중하게 허리를 굽혀 인사하는 남자의 뒤태가 낯설지 않다. 자신들의 결혼 일체를 주관하는 웨딩플래너에 대한 신뢰가 묻어난다. 하기야 김 작가 외의 인생사는 대체적으로 잘 수습하는 게 영애의 장점이기도 하다. 출입문에 들어서던 남자가 신랑임은 어린애가 봐도 분간할 일이었다. 이 시간에 '눈부신 아침' 스튜디오를 찾을 사람은 정해졌을 테니까. 생각해 보니 상조회사 직원이라고 신랑이 되지 않으리란 법은 없다. 장례식장이나 추모공원 대신 스튜디오로 이동 경로를 변경한 점 외에 달라진 것은 아무것도 없다. 뭐가 문제인가? 그런데도 발이 떨어지지 않는다. 키트를 들지 않은 오른손을 내려다본다. '이 손으로 신랑 신부를?'

"들어드리죠."

지난번 장례식장에서 하듯 남자는 키트를 번쩍 든다. 물론 웨딩키트다. 시신용 키트와는 내용물이 다르다. 화장품의 재료나 도구 자체가 다르니까. 산 자와 죽은 자가 확연하듯. 나는 남자에게 키트를 내주고 두 손을 축 늘어뜨린 채 그 자리에 서 있다. 영애가 "뭐해? 신부님 기다리는데." 하며 의아한 눈빛이다. 시신 앞에 나를 안내한 남자가 자신의 신부 앞으로 또다시 나를 안내하는 이 노릇을 어찌해야 하는지……. 도망치고 싶다. 추레한 과거를 들켜 버린 것처럼 일종의 수치감이 엄습한다. 누군가는 꼭 해야 할 장례문화의 일면이라고 자위했던 일말의 긍정마저 걸음아 날 살려라, 달아난다. 웨딩도……, 라고 했던 남자의 생략된 뒷말은 무엇이었을까. 웨딩도 댁의 일이 맞습니까?, 웨딩도 그렇다면 잘해낼 수 있습니까?, 따위 그런 말들일까. 혹은, 웨딩도 댁과 어울린다고 생각합니까?, 물으며 마지막 찌끼 같은 내 자존감의 비상등을 확 꺼 버리고 싶었을까.

"유 · 난 · 희 아티스트님!"

영애의 목소리는 스튜디오를 울린다. 얼굴빛이 붉으락푸르락하다. 또다시 내 이름 석 자를 들었을 때 아사 상태의 지난달 통장 잔고를 떠올렸고, 절묘하게도 균의 문자가 내 위장 속으로 침투한 듯 배 속에서 '꼬르륵' 소리가 났다. 아침을 굶고 나온 게 화근이었다. 도망치고 싶었으나 어쩔 수가 없었다.

고택으로 스며든 사월 볕이 시나브로 엷어지면서 사위는 물속처럼 가라앉고 있었다. 패인 문창살로 100년 세월이 켜켜이 쌓여 온 것처럼 봄볕 또한 백 번쯤 왕래했을 터다. 새살거리는 햇살과 신부는 많이 닮아 있었다. 신랑의 귓가에 무어라 속닥거리거나 자주 팔짱을 끼고 나붓나붓 걷는 걸음걸이가. 스튜디오에 들어설 때의 그 남루함과 이색적인 용기는 카메라 앞에 서는 순간 온데간데없어졌다.

문화재청에 등재된 어느 종가의 고택을 촬영장소로 물색한 김 작가의 수완은 인정할 만했다. 사람이 살지 않아서 카메라 렌즈는 그 방향이 자유로웠고 고택의 보존 상태 또한 흠이 없었다. 영애의 프로 운운은 일면 맞는 듯했다. 서울에서 불과 두 시간 거리에 이런 고택이 있을 줄 누가 알았으랴. 숨겨진 보물처럼. 대개 한복 촬영은 고궁과 북촌한옥마을, 민속촌 같은 곳에서 숱한 관광객들 사이를 비집고 다니며 작업해야 하는 실정이다. 자칫하면 신랑 신부가 동물원 원숭이가 되기 십상이다. 외국 관광객을 위시하여 사시사철 남녀노유 구분 없이 인파가 몰려드는 경복궁이나 창경궁에서 스텝의 요구에 맞게 다양한 포즈를 취해야 하는 일은 신랑 신부에게 일종의 고문이다. 영애의 말대로 의미심장한 카메라는 고사하고, 무의미한 카메라이거나 최악의 경우에는 빌어먹을 카메라까지 될 수 있을 터였다. 그런 면에서 고택을 야외촬영 장소로 선택한 김 작가의 카메라는 신랑 신부에게 의미심장할 것이었다.

몇 그루의 소나무가 엉기듯 서 있어 그늘을 만들어 주는 후원의 누각에서 돌계단을 내려서는 신부를 가볍게 손잡아 주는 신랑. 대청마루 섬돌 아래로 사뿐히 내려오는 두 사람. 폭이 넓은 한복치마를 두 손으로 가볍게 그러잡고 발걸음을 떼는 신부는 천생 나비의 날갯짓이었다. 키 낮은 담장 아래서 더없이 그윽한 눈빛으로 신부를 바라보는 신랑. 버선코처럼 날렵한 기와지붕 처마 밑에 장지문을 열고 두 사람은 어딘가를 내다본다. 함박웃음을 머금고. 둥그런 신부의 어깨를 감싼 신랑의 저고리가 웃음만큼 풍성하다. 잿빛 기와, 검은 들보와 툇마루며 크고 작은 문들. 나뭇결이 고스란한 종가는 고풍스러웠다. 결과 결 사이에 낀 때는 세월의 증표로 남아 존재감을 고양시켰다. 솟을대문을 향해 안채의 소문에서 담소하며 나오는 두 사람. 널찍한 앞마당에서 살며시 포옹하며 입 맞추는 신랑 신부. 김 작가는 행복한 순간을 놓치지 않고 포착했다. 신랑 신부 역시 스텝들의 주문을 배우처럼 잘 연출했다. 되레, 그들에게는 연출이 아니라 일상이었는지도 모르겠다. 쉽게 얼굴이 붉어지던 신랑이나 남다른 첫인상으로 이미지를 각인시켰던 신부를 미루어 짐작하건대.

영애의 걱정과 달리 김 작가는 성실하게 야외 연출 사진을 찍었다. 신랑신부가 어쩌다 작가님, 이라고 부르자 그는 어색하게 웃으며 "그냥 찍사 양반으로 불러 주시오." 했다. 한 사람의 인력을 줄이기 위해 신부 도우미를 고용하지 않은 영애는 촬영 내내 신부의 뒤꽁무니를 따라다녔다. 간혹 신부의 쪽진 머리에 잔머리가 흘러내리거나 립스틱이 고르지 않을 때, 혹은 아이라인이며 마스카라가 번졌을 때 나를 불렀다.

나는 줄곧 고택의 여기저기를 살피고 다녔다. 사랑채에도 들어가 보고 일자형 행랑채 토방을 기웃거리거나 안채의 제일 큰 방문을 열고 들어가 아랫목에 앉아 보기도 했다. 안방마님처럼. 고택은 한눈에 가늠되지 않을 정도로 넓었기 때문에 부엌 광 속에 들어갔을 때는 촬영장에 와서까지 영애의 지청구를 들었다. "지금 숨바꼭질 왔어? 일 초 내로 대문 앞으로 와!" 전화기에 대고 영애는 다짜고짜 소릴 질렀다. 나는 스튜디오에서처럼 영애가 내 이름을 부를까 봐 쏜살같이 솟을대문으로 달려갔다. 그러나 영애의 바람대로 일 초 내에 도착하지는 못했다. 애초 불가능한 것을 주문하거나 요구하는 것은 정당하지도 바람직하지도 않는 법이니까.

나는 그 사실을 1초는 아니어도 10분쯤 후에 깨달았다. 잡티 한 점 없이 피부가 희고 탄력 있는 신부의 얼굴을 들여다보면서. 나로서는 재생이 불가능한 피부였다. 잡티가 하나둘 돋기 시작하여 이제 군집이 완연한 마흔다섯의 내게는. 스물일곱 살의 신부 피부를 기대하는 것은 욕심이고 죄악이었다. 메이크업 아티스트로서 고객들에게 종종 상기시키는 점을 나는 새롭게 깨닫게 되었다. 신부의 메이크업을 보완해 주면서.

그때 100년 세월을 품었다는 고택의 용마루는 묵묵하게 나를 내려다보고 있었다. 소통이 가능하다면 묻고도 싶었으리라. '지금, 여기 있는 당신은 누구입니까?' 깨달음은 허를 찌르듯 온다. 지극히 찰나적인 그 현상을 설명할 길은 없다. 몸 밖으로 쑤욱, 빠져나온 영혼이 외피만 남은 자신을 들여다보는 기분이랄까.

사실, 나는 숨바꼭질을 하고 싶었는지도 모르겠다. 사랑, 행복,

설렘……. 컷마다 반복되는 신랑 신부의 달뜬 모습을 마주하는 게
왜 내게 고역이었을까. 입때껏 일상이었던 그 모습들이 어째서? 광
속에 들어앉아 나는 곰곰 생각했다. 애송이 직원이 아니라 '모심' 상
조회사의 대표라는 정보 때문이었을까. 게다가 쟤들 둘 다 유학파
야, 라고 영애가 전해 준 귀엣말도 한몫을 했을까. 하긴 유학파라고
다를 건 없다. 상조회사, 아니 화장실 청소업체라도 죄다 할 수 있
는 게 인생사니까. 그 정도의 개인적인 정보 때문에 언제나 마주하
던 일상이 곤혹스러울 수는 없었다. 도대체 뭘까? 시신 메이크업에
종사한다는 직업적 비애감인가? 자존심을 강타한 치명타마저 적어
도 내겐 사치였다. 균의 문자 메시지와 동일한 배 속의 꼬르륵, 소
리가 이미 입증하지 않았던가?

　그렇다면 망자와 신랑 신부 사이를 외줄 타듯 위험천만하게 오가
는 내 직업이 들통 났기 때문인지도 모르겠다. 신랑은 그 비밀의 최
초 목격자였다. 오랜 친구인 영애조차도 내가 망자의 얼굴에 화장품
을 바르고 다닌다는 사실을 알 턱이 없다. 만약 비밀이 누설된다면
영애도 내게 메이크업 의뢰를 망설일지 모른다. 젊고 감각적이며 생
글생글한 아티스트는커녕, 시신 메이크업까지 겸하는 나를 어떤 웨
딩플래너가 선호하겠는가. 탱글탱글 터질 것 같은 맑고 탄력 넘치는
피부를 가진 아티스트들이 학교와 학원가에서 자고 새면 쏟아져 나
오는 판국에.

　광은 내가 사는 아파트보다 넓었다. 그 옛날 종가의 위력을 한눈
에 보여 주듯. 광 속 후미진 곳에 자그마한 쪽문이 있어 열어 보았더

니 웬만한 거실 넓이의 공간이 드러났다. 바닥은 울뚝불뚝한 흙바닥이었다. 거기에 싱글 매트리스 크기의 멍석이 펴 있었다. 벽에는 손바닥 크기의 격자창이 있어서 가느다랗게 빛이 새어들었다. 광은 어두컴컴했다. 별다른 가재도구는 보이지 않았다. 박물관 한쪽을 차지하고도 남을 큰 뒤주와 크고 작은 궤짝 서너 개가 전부였다. 얼기설기 통나무로 엮은 시렁이 벽 전체를 둘렀는데 취사도구는 없었다. 다만, 뒤주와 마찬가지로 민속박물관에나 보내져야 할 곡식 까부르는 키 두 개만 숨죽이듯 엎드려 있었다. 얼마간 키 작은 궤짝 위에 앉아 있다가 다시 삐거덕, 쪽문을 열고 들어갔다.

멍석에 오르기 전에 나는 신발을 벗었다. 쓸모없는, 역시 농업박물관으로 보내져야 할 멍석이었지만. 그러나 웬일인지 신발을 벗어야만 한다는 내부의 요구를 무시할 수 없었다. 누가 알랴? 내게 오랜 친구조차 모르는 비밀이 존재하듯 누군가에게 이 어두컴컴한 광 속의 멍석자리가 비밀의 장소인지도……. 발설되는 순간 비밀은 검불처럼 날아가 버릴 테고, 발견되는 순간 벌거벗게 된다. 세상의 비밀은 존재할 수도 없고, 유지될 수도 없을 것이었다. 그러므로 비밀은 차라리 '비의'라 칭해야 마땅하다. 쉽게 드러나지 않던 비의(秘義)가 그 옷을 벗을 때 비로소 생의 비의(悲意)는 시작되리라. 누군가의 비의가 먼지처럼 켜켜이 쌓였을 것 같은 멍석에 누워 언제쯤 내 비의가 시작되었을까, 가늠했다. 그러자 어떤 울부짖음이 벼락같이 달려들었다.

4

괴성이 들리기 시작하면 나는 한없이 막막해졌다. 당최 들어낼 재간이 없었다. 짐승이 아닌 사람이 짐승이 되어 울부짖는 소리. 사람과 짐승의 소리는 애초 구분이 없었다고, 그때의 나는 단정했다. 더하여 사람과 짐승을 구별하는 짓도 무익할 뿐이라고. 어느 쪽이 사람이고 어느 쪽이 짐승인가, 묻는다면 그것 또한 알 수 없는 일이라고 고개를 저을 수밖에 없었다. 괴성의 진원지는 집 뒤란으로 돌아가면 쉽게 파악되었다. 탱자나무 울타리를 사이에 두고 그 소리는 화살처럼 꽂혀 들었다. 소리가 건너올 때 탱자나무 가시에 찔려 그토록 위험천만하고 다급한 외마디가 되었을까. 크아악! 칵칵! 포악한 짐승의 소리에 이어지던 처절한 사람의 소리가 있었다. 밥·줘! 살·려·줘! 나의 인식은 옳았다. 짐승과 사람이 혼재한 소리는 그 소리가 그 소리였다. 분별이 모호했고 일면 불가능했다. 내게는 둘 다 의미가 되지 못하는 분절음으로 들릴 뿐이었다. 외마디 비명.

끔찍스런 괴성에 시달려야 하는 사람은 여럿이었다. 탱자나무 울타리를 사이에 두고 저쪽과 이쪽 집의 구성원들이었다. 소리의 진원지는 저쪽 집 노인의 방이었는데, 그 방은 이쪽 집 탱자나무 울타리와 대여섯 걸음도 채 되지 않았다. 구성원의 숫자로 치자면 외려 저쪽 집이 단출했다. 중년 부부와 대학생이던 아들 하나. 반면 우리

집은 조부모와 부모, 나를 포함한 사남매였다. 당자를 제외한 무려 열한 명이 날이면 날마다 밤이면 밤마다 괴성에 시달려야 했다. 시달림의 정도는 대개가 어슷비슷했으나 굳이 수치를 매긴다면 나는 위험수위였다. 안채의 내 방 창이 저쪽 집 노인의 방문과 마주하기 때문이었을까.

가령, 노인은 극심할 때 자신의 방 문살을 손가락으로 드르륵 드르륵 긁어 대면서까지 악다구니를 내지르곤 했다. 그것도 이쪽 집 창문을 향하여 돌아앉아서. 그러나 딱히 그 이유만은 아닌 명백한 증거가 있다. 바로 내 방은 내 자매의 방이기도 했으니까. 그녀는 나와는 달리 그 방이 안전지대였다. 악다구니와는 상관없이. 자매는 아무렇지도 않게 잠을 자고 공부를 했으며 음악까지 들었다. 자매가 꽤 여러 날 동안 엄마를 괴롭혀 구입한 카세트에서는 비틀즈와 트윈폴리와 조용필이 쉬지 않고 노래했다.

안채는 안방과 작은방이 우측에, 좌측으로는 건넌방이 대청마루를 사이에 두고 있었다. 그 안방 아래쪽으로 부엌이 위치해서 안방과 부엌 사이에 환기구처럼 생긴 손바닥만 한 여닫이가 음식물 투입구로 쓰이기도 했다. 엄마의 손은 종종 경이로웠다. 그 조그만 투입구가 슥, 열리면 거기에는 빈대떡이며 옥수수, 찐빵 따위가 모락모락 김을 피어 올리는 중이었다. 얼굴이 보이지 않는 투입구에 들어온 엄마의 손은 몹시 투박했다. 우리 세 자매는 안방에 누워 하릴없이 빈둥거리다가 쑥, 들어온 음식물 때문에 누가 먼저랄 것도 없이 발딱 몸을 일으키곤 했는데, 때마다 저쪽의 괴성은 침범했다. 크아악! 밥 줘!

셋의 반응은 각각 달랐다. 첫째는 "또 시작이네." 하며 무심하게 옥수수를 집어 드는 반면에, 둘째는 "정말 짜증나! 머리가 지끈지끈 해!"라고 불평을 쏟아낸 다음에 그 불평과는 달리 제일 큰 옥수수를 접시에서 골랐다. 매일이다시피 들려오는 그 소리에 적응력이 턱없 는 나는 그저 물끄러미 접시만 쳐다볼 뿐이었다. 안마당을 가로질러 사랑채에 조부모와 남동생이 기거했는데, 온갖 악동 짓을 일삼던 그 애가 사랑채 접시를 다 해치우고 안방으로 건너와서 말끔하게 자매 들 접시를 비울 때까지. 나는 도무지 먹을 염도, 입맛도, 달아나고 말았다. 크아악!, 과 밥 줘!, 는 거의 항상 동시적이었다. 차라리 짐 승의 소리인 '크아악'만 내지르든지, 아니면 의미 전달이 분명한 사 람의 소리 '밥 줘'로 통일하든지.

사실, 나는 두 종류의 괴성 때문에 고통스러웠다. 탱자나무 울타 리 너머 저쪽 집 노인은 물론 알 턱이 없을 것이었다. 치매가 극심 한 당자로서 자신의 고통도 모르는데 내 고통을 어찌 알겠는가? 멀 쩡한 사람도 인식하기 어려운 타인의 고통을……. 노인이 울타리 건 너 계집애들이 옥수수를 먹는지 빈대떡을 구워 먹는지 알 게 무언 가? 더구나 크아악, 과 밥 줘, 까지 명확하게 구별하여 그중 한 계집 애의 고통을 감소시켜 줘야겠다는 계산 따위를 바라는 것은 차라리 염치없었다. 한 술 더 떠 어느 때는 '밥 줘' 하다가 또 어느 때는 '밥 좀 줘'로 바뀌기도 하는데, 나중의 '밥 좀 줘'가 또 그렇게 더 간절하 고 더 처절하게 내 고막을 강타하는 줄 노인은 모를 것이었다. 그것은 크아악, 과 컥컥, 의 어감과는 비교할 수 없을 정도로 사람을 비감스럽게 만드는 무엇이 그 '밥'에 내재된 때문이었을까.

어떤 종류의 상황이나 사건에 객관성을 확보하는 일은 그만큼 경·중의 차이를 드러낸다. 안방 옆의 작은방은 큰 자매가, 건너편 방에는 둘째와 내가 공동으로 썼다. 밤늦게까지 괴성이 몰아치면 자매는 이불을 뒤집어쓰고 죽은 듯이 잠을 잤다. 다른 방이나 사랑채에서도 누구의 기척조차 없었다. 잠들지 못하는 경우는 대개가 나 혼자였다. 물론 처음에 괴성이 시작되었을 때는 가족 구성원 모두가 숙면을 취하지 못하는 불상사에 대하여 불만과 원성을 토로했다. 그러나 개선 의지의 부재가 아니라 개선 방법이 전무한 이웃집의 무력감을 마냥 지탄할 수만은 없었다. 대신 구성원들은 괴성에 스스로를 길들이기 시작했다.

큰 자매는 매양 제 할 일만 하고 제 것만 챙기는 타고난 품성대로 심드렁하게 받아들였고, 변명과 핑계로 자기합리화 내지 불평불만의 대가답게 둘째는 맞서서 몇 마디 지껄이다가 제풀에 겨워 입을 닫는 경우였다. 어른들은 또 그분들 성품답게 아버지는 어험어험, 연달아 불편한 심기를 드러내다 말았고, 어머니는 평소 인정 많은 속내 그대로였다. "저녁밥은 좀 넉넉하니 드려야 헐 텐데." 종종 걱정과 연민의 눈빛을 탱자나무 울타리로 보냈다. 조부모는 적어도 50년 이상을 함께 산 동반자로서의 부대낀 세월 때문이었는지 이구동성이었다. "무슨 망령일거나! 추허게 가지 말어야 쓰는디……." 끝끌, 혀를 찼다. 어찌할 수 없는 인간의 생로병사가 절망스럽기도 했거니와, 당신들의 노구가 미구에 괴성의 당자와 썩 다르지 않으리라는 일종의 정서적 동병상련도 없지 않았을 것이었다. 아직 천둥벌거숭이였던 남동생은 비명이 들리든 말든 사랑채 조모 곁에서 꿈나라였다. 그도 그럴 것이 낮 동안 산으로 들로 헤집고 다녔으니 초저녁부터 곯아떨어지기 일쑤였다. 그 애는 아랫목에 묻어둔 스텐밥통에서 몇 번인가 노인한테 밥을 퍼 나르다가 발각되어 어른들에게 혼쭐이 난 이후에는 저쪽 집 근처에 얼씬도 하지 않았다.

구성원들은 각자 자신의 기질대로 울타리 너머의 사건과 정황을 이해하고 수용하며 나름 걸맞게 반응하고 적응하는 식이었다. 그런데 어째서 유독 나만 날밤을 새웠을까? 말하자면 나는 면역력이 약하거나 애당초 항체를 보유하지 못해 유병률에 취약한 셈이었다. 도대체 날카로운 쇳소리는 마구마구 내 신체 여기저기를 찔러 대는 듯했다. 실제로 방구석에 무릎을 곧추세우고 고개를 묻은 채 몸을 움찔거리기도 했다. 노인의 단말마가 이어지면서 짐승과 흡사한 그 형상이 눈앞에 어른거려 좀체 잠을 청할 수 없었다.

의도적으로 그 집 앞을 지나다니는 걸 피하다가도 무심코 지나치는 날도 가끔 있었는데, 어느 날 목격하게 된 노인은 그야말로 참담한 지경이었다. 돼지우릿간의 구유를 헤집고 있던 노인이 우산 속을 뚫고 내 눈에 튀어 들어온 순간 무릎에서 스르륵, 힘이 빠져나가고 말았던 것이다. 풀어헤친 긴 머리카락은 장대비에 젖어 착 달라붙었고 누르스름해진 인조 속곳은 간신히 불두덩을 가린 채였다. 그나마도 비에 젖어 엉덩이 부분 반나마는 축 내려져 있었다. 윗도리는 아예 걸치지도 않았다. 절벽처럼 내려앉은 가슴에 노인은 헝겊 주머니처럼 생긴 축 처진 젖가슴을 달고 있었는데 젖꼭지가 딱 아버지의 양복 단추처럼 새까맸다. 노인은 돼지우릿간 앞에서 구푸린 채 연실 두 손으로 먹이통의 내용물을 건져내는 중이었다. 두 다리에 힘이 빠진 채 나는 오도 가도 못하고 얼이 나간 사람처럼 서 있었다. 그 집 마당의 감나무 아래서. 아아, 내가 어쩌자고 지름길을 택했던가?

여름 장마철이었고 등교 때부터 쏟아지던 장대비가 하교 때까지 이어졌다. 한길까지 나가려면 그 집 마당을 지나가지 않고서는 골목으로 돌아나가야 했다. 그해 중학교에 입학했고 눈부시게 흰 하복 블라우스를 비에 젖게 하고 싶지 않았다. 진청색 학생 운동화 또한 아침부터 진흙탕 속에 넣고 싶지도 않았다. 박꽃처럼 흰 운동화 테두리가 더러워지는 걸 당시의 나는 못 견뎌했다. 그러나 등교 때와는 다른 풍경이 내 귀가를 기다리고 있으리라고는 짐작조차 못했다. 노인은 그날 아침 잠잠했다. 오랜만의 평화가 탱자나무 울타리에 임했다. 비가 와서 노인의 사나움을 잠재우는 모양이라고, 운동화가 더러워지더라도 장마가 그치지 않았으면, 하는 다소 엉뚱하고 이타적인 바람까지 품고 나는 그 집 마당을 지났었다. 그런데 이 무슨 해코지인가? 지나친 노인의 복수였다.

감나무 잎사귀 위로 후드득 후드득 빗소리가 났다. 도무지 발걸음을 뗄 수 없었다. 마치 내가 감나무에 묶여 있는 듯한 착각이 들 정도였다. 그 착각은 잠시 후 여지없이 산산조각 났다. 돼지우릿간의 구유를 헤집던 노인이 어느 순간 건져낸 내용물을 입속으로 욱여넣고 있었다. "아앗!" 내 비명 소리와 빗소리가 섞여들었다. 노인은 꿈쩍도 하지 않고 다시 먹이통을 휘젓기 시작했다. "그만! 그만! 제발 그만두세요!" 흡사 노인의 괴성이듯 내 울부짖음은 격렬했다. 그 통에 우릿간의 돼지들이 꿀꿀거리며 저들끼리 부딪치고 난리법석을 떨었다. 또다시 노인의 손이 입으로 올라갈 때, 나는 우산을 팽개치고 돼지우릿간으로 달려갔다. 구유 주위로 돼지 두 마리가 고개를 처박고 우걱우걱 먹이를 들이켜고 있었다. 그 앞에서 노인 역시 아귀처럼 돼지먹이를 씹어댔다. 그녀의 손가락 사이에서 김치가닥이며 부서진 두부조각, 밥 알갱이들이 두서없이 흘러내리는 중이었다. 돼지밥통이 만찬석이라도 되는 양 나를 보자 씨익, 흡족한 미소를 짓기까지 했다.

아아, 나는 그 천진한 미소를 잊을 수 없다. 그것은 이후 오랫동안 내 속에 깊이 침잠한 채 느닷없이 의식의 수면 위로 튀어 올랐다 가뭇없이 사라지곤 했다. 마치 넘실거리는 파도에 큰 물고기 떼가 출현했다 먼 바다로 떠나가듯. 그날처럼 빗줄기가 굵어지는 날이거나, 미명의 새벽 나쁜 꿈을 꾸고 눈을 떴을 적에, 혹은 눈부신 봄꽃들이 자고 일어나보니 죄다 떨어져 나뒹굴고 있을 때에도. 그녀의 손가락 사이에서 흘러내리던 자잘하게 깨진 퉁퉁 불은 먹잇감과 그녀의 천진한 미소, 그리고 머리 위로 쏟아지던 장대비의 선득함을 나는 종종 고스란히 느꼈다. 그때껏 경험하지 못한 생의 비의를…… . 사람도 아니고 짐승도 아닌, 어쩌면 짐승 쪽에 손을 들어

줄 수밖에 없는 이 사태에서 나는 쉽게 놓여날 수 없었다. 사람과 짐승의 구분이 모호한 일련의 사건을 이해할 만큼 성숙하지도 않았고 감각 또한 무딘 것만은 아니었다. 치매에 걸린 한 노인의 어둡고 비통한 말로려니, 수긍하고 넘어갈 수도 없었다. 통각은 날로 벼린 듯 날카롭고 기민해서 도무지 뼛속까지 저릿저릿했다. 태생 자체가 의심스러운 사람과 짐승 사이에서 나는 진저리쳤다. 대체 어디까지가 사람일까? 과연 어디부터가 짐승일까?

사실 나는 장대비 퍼붓던 그날 돼지우릿간 앞의 노인을 저지하지 못했다. 우산까지 내던지고 달려갔지만 노인의 행동을 막을 수는 없었다. 나를 보고 웃는 천진무구한 낯빛 때문이었을까. 아니면 그 참담한 지경이 순간 내 중추신경을 마비시켰을까. 그것도 아니라면 나는 노인이 두려웠을까. 박꽃 같던 흰 블라우스가 푹 젖었고 운동화마저 진흙탕이 튀어 형편없었다. 나는 노인을 내버려둔 채 비를 맞으며 물끄러미 그녀를 내려다보았다. 우걱우걱 먹이를 들이켜는 돼지 앞에서 그녀 역시 치아조차 남아 있지 않은 불그스름한 잇몸을 드러내며 목구멍으로 돼지먹이를 밀어 넣었다. 빗소리에도 불구하고 식도를 넘어가는 꿀럭, 소리를 나는 분명히 들었다. 그 소리는 일순 내 몸을 굳게 만들었다. 신체 모든 부위가 신경마비를 일으킨 것처럼 꼼짝할 수 없었다. 나는 그렇게 짐승이 된 실제 인물과 조우했다. 비의를 불러오기에 단연코 우세한 사건이었다. 먹구름 후에 비바람이 몰아치듯. 쉽게 드러나지 않는 생의 슬픔이 이따금씩 출현하는 것은 비바람이 몰아치는 것과 같은 이치였다. 비바람은 돌연함보다 먹구름의 징후를 내보일 때가 수다하지만, 인간의 비의란 예고 없이 엄습하듯 생을 덮어 버린다는 몰인정을 제외한다면.

나는 옆집 노인 때문에 초토화되었다. 그 위력은 막강했다. 얼마나 오랫동안 장대비를 맞았는지 극심하게 감기몸살을 앓았다. 초등 6년 내내 결석 한번 하지 않았는데 하마터면 다음 날 결석처리 될 뻔했다. 7월 17일 제헌절이 아니었다면. 헌법을 제정하고 자주독립과 민주국가임을 공포한 역사적 의미를 찾기 이전에 내게는 국경일이었으므로 결석을 피할 수 있었다는 데 더 고마운 날이었다. 사실, 준법정신은 먼 데 있지 않았다. 당시의 가치체계에 위법이란 '짐승만도 못한' 행위였으므로 준법은 물과 공기, 집 앞의 들과 산처럼 자연스럽고 일상적이었다. 유명무실해진 종가의 종손이었던 아버지는 옆집 사람들을 '짐승만도 못한 상종할 수 없는 인사들'이라고 규정했으므로 우리 남매들에게 끼친 교육적 파장은 실로 대단했다. 제헌절의 의미를 망각하고 유신헌법을 제정한 독재 대통령의 야만적인 허물보다는 차라리 옆집 사람들이 '덜 야만적'이었다는 사실은 나중에야 알게 되었다. 그 후로도 대여섯 번의 제헌절을 보내고 나서.

과거 일본군 육군 장교답게 독재 대통령의 일본모화적인 편견 때문이든, 아니면 낡은 제도를 고쳐 새롭게 한다는 본의에 천착해서 명명했든, 유신의 흉터를 내재한 제헌절은 오직 내게 중학 3년도 개근할 수 있었던 일등공신이었다. 물론 3년 개근이 이후 삶에 아무런 공헌을 할 수 없었을지라도. 외려 그것이 융통성이라고는 눈곱만큼도 없고 지지부진한 일상의 대표주자로 인식되기 일쑤인데 실제 내 삶을 보더라도 이를 반증하지 않던가?

그날 대문에는 태극기가 뙤약볕에 노출된 채 걸려 있었고 나는 방바닥에 널브러진 채 일어나지 못했다. 조모는 혀를 찼다. '쯧쯧, 오뉴월 감기는 개도 안 물어 간다는데…… 늙은이 망령이 애먼 내 새끼 잡겠구먼. 시가 급하지, 시가…… 저승사자는 뭘 허고 늑장이라더냐?' 동병상련의 연민을 보냈던 조모마저도 원망의 눈초리를 탱자나무 울타리로 보냈다. 그러나 비의는 한곳에 머물지 않고 울타리 이쪽으로 넘어오는 중이었다는 걸 아무도 몰랐다. 실체는 오래지 않았다.

그해 여름은 간신히 물러갔다. 탱자나무 울타리 저쪽과 이쪽 어디서도 환영받지 못한 계절이었다. 처서와 백로 지나서 밤이 길어지는 추분 이후 옆집 노인의 울부짖음 역시 더 길어지고 더 곡절해지고 말았다. 급기야는 노인의 푹 팬 동공 아래로 찬이슬이 맺혔음직한 한로를 지나, 드디어 흰서리 내리는 상강에 조모는 세상을 떴다. 우연인지 필연인지 그날 아침 첫서리가 하얗게 내렸다. 조모의 사인은 고혈압으로 인한 급성 뇌일혈이었다. 사랑채에서 안마당을 거슬러 오다 조모는 쿵, 쓰러졌다. 등교 전이었으므로 나는 조모의 마지막을 지켜보았다. 한순간의 일이었고 한순간의 죽음이었다. 그 허망한 죽음은 내게 온갖 상상을 제공했다. 남매들에게 각별했던 육친을 잃은 슬픔보다는 지난여름 '저승사자' 운운했던 조모의 혼잣말이 귀청에 착, 달라붙어 떨어질 줄 몰랐다. 노인은 짐승이었고 여자였을까?

'여자가 한을 품으면 오뉴월에도 서리가 내린다고.' 오뉴월이 조모의 일상 언어만은 아니었다. 농한기 때 동리 아낙들은 안방에 자주 모여들었다. 펑퍼짐한 엉덩이를 서로 맞대고 앉아 자신들의 한스러움을 곧잘 토로했다. 그것은 발화와 동시에 선언문이 되었다. 서리가 내린다, 라고 말할 때 그녀들 중의 누군가는 뽀드득, 이를 가는 것 같기도 했다. 나는 평소 그 선언문이 매우 효험이 있을 거라는 근거 없는 믿음을 갖고 있었다. 그만큼 그녀들은 구술에 뛰어난 귀재들이었다. 노인은 정말 울타리 아래서 한을 품고 있었던 걸까? '시가 급하다고? 하루 이틀이면 툭툭 털고 일어날 그깟 감기 때문에 날 죽으라는 건 파렴치 아니야? 개똥밭에 굴러도 저승보다 이승이 낫다고 했어. 할멈이 뭔데 내 죽을 날까지 참견이지? 죽고 싶으면 할멈이나 죽어! 내 저승사자 불러 주지. 흐흐흐.' 기괴한 노인의 웃음소리가 들려오는 듯해서 나는 귀를 막았다.

물론 오뉴월은 아니었다. 치매 노인이 조모의 오뉴월과 저승사자 타령을 알아들었을 리도 만무다. 까마귀 날자 배 떨어지듯, 조모가 쓰러진 안마당의 수돗가와 꽃밭을 서리가 하얗게 덮고 있었다. 결석의 위기를 넘긴 제헌절에 대한 고마움은 조모의 장례 기간 내내 회개를 촉구했다. 개근이 다 뭔가? 서리 내린 저주를 불러오다니! 열다섯 살의 나는 자유로울 수 없었다. 서리와 저승사자와 여자 짐승 사이에서.

5

　비밀은 '사이'에서 발생한다. 비좁은 이해관계 안에서 끼이고 치이면서 드러나지 않을 것 같은 낙관으로부터 시작된다. 나는 그 진작 알았다. 아니, 알고 있었다. 얽어맨 것들이 풀려나갈 때 비밀은 드러나며 동시에 비의(秘義)가 시작되고, 결국 당자에게는 되돌릴 수 없는 내상을 동반한 마지막 비의(悲意)로 정착된다는 것을. 비밀을 간직하기 위해 사방으로 얽어맨 쇠사슬이 스르륵, 풀려나갔다고 해방을 만끽할 수는 없다. 구속(拘束)이 오히려 편안하고 일상적인데, 이유는 또 다른 구속(救贖)을 요구하지 않기 때문이기도 하다. 그러므로 나는 야외촬영 뒤풀이에 참석하는 걸 원하지 않았다. 할 수만 있다면 고택의 광 속으로 숨어들어 밖으로 나오지 않기를 바랐다. 누군가의 비밀이 긴 세월 먼지처럼 쌓여 있을 것만 같은 멍석에 오래도록 누워 있고 싶었다. 내 비밀이 누설되지 않기를 기대하며…… '모심' 상조회사에서 의뢰받는 시신 메이크업은 '눈부신 아침' 스튜디오에 지정된 웨딩 메이크업과는 상상할 수 없는 간극이 존재했다. 하늘과 땅처럼.

　야외연출 사진촬영을 마치자 고택 여기저기에 서늘한 기운이 밀려들고 있었다. 사월 볕은 아직 변덕스러워서 맑고 화창한 한낮이 지나자 쉽게 이울었다. 게다가 바람마저 세차 가볍게 입은 저마다의 봄옷들이 풍선이라도 매단 것처럼 부풀어 이리저리 휘둘렸다. 때 이른 시폰 블라우스에 랩 스커트를 한껏 차려입은 영애의 고충은 말이 아니었다. 가슴까지 올라붙는 블라우스 자락을 연실 잡아 내리랴, 엉덩이가 보일 듯 말 듯 펄럭거리는 스커트를 잠재우랴, 보기에 딱할 정도였다. 나중에는 허벅지 사이에 스커트 자락을 끼워 넣은 채, 두 다리를 엇갈려 꼰 자세였다. 마치 배뇨가 급한 사람처럼.

나는 가능하면 영애의 시선을 피했다. 진작부터 '한잔'의 분위기가 심상치 않았고 신랑 신부마저 동석할 눈치였다. "이래 봬도 문화재청 소속이라고. 촬영장소 기념해서 목만 축일까? 깔끔하게." 스텝에게 눈을 깜박거리는 김 작가의 뒤풀이 일정은 영락없었다. "좋죠. 저희도 출출한데 어디 가서 요기라도 할까요? 문화재를 맛본 기념으로 제가 한턱내죠." 신랑의 응수가 바로 뒤따랐다. 뒤풀이의 명분은 말하자면 문화재였다. 고택을 배경 삼은, 일생 남을 추억의 순간순간을 술잔으로 옮기자는 것이었을까? 왜 나는 신랑의 흔쾌한 동의를 의심했던가? '문화재를 맛본 기념'이라고 말하던 그 '맛본'이 웬일인지 고약한 음식을 시식한 것처럼 꺼림칙하게 들렸다.

스웨터에 청바지, 낡은 단화를 신은 신부의 변신 때문이었을까. 화려하고 우아하고 애틋했던 한낮의 신부가 사라진 해질녘 고택 마당은 쓸쓸했다. 나는 그때 무거운 키트를 든 채 신부를 바라보았다. 연출을 벗어난 신부는 더는 사랑스럽지도, 살갑지도 않은 채 무표정하게 마당만 내려다보며 서 있었다. 혹시 내가 드라마나 영화촬영 장소에 있었던 것은 아니었을까 착각할 정도였다. 예비신부의 시선이 머문 고택 마당에 사월 바람이 떠나지 않았다. 키트는 무거웠다. 삶의 무게에 비례하듯. 신부 역시 예외는 아닐까? 내 키트의 무게처럼 예비신부에게도 어깨를 짓누르는 어떤 중량이 무표정을 심어 주었는지도 모르겠다. 그들이 이왕에 맺은 인연, 고택처럼 오래오래 이어 갔으면 좋겠다고, 문화재마냥 오래오래 묵은 은애로 남았으면 더할 나위 없겠다고, 나는 바랐다. 그녀의 얼굴에 드리워진 무언가가 그런 유의 연민을 요구해 오는 느낌이었다.

"신랑님이 원하신다면 우린 만장일치예요! 그렇죠?" 분위기 조성에 일가견이 있는 영애가 여전히 다리를 엇갈리고 서서 사람들을 둘러봤다. 그녀와 시선이 마주치자 나는 불참의 신호로 머리를 한번 흔들었다. 그러자 그녀는 못마땅한 눈빛을 보냈다. 엇갈린 다리 사이에서 짧은 치마가 펄럭였다. 하늘거리는 스카프를 감아 두른 듯 랩 스커트는 겨우 그녀의 허리에 휘감긴 꼴이었다. 후크라도 벌어지면 스르륵, 벗겨질 지경이었다. 아무래도 위태위태해 보였다. 대체 예비신부도 입지 않은 스커트를 어쩌자고 입었을까. 바람은 그칠 기미가 없었다.

나는 그녀의 눈빛을 피해 고택의 용마루를 올려다봤다. '당신은 누구입니까?' 밑도 끝도 없는 질문은 반복되었다. 하늘을 날아갈 듯 솟아오른 팔작지붕의 용마루는 여전히 나를 내려다보는 중이었다. 대답할 수 없었다. '왜 묻나요?' 반문할 수도 없었다. 물음은 엉뚱한 곳에서 터져 나왔다. "아티스트님도 기념주 하시죠?" 스텝 옆에 섰던 신랑이 내 쪽을 보며 묻고 있었다. "그럼요! 문화재가 문화재기념에 빠질 수 있나요?" 영애의 마당발은 언제나 내 발걸음보다 한걸음 빨랐다. 자동차에 소품을 싣던 스텝과 나를 보던 신랑의 시선이 동시에 그녀에게 옮겨갔다. 아아, 오로지 내 눈에는 그녀의 치맛자락만이 아슬아슬했다. "바람만 피한다면…… 어디든 따라가죠." 엉겁결에 나는 그렇게 말하고 말았다. '어디든'이라니? 참 어이없고 막막하기 이를 데 없는 대답이었다.

고택을 떠날 때 해는 뉘엿뉘엿했다. 그 어스름 속에 개량한복을 입은 중늙은이가 마당 저 끝으로 들어서고 있었다. 뒷짐 진 손에 쇠뭉치에 가까운 열쇠꾸러미가 들려진 채였다. 얼른 봐도 고택의 주인이나 관리인쯤으로 여겨졌다. 촬영팀과 신랑·신부, 그리고 영애와 내가 각각 세 대의 자동차에 나누어 타려는 순간이었다. 승합차에 오르던 김 작가가 황망히 내려서 허리를 굽혔다.

"저희 마치고 이제 막 올라가려던 참이었습니다."

"다들 고생이 많았겠소."

"아닙니다. 어르신 덕분에 좋은 촬영이었지요."

"이런 거라도 해야 저세상에 가서 조상님 뵙기가 낫지 않겠소?"

차르륵, 열쇠꾸러미 사이로 바람이 지나가며 소리를 냈다. 중늙은이의 손이 허공을 휘저을 때였다. 그는 마당가 자동차 앞에 서 있던 사람들을 둘러보았다. 그에게서 오래전 세상을 떠난 내 아버지를 보았다. 유명무실해진 종가의 종손, 조상과 가문에 대한 집착과 근근부지의 품위, 그 가난한 명맥……. 나는 고택의 광에 오롯하게 펴 있던 멍석의 주인이 바로 저 중늙은이였구나, 확신했다. 켜켜이 쌓인 먼지처럼 그에게도 드러나지 않을 슬픔이 생의 갈피마다 끼여 있을 것이었다.

"아, 예예. 그렇다면 저희로서도 영광입니다."

"영광은 무슨 영광. 어서들 출발해요."

김 작가의 지나친 의례에 중늙은이는 난색을 표했다. 고택의 조상들과 신랑·신부가 무슨 상관이겠는가. 누군가의 일상의 흔적이 고스란한 장소가 누군가의 기념사진에 적나라한 배경이 되었다는 사실만을 놓고 본다면 그처럼 이색적인 인간사가 또 어디 있으랴. 한없이 오르던 문지방과 셀 수 없이 여닫았던 문고리, 여름밤을 났던 대청마루를 생짜배기가 어느 날 문득 나타나 휘젓고 다닌다면? 아무래도 김 작가는 가문의 영광을 위해서 안방마저 내어줄 모양이었다.

"그럼 이만 가겠습니다."

김 작가가 깊게 허리를 굽혔다.

"살펴 가시오."

짧게 대답한 중늙은이의 구부정한 등뼈가 품이 넉넉한 개량한복 속에서 움질거렸다. 오래된 집의 서까래처럼 삭아 내릴 것만 같은 척추동물의 비애가 느껴졌다.

"어르신? 혹시 근처에 요기할 만한 곳이 있습니까?"

열쇠뭉치가 또다시 차랑차랑, 소리를 내고 중늙은이가 솟을대문을 향할 때 자동차문을 열던 신랑이 돌아서서 물었다. 뜻밖의 물음이었다.

"지척에서는 찾기 힘들 거요. 좀 기다려 보오."

바지춤에서 핸드폰을 꺼내든 그가 대문 앞에 서서 어딘가로 전화를 걸었다. 낮은 소리로 웅얼거려서 통화내용은 알 수 없었고 식당을 알아보는 거라고만 짐작했다. 출발하려던 일행은 죄다 서서 중늙은이만 쳐다봤다.

"됐소. 겨우 시장기나 면하고 떠나면 되겠소. 문단속할 때까지 거기들 있어요."

일행은 누구 하나 묻지도 않고 대문 안으로 사라지는 그만 멀거니 바라보다가, 잠시 후 다시 나와서 대문에 자물쇠를 물리는 그를 역시나 넋 놓고 바라만 보았다.

"차 버려두고 날 따라와요."

휘휘 앞장서서 걷는 중늙은이를 따라서 일행은 울레줄레 따라갔다. 약속이라도 한 듯 말없이. 웬일인지 무엇인가에 홀린다는 게 이런 걸까, 라는 생각마저 들었다. 어스름이었고, 일정과는 무관한 행보였으며, 낯선 마을을 줄지어 걸어가는 모양새가 일행 중인 내가 보기에도 이상야릇했다.

고샅 이쪽저쪽에 서너 채씩 모여 있는 집들을 몇 군데 지나자 밭 가운데 샛길이 이어졌고 그 끄트머리에 집이 한 채 있었다. 지은 지 오래지 않아 보이는 작달막한 스틸하우스였다. 집 양쪽 구석에 크고 작은 돌들이 쌓여진 채였다. 마당에 여린 싹이 비죽비죽 올라와 있었다. 징검다리처럼 넓적한 돌들이 박혀 있어서 일행은 그 돌을 밟고 현관 앞에 도착했다. 뒤돌아보니 맨 뒤에 오는 신부만 새싹을 밟고 오는 중이었다. '저런! 밟아 죽이겠군.' 나도 모르게 휴, 한숨이

나왔다. 도무지 종잡을 수 없는 예비신부라고, 아마 그녀 속에 실타래처럼 오만가지 것들이 얽히고설켜 있나 보다고, 나야말로 쓸데없고 불분명한 가늠을 할 뿐이었다. 사실 종잡을 수 없기는 신랑도 뒤지지 않았다. 그가 과연 내 비밀을 폭로해서 끝내 비의를 불러오게 할지 말지는 그야말로 가늠조차 되지 않았다. 세상에 헤아릴 수 없는 일들은 또 얼마나 많은가!

일행이 현관문을 들어설 때쯤 바람은 그쳤다. 바로 앞에서 걷던 영애의 스커트가 가지런해지자 불안하던 내 마음도 편안해졌다. 시신의 얼굴에 화장품을 처바르고 다닌다고, 생의 아름답고 황홀한 한 순간을 장식할 신랑 신부의 얼굴에 감히 그 손을 댈 수 있는 거냐고, 최소한의 직업윤리마저도 부재한 것 아닌가, 따져 묻거나 비난을 퍼부어도 달게 받을 수밖에 없다고 생각을 정리했다. 그러자 그칠 것 같지 않던 바람이 잠잠해진 것처럼 교자상 앞에 뚝, 시침 떼고 앉을 수 있었다.

한눈에 봐도 교자상은 묵은 세월을 간직한 채였다. 가무잡잡한 교목 상판에 수려한 산세를 그려놓은 듯 나이테가 선명했다. 사방옆면과 다리마저 못을 박지 않고 통목을 짜 맞춘, 자연무늬목을 그대로 살린 교자상이었다. 가보에 다름 아닐 그 상 위에 여주인은 연실 음식 접시들을 날랐다. 겨우 시장기나 면하라던 남자 주인의 배려를 넘어서는 차림이라서 일행은 서로 의아스런 눈빛만 교환할 뿐이었다. 김 작가가 몸 둘 바 몰라 하며 섰다 앉았다 반복하는 사이에 영애는 주방을 오갔다. 여주인의 성긴 흰머리가 눈에 띄었다. 예고도 없이 들이닥친 손님들을 맞기에는 여간 곤혹스럽지 않을 터였다. 그러나 여주인은 구김살 한 점 없이 김치며 나물, 게장과 구운 생선들을 가져다놨다.

"저흰 그저 술 한 잔씩 하면서 배고픔이나 달랠 참이었는데. 너무 죄송스러워서."

얼굴이 붉어지면서 신랑이 미안해하자 맞은편에 앉아 있던 남자 주인은 고택 마당에서처럼 손사래를 쳤다.

"두 늙은이 먹는 밥에 큰솥이 나온 것뿐이오. 맘 쓰지 말아요. 오늘 사진 찍던 그 맘으로만 잘 살길 바라오."

그는 신랑 신부를 응시했다. 그 눈빛이 사뭇 진지해서 돌연 나조차 숙연해졌다. 세상인심 세상풍조도 사람세상을 우선하지는 못하는구나, 오랜만의 지각이었다. 깨달음과 동시에 내 머릿속에 고택의 광이 떠올랐고 이내 멍석이 펼쳐졌다. 아늑함…… 깊은 고요…… 새어들던 한 줄기 빛……. 멍석에 대한 궁금증이 증폭되었고 나는 '비밀'의 집행유예자인 신분을 망각한 채 밑도 끝도 없이 얼간이처럼 묻고 말았다.

"저기요, 그 광…… 광 말이에요. 거기 있는 멍석은 왜……?"

교자상에 둘러앉은 주인을 포함한 일행이 때마침 식사를 하려고 수저를 들다가 죄다 목소리의 진원지를 향해 고개를 돌렸다. '뭐야?' 하는 표정들이 역력했다.

"광엘 들어갔단 말이오? 게다가 멍석이란 걸 알겠소?"

"제가 촌에서 나고 자라서요. 참 편안하던 걸요."

주인 남자는 내가 멍석을 알고 있다는 게 신기한 듯 물었다. 사람들에게 어서 식사를 하라는 눈짓을 하며. 일행은 여느 한정식 메뉴보다 종류가 더 많은 교자상의 접시 위에 쉽게 젓가락을 옮기지 못하는 눈치였다. 그도 그럴 것이 김치만 해도 배추김치는 물론이거니와 파김치와 갓김치며 백김치에까지 이르니 청년 스텝 둘은 숫제 어리벙벙해서 이 사람 저 사람의 젓가락 동선을 눈여겨보는 지경이었다.

"그럼 멍석에 누워 봤어요?"

영애 옆에 앉았던 여주인이 고개를 쑥 내밀고 내게 물어왔다. 낯빛에서 다소 놀라움이 묻어났다.

"예. 그냥 눕고 싶었어요. 좀 피곤했거든요."

웬일인지 적당한 변명을 찾아서 둘러대야 할 것만 같았다. 이상하게도 내가 큰 실수를 저지른 듯한 느낌이었다. 이순은 족히 넘겼음직한 여주인의 나직한 물음이 심상하게 들리지 않았던 이유는 무엇이었을까. 바지런한 일손 뚝 멈춘 채 하릴없이 살 수는 없다고 입원 일주일 만에 시위하듯 세상 뜬 어머니의 기억이 불러온 환기일까. 실제로 내가 피곤했을 수도, 혹은 자석이 쇠붙이를 끌어당기듯 멍석이 나를 눕게 했는지도 모르리라.

"내 휴식처였어요."

고택 마당에서 불과 한 시간 전에 했던 확신은 맹신으로 돌아왔다. 하긴 멍석의 주인이 누가 되었든 중요한 것은 멍석, 그것이었다. 여주인은 나를 보던 시선을 옮겨 밥상으로 가져갔다. 그녀의 목소리는 약간 떨리는 듯했다. 나도 따라하듯 아주 작게 발음해 보았다. 휴식처……, 라고. 옆에 앉았던 영애가 내 옆구리를 쿡, 찔렀다.

"이 친구가 바로 걸어 다니는 문화재거든요! 호호! 역시 문화재는 문화재를 알아보는 거로군요."

누가 들어도 영애의 웃음은 다분히 억지스러웠을 것이다. 더구나 고택 마당에서부터 그 '문화재' 타령은 뜬금없기 이를 데 없었다. 수년째 홀로 살아가는 나를 두고 농담조로 문화재, 라고 부르던 속내를 교자상에 둘러앉은 사람들이 어찌 알겠는가.

"무슨 무형 문화재를 보유하기라도?"

"아, 아니에요. 아닙니다."

주인 남자의 물음에 나는 화들짝 놀라 하마터면 숟가락을 놓칠 뻔했다. 태연스레 밥을 먹고 있던 영애가 원망스러울 뿐이었다. 우리는 친구라기보다는 차라리 거래 관계의 이쪽저쪽이라고 말해야 옳으리라.

"참, 사람들 싱겁기는. 그나저나 어르신? 고택은 언제부터 문화재청에 등재됐습니까? 관리가 만만치 않을 텐데요."

김 작가가 주인 남자에게 물었다. 간장게장을 먹던 손가락을 휴지로 닦으면서.

"그렇소. 여간 까다로운 게 아니오. 애착 없으면 돌보지 못하는 게 전통가옥이오. 등재된 지는 10년이 더 됐지. 이 집이야 이태 전에 겨우 비바람만 가릴 정도로 얼렁뚱땅 지어 나왔으니 집이랄 것도 없소. 안식구가 관절이 와서 거기서 살 수가 없게 되었지. 하루에도 수십 번 문지방을 오르내려야 하는 종부의 살이니 여북하겠소? 광에 있는 멍석도 안식구가 부엌에서 일하다 쉬던 장소요. 지금이야 편한 세상이지. 암, 아주 편한 세상이고말고.”

이마에 팬 주름과 갸름한 얼굴의 광대뼈 위로 형형하게 빛나던 눈매, 그리고 처진 어깨 아래로 이어지던 구부정한 등허리는 영락없이 오래전 내 아버지의 잔상이었다. 주인 남자 역시 퇴색한 장손의 명맥에 긍긍하는 처지가 분명했다. ‘어쩌면 당신들의 예전 세상이 더 나았는지도 모릅니다.’ 나는 꿀럭, 하고 싶은 말을 음식물과 함께 넘겼다.

“그런데 왜 멍석은 그대로 두고 오셨나요?”

꼭 묻고 싶었다. ‘웬 집착이지?’ 하는 눈초리는 그 진작 일행들에게서 간파되었으나 나는 개의치 않았다.

“남겨두고 싶었어요. 지금도 가끔 거길 가서 가만히 눕곤 해요. 엄마 품속처럼 푸근해지니까요. 그러면 내가 아기로 돌아간 느낌이에요. 마치 천지간에 아무것도 존재하지 않았던 것처럼 아주 편안해요.”

대답은 여주인에게서 들었다. 여주인의 말이 딱히 내 물음에 대한 대답이라고는 생각하지 않았다. 그녀의 어조는 고백에 가까웠다.

일행과 고택의 종손부부는 예정에 없던 저녁 식사를 했다. 그건 참 이색적인 만남이었고 보기 드문 식사 형태였다. 애초 김 작가가 의도했고 신랑의 추임새가 더해지면서 영애의 일방적인 합의가 가세한 '한잔 뒤풀이'는 고택 주인의 등장 탓에 '한 끼 식사'로 마무리되었다. 애주가인 김 작가에게는 애석하게 무산된 야외촬영의 뒤풀이였다. 그러나 무슨 일이든 음과 양이 상존하기 마련인지라 내게는 불행 중 다행이었다. 한잔은커녕 반주 정도조차 술은 허락되지 않았다. 비치된 술이 떨어졌는지, 아니면 술과는 거리가 먼 주인인지, 그것도 아니라면 의도적으로 술을 내어놓지 않았는지 단정할 수는 없다. 아무튼 알코올 성분으로 인해 자칫 비밀이 발설될 위험이 높아진다는 가정을 하자면 나로서는 괜찮은 저녁 식사였다. 더하여, 광 속의 멍석 주인을 만났고 그 내력까지 듣게 되었으니 일면 소득이었다. 엄마 품속은 언제든 누구에게나 절실하지 않겠는가.

결과적으로 '모심' 상조회사 대표는 내 비밀을 폭로하지 않았다. 랜턴 불빛에 의지해 일행은 밭 가운데 샛길을 지나 동네 고샅을 들어서서, 캄캄한 중에도 그 위용을 뽐내듯 가늘고 긴 여자의 허리를 연상시키는 용마루가 내려다보고 있는 고택 마당에 도착해, 저마다 자동차에 올라탔다. 한 달 후 식장에서 보자는 인사를 서로 나눌 때 예비신랑이 내게 "예식 전에라도 연락드리지요." 하고 허리를 굽히는 바람에 순간 아찔했다. 늦은 밤이고 갈 길이 급한 때문인지 누구도 신랑의 말을 문제 삼지 않았다. 내 차에 동승하겠다던 영애마저 김 작가의 승합차에 앉아서 "늦었어. 그냥 우리 차로 갈게." 하며 창문을 닫고 출발했다. 이어 배기량이 큰 신랑 신부의 자동차가 부드럽게 빠져나간 뒤꽁무니에서 나는 10년 넘은 낡은 차를 덜거덕거리며 고택 마당을 빠져나왔다.

언뜻 돌아보니 뒷좌석에 시커먼 키트 두 개가 나란했다. 차라리 영애와 동승하지 않은 게 다행이라는 생각이 들었다. "내 딸년 굶고 다니는데 남의 아들 수발이 다 뭐니? 아이고! 내 발등 백번 찍어 봤자 뭔 소용이람. 넌 문화재로 살아라. 수재아들 뒷바라지하면 그 공로 이담에 알아 모시겠지." 내려올 때와 마찬가지로 조수석에 앉아 구시렁거릴 판이었다. 그녀의 하소연 때문에 나는 간만에 한강변을 달리면서도 강물줄기조차 넘어다볼 수 없었다. 가능하면 영애의 재혼 사례는 피하고 싶었다. 그 신산하고 고된 이야기는 내 키트와 흡사했다. 내가 키트를 들고 장례식장과 결혼식장을 오가듯 영애 역시 '눈부신 아침'과 '흐린 저녁'을 오락가락하며 살아가고 있었다. 아니, 우린 누구나 살고 있을 뿐이었다. 그러므로 일상의 지지부진한 내용물을 죄다 열거하는 것은 극심한 피로를 조장했다. 피로는 내게 최대의 적이었다. 오직 세상은 전쟁터였으니까.

6

'네게도 세상은 전쟁터였구나!' 심한 찰과상과 멍 자국이 이마와 양 볼에, 인중과 입술은 몹시 부어오른 상태였다. 병원 영안실 관계자는 "복원이 필요합니다." 하고 의뢰해 왔다. 자고 새면 고층아파트에서 몸을 날리는 아이들이 이웃집 애기마냥 흔한 세상이 되었지만 당자와의 만남은 처음이었다. '그렇게나 힘들었니? 아직 네 봉오리는 열리지도 않았어. 좀 더 견디지 그랬니? 전쟁 중에도 꽃은 피기 마련인데…….' 한참 동안 시신을 들여다보았다. 열여섯, 앳된 얼굴이 추락과 동시에 일그러져서 흉했다. 시신을 대하는 순간 머릿속에는 피지도 못한 꽃들이 함부로 꺾인 채 이리저리 널브러진 영상이 떠나지 않았다. 참담한 심정이 되었다.

염습실의 고인은 혼자가 아니었다. 묻지 않아도 아이의 엄마일 듯싶은 여자가 시신의 손을 꼭 붙들고 앉아 있었다. 출입문을 들어설 때부터 키트를 놓고 도구를 나열하고 고인을 들여다보기까지, 여자는 내게 일언반구조차 없었다. 생때같은 새끼를 잃은 어미에게 나 또한 무슨 말을 하랴. 말은 필요치 않다. 인사치레 역시 당연히 불필요하다. 넋이 나간 여자에게 그 넋을 되돌리려면 열여섯 해를 백지화시키면 될까. 망각, 말이다. 그러나 일 년 육 개월도 아닌 십육 년을, 그 새털 같은 날들을 무슨 수로 잊겠는가. 치매를 앓는 병자도 오래된 기억만은 질기도록 오래오래 간직한다. 그러니 망각의 기제는 차라리 기억을 불러일으키는 촉진제 역할을 감행하리라.

숱이 많은 풍성한 머릿결은 아직 윤기가 남아 있다. 나는 머리부터 매만졌다. 누군가의 손길이 먼저 닿았는지 흐트러짐 없이 곱게 빗어 놓았다. 목을 감싸고도 남을 긴 생머리였다. 헤어드라이는 쓸 필요가 없다. 기계의 작동은 피지 못한 꽃봉오리를 억지로 벌리는 것처럼 여겨졌다. 열여섯 살의 여학생에게는. 제 스스로 다물어 버린 걸 감히 누가 열겠는가! 목 아래 베개로 몇 가닥 처진 머리카락만 올려 주고 잔 터럭까지 귀 뒤로 단정하게 쓸어 넘겨주었다. 잘 붙지 않아 헤어젤을 사용했다.

"우리 애도 똑 그렇게 머리카락을 귓가에 꽂았어요."

흐리멍덩했던 여자의 동자에 초점이 살아났다. 돌연한 최초의 말이 반갑기도, 한편 무슨 대답을 해야 좋을지 몰라 나는 망설였다. 긴장감마저 생겨났다. 혼자만의 익숙한 작업에 누군가 코치 노릇을 자처한다면 그것처럼 어색하고 불편한 일이 없을 것이었다.

"그랬군요. 참 단정했던 친구였네요."

살짝 가벼운 웃음을 지을 때 여자 역시 입가에 옅은 미소가 번져 나왔다. 이목구비가 뚜렷하고 눈썹이 산허리처럼 자연스러운 여자였다. 퀭한 눈빛의 수척한 얼굴만 아니라면 딸을 잃은 엄마로 보기 어려울 정도였다.

"눈물도 말라요. 그 말을 믿지 않았거든요. 근데 사실이에요. 거짓말처럼 눈물이 멈추었어요. 우리 애 얼굴이 보이기 시작했죠. 이마가 패였고 발그스름했던 볼도 까였어요. 입술은 또 어떡해요? 풍선처럼 부풀어 올랐잖아요. 고작 5층이었어요. 하필이면 아파트 화단에 돌이 있었을까요? 그 돌을 누가 버렸을까, 난 찾고 싶어요. 묻고도 싶어요. 왜 화단에 돌을 버렸는지."

내가 돌을 버린 범인이라도 된 것처럼 움찔했다. 거짓말처럼 눈물샘이 말랐다던 그녀의 입술 역시 거짓말처럼 열리더니 쉽게 다물어지지 않았다. 문제의 그 돌을 누가 버리지 않았다면, 아니 정확하게 말해서 돌덩이가 화단에 없었다면 죽지 않았을까. 난데없는 돌 한 덩이 때문에 꽃처럼 예쁜 여학생이 죽었다니 손목에 탁, 맥이 풀렸다. 그것은 길 가다 무심코 차 버린 돌멩이가 자동차 사고를 일으켜서 사람을 죽게 했다는 말과도 같았다. 애초 여자의 심리를 분석하고픈 생각은 없었거니와 내게는 그럴 만한 전문지식도 없었다. 그러나 여자가 쇼크 상태인 것만은 확실했다. 여전히 흐릿한 동공과 두서없는 구술이며 상대의 시선을 피한 채 혼자서만 떠들어 대는 모양새가 정상이라고 보기는 어려웠다.

열여섯, 스스로 목숨을 놓아 버린 망자가 내게 피로감을 더해 주었다. '대체 얼마나 살았다고? 경솔한 거 아니니? 우린 다들 짐을 지고 타박타박 걷는 거야. 사막의 낙타처럼 말이지. 모래밭에 내리 꽂히는 태양은 그 얼마나 우리 머리 위에서 이글거리니? 목마름에 시달리면서 누구나 가는 거란다.' 망자는 알아들을 리 없었다. 산 자들도 알아듣지 못할 말은 유월 녹음처럼 무성하니까. 코칭이든 넋두리든 여자와 달리 나는 내 일을 해야 했다. 깊고 넓게 패인 이마를 복원시키기 위해 실리콘을 주사할 때 여자는 잠시 닫았던 입을 열었다.

"살살 해 주세요. 아프지 않게. 우리 애는 주사 맞는 걸 무서워했어요. 심지어는 개미새끼를 봐도 도망갔죠. 세상에나! 근데 어떻게 뛰어내릴 생각을 했을까요? 이건 너무 이율배반이잖아요. 징후도 없었어요. 친구도 공부도 그 무엇도."

말하자면 망자는 세상을 시끄럽게 하거나 담론을 형성하는 세태와는 무관했다는 것이었다. 왕따·학교폭력·입시 위주의 과열학습 따위와 상관이 없었다는 얘기는. 도대체 망자에게는 무엇이 문제였을까. 어미의 직관과 혜안으로도 가늠할 수 없는 그것의 정체가 못내 궁금해졌다. 저, 핀란드와 스칸디나비아반도에서 절벽을 뛰어내리는 들쥐의 자살로 설명될 수 있는 문제가 아니잖은가? 그 맹목성의 집단자살은 레밍떼에 불과하다. 유럽 특정 지역의 들쥐와 여기 한국의 열여섯 살 소녀의 죽음을 동일선상에서 볼 수는 없다. 무리에서 도태될까 자살을 불사하는 동물적 본능만으로는. 그럼 왜 그랬을까? 왜 극단으로 치달았을까. 누군가 영혼의 무게는 21그램이라고 했는데 소녀는 그 21그램조차 무거웠을까. 분노·절망·고독·그리움·저항. 견뎌내야 할 영혼의 둑은 툭, 터져 버렸을까.

"영원히 아프지 않을 거예요. 이젠."

여자가 무색해질까 나는 한참 만에 작게 말했다. 달리 할 말이 없었다. 과량이다 싶은 실리콘을 덜어내고 굴곡진 부분 없이 이마를 만들면서. 망자는 넓은 이마를 가졌다. 이마처럼 넓은 도량으로 영혼의 둑을 지킬 수는 없었을까.

72

"그렇죠? 인제 우리 앤 영원 속으로 사라지는 거죠?"

눈물이 말랐다던 여자의 눈동자가 흥건했다. 동자를 깜박거릴 뿐 이상행동을 하거나 우려했던 격정과 울분을 쏟아내지도 않았다. 평정심을 유지하려고 노력하는 티가 역력했다.

"사라지는 게 아니라 영원으로 이어지겠지요."

"그럴까요? 끝없이 변함없이 내 딸로 남아있는 건가요?"

되물을 때 여자는 눈물을 훔쳤다. 손등이 불빛에 번들거렸다. 흰 시트 위에 가만히 내려놓은 망자의 손과 비슷한 크기, 비슷한 모양 이었다. 바지런할 것 같은 짧은 손마디였다.

"그럼, 그렇고말고요."

나는 꽤나 진부하고 어쭙잖은 위로에다 지나치게 통속적인 맞장구까지 쳤다. 그러면서도 이제 메이크업을 시작할 텐데 여자가 그만 나가주었으면 하는 바람은 어쩔 수 없었다. 내 영역에 누군가 끼어드는 걸 원하지 않았다. 죽은 자의 얼굴을 화장하는 작업은 산 자의 낯을 꾸미는 것보다 고도한 집중이 필요하다. 그 마지막 화장은. 비록 불 타 재로 남을 시신이지만 마지막 산 자들과 이별의 순간을 위해서 온 정성을 요구한다. 이별의 순간, 남은 자들은 강렬해진다. 어쩌면 누군가에게는 죽을 때까지 그 순간이 따라붙는다. 한순간을 위해 나는 머릿속에 색조를 배열한다. 떠나는 순간, 바로 그 순간만큼은 매임이 없어야 한다. 비상하는 새의 날개처럼 고아해야 한다. 고인에게 맞는 최고의 색조를 찾기 위해 머리터럭 하나 땀구멍 하나까지 아주 찬찬히 살핀다. 물론 영원의 세계는 찬란하지도 화사하지도 않을 무채색이라고 나는 생각한다. 영원이 존재한다면 말이다. 그럼에도 공들여 색조를 선택하는 것은 아직은 망자가 이생을 벗어나지 않았기 때문이다. 산 자들은 쉽게 망자를 놓지 못한다. 그들에게서 스르륵, 풀려날 때까지 망자는 인내해야 한다. 사람들은 왜 죽은 자에게까지 참아달라고 할까. 아무래도 인내의 한계는 원초적으로 봉쇄된 모양이다. 따지고 보면 모든 게 산 자들의 횡포니까.

내 바람대로 여자가 염습실을 나간다. 망자의 담임교사와 급우들이 왔다고, 전화를 받고 일어선다. "우리 애 예쁘게 해 주세요. 이런 모습 보여주긴 싫어요. 얘는 핑크빛 립글로스를 즐겼어요. 끝나면 빈소로 연락주세요. 친구들이 보고 싶을 거예요." 여러 마디를 한 다음 출입문을 열었다. 나는 복원을 마치고 색조를 구상하던 중이었는데 여자가 허둥대는 통에 베이스부터 다시 가닥을 잡아야 했다. 뒷말을 생각해보니 문상 온 친구들이 망자를 보고 싶어 한다는 것인지, 누워 있는 망자가 그 친구들이 보고 싶을지도 모르겠다는 뜻인지 모호했다. 평상심을 되찾으려는 여자의 노력이 수포로 돌아갈 가능성이 컸다. 왜 아니겠는가? 죽은, 아니 죽어 버린 자식의 흔적을 달고 친구들은 영정사진 앞에서 어정거릴 텐데. 그처럼 천연덕스럽고 그처럼 고스란한 일상의 흔적을 여자는 죄다 대면해야 할 것이다. 그 애들 누군가는 망자의 책이나 볼펜을 빌려갔다가 내놓을 테고, 다른 누군가는 망자와 북카페에서 카페라테를 사이에 놓고 자못 심각한 대화를 나누었던 한때를 보고할 것이며, 또 다른 누군가는 망자의 팔짱을 끼고 시시덕거리며 거리를 활보하던 순간을 불러

내리라. 여자가 가엾어졌다. 헤아릴 수 없는 고통의 중량이 내 어깨마저 짓누르는 듯 무거웠다. 여자는 얼마간 고통에 시달리다가 이내 통증을 느낄 것이다. 자식 잃은 어미가 받아야 할 형벌은 예리한 칼날이 가슴을 가르듯 처참하겠지.

나는 물끄러미 망자를 내려다보다 소독장갑을 바꾸어 낀다. 벗은 장갑에 실리콘과 젤, 파우더가 묻어 있다. 착잡한 심정으로 망자의 복원된 얼굴을 들여다본다. 아무래도 망자에게 핑크빛 립글로스는 어울릴 것 같지 않다. 여기저기 조형물질이 메워지고 덧입혀져서 살았을 적 피부색을 기대하기는 어려웠다. 색조를 줄이고 선을 깔끔하게 잡아주는 쪽으로 결정한다.

덮개가 열려 펼쳐진 키트의 내용물들을 눈으로 훑는다. 손이 머뭇거려진다. 쉽게 화장품을 골라내지 못한다. 화장품 대신 필기도구를 꺼내든다. 여자가 일어났던 의자에 가만히 앉아 본다. 온기는 사라지고 간이의자의 딱딱한 질감뿐이다. 나는 망자 곁에 앉아서 적기 시작한다. 작업에 집중력이 결여되면 조목조목 써 보는 게 상책이다. 몸이 제 할 일을 인지하지 못할 때는 메모만큼 효과적인 대안이 없으므로. '베이스는 너무 화사하지 않게 하되 복원 부위를 충분히 커버할 것. 아이브로우는 둥글게 그리되 갈색이 아닌 진회색이나 흑갈색으로. 아이섀도는 깔끔한 눈매를 위해 베이지 계열로 톤만 정리. 아이라이너는 언더에는 피하고 기본만 펜슬로 최대한 엷게. 아이래쉬컬러로 속눈썹 정리 후 마스카라 최소화, 역시 언더 생략. 대신 화이트 펄 섀도로 귀염성 확보. 섀딩은 별도로 넣지 않고 블러셔

는 연한 핑크계열로 둥글게 굴려 줄 것. 얼굴이 둥근 편이므로 사선
으로 터치. 하이라이터는 펄이 없는 것으로 티존 부위에 터치. 립
메이크업은 틴트를 이용하고 컬러는 붉은 계열 립글로스.'

　화이트 펄 섀도로 과연 귀염성이 살아날까? 휴우, 한숨이 절로 나
온다. 나는 지금 망자에게서 무엇을 바라는 걸까? 단지, 시신 한 구
일 뿐인데……. 제아무리 소녀가 핑크색 립글로스를 즐겨 바르고 그
입으로 재잘거렸을지라도, 하여, 뭇 사람들에게 상큼 발랄한 면면
을 보여주었을지라도, 나로서는 역부족이었다. 도무지 재현시킬 재
간이 없었다. 망자에게 소녀의 청순한 이미지를 기대하는 것은 살아
나기를 바라는 것과 한 가지였다. 기적은 바라고 구한다고 일어나
지 않는다. 절절하게 원한다고 해서 얻어지는 것도 아니다. 생사를
관여하는 기적은 놀랄만한 신비가 아니라 봄 · 여름 · 가을 · 겨울처
럼 정연하다. 누군가는 태어나야 하고 또 누군가는 죽어야 한다. 태
어나야 할 때 세상에 오고, 죽어야 할 그때, 세상을 떠나는 것이 바
로 기적이다. 감히 오고 가는 걸 누가 규정할 수 있다는 말인가! 열
여섯 살이어서 아직은 기적이 아닌가, 물어온다면 그것마저 기적이
라고 나는 대답하겠다. 어차피 소녀가 살아나는 기적은 일어나지 않
을 테니까. 다만, 나는 열여섯 살의 망자에게 가장 소녀다운 메이크
업이 기적처럼 완성되기를 바라는 것이다. 바로, 내 손끝에서. 오래
전, 마흔여섯의 그를 떨리는 내 손끝으로 어루만졌듯.

7

추락사한 그의 얼굴은 비교적 깨끗했다. 양쪽 볼과 이마에 약간의 찰과상이 전부였다. 만 24시간이 채 되기도 전에 그를 시신으로 만나야 했다. 꿈을 꾸는 것 같았다고, 그렇게 말할 수밖에 도리 없다. 실제로 나는 꿈속에서처럼 그의 얼굴을 어루만졌다. '참, 그랬지? 당신은 내게 메이크업을 받길 원했어.' 허깨비처럼 허청허청 걸어가서 자동차에 싣고 다니던 키트를 꺼내들었다. 따라왔던 균이 "엄마, 왜 이래? 정신 차려요. 엄마까지 이상해지면 누가 학교 보내 줘?" 하며 키트를 들어주었다. 균의 '학교 타령'은 그때부터 이미 시작되었을까? 아버지의 주검 앞에서도 균은 의연했다. 장례식장에서 상주가 감히 학교타령이라니? 중학교 1학년이면 펑펑 울음을 내놓거나 영정 앞에서 졸음을 참지 못해 연실 하품을 해댈 텐데 나와는 영 대조적이었다.

나는 웨딩키트를 열고 그를 메이크업했다. 바로 전날까지 어느 호텔에서 신랑 신부를 메이크업한 화장품이었다. 덜덜 떨리는 손가락은 크림 뚜껑을 반대로 돌렸고 펜슬을 놓쳤으며 브러시를 허공에 그었다. 왜 그렇게 떨렸을까?

"만날 호호대는 신랑 신부만 도화지 삼지 말고 내 얼굴도 폼 나게 그려달라고. 이래 봬도 1공장장 하면 다들 한 인물 났다는데 유난희만 모를걸? 허긴 좀 유난을 떨고 댕겨야지."

그는 내가 뒤늦게 인근 대학의 평생교육원을 들락거리는 것을 못마땅해 했다. 예술교양 프로그램이나 바이오대중강좌 따위가 다 무슨 소용이냐는 식이었다. 이유는 간단했다. "시간 없다고 징징대면 몇 시간 강의 듣고 쌓은 교양 한순간에 무너져. 좋은 날 좋아 죽고 못 사는 신랑 신부 보기 좋게 화장해주면 그게 바로 최상이지."

그의 최상은 과연 무엇이었을까. 나는 떨리는 손을 가만히 무릎 위에 포개고 찬찬히 그를 살폈다. 넓은 이마, 반듯한 콧날, 긴 인중, 도톰한 입술. 끝내 열리지 않을 그의 입술에 시선이 닿았을 때 급기야 깨달았다. 가장 그다운 메이크업은 중년의 온화함일 거라고. 한 점 욕망조차 떠나보낸 한없이 평화로운 그를 위해 나는 처음이자 마지막인 최상의 메이크업에 집착했다. 그가 말한 '최상'이 내내 귓가에 머물렀다.

로션과 파운데이션, 블러셔를 섞어 그만을 위한 컬러로션을 만들었다. 칙칙한 피부와 모래알이 박힌 듯 커다란 모공은 고단했던 생의 이력이었다. 즉석에서 제조한 로션을 일일이 펴 발랐다. 그때껏 그의 얼굴에 팩이나 마사지 한번 해 준 적이 없었다는 자책이 엄습했다. '우리는 무얼 하며 살아왔을까?' 묻고 싶었다. '그냥 남들처럼 살아왔지.' 그는 배시시 웃으면서 대답할 것이다.

손끝이 떨렸다. 물결 브러시로 모공 부분을 커버할 때 나는 헛손질을 했다. 그가 금방이라도 '많이 놀랐겠군!' 하며 부스스 일어날 것만 같았다. 잠자는 듯 편안한 그의 얼굴이 그가 말한 것처럼 차라리 도화지이기를 바랐다. 아무것도 그리지 않은 흰색 도화지. 그렇다면 거기에 다른 그림을 그려 넣을 수도 있었을까. D사의 공장장이나 한 가정의 가장, 그리고 테니스회원이 아닌 다른 인생 다른 삶으로. 이를테면 그가 꿈꾸었던 마도로스나 천문학자, 또는 한옥목수로 도편수 노릇을 해 보는 것.

'당신 후회해?' 나는 입술을 앙다문 채 내추럴 브라운 계열로 얼굴 윤곽을 정리했다. 귀를 중심으로 하여 부채꼴 형태로 브러시를 낮게 기울여 블러셔를 쓸어 주듯 발라주었다. '근데 목수의 우두머리 격인 도편수는 불가능했을 것 같아. 1공장장도 힘들어했잖아? 노·사 중간에 끼어 노상 허우적거렸으니까. 그래도 공장장보다는 낫겠다고?' 새도로 눈썹을 자연스럽게 빗질했다. '그래 맞아. 한옥학교 간다고 할 때 말리지 말걸 그랬어.' 지그시 감긴 그의 속눈썹이 바르르 떠는 것도 같았다. '당신 두렵구나? 그런 거야?' 희끗희끗한 새치머리도 블랙 마스카라로 커버했다. '어차피 간다고? 가도록 정해졌다고?' 립밤을 입술 가운데 바른 후 문질러 펴 준 뒤에 번들거리는 윤기를 티슈로 살짝 닦아냈다. 건조하고 칙칙한 입술까지 보정했다.

나는 그의 얼굴을 찬찬히 살폈다. 단정하고 편안한 얼굴에서 생전의 품성이 은은하게 번져 왔다. '당신 아주 멋져. 진작 이렇게 해 줄걸 그랬어. 당신한테 정말 미안해.' 평소의 그라면 유난희가 이런 유난도 떠는구나!, 하며 역시나 덧니를 반쯤 내보이면서 배시시 웃었을 것이었다. 나는 그의 입술에 가만히 내 입술을 얹었다가 떼었다. 그는 내게 무슨 말을 하고 싶었을까. "죽은 듯이 잤어." 숙면을 취하고 나면 그는 내게 어김없이 말했었다. 분명 내 눈에 그는 죽은 듯이 자고 깨어날 것만 같았다. '당신 일어나 봐. 눈뜰 때가 되었어. 이젠 당신이 꿈꾸던 세상을 살아야 하잖아?' 힘없이 닫혔던 그의 입술이 내 입맞춤에 틈을 보였다. '이만큼이면 괜찮아. 괜찮은 건 그런대로 좋다는 뜻이래.' 그는 나를 다독인다. 나는 그를 보내면서 산 자가 죽은 자를 애도하는 것이 아니라 죽은 자가 산 자를 위로하는 걸 알 게 되었다.

최대한 염습 시간을 늦추었던 이유는 아마도 그에게 위로받고 싶은 욕구가 컸기 때문이었으리라. 입관 때까지 나는 빈소에 가지 않았다. D사의 임원들과 동료 직원들이 오가고 다른 문상객들의 조문에도 그의 곁에서 꼼짝 없이 앉아 있었다. 균이 빈소를 지키는 동안 나는 오랫동안 그와 얘기했다. '집 짓는 게 그렇게 좋았어? 그깟 회사 인사고과에 불이익 당하면 어때. 잘리면 잘리는 거지. 당신 잘리면 내가 여기저기 쫓아다니면서 화장이나 해주고 살지, 뭐. 설마 산입에 거미줄 칠까. 신랑 신부도 줄어드는 추세라고? 정 그렇담 신랑 신부 말고도 돌·백일·회갑·칠순·팔순·은혼식·금혼식…… 기념일이 얼마나 많은데? 내겐 기념일이 모두 도화지나 마찬가지야. 인간사 좋은 일들만이 아니라고? 하긴, 당신도 이렇게 누워 있으니까. 아하, 입에 풀칠 안 되면 키트 들고 여길 와도 되겠다, 그치?'

그는 대답하지 않았다. 대신 틈을 보였던 윗입술이 지그시 아랫입술을 누른 듯했다. 립밤을 바른 보습효과 탓에 생기 있어 뵈는지도 몰랐다. '싫은 거야? 좋아. 당신이 원하지 않으면 하지 않을게.' 나

는 그의 손을 잡았다. 몹시 차가웠다. 흰 가운을 입은 장례지도사가
출입문을 열었다 닫았다. 나는 모른 척했다. '이제 가야 해. 정성껏
화장해 준 멋진 얼굴로 가게 되어 정말 기뻐. 고맙다, 유난희.' 입술
을 열고 금방이라도 그는 내 이름을 부를 것 같았다. 기다리고 기다
려도 그의 입술이 열리지 않자 겨우 내 입술이 열렸다. "잘 가."

　회사의 '집짓기 체험'에 참석한 그의 실족사는 온갖 파문을 불러일
으켰다. 명목상 워크숍이었지만 직원을 강제노역에 동원한 것과 다
름없었다는 것이었다. 실족사 그 두어 달 전에도 그는 1공장 직원들
몇몇과 함께 산림보호 명목으로 소나무 가지치기를 하고 왔는데, 다
뤄 본 적이 없는 전기톱 때문에 여간 애를 먹었다고 했다.
　제과회사에서 과자, 빵이나 맛있게 만들면 될 일이지 웬 문화예술
타령이냐고, 그저 강 건너 불구경하듯 나는 텔레비전을 보며 지나가
는 투로 말하기도 했다. 대수롭지 않게. 사실, 별 일 아닌 데서 별
일은 우후죽순처럼 생겨난다. 따지고 보면 모처럼 쉬는 주말에 회사
일도 아닌 건설현장에 불려 나가는 경우를 대수롭지 않다고 말할 수
는 없을 것이었다. 회사는 수년째 아트밸리 조성사업을 추진 중이었
다. 국내 최대 규모의 예술 공간이 제과회사에서 왜 필요한지 그 역
시 의문을 갖기는 마찬가지였다. "고객에게 맛을 넘어 '꿈과 행복'을
제공하는 과자가 회사의 모토라니 좀 낭만이 지나친 것 같지 않아?
과자는 맛 자체가 탁월성 아니겠어?" 비난이 역력한 내 물음에 그는
"글쎄 홍보실에 유능한 카피라이터가 영입되었나?" 건성으로 대답

하며 텔레비전에서 시선을 떼지 않았다.

그때 화면에는 어느 건축가의 유럽여행기가 소개되고 있었는데 샤갈 미술관을 카메라가 따라가는 중이었다. 이 땅의 당산나무처럼 우람한 고목 몇 그루가 서 있는 미술관의 정원을 비춰주었다. 푸릇푸릇한 기운이 화면 밖으로 흘러나올 듯했다. 미술관 안으로 들어가자 화면은 샤갈의 작품연대표를 잠깐 보여주더니 이내 작품들을 소개했다. '아담과 이브'에서는 인물의 표정이 음산했는데 금단의 열매를 딴 악의 주제가 그대로 드러났다고 건축가는 설명했다. "저게 어디 사람 얼굴인가? 내 눈엔 모두 세모, 네모, 반원으로 보여. 저런 유명화가들 작품에서 모티브를 얻은 색감과 콘셉트를 활용해서 만든다는구먼. 거, 참 종류도 많아요. 정글짐, 미끄럼틀, 조형물 놀이기구에 거 또 뭐라더라? 암튼 예술놀이터를 만든대." 그는 시큰둥해했다. '아담과 이브'는 샤갈의 작품 중에서도 면을 가장 세분화한 그림이라는 걸 인근 대학의 예술교양 프로그램에 참여하면서 나는 알게 되었다. "혹시 알아? 당신 회사 직원 중에 뒤늦게 샤갈의 재능이 발견될지. 색채의 마술사로 말이야." 또 한 번 나는 비아냥거렸다. 그의 팔의 상처가 눈에 거슬렸기 때문이었다. 가지치기를 하다 나무에 찢긴 자국은 지렁이처럼 길었다.

예술인들에게 창작활동의 기회를 제공해주고 직원들에게는 감성에너지를 끌어올려 업무의 시너지 효과를 거두겠다는 데 이의를 제기할 사람은 없다. 더구나 고객의 편의와 문화 욕구를 충족시키는 마케팅전략을 정죄할 명분도 없다. 사회환원 차원의 문화복합타운을 조성하여 자사의 브랜드 가치를 높이겠다는 취지가 왜 지탄받아야 하는가? 문제는 그 암묵적 동의였다. 문화복합타운 건설현장에 동원될 수밖에 없었던 조직 내의 압력. 그는 아무런 말이 없었다. 조직 내에서도 역시나 말이 없었을 터였다. 강제노역이 분명함에도. 대체 오래전 저항의 기류는 어디로 흘러갔을까?

화면은 샤갈의 '신문팔이'를 담아냈다. "저 노인은 딱 증조부님 같군. 수염이 덥수룩한 게. 그림이 흑백사진과 닮았어." 내 비아냥거림에도 아무런 대꾸조차 없던 그가 텔레비전에 시선을 둔 채 나지막하게 말했다. 증조부님? 순간, 아득해졌다. 그의 아버지의 아버지의 아버지. 가이드 역할을 하는 건축가가 '시간의 추적이며 멀리 교회가 상징하는 영원성' 따위를 주워섬기지 않아도 우리는 충분히 허망해졌다. 그도 나도. 그 속절없음에. "영원을 두고 신문을 팔다니? 여기에 유일의 판타지가 있다고?" 노인이 잔뜩 안은 신문뭉치를 보자 밑도 끝도 없이 화가 났다. 화면은 틈을 주지 않고 즉각 바뀌었다. 니스해변의 예고편으로.

화가의 판타지에 동의할 수 없었다. 인생은 예고편도 없지 않던가! 구질구질한 신문팔이만 하다 갈 거니까. 에메랄드빛 아름다운 해변에서나 판타지는 기대할 일이다. 한낱 신문지에 쪽빛 바다의 환상은 어림도 없다. 텔레비전 앞에 나란히 앉아 있는 우리에게는 단지 일상의 고단한 흔적만 남았을 뿐이었다. 강제노역이 남긴 지렁이처럼 징그러운 그의 팔의 상처와 그 상처를 후벼 파는 내 위악 따위. "우린 지금 신문을 팔고 있는 거야." 꽤나 서글퍼졌을까? 나는 자조적이었다. 한참 만에 입을 열고 그는 고작 이렇게 말했다. "그래도 희망은 있어. 신문을 팔 수 있으니까."

아아, 저 대책 없는 긍정이라니! 내 앞에 턱, 벽이 들어찬 느낌이었다. "이봐요, 1공장장님? 늙어 죽을 때까지 신문만 팔 건가요? 근데 제발 조간이든 석간이든 한 가지만 파세요. 가지치기는 그야말로 곁가지예요. 신문팔이와는 상관없는. 찢긴 팔뚝에 훈장 채워 주지 않거든요? 과자에 아트를 입히는 건 방금 예고한 니스해변의 판타지와 다를 게 없어요. 환상은 환상으로 지어져야죠. 그 환상에 애먼 사람들 혹사당하잖아요? 신문팔이만으로도 벅차다 하세요." 참을 수 없을 때 존대를 하는 방식은 나의 고쳐지지 않는 악습 중 하나였다. 굳어진 그의 표정은 성벽과도 같았다. 그는 참을 수 없을 때 돌처럼 안면근육이 딱딱해진다. 우리는 인내의 방식도 서로 달랐다. 다물었던 입을 열어 이죽대거나 조목조목 따져 묻는 나와는 달리, 그는 하던 말마저 뚝 그치고 만다. 샤갈의 '아담과 이브'에 드러난 악의 주제는 돌처럼 굳어진 그의 안면이 아니라 냉소와 조소로 편만한 내 얼굴에서 단연 돋보일 것이었다. 그에게 악은 도무지 실체가 파악되지 않는 그림자였을까.

신문팔이 노인에게서 희망을 찾는 그가 나는 싫었다. 희망 때문에 그는 사지로 내몰렸고, 희망 때문에 그는 죽었다. 적어도 쫓겨나거나 한직으로 물러나지 않으려는 잔인한 희망 때문에……. 따지고 보면 그의 얼굴 어디서에도 악의 실체를 찾을 수 없었던 것처럼 희망 또한 가늠되지 않았다. 그는 과자만을 만들었을 뿐이었다. 그가 만든 과자에 애초 희망은 없었다. 다만, 희망을 포장했을 뿐. '맛을 넘어 꿈과 행복'을 추구하는 과자는 이미 과자가 아니었다. 판타지였다. 희망만으로 판타지가 가능하던가? 그의 가엾은 희망은 참상으로 귀결되었다. 3미터 철제 구조물 위에서 떨어지는 순간 그의 희망은 산산조각 났다. 희망과 함께 그는 떠났고, 나는 희망 없이 남았다. 그리고 키트를 들었다. 희망 대신 절망의 그것을.

"핑크로 해달라고 분명히 말했을 텐데요?"

빈소에서 돌아온 여자는 가슴에 팔을 두른 채 내게 따지듯 말했다. 예상을 벗어난 클레임에 나는 적잖이 당황했다. 시신 메이크업을 제안한 유가족은 다름 아닌 여자였기 때문이었다. 병원 영안실 관계자는 고인의 어머니께서 특별히 부탁하셨습니다, 라고 사전 정보를 전해주었다. 통상 메이크업 제안자가 클레임을 거는 건 드문 경우였다. 오로지 고인에 대한 애틋함이 전부였으므로.

"복원한 얼굴과 핑크 계열 립글로스가 맞지 않았습니다. 어머니 마음은 이해합니다만 따님에게는 붉은색이 무난하죠."

"우리 앤 뭐든 빨강색은 싫어했어요. 싫은 정도가 아니라 아주 혐오했어요. 이대로 보낼 순 없어요."

난처한 상황이었다. 시신 메이크업은 자칫 잘못하면 더 음울해 보이므로 세심한 주의가 필요하다. 그러나 여자는 물러설 기미가 없었다.

"알겠습니다. 수정해 드리죠."

다시 소독장갑을 끼고 고인의 붉은 입술을 지웠다. 일렬로 배열된 핑크 계열 중에서 처음과 마지막 립스틱을 믹스했다. 여자가 지켜보는 가운데 나는 조심스럽게 붓질을 했다. 소녀의 입술은 아직도 부기가 가라앉지 않은 상태여서 핑크의 환한 색감이 동동 떠 보였다. 퍼프를 이용해 윗입술을 살짝 두드리자 유분기가 제거되었지만 입술산은 예쁘지 않았다. 입술 외곽을 1,2밀리 번지게 해서 경계를 없애주므로 어리고 청순해 보이도록 하는 기법조차 무용했다. 입술 수정으로 동안은커녕 이상하리만치 그로테스크해졌다. 차라리 메이크업을 하지 않는 게 나을 뻔했다.

"훨씬 밝아졌어요. 우리 애 가는 곳도 밝고 환한 곳이겠지요?"

꼿꼿했던 여자가 다시금 누그러졌다.

"그럼요, 그렇겠지요."

여자 외에 소녀를 보는 문상객이 없기를 바라며 나는 하나마나한 대답을 했다. 고인이 어디로 가든 저토록 기괴한 시신 메이크업을 왜 했더란 말인가. 사후가 어떤 세계인지는 알 수 없으나 그 어떤 곳이든 저 얼굴로 입성하게 된다면 그곳 사람들이 죄다 나를 손가락질할 게 분명했다. '대체 누구 작품이야? 그림이 영 아니잖아. 열여섯, 아리따운 도화지를 형편없이 구겨버렸군.' 이제라도 여자가 메이크업을 철회한다면, 아니 균의 계좌만 간당거리지 않는다면, 망자의 얼굴에서 화장기를 싹 지워내고픈 심정이었다.

"어렸을 때 교통사고를 목격했어요. 바로 내 손을 잡고 횡단보도를 건너던 순간이었는데 맞은편에서 그만…… 피를 뿜었어요. 분수처럼. 그때 이후로 붉은색을 싫어했죠."

여자의 말은 길어졌다. 자식은 죽었는데, 아니 죽어 버렸는데, 무슨 설명이 필요한가. 붉은색이든 핑크빛이든 어차피 불구덩이 속으로 들어갈 텐데.

"그랬군요."

망자 앞에서의 대화는 묘하게 막막하기만 하다. 어떤 죽음이든지. 죽음에 설명이 필요 없듯 그 죽음에 대한 대답도 궁색하기는 마찬가지였다. 대체 뭐라 물을 것이며 뭐라 대답할 것인가. 일 마쳤으면 속히 자리를 뜨는 게 상책이다.

"그럼 저는."

늘어놓은 화장품과 복원물이며 도구 따위를 키트에 넣고 사용한 소모품을 쓰레기통에 버린다. 역시 피곤하다. 언제나처럼.

"고마웠어요."

자식을 보내는 어미답지 않게 여자는 퍽 이성적이다. 누구든 감당할 만한 시련을 신은 허락한다는데 아마도 틀리지 않을 거라는 생각이 든다. 핑크빛 립스틱은 유족이 원한 거라고 말해주세요, 목구멍까지 올라왔으나 말하지 않았다. 염습과 입관을 진행하는 병원 영안실 장례지도사들은 메이크업을 비난할 것이다. '이거 초짜 아냐? 엉터리없군. 누구니? 다음부터 일 주지 말라고 해!' 그렇다면 균의 유학생활은 더없이 엉터리없게 될 것이었다. 죽은 자의 엉터리없는 얼굴 때문에 산 자의 미래가 엉터리없는 나락으로 떨어진다는 것은 있을 수 없는 일이었으나 나는 말없이 염습실을 나왔다.

세상에 있을 수 없는 일은 언제나 있었고 앞으로도 있을 것이다. 망자의 어머니가 고집을 부리는 통에 핑크빛 립스틱을 칠할 수밖에 없었다고. 침 튀기며 나를 변호한다고 있을 수 없는 일이 슬그머니 물러나는 것도 아니고, 있어야 될 일만 기분 좋게 착착 일어나 주지도 않는다. 말이 없는 것은 어쩌면 더 많은 말을 참아 내는 방편이었다. 발설되지 못한 말들은 오장육부에 붙어서 시시때때로 아우성친다. 시시탐탐 기회를 엿보고 고개를 내민다. 수많은 말들이 시르죽기를 거부한다.

'그렇습니다. 나는 남편의 죽은 얼굴에 처음으로 메이크업을 했습니다. 그로부터 반년이 흐른 뒤에 죽음의 키트를 들었습니다. 살기 위해서 죽은 자의 얼굴에 그림을 그리기 시작했습니다. 시신은 내게 도화지와 같다고 최면을 걸었습니다. 캔버스 외에 그 무엇도 아니라고 마음먹었습니다. 어느 때는 물감을 풀어 밑그림이 드러나도록 수채화처럼 그리기도, 또 어느 때는 크레파스로 슥슥 칠하듯, 다른 어느 때는 유화물감을 잔 터치로 덧칠하는 것처럼 내 손안에서 각종 붓과 펜슬이 춤사위를 합니다. 시신의 얼굴은 때로 일그러졌고, 때로 형용할 수 없이 평화로우며, 때로 무표정합니다. 일그러지고 평화로우며 무표정한 얼굴에 나는 그림의 방향을 잡습니다. 투명한 수채화가 어울릴지, 원색의 크레파스가 더 나을지, 아니면 마르기를 기다리며 몇 번이고 덧칠해야 하는 유화가 조화로울 것인지 따져봅니다. 누워 있는 고인을 슥, 훑어보면 단박 알 수 있습니다. 고인이 어떤 삶을 살았든 그 삶은 분명하게 얼굴에 생의 이력을 무늬로 남겨 놓기 때문입니다. 얼굴의 무늬를 누구나 볼 수 있는 것은 아닙니다. 그것은 가느스름한 스케치와 같습니다. 안면 좌우 위아래로 연결되다 끊어지고 흩어진 선들을 조합해 보면 영락없이 고인이 걸어온 동선이 이어집니다. 나는 그 선들을 모아 완결된 무늬를 만들어 냅니다. 그런 다음 그저 무늬를 따라 색을 입힐 뿐입니다. 내가 하는 일이라곤 고작 그것입니다. 기실, 그는 내가 이런 그림을 그리는 걸 탐탁지 않게 여길 것입니다. 그는 생의 이면을 들여다보는 걸 끔찍하게 여겼습니다. 나 역시 어둡고 칙칙한 그곳을 직시하기란 여간 곤혹스러울 수밖에 없습니다. 그러나 살기 위해 든 죽음의 키트는 생과 사의 갈림길에서 나를 한 발자국도 옮겨놓지 못하게 만들었습니다. 물론 나는 그에게 한 약속을 지키지 않았습니다. 그가 원하지 않으면 죽음의 키트는 들지 않겠다는 약속 말입니다. 그러나 나는 결국 오늘도 죽음의 키트를 들고 열여섯, 한 소녀의 얼굴을 대면하였습니다. 그리고 실패작이라는 두려움을 안고 이렇듯 수많은 말들을 창자에 숨겨 놓습니다.'

아랫배가 더부룩했다. 나를 변호해야 할 수많은 변론들이 오장육부에 고스란히 눌어붙어 소화기능을 훼방하는 듯했다. 누구에게도 할 수 없고, 아니 해서도 안 될 말들은 발화되지 못한 채 꾸역꾸역 내장 여기저기에 숨어 있어야만 했다. 나는 그를 잃음과 동시에 말을 잃었다. 엄밀하게 따지면 잃은 게 아니라 유폐시켰다는 표현이 더 옳으리라. 들어 줄 대상을 잃은 내 말들은 감금의 대상이 될 수밖에 없었다.

소녀의 얼굴을 훼손한 나는 저녁밥도 먹지 않았다. 식욕은 없었고 자꾸 망자의 기괴한 얼굴만 떠올랐다. 분수처럼 피를 뿜었다는 여자의 목격담도 귓가를 떠나지 않았다. 추락사한 시신은 앞으로 거절할까, 마음의 갈등마저 일었다. 운 좋게 균이 유학비 전액을 지원받을 수 있다면. 사실, 자연사가 아닌 자살의 경우 시신 메이크업을 의뢰하는 사례는 극히 드물다. 자연사라 하더라도 시신 메이크업 전문가에게 의뢰하기보다는 염습을 하는 장례지도사가 간단하게 피부화장 정도로 대신해주는 경우가 대부분이다. 게다가 피부화장 자체를 유족이 원하지 않거나 설령 원한다고 해도 모든 고인에게 해당되는 건 아니다. 일례로 황달을 앓던 고인의 경우 외려 피부색이 이상해져서 색조화장을 할 수 없게 된다. 말하자면, 시신 메이크업의 수요는 그만큼 적은 상황이어서 자연사든 자살이든 나로서는 선택의 여지가 없는 처지였다.

그럼에도 오늘 열여섯 소녀의 얼굴은 내 머릿속에 뚜렷하게 남는다. 딱히, 시신의 얼굴을 망친 메이크업의 파장이 내 수입에 치명타를 줄 거라는 우려 때문만은 아니었다. 솟구치는 피를 목격한 이후부터 붉은색을 혐오했다는 망자는 나와 썩 다르지 않았을 테니까. 붉은 핏빛은 내 기억의 자유를 박탈했다. 자유로울 수 없을뿐더러 또 얼마나 적나라하던가. 기억하고 싶지 않은 핏빛 이미지는 그토록 구체성을 띠고 생생하게 눈동자를 찌르고 들어온다.

탱자가 노랗게 익던 즈음이었다. 주인을 잃은 탱자는 가시투성이 나무에 그대로 매달려 있었다. 조모는 탱자가 노랗게 익으면 그걸 따다가 과실주를 담갔다. 조모가 세상을 뜬 이후 탱자는 빠르게 익어 갔다. 나뭇가지마다 단단하고 뾰족한 가시를 달고 있었는데, 가시와 가시 사이에서 노란 열매가 제법 실했다. 옆집 노인의 울부짖음은 간헐적으로 들렸다.

나는 오랫동안 노인의 '한'과 조모의 '죽음' 사이를 오락가락했다. 그 상관관계에 착념하여 숫제 학업마저 도외시했다. 인수분해를 하다가 공통인수를 잘못 찾아낸다거나 좌·우변의 공식을 거꾸로 대입하기 일쑤였고, 열대에 우림과 사바나가 포함되는지 아니면 타이가 툰드라가 맞는지 헷갈렸다. 급우들에 비해 뒤지지 않던 암기력이 형편없어지자 가능하면 생각을 생각하지 않기로 마음먹었다. 물론 극심한 치매노인에게 원한을 품을 만한 인지능력을 긍정하지는 않았다. 그러나 귓가를 떠나지 않는 조모의 넋두리는 때때로 환청이듯 나를 괴롭혔다. '늙은이 망령이 애먼 내 새끼 잡겠구먼. 시가 급하지, 시가……. 저승사자는 뭘 허구 늑장이라더냐.' 과도한 손녀 사랑이 빚은 참극이라는 추측은 확신으로 이어졌다. 마치 그 넋두리가 허공을 떠돌다 부메랑이 되어 조모 자신을 강타했다는 예감, 그 너머의 믿음 말이다. 생각을 생각하지 않기로 마음먹으면 마음먹을수록 그 생각의 실마리들은 서로 얽히고설키어서 동아줄처럼 굳고 질긴 믿음을 잉태했다. 반드시 그럴 거라고.

잉태된 믿음이 신념을 출산하기는 누르스름했던 탱자가 샛노랗게 익는 것처럼 오래지 않았다. 잘못된 신념은 마치 탱자나무 가시처럼 단단하고 뾰족해서 이곳저곳 마구 찌르기 마련이었으니까. 주인을 잃은 탱자나무는 그 신념을 행사했다. 주인의 손길을 기다리다 지친 탓일까. 탄력과 윤기가 넘쳐 알알이 탱탱하던 탱자가 물기 빠져 꾸들꾸들해질 무렵이었다. 볼썽사납게 비쩍 말라가던 탱자 사이로 가시는 물오른 듯 더 단단해지고 날카로워졌다. 그날의 피값은 과연 어디에서 찾아야 할까? 나는 대체 어쩌자고 피투성이가 된 노인을 목격하게 되었던가? 탱자를 쥔 손가락 사이에서 검붉은 피가 뚝뚝 떨어지고 있었다. 얼굴도 마찬가지였다. 온통 피범벅이었다. 머리는 풀어헤쳤고 맨발이었다. 희끄무레한 스웨터에도 핏물은 여지없었다. 노인의 형상은 기괴스러웠다. 흡사 공포영화에 출연한 배우 같았다. 노인은 피를 뚝뚝 흘리며 탱자나무를 훑고 있었다. 행동을 제지할 엄은커녕 비명조차 나오지 않았다.

제헌절 전날의 돼지우릿간 사건 이후 다시 노인을 만나리라는 생각은 해 본 적이 없었다. 기염을 토할 그 사건 이후 울타리 너머 노인의 문창살은 각목이 엇갈려 박혔다. 쾅쾅, 망치질을 하며 꺽꺽, 울음을 참아내더라고. 엄마는 옆집 주인을 연민했다. '쇠심줄보다 질긴 게 사람 목숨이라더니…….' 노인은 집 안쪽에서 대문을 열고 나왔을 것이다. 보무도 당당하게. 마치 영화촬영 현장에 분장을 끝내고 나오는 주연배우처럼. 그러나 인생은 인생, 영화는 영화이지 않던가? 아무렴, 하늘이 두 쪽 나더라도 인생은 대본 한 편조차 가질 수 없는 가련한 처지였으므로.

피로 맥질된 노인은 잡히는 대로 탱자를 따냈다. 내 눈에는 적어도 작심한 듯 보였다. 그러지 않고서야 가시에 찔려 피를 흘리면서까지 탱자를 따낼 이유가 없잖은가. 어쩌면 극심한 치매가 노인의 감각신경마저 마비시켜서 통증을 느낄 수 없을 거라는 추측까지 했다. 나는 노인을 세심하게 관찰했다. 마치 공포영화의 스릴을 만끽하듯. 노인은 탱자를 따서 그 즉시 버렸다. 버리고 따고, 따서 버리는 동작을 반복하다가 피 묻은 그 손으로 자신의 얼굴이며 머리를 쓰다듬었다. 노란 탱자는 검붉은 피와 섞여서 팥죽의 새알심 같았다. 사실 노인은 엄마가 쑤는 팥죽을 무척 좋아했다. 발병을 모른 채 몇 해 전만 해도. '솜씨가 그만이여. 종부는 하늘이 낸다는 옛말 맞구먼.' 맨발의 노인은 피 범벅된 탱자를 무작스럽게 밟고 서서 탱자 따기에 심취해 있었다. 나는 웬일인지 더는 동짓날 엄마가 끓이는 새알심 팥죽을 먹지 못하게 될지도 모르겠다는 예감이 들었다. 붉은 핏물이 번들거리는 탱자 때문에. 차라리 영화 한 편이었으면…….

이윽고, 공포영화 한 편이 채 끝나지 않을 시간에 노인은 발견되었다. 대학생이던 노인의 손자는 매우 쌀쌀했다. "맹랑하구나? 피를 즐기다니!" 틀리지 않은 지적이었다. 나는 검붉은 피가 두려워서 비명조차 지르지 못하다가 어느 순간 그 두려움을 싹, 거두어 버리고 조모를 죽게 한 원한의 파국을 유유자적 지켜보고 싶었는지도 모른다. 피는 피를 불러오는 법이니까. 내 속에 자리 잡았던 비의는 무럭무럭 자라서 악한으로 변모하였다. 그가 피투성이 노인을 업고 울타리에서 멀어질 때 나는 부르르, 떨었다. 해는 기울고 있었고 바람은 차가웠으며 내가 키운 비의는 피를 보고도 꿈쩍하지 않는 비대한 몸집을 만들었으므로. 그들이 떠난 울타리에는 노란 탱자가 드문드문했다.

노인이 흘린 핏물은 땅에 엉겨 붙어 그 피값을 요구하리라고, 그렇다면 울타리 이쪽으로 또다시 부메랑은 날아오리라고, 나는 짐작했다. 그 부메랑이 어떠한 모습으로 날아들지도 모른 채.

8

'모심'의 조 대표는 간이의자에 앉아 푹, 고개를 숙인 채였다. 메이크업이 끝나고 염습실을 나왔을 때는 한낮이었다. 그는 나를 보자 "수고하셨습니다. 잠깐 어디로든 가시죠." 했다. 올 것이 오고야 말았구나, 짐작하며 앞서는 그의 뒤를 따랐다. 어차피 어떤 식으로든 우리는 만나야 했다. 고택의 야외촬영과 달포 전 호텔에서의 예식 때와는 별개로. 웨딩 메이크업과 장례 메이크업은 엄연히 다른 종류니까. 능수능란한 기술을 가졌다고 하더라도 시체를 만진 그 손으로 신랑 신부 화장을 겸할 수는 없는 법이다. 상도 차원은 물론이거니와 전문성을 고려해도 있을 수 없는 일이었다.

엘리베이터를 기다리다 흘끗, 뒤를 돌아본 그는 "주시죠." 하며 내가 들고 있던 키트를 잡았다. 나는 사양했다. "아닙니다. 괜찮아요." 그가 어정쩡하게 손을 뗐다. 잠시 후면 모심과의 결별을 통보할 텐데 지나친 친절이었다. 뭐든 과하면 볼썽사납지 않던가? 키트는 사실 무거웠다. 웨딩 키트보다 장례 키트는 두 배쯤 무거웠다. 복원에 필요한 조형재료가 추가된 물리적 무게 외에 죽음예식에 소용되는 물건이라는 잠재의식이 중량감을 더하는지도 모르겠다.

지하주차장까지 내려간 그는 병원 본관으로 건너갔다. 가로질러 갈 때 주차된 자동차에 키트를 두고 오겠다는 말을 하고 싶었으나 그만두었다. 잠깐이면 될 테니까. '그런 줄 몰랐는데 참 뻔뻔하군요? 이미 예약된 일이라서 댁 손에 사랑스런 내 신부를 맡겼을 뿐이에요. 안타깝지만 오늘이 마지막 거래입니다.' 그가 몇 마디를 하는데 그리 오랜 시간이 걸리지는 않을 터였다. '미안합니다. 눈부신 아침에 비밀을 폭로해 주지 않은 것만으로 감사할 따름입니다.' 내 대답도 즉각 끝날 것이었다. 그 잠깐 동안 죽음의 키트와 함께한들 무슨 상관이랴. 어딜 가든 죽음의 그늘은 드리우게 마련이고 누굴 만나든 죽음의 냄새는 나게 마련일 텐데.

그는 본관건물 커피숍으로 들어갔다. 키트 무게 때문에 한쪽 어깨를 늘어뜨리고 나 역시 따라 들어갔다. 바닥에 키트를 내려놓을 때 그가 의자 하나를 꺼내 주었다. 키트를 놓으라는 건지 나더러 앉으라는 건지 다소 헷갈렸다. 설마 죽음을 불러 앉힐 맘이었으랴. 나는 그가 꺼낸 의자에 앉았다. 그러자 연달아 그가 의자 한 개를 더 꺼냈다. "올려놓으세요." 자상하고 섬세한 상조회사 대표인가? 내가 머뭇거리자 자신이 키트를 의자에 들어 올렸다. 그와 나는 마주 앉았고 키트는 그의 쪽에 가까웠다.

애송인 줄 알았더니 대단한 수완가라고 빠르게 머릿속에서 셈했다. 밥그릇을 빼앗는 마당에 이 정도 관용쯤이야 당연하다고. 충격완화요법으로 나는 이해했다. 아무렴 빼앗기는 쪽만 하겠는가? 물론 그가 내 속사정을 알 리 만무하지만 최소한 양심이라는 거울이 작동하는 한 그럴 것이었다. 하고 많은 일 다 놔두고 시신에 화장이나 하고 다니는 여자를 그마저 못하게 만든다면 거울에 비친 자신이 차라리 시신처럼 차갑고 싸늘하게 보일 테니까. 날이면 날마다 희희낙락 화기애애할 신혼의 신랑에게 그건 유쾌할 수 없는 거울이리라. 머릿속이 분주할 때 커피가 나왔다. 환자들 너덧과 문병객으로 보이는 사람들 몇몇이 군데군데 자리를 잡고 있었다. 크고 작은 이야기 소리가 음악 소리에 섞이었다.

"원내 직영인데 여기 커피가 웬만한 전문점보다 좋습니다."

그는 천천히 커피를 마셨다. 커피 향이나 맛이 프랜차이즈 커피점보다 낫다는 것인지 아니면 고가의 유기농 원두를 써서 커피의 질이 더 좋다는 뜻인지 다시 헛갈리는 말을 했다. 커피 한 알 재배하지 못하는 나라에서 상당수 국민이 커피를 물먹듯이 먹어 대니, 듣도 보도 못한 외국어로 휘갈긴 간판을 건 커피전문점이 자고 새면 동네 골목마다 생겨나는 판국에도, 에스프레소며 라떼 따위가 내게는 옆집 강아지 이름처럼 들릴 뿐이었다. 들어오면서 무얼 마시겠냐고 묻던 그에게 나는 같은 걸로요, 라고 늘 하던 방식을 따랐다. 습관처럼 편안함을 제공해 주는 산물이 또 있을까.

"커피애호가인 모양이죠? 난 커피에 관한 한 백치에요."

제아무리 밥그릇을 빼앗기더라도 덜 비루하고 덜 조잡스러워지기로 맘먹었다. 아니, 빼앗는 자를 실컷 놀려대고 할 수만 있다면 죄책감에 빠져들도록 갖은 꼼수를 부리고픈 욕망이 일렁거렸다. 돌연한 속내였다. 왜일까? 내 속의 악한은 숫제 갈무리되지 않았다. 나는 설탕 두 봉지를 뜯어서 커피에 쏟았다. 그리고 휘휘, 저어 교양이라곤 눈곱만큼도 없는 여자처럼 홀짝홀짝 마셨다.

"피곤한가 봅니다. 아, 그렇지요? 일이 일이니만큼. 달게 드시면 좀 피곤이 풀릴 겁니다."

"그런가요? 그냥 습관적이거든요. 그냥."

무성의하게 대답하는 나를 그는 무르춤하니 바라보았다. 정작 의도한 말을 잇지 못하는 그를 보자, 나는 마치 내가 밥그릇을 빼앗는 자처럼 기세등등해졌다.

"일은 일일 뿐인 걸. 세상에 쉬운 일은 없어요. 그렇잖아요? 모심도 허구한 날 시신과 왈가왈부하지 않던가요? 시신은 말이 필요 없는데 말이죠."

위악의 줄은 팽팽했다. 차라리 탁, 끊어져 버리거나 어디론가 튕겨 나갔으면 하는 간절함이 더 엇나가게 만들었다.

"그렇습니다. 죽은 사람에게는 말이 필요치 않습니다. 그저 모시기만 하면 되는 일이지요. 그런데도 그게 말처럼 쉽지 않더군요."

그는 침착했다. 커피 한 모금을 아주 느리고도 품위 있게 마셨다. 슬슬 본론이 나오겠구나, 판결을 기다리는 피고처럼 나는 기다렸다. 말처럼 쉽지 않으니 댁처럼 웨딩과 장례를 겸하는 메이크업은 예식의 주인공들에게 큰 실례가 된다고, 당장 그 무례한 짓을 멈추라고, 그는 상식적이고 합리적인 판결을 할 터였다. 판사가 판결문을 읽듯. 그건 어쩔 수 없는 일이었다. 마음의 준비는 많은 시간을 담보하지 않는다. 시간 역시 마냥 기다려주지 않는다. 속히 우리는 본론을 논하고 각자 결론을 따라 카페를 나가는 수밖에 없었다. 이미 바닥난 커피잔을 물끄러미 들여다보았다. 나로서는 흡족한 준비였다.

"모심과 함께할 수 있을까요?"

"함께…… 라면?"

엉뚱한 판결문을 얼른 알아들을 수 없어 되묻는 내게 그는 웃으며 말했다.

"커피만 모르는 게 아니군요? 대한민국에 '함께라면'은 없어요. 신라면, 삼양라면, 뭐 그런 라면은 수두룩하지만."

애꿎은 이 나라의 대표적 인스턴트식품을 들먹거리는 그가 제법 위트까지 겸비했다는 사실은 신선했으나 모심에 적을 두는 문제는 그의 말처럼 간단치 않았다.

"좀 기다려 주세요."

커피와 라면이 이 나라 어디든 수두룩한 것처럼 흔하디흔한 대답이었다. 그의 쉽지 않은 제의는 나의 어렵지 않은 한마디로 쉽게 풀렸다. 내겐 시간이 필요했다. 시간만큼 확실한 답은 없을 테니까. 기다릴 만큼 기다려주다 '제때'가 아니면 뒤돌아보지 않고 가 버리는 게 시간이었다. 돌이킬 수도 앞설 수도 없거니와, 그렇듯 톱니바퀴처럼 인간사 맞물고 갈 뿐이었다. 한 치의 오차도 없이 야박하게.

"좋습니다. 기다리지요."

시간을 거슬러 언제까지 기다리겠다는 듯 그는 키트 옆에 오래도록 앉아 있었다. 잠깐이면 될 일이라고, 들어올 때의 짐작은 다만 짐작일 뿐이었다. 그의 이야기는 고무줄 늘어나듯 했다. 점점 늘어나는 그의 고무줄에 나는 실컷 놀았다. 처음에는 종아리를 감고 점점 무릎과 허벅지와 옆구리를 감은 채 정신없이 놀았다. 오랜만의 고무줄놀이에 나는 한껏 고양되었다. '물속 같은 나날 속에 이런 날도 있는 거로구나. 신혼부부에게도 물속은 물속이겠지. 우린 너나없이 수면 위에 떠오르기를 바라는 거야.' 나는 위로받았다. 안면근육도 고무줄처럼 느슨하게 풀렸다. 검정색 키트의 주인은 내가 아닌 듯했다. 내 앞에 거울이 있다면 정녕 나는 시신 메이크업을 하는 여자로 보이지 않을 터였다. 그칠 줄 모르는 '조남해' 대표의 이야기는 어느 사이 노래를 닮아 있었다. 고무줄놀이에서 부르는 노래처럼. 이야기는 리듬을 타고 한없이 이어졌다.

"푸른 남해바다를 떠올려 보세요. 근사하지 않습니까? 꽤 그럴듯하게 살아 주기를 바랐을 겁니다. 세상 어떤 부모가 자식놈을 나 몰라라 할까요. 자의 반 타의 반으로 도피성 유학을 감행할 때만 해도 짙푸른 남해를 줄곧 그렸을 겁니다. 남해바다는커녕, 강물줄기는커녕, 마을 하천만도 못하리라는 상상은 어림없었겠지요. '모심'은 겨우 아버지의 가업을 이어받았을 뿐입니다. 그저 그런 캐나다 어느 대학 졸업생에게 대한민국 기업에서 일자리를 주겠습니까? 인턴에, 학원 강사에, 아르바이트 전전하면서도 장례식장 들락거리는 일만은 안 하고 싶었습니다. 죽은 자들을 위한 예식이라뇨? 너무 가혹하잖아요? 무슨 수로 죽음을 맞고 보낸답니까? 그럴 수는 없잖아요? 이별…… 말입니다. 아찔해요. 절벽에 선 느낌이지요. 모든 죽음은 현기증을 동반합니다. 모심은 현기증을 조율하고 돈을 받지요. 고인과 유족 모두에게. 균형감은 고인과 유족 둘 다 절대적입니다. 장의사로 출발해 모심을 일군 아버지가 귀에 딱지가 앉도록 들려준 얘기지요.

반년 남짓 이 일을 하면서 깨달았습니다. 아버지의 얘기는 사실이었습니다. 고인의 표정이 제각각이라는 사실을 아십니까? 아, 물론 알겠지요. 불안하고 어둡고 절망적이거나 평화롭고 아늑한 표정은 어떤 죽음에서든 나타나기 마련입니다. 그건 고인이 어떤 삶을 살았는지의 증표일까요? 맞습니까? 아, 그렇군요. 마지막 순간까지 고통스러웠을 삶이라면 생전은 말할 것도 없었겠지요. 또 마지막 순간조차 편안했을 인생이라면 생전은 더할 나위 없었겠지요. 그렇습니다. 한낱 짐작이고 편견이겠지요. 어떤 죽음이든 죽음은 절벽입니다. 아득한 벼리…… 하염없는 암흑…… 일테면 그런 건가요?

아버지는 뒷짐만 진 채 날 몰아냈습니다. 장례지도사의 손길을 따라 고인을 닦는 습과 굳은 몸을 곧게 펴는 염을 수차례 지켜보게 했습니다. 그 많은 종류의 수의와 까다로운 염습이며 입관 절차에 기가 질렸어요. 견디기 힘든 날들이었지요. 맞습니다. 상조회사 대표 어느 누구도 시신을 대면하진 않아요. 하지만 아버진 현장을 고수합니다. 고인과 유가족을 향한 진심과 회사 경영은 분리된 게 아니라고 강조합니다. 장례문화가 발달한 이웃 나라 시신 메이크업은 모심을 맡고 내가 도입했어요. 처음으로 만난 시신 메이크업 전문가가 바로 유난희 아티스트였지요. 기억하나요? 신입이냐고, 어서 나가보라고. 염습실에서 나올 때 흐뭇했습니다. 메이크업은 제대로 나오겠다는 신뢰였습니다. 아티스트의 담담한 어조며 프로 기질이 놀라웠습니다. 예상 외였어요. 작은 여자 어디에 저런 기개가 숨어 있을까? 궁금증이 생겼을 정도였지요.

궁금증은 스튜디오에서 재회할 때 압권이었습니다. 그래요, 압권이라고밖에 말할 수 없어요. 어처구니없었습니다. 이런 일도 있구나! 먹이사슬이 두려웠습니다. 먹고사는 업보가 섬뜩했습니다. 무슨 인연인가? 얽혀들 인연이라면 아예 싹둑 잘라 내야지 싶었습니다. 차마 가위를 들 수 없었어요. 한번 잘라내면 다시 잇지 못하리라는 불안이 더 컸습니다. 모심에서는 아티스트를 영입해야 할 입장이었어요. 품격 있고 격조 높은 장례문화를 차별화하는 데 메이크업은 빠뜨릴 수 없었지요. 모심을 위해서 인연의 줄은 이어져야 했습니다. 다른 아티스트요? 물론 가능했어요. 하지만 모심의 전임 아티스트는 유난희 씨가 적합하다고 마음을 굳힌 상태였습니다. 멋대로 결정했나요? 좋습니다. 기다리지요."

"좋습니다. 기다리지요." 그는 다시 힘주어 말했다. 길고 긴 그의 이야기가 시작되기 전에도 그는 같은 말을 했었다. 노래를 닮은, 아니 노래처럼 들려서 내겐 악보의 도돌이표로 여겨졌다. 서른다섯의 애송이는 말할 것도 없이 애송이가 아니었다. 어린 티가 줄줄 흐르는 쪽은 차라리 나였다. 나는 숫제 어리둥절했다. 고무줄처럼 늘어나는 그의 이야기에 점령당해서 고작 고무줄놀이만 일삼았다. 발목과 무릎과 허벅지에 걸린 고무줄은 허리와 가슴까지 올라와 나를 칭

칭 감았다. 나는 그의 이야기에 몰입되었다. 그보다 10년을 더한 세월을 견딘 연장자가 아니었다. 단 한마디 대꾸조차 할 수 없었다. 일말의 의구심마저 들지 않았고 숱한 이야기에 그저 취했을 뿐이었다. 어쩌면 그의 이전 직업은 스토리텔링의 한 분야이었거나 적어도 거기에 관계된 모종의 직업군에 속했으리라. 아무런 쓸데없는 추측을 하면서 나는 병원 지하 커피전문점을 나왔다.

나올 때, 그는 내 키트를 들었다. 감색 슈트 차림의 그가 든 키트는 썩 어울리지 않았다. 동글납작한 얼굴형에 웃을 때마다 보조개가 패는 동안 역시 상조회사 대표로도 어색했다. 적어도 그는 장례사 업체를 꾸릴 만한 외양을 갖고 있지 않았다. 험하고 고된 업계의 속성상. 선두를 달리던 중견상조회사가 결딴나고 대표가 구속되는 상황에서 그의 경영도 탄탄대로만은 아닐 것이었다. 업계 소문대로 비교적 자산이 튼튼하고 알뜰경영의 이미지가 강한 모심 역시. 사람의 죽음마저 철저하게 자본에 귀속시키고 상품화한 상조회사는 급속도로 증가하는 추세였다. 마치 프랜차이즈 커피전문점처럼. 커피 한 잔의 경쟁력도 그렇거니와 망자를 탐하는 일이야 말해 무엇 하겠는가?

자동차가 빠져나올 때까지 그는 나를 배웅했다. 뒷좌석에 키트를 실어 주면서 남아있던 다른 키트를 눈여겨봤다. "지장만 초래하지 않는다면 웨딩 메이크업을 겸하는 걸 고려하지요." 파격적인 제의도 마다하지 않았다. "생각해 볼게요." 달리 할 말이 없었다. 지나치게 친절하다고, 뭐든 과하면 탈이 나는 법이라고, 무탈한 삶을 위해 일상의 무의미조차 견뎌야 하는 거라고, 꼰대처럼 윌 수는 없었다. 살아오면서 그는 부모를 포함한 몇몇의 꼰대들을 만났을 테고 무수한 조언에 시달렸을 터였다. 시신의 얼굴에 화장이나 하고 다니는 내게까지 훈육 받을 필요는 없었다.

시동을 걸자 덜덜덜 소음이 심했다. 낡고 마모된 자동차는 주인의 실상을 대변하듯 추레했다. 주차장을 나올 때 키트만은 내가 들었어야 했다는 생각이 뒤미쳤다. 사람마다 어울리는 물건이 있고 어울리는 상황이 연출되지 않던가? 내게 낡은 자동차와 키트가 맞춤인 것처럼 그에게는 감색 슈트와 커피가 잘 어울렸다. 그가 이어받은 모심에서 과연 얼마만큼의 고인을 모시게 될지는 의문이었다. 많이 모실수록 전임 메이크업의 효용가치는 커질 것이고 적게 모실수록 줄어들 것이었다. 머릿속에서는 숫자가 파리 떼처럼 날아다녔고 능률 없는 셈으로 분주했다. 집에 도착할 때까지. 슈트와 커피가 어울리는 그가 모심의 적격자인지. 과연 내가 모심에 합류해야 하는지.

"FA 말고 다른 곳에서도 좀 나올 거 같아요."

균은 들떠 있었다. 문자가 아닌 이른 아침의 통화였다. 아직 자요?, 묻더니 다짜고짜 장학금 소식부터 전했다. 밤새 뒤척이다 창문이 환해질 즈음에 눈을 붙였으니 균의 목소리는 꿈결처럼 들렸다.

"학교보조금 아니고?"

잠은 달아났지만 믿어지지 않아 다시 확인했다.

"한인장학재단에서 주는 거예요. 재미한인회요."

"이민자도 아닌데?"

"유학생도 가능하대요. 1,000불이니까 얼마간 용돈은 될 거예요."

미처 어떤 종류의 장학금인지 묻지 않자, 흥분이 가라앉은 균의 목소리가 다시 넘어왔다.

"그것 땜에 시간 없는데 교회까지 가야 해요. 여긴 한인교회가 막 강하거든요. 장로들이 한인회를 움직여요. 정보도 사람도 다 돈이니까요."

"장학금 받으려고 교회를 억지로 가니?"

"그럼요. 내키지 않지만 가야죠. 돈 준다는데 뭐는 못하겠어요? 설교 시간이 아주 지긋지긋해요. 예수가 하느님이면서 동시에 사람이래요. 죽은 사람도 살리고 물로 포도주를 만들고 또 뭐라더라? 음, 영원히 산대요. 이 우주시대에 무슨 뻥이냐고요? 듣는 둥 마는 둥 시간 때우고 목사 장로 눈도장 찍고 와요. 일요일이면."

보나마나 균은 한 손에는 전화기, 다른 손에는 책이든 오답노트든 하다못해 볼펜이라도 굴릴 것이었다.

"꼭 교회를 가야만 하니? 가령, 형편이 어렵다든지 성적이 좋다든지. 서류만으로는 안 되니?"

"성적증명서와 추천서는 기본이에요. 그래도 알음알음이라는 게 있잖아요. 사실 꼭 지겨운 것만은 아니죠. 일요일 점심은 적어도 근사하거든요. 한국식 김치에 된장찌개나 운 좋으면 잡채, 비빔밥 같은 걸 얻어먹기도 하니까요. 서너 시간 허비해도 괜찮은 식사에요.

따지고 보면."

돈과 밥을 얻기 위해 균이 교회를 간다니! 고차원적인 영성 추구는 아닐지라도 더 나은 삶의 방향성을 모색하거나 자기수련의 종교생활도 아닌, 단지 돈과 밥이 목적이라는 균의 말에 나는 아연했다.

"얘? 그런 정도라면 차라리 장학금 포기하는 게 어떠니? 억지로 교회 가지 말고. 뭐든 마음이 따라 줘야 하는 법이야. 조만간 고정수입을 기대해도 될 것 같다."

"한 푼이 아쉬운 판에⋯⋯. 근데 고정수입이라뇨? 어디 방송국이나 예식장에서 정규직으로 오래요? 그렇담 굿이죠."

"아무래도 정규직이 안전할 테니까."

"오늘은 장학금에 정규직에 좋은 뉴스예요. 늦었어요."

"그래, 끊자."

균은 꽤 많은 말을 했다. '꼬르륵 꼬르륵' 문자로 송금을 요청하는 평소 방식과는 달라서 나는 좀 어리둥절했다. 궁핍한 유학생활이 균에게 어떤 결과를 가져다줄 것인지도 걱정스러웠다. 1,000불이라는 돈의 위력 때문에. "돈 준다는데 뭐는 못하겠어요?" 균은 큰소리로 물었다. 너무도 태연하고 너무도 당연하게. 스무 살 균은 마치 회갑지난 중늙은이의 어투였다. 그 천연덕스러움이 놀랍고 서글펐다. 지금 균에게는 돈벼락을 맞아도 하지 못할 일이 몇 가지는 존재해야 하지 않을까? 이를테면 남미 오지여행의 꿈을 접지 못한다거나, 허벅지가 굵은 여자애를 친구로 둘 수 없다거나, 혹은 전철의 노약자석에 앉을 수 없는 것들 말이다. 날벼락이 날아와도 양보하거나 수용하지 말아야 할 인생의 항목들은 분명 존재할 터다. 돈벼락 맞을 일이 없는 내게 균의 태연자약은 그야말로 날벼락이었다. 뭐는 못하겠냐고? 돈만 주면 균은 지금 당장 교회 아니라 저 산사에서 덜컥 사미계라도 받을 태세였다. 하얗게 머리를 밀어 버리고. 그 민머리에 말간 햇빛을 이고 앉아 금강경을 욀 수도 있으리라.

　나는 단박 '모심'의 제의를 수락하기로 했다. 엎치락뒤치락 밤새 뒤척이던 몸마저 홀가분해졌다. 비록 균의 바람은 시신 메이크업 종사자가 아닐지라도 그 애를 위한 다른 선택은 남아 있지 않았다. 매달 빈약한 통장 잔고가 선택의 여지없듯이. 말마따나 뭐든 못할 게 없이 분석적이고 빈틈없는 균이 방송국과 웨딩홀에서는 시들시들한 중년 아티스트가 필요치 않다는 걸 모르는 게 차라리 다행이었다.

　'모심과 함께.' 문자메시지를 보냈다. 이른 아침부터 목감기라도 된통 걸린 것처럼 텁텁한 목소리로 아들이 장학금 받으려고 교회를 간다니 차라리 내가 모심으로 가는 게 낫겠어요, 라고 말할 수는 없었다. 안정적인 수입이라는 장점만을 부각시켰다. 더 정확하게는 그깟 1,000불에 장황하고 기상천외한 목사의 설교를 들어내야만 하는 균 때문이었다. 이젠 더 이상 화사하고 설레는 신랑 신부를 보지 못하고 날이면 날마다 싸늘한 시신과 함께 마치 죽은 자처럼 죽은 듯이 살아야 한다는 최악의 단점은 고려하지 않았다. 어제와 오늘이 내겐 최악이었으므로 내일 역시 최악일 게 뻔했으니까. 내일을 낙관하지 않는 편이 인생에 있어서 꽤 유익하다는 걸 나는 모르지 않았다.

'아티스트님의 선택에 모심의 미래가 있습니다.' 조남해 대표의 답변 문자는 그야말로 장황하고 화려했다. 투자자도 중역도 아닌 내게 퍽 어울리지 않는 입사축하 메시지였다. 선택과 결정은 때로 노예처럼 종속적이어서 스스로 하는 것 같지만 실상은 아니었다. 어떤 선택, 혹은 어떤 결정은 이미 그 선택과 결정을 내릴 수밖에 없도록 내재화되어 있었다는 걸 종종 망각할 뿐이다. 단지 어떤 종류의 선험이 에너지를 작동시키는지가 관건이었다. 사람이 무엇인가를 선택하고 결정한다는 것은 애당초 불가능하지 않았을까. 그러므로 인생은 운명이 아니라 선택이라고 말하거나 지지하며 추종하는 자들을 나는 신뢰하지 않는다.

조 대표가 의심스러웠다. 무엇보다 모심의 미래가 얼마만큼 탄탄할 것인가 더 의심스러웠고, 특화된 상품인 시신 메이크업이 과연 일본처럼 먹힐 것인지 말 것인지, 과연 내 수입을 유지할 수 있을지 없을지, 더더욱 의심스러웠다. 균의 유학비 전액 지원은 보장되지 않았고 밥벌이에 대한 확신도 알쏭달쏭했다. 도대체 모심의 조 대표와 시신 메이크업 사이 궁합이라도 맞춰 보고 싶은 욕구가 간절했다. 할 수만 있다면 말도 안 되는 걸 자처하는 게 운명적 방식일 것이었다.

9

영애의 눈물은 그칠 줄 몰랐다. '눈부신 아침'은 무색해서 햇살 한 줄기 기대할 수 없었다. 아침부터 가을비는 뿌려 댔다. 스튜디오 안은 온통 뒤죽박죽이었다. 설마 이런 곳에서 기념사진을 찍었으랴 싶을 만큼 엉망이었다. 촬영용 소품들이 여기저기 나뒹굴었고 부착된 진열장마다 온통 문이 열린 채 내용물들이 마구 뒤얽혀 있었다. 짐승의 배를 갈라놓은 것처럼. 아마도 영애의 오장육부 또한 다르지 않았으리라. 뒤집어지고 처박히고 찢기고 널브러져서 도무지 제정신을 차릴 기미가 없었다. 나는 평소처럼 차 한 잔을 들고 소파에 가만히 앉았다. 스튜디오도, 영애도, 난감하기는 마찬가지였다.

"난희야? 빨리 와 줘!" 다급하게 말할 때 이미 영애는 울먹였다. 그저 그런 영애의 '흐린 저녁'이려니 방심하다가 칼로 물 베는 정도가 아닐지도 모르겠다는 생각이 언뜻 들었다. 빗속을 뚫고 달려왔을 때 김 작가는 주차장에서 시동을 거는 중이었다. 그는 알은체도 하지 않았다. 그의 승합차가 방금 주차한 내 차의 옆구리를 할퀴듯 요란한 소음을 내며 빠져나갔다. 구입한 지 10년도 지난 자동차에 상처를 낸다고 시비를 걸거나 수리비용을 청구할 삭막한 인간은 없겠으나, 웬일인지 나 역시 낡은 자동차로 취급받는 것 같아 언짢았다. 자동차의 상처와 사람의 상처는 엄연히 다른 법이니까.

스튜디오에 올라와 보니 영애는 상처투성이 산짐승이 포효하듯 꺽꺽, 울고 있었다. "아아, 인제 끝이야! 정말 끝이야!" 울부짖음은 한동안 계속되었다. "이럴 순 없어! 감히 어떻게……." 눈부신 아침 이전에 그 저녁부터 먹구름이 잔뜩 낀 하늘 아래 우리는 살고 있었다는 걸 그녀가 마치 증언하는 듯했다. 내가 할 수 있는 일은 단지 그녀를 무르춤하게 쳐다보는 것뿐이었다. 간혹 목울대를 타는 찻물이 꿀럭, 소리를 냈다. 눈물 콧물로 뒤범벅된 영애 앞에서 아무렇지도 않게 차를 마시는 내가 낯설었다. 낯섦이 자기 자신에게 포착될 때 강도는 배가된다. 찻잔을 내려놓고 나는 흠칫한다. 아이라인이 먹물처럼 묻어나고 섀도며 립스틱이 제멋대로 번진 영애만 낯선 것은 아니었다. 난장판이 된 스튜디오에서 엉망진창인 친구를 보면서도 목구멍으로 찻물을 넘길 수 있는 나는 더더욱 생경스러웠다. 낯섦을 피할 수 없었다. 영애가 시름겨운 재혼생활을 피할 수 없듯이.

"말이 되니? 모델 찾아 거리로 나서겠다니! 여긴 서울이야. 이태리가 아니잖아? 서울거리에서 안 찾아지면 비행기 타신단다. 거리의 남자들을 찍는다는 이태리 어느 젊은 작가라도 되는 줄 아는가봐. 해도 너무한 거 아니니? 말만 한 자식놈, 헤어진 여편네한테 돌려보낼 거래. 차라리 잘됐어. 나도 이제 우리 유미하고 살 거야."

영애는 자조적으로 웃기까지 했다. 방금 전 설움과 원한과 분노는 기색조차 없었다. 나는 그녀의 변신이 매번 놀라웠다. 거리의 사람들을 찾아 나서겠다는 김 작가 역시 놀랍기는 마찬가지였다.

"하필 왜 거리야?"

산과 바다며 꽃과 나무, 집과 시장도 있지 않은가, 뒷말은 차마 잇지 못했다. 사진이며 예술을 들먹거리는 김 작가의 '실존'에 대하여 이해할 수 없기는 영애와 내가 다르지 않았다. 알 턱이 있으랴. 왜 하필이면 카메라를 들고 거리, 그것도 비행기를 타고 익명의 나라를 배회해야 하는지.

"예술가는 자기중심주의여야 한대. 자기만의 뮤즈가 있어야지 작품이 나온다나 봐. 웃기지 않니? 당장 스튜디오 임대료며 새끼 학원비가 아가리 벌리는 판에 뮤즈는 무슨! 뮤즈라는 게 어디 자기만을 위해 신처럼 현현한다던? 착각도 오지지. 지구야 태양을 중심으로 돈다지만 뮤즈가 그치 중심으로 돌겠니?"

김 작가의 호칭이 '그치'로 돌변한 걸로 봐서 영애의 결심은 결연해 보였다. 실제 영애는 말하는 중간 윗니로 입술을 앙다물었다. 나는 영애의 '생존'과 김 작가의 '실존'이 적이 안타까웠다. 아무래도 생존과 실존 사이 그 간극에서 방출되는 에너지만으로는 두 사람이 살아갈 수 없는 모양이라고 생각했다.

"뮤즈 때문이구나! '눈부신 아침'도 뮤즈가 될 수 있지 않을까? 가장 어여쁜 신랑 신부가 모델인데 말이야. 뮤즈는 아름다운 거잖아. 그들의 설레는 몸짓 하나하나가 바로 뮤즈일 수 있어. 아름다움을 발견하는 건 곧 재능이지. 아무리 못난 신랑 신부도 눈부시게 빛날 텐데."

"얼씨구? 그치하고 죽이 맞아떨어지겠네."

길어진 내 말에 영애는 정색했다. 의외라는 듯 빤하게 쳐다봤다.

나는 무안해졌다.

"그러니까 내 말은 '눈부신 아침'에도 눈이 부실만큼 아름다운 사진이 가능하다면 좋겠다는 뜻이야. 김 작가의 뮤즈가 될 만큼."

"그건 우리 요망 사항이고. 그치는 하얀 벽과 조명을 아주 싫어한대. 스튜디오가 끔찍한가 봐. '눈부신 아침'이 아니라 '황홀한 밤'이었어도 아마 진절머리가 날걸? 거리를 걸어가는 사람들의 뒤를 쫓아가고 싶대. 쫓아가서 누군가에게 당신 사진을 찍고 싶어요, 말한대. 그런 다음 약속을 잡고 커피를 마시고 궁금한 것들을 물어본다나? 어디서 왔고 가족은 어떠하며 좋아하는 음식 좋아하는 음악은 어떤 건지. 서로 좋아하는 음악이 발견되면 그 음악을 들으며 사진을 찍는대."

정색하던 영애의 눈가가 약간 처진 듯했다. 산등성이 같던 눈썹을 더욱 가파르게 치켜세우던 날카로운 눈초리가 이내 느슨하게 풀리는 중이었다.

"확신을 가진 모델들을 거부한다? 김 작가에겐 모델 에이전시가 끔찍하겠구나. 온갖 필터 작용을 혐오하는 것처럼. 어떤 것에 확신이 강한 사람들일수록 다른 무언가에는 확신을 가지지 못해. 가령, 김 작가가 말하는 거리의 사람들은 더러울 수도 있어. 매끄럽지 않을 수 있다는 건 두말할 것도 없고. 그런 사람들에게 삶에 대한 확신이 있겠니? 김 작가는 바로 그런 모델들을 찾는지도 몰라."

마치 김 작가의, 아니 가난한 예술가의 대변인처럼 나는 그를 변호하고 있었다. 일상에 찌든 때문이었을까? 그만큼 나는 지쳐 가고 있었는지도 모르겠다. 대책 없는 예술행위를 긍정할 만큼.

"유난희 맞아?"

눈을 동그랗게 뜨며 영애는 물었다. 순간, 영애의 목소리 저 너머에서 내 이름 석 자를 아주 크게 또박또박 물어오는 어떤 음성이 느닷없이 이명처럼 귓가를 파고들었다. 정말 유난하리만치.

"너, 너, 난희…… 맞지? 탱자나무집 유·난·희!"

우렁우렁한 목소리에 흡사 말더듬이처럼 연방 너, 라며 손가락으로 나를 가리키는 바람에, 게다가 '탱자나무집'이라고 발설함으로써 뭔가 촌스럽고 미욱스런 이미지를 규정짓는 것 같았기 때문에, 차마 대답할 수 없었다. 그 자리에는 갓 신입사원인 나 말고도 편집장과 이삼년 차 에디터가 두엇 있었다. 더구나 점심시간인지라 빌딩에 갇혔던 사람들이 우르르 몰려와서 식당 안은 복작거렸다. 나는 아무 말도 못하고 그저 고개만 끄덕인 채 머리를 다시 들지 않았다. 사실 이미 식사 도중에 그를 알아본 셈이었다. 허리가 길고 바싹 마른 등…… 그 등허리에 피로 범벅된 노인을 업고 탱자나무 담을 돌아가던 그를. 알은체하기보다는 숫제 식당을 잘못 들어왔다는 후회가 막심해서 평소 즐겨 먹던 그 식당의 추천 메뉴인 낙지볶음마저 그날은 극도의 매운맛만 혓바닥을 자극했다. 찔끔, 눈물이 날 만큼. 매콤하면서도 쫄깃쫄깃한 낙지의 육질은 느낄 수 없었다. 사람의 미각이 매우 간사하다는 걸 새삼 경험한 날이었다.

"맞지? 맞아? 새침하던 여중생 그때 그대로네!"

푹 숙인 고개 속으로 그의 안경 낀 서글서글한 눈매가 쏙 들어왔다. 죄수복처럼 생겨먹은 그와 똑같은 차림의 푸른 제복을 입은 몇몇 사내들이 그의 뒤꽁무니를 따라 나오는 것도 보였다. 일행들은 어정쩡하게 서 있는 우리 둘을 슬금슬금 쳐다보며 출입문을 열었다. 제복의 일행 중 그의 상사쯤 보이는 사내가 이상야릇한 웃음을 흘리며 그의 옆구리를 쿡, 지르기도 했다. 내 쪽의 편집장과 에디터들 역시 무슨 개그프로를 보는 것처럼 킥킥대며 먼저 간다, 라고 약속이나 한 듯 동시에 말하면서 출입문 밖으로 사라졌다. 양쪽의 일행들을 보내고, 아니 복작거렸던 손님들마저 썰물처럼 빠져나간 식당 한구석에서 둘은 다시 어정쩡하게 앉아 있었다.

　"세월 참 빠르다. 꼬맹이가 커서 사회 초년생이 됐구나? 하긴 나도 초년생이지. 제적에 복학에 군복무에 겨우 작년에 일자리 얻었으니까. 내 꼴이 우습지?"

　그는 죄수복 같은 자신의 작업복을 의식하는 듯했다. 의외였다. 수재였고 서울 소재의 상위권 대학을 다닌다고, 게다가 법조계 지망생이라고, 탱자나무 저쪽 집의 '희망'이라는 수식어가 동네 아낙들 사이에서 난무했다. 소문은 증폭되기 마련이어서 그 좋은 머리로 하라는 '판사 공부'는 안 하고 하지 말라는 '빨갱이 공부'에 미쳐 만날 화염병 던지면서 싸움질하다 붙들려 다닌다고 개탄하기도 했다. '개천의 용'은 이미 그때부터 부적처럼 따라붙었는지도 모르리라. 말하자면 균 이전부터. 물론 그 용이 실뱀만도 못한 생을 살다갔다는 걸 알 만한 사람은 사돈의 팔촌까지 죄다 알겠지만.

"어쩐 일이에요?"

간만에 입을 연 나는 밑도 끝도 없이 물었다. 어쩐 일이냐고? 법복은 어디 갔다 팽개치고 죄수복처럼 그런 옷을 입고 있느냐고. 구체적으로 적나라하게 물을 수는 없었다.

"저쪽 빨간 벽돌건물 알지? 거기 식품회사 다녀. 빵, 초콜릿, 과자 같은 거 만들어. 이 손으로. 몰랐지?"

실제 그는 자랑스러운 듯 자신의 손등을 펴서 들어 올렸다. 빵과 과자를 주물거리는 손 치고는 지나치게 희고 고왔다.

"겨우 그딴 거 만들려고 나더러 맹랑하다 했어요?"

나는 쏘아붙였다. 내 속의 비의는 시시각각 때를 엿보고 있었는지도 몰랐다. '맹랑하구나? 피를 즐기다니!' 바로 코앞에서 말하듯 기억은 생생했다. 맹랑한 쪽은 내가 아니라 그였다. 그의 표현대로 내가 피를 즐겼는지는 몰라도, 적어도 그처럼 뭇 사람들의 희망을 송두리째 삼켜버리고 자멸을 택한 건 아니었다.

"난 반갑기만 한데 넌 잔뜩 골이 났구나! 그 일을 아직도 기억하니? 아마 할머니는 저세상에서 편히 계실 거야. 그곳은 치매도 수치도 배고픔도 없겠지."

지나친 낙천주의자가 되었거나 이제 막 종교에 귀의한 순수한 영혼의 소유자가 된 모양이라고 생각했다. 아닌 게 아니라 그의 얼굴은 해맑기까지 했다. 한 톨의 격정이나 세상사 일말의 근심조차 없어 보였다. 나와는 아주 대조적이었다. 그때의 나는 종종 우거지상이었고 때때로 늘어뜨린 어깨조차 무거웠다. 삶은 내 편이 아니었다고. 애당초 내게 행운 같은 건 어울리지 않았다고. 발걸음도 음성도 심지어 눈꺼풀마저 무거워서 견딜 수 없었다.

"언제였더라? 신문에서 봤어. 늦었지만 축하한다."

잠깐 침묵이 흐르자 분위기를 쇄신할 양인지 그가 쾌활하게 말했다. 외려 나는 더 입을 다물 수밖에 없었다. 몇 년 전 일간지의 신춘문예에 당선작을 냈던 사실은 이미 금기사항이었다. 더구나 그는 탱자나무 저쪽 집의 사람이었다.

"하긴, 네가 어려서부터 좀 다르긴 했지. 「짐승의 울음」은 편견 없이 읽었어. 너, 참, 그때 많이 힘들었을 거야. 여린 감수성에 생채기를 냈겠지."

무슨 말이라도 해야 할 책무감이 시시각각 조여들었다. 그만 일어서서 출입문을 열고 나가고 싶었다.

"미안해요. 허락도 없이 소재를 빌려서."

"무슨 소리! 작가는 전지전능하다는 것쯤 더 잘 알 텐데? 할머니 가시고 우리 집은 이사하길 잘했어. 덕분에 부모님은 꽃과 함께 보내시잖아. 꽃은 꽃이어서 예쁘거든."

환하게 웃는 그의 이가 희었다. 그랬다. 탱자나무 저쪽 집은 치매 노인을 장사지낸 지 몇 달도 못 가 10년 넘게 살았던 유 씨 집성촌을 떠났다. 어차피 타성바지인데 어디 가든 정붙이고 살면 된다고. 낯부끄러워 더는 살 수 없노라고. 옆집의 속내를 전하는 어머니는 못내 쓸쓸해했다. 그럴 수밖에 없었다고, 사람 사는 게 고르지도 않다고.

"꽃 농사라니 참 좋군요."

"좀 과한 노동이 그렇지만 별 문제는 없어. 아, 참? 근데 네 책을 구할 수가 없더라. 내가 못 찾는 건가?"

맞는 말이었다. 작품집을 묶지 않았으므로 내 책은 어디에도 없었다. 서점가에는 하루에도 수십 종류의 신간이 쏟아졌지만 내 소설을 소설입네, 감히 내어놓을 수 없었다. 알량하고 볼품없는 소설 나부랭이를. 행인지 불행인지 국문과 졸업을 앞두고 덜컥 소설이 뽑혀서 등단이라는 이상한 옷을 입게 되었다. 그러나 그 옷을 입고 있는 나를 봐주는 사람은 단 한 명도 없었다. 물론 나는 알게 되었다. 등단이 아무짝에도 쓸모없다는 자명한 사실을. 애초부터 실속 없는 이상한 옷이었으니 어느 누가 그 옷에 호감을 보일 것인가.

이태를 넘기면서 스스로 그 옷을 벗기로 했다. 손쉽게 구입할 수도 없고, 언제 어느 때나 꺼내 입을 수 있는 평상복도 아닌 그 이상한 옷을 벗고, 누구나 입는, 그래서 누구든 봐줄 수 있는 옷을 입기로 했다. 새 옷을 사기 위해 내가 할 수 있는 일은 극히 제한적이었다. 출판사는 쌈지막한 옷을 겨우 살 수 있었지만 그런대로 괜찮았다. 내 옷을 사람들이 봐주었고 나 역시 그들의 옷을 가까운 데서 관찰할 수 있었다.

"아, 내가 괜한 걸 물었나?"

입을 열지 않고 푹 고개만 숙이고 있는 내 꼴이 난감했는지 그는 자신의 경솔함을 탓했다. 정말이지 불편한 자리라고, 내일부터는 도시락을 싸 오리라고 결심했다.

"당연해요. 책을 내지 못했거든요. 내 책이 아니어도 서점마다 도서관마다 책에 치이는 세상이니까요."

숙였던 고개를 꼿꼿하게 쳐들고 그를 향해 나는 확신에 차서 말했다. 세상에 책이 너무 많아 내가 책을 내지 않는 것처럼. 마치 수많은 익명의 저자들을 배려하거나 양보하려는 듯. 확신은 기만의 다른 양상임을 나는 모르지 않았다. 빤한 위선이 스스로도 가소로웠다.

"그렇구나! 너도…… 그러니까, 너도…… 나처럼…… 싫어졌구나."

순간, 그의 눈빛이 흔들렸다. 착잡하고 복잡 미묘해 보이는, 게다가 연민의 빛마저 스쳐 갔다. 그러니까 너도 책상물림이, 사람이, 결국은 세상까지 싫어졌구나, 라고 말하고 싶은 걸 그는 끝내 참았을까? 지긋지긋한 책상과 그 책상이 양산해 낸 설익은 인간들이 싫어져서 차라리 맛난 빵이나 만들게 되었다는 변명은 차마 내게 하고 싶지 않았을 것이었다. 입을 다물고 죽치고 앉아있는 게 특기인 양 나는 말하지 않았다. 긍정도 부정도 할 수 없었다. 다만, 그는 나와 같은 위선이나 기만을 등에 업고 다니는 것 같지는 않았다. 그것은 잠깐 스쳐 갔던 연민 어린 눈빛으로도 짐작할 수 있었다. 서글서글한 선한 눈매 어디에도 악의는 없어 보였다. 사람의 눈은 세상을 보는 바로미터라고 하지 않던가. 세상, 혹은 그 무엇이 싫어졌다는 그의 변명은 경쟁에서 도태된 자의 한낱 핑계거리로 치부할 수만은 없는 무언가가 분명 존재했다. 내가 다 알 수 없고 다 이해할 수 없는.

내가 그에게 부메랑이 되었는지 그가 내게 부메랑으로 돌아왔는지 모를 일이었다. 내일 당장 도시락을 싸겠다는 결심은 그야말로 결심만으로 끝났다. 다음 날 출근 시간부터 그는 전화를 걸어와 점심밥은 어디서 먹느냐 물어왔고, 점심을 먹고 나면 다시 저녁밥을 어디서 먹을 것인지 타협해 왔다. 극도의 매운 맛 때문에 곤란을 겪었던 낙지볶음도 이내 쫄깃한 육질을 다시 찾았다. 우리는 굶주린 사람들처럼 일대의 밥집을 전전하며 연인이 되어 갔다. 연탄불생선구이, 불고기백반, 아귀찜, 해물칼국수…… . 그도 나도 식도락가는 아니었지만 우리는 밥 먹기를 멈추지 않았다. 식당가를 누비는 것으로도 모자라 나중에는 손과 손을 꼭 잡고 재래시장까지 진출했다. 물건도 사람도 날것 그대로가 유쾌하다고 그는 간혹 들떠 있었다. 우리는 시장거리에서 녹두빈대떡과 김밥이며 파전을 뜯어먹었다.

　연인이라면 적어도 한두 가지의 취미를 공유하거나 하다못해 흥행 영화를 보고 가끔 근사한 찻집에 앉아 서로를 탐색하고 더 가끔은 여행지에서 서로의 민낯을 봐야 할 텐데 우리는 그렇게 하지 않았다. 민낯은 우리에게 너무나 익숙했다. 그가 설령 내가 쓴 단편 「짐승의 울음」 전면을 신문에서 읽지 않았더라도. 짐승과 사람을 구분하고 경계 짓기 위해 나는 무던히도 그의 혈육을 매도했다. 혈육이라는 운명은 그조차도 벌거벗게 만들었을 테니까. 결국, 탱자나무 울타리를 사이에 둔 이쪽과 저쪽의 게임은 그와 나의 결혼으로 종결 짓게 되었다. 참으로 이상한 게임이었다. 룰도 없고 승자도 패자도 없는. 탱자나무는 여전히 가시가 돋친 채 서 있을 것이었다.

10

안주인은 매우 편안해 보였다. 살짝 눈을 감고 낮잠 중이었으면……. 어두컴컴한 광 속에 손바닥만 한 창으로 햇빛 한 줄기가 비치면 거기 멍석을 깔고 그녀는 누워 있곤 한다고 했던가. 그때의 낮잠이라면? 한참 동안 나는 앉아 있었다. 공교롭게도 '모심'에서의 첫 고객은 구면이었다. 고인과의 구면은 퍽 이례적이어서 쉽게 키트를 열 수 없었다. 입때껏 고객과의 친분관계는 상정할 수 없는 직업군에 속한 줄 알았는데 그게 아닌 모양이었다. 시쳇말로 세상은 넓고도 좁았으니까. 하기야 이율배반은 지구촌 곳곳에서 일어난다.

따지고 보면 고택의 안주인과 나는 친분 정도를 말하기가 무색했다. 아롱이다롱이 섞여들듯 노는 친밀감은커녕 서로 잘 아는 사이라거나 잘 알지는 못할망정 알아가는 중이라면 혹 모를까. 그런데도 내 손은 좀체 움직일 기미가 없다. 안주인의 손이 시트 사이에서 삐죽 나와 있다. 응시한다, 그 손을. 불과 반 년 전 그 손으로 밥을 짓고 나물을 무치고 찌개 간을 하지 않았던가. 더구나 나는 그 손끝에서 버무려진 음식들을 먹지 않았던가. 갑자기 목구멍이 늘큰늘큰해진다. 성찬을 차려주었던 그녀는 어디로 가나? 고택의 안주인으로서 수없이 많은 밥상을 쉼 없이 차리다가 홀연 사라지는 건가? 물끄러미 내 손을 내려다본다. 그녀가 장만한 성찬을 아무런 대가없이 그 손으로 넙죽넙죽 갖다 먹었다. 염치없는 손이었다.

일어나야 한다. 일어나서 키트를 열고 도구를 나열하고 여주인을 치장해야 한다. "좋은 일 하외다. 잘 부탁하오." 고택 주인 남자의 말대로 좋은 일인지는 모르겠으나 그렇다고 좋지 않은 일이라는 확신도 없었다. 지병의 흔적은 크지 않았다. 피부 변색도 없었고 경직의 진행도 그다지 빠른 것 같지 않았다. 곧장 작업에 들어가지 않고 안주인의 손을 한번 만져 본다. 부드럽다. 수시 걷기도 전이었으므로 미미한 온기마저 느껴진다. 시신 메이크업이 아닌 뷰티 메이크업을 해 주고 싶다. 그래야만 할 것 같다. 고인의 온화한 기운이 그걸 원하는 듯하다.

나는 찬찬히 응시한다. 고인의 이마를 눈썹을 콧등을 인중을 입술을, 그리고 턱까지도. 싱그러웠을 20대 초반을 이미지화한다. 신부였을 그녀를……. 고택 마당에 사뿐히 발을 들여놓는 그녀를 상상한다. 갸름한 얼굴선은 훨씬 뚜렷했겠지. 별 볼 일 없는 문중, 아무 짝에도 쓸모없는 족보를 애지중지 끌어안고 아랫목을 지키는 노인들이 무서웠으리라. 그들의 수염이며 상투와 돋보기가 박물관에서 막 끌려나온 것처럼 완연히 퇴색되어 동자 속으로 들어왔겠지. 세계와 세계의 만남…… 사람의 만남 이전에 세계가 먼저 만났어야 한다는 걸 사랑채에서 안채에 당도하기 전에 이미 자각했으리라.

'그런가요? 광 속의 멍석은 그때부터 펼쳐 두었던 거로군요. 그랬겠지요? 휴식처 말입니다. 심신을 풀어놓기로 멍석은 안락하기 그지없었을 테지요. 두 줄기조차 허락되지 않는 단 한 줄기의 햇빛은 광 속에서만은 최적입니다. 삐거덕, 문소리는 수줍지요. 마치 그대 새색시처럼. 광 속의 멍석에서만 신부는 오롯합니다. 아직도 광 속엔 멍석이 펼쳐져 있겠지요. 하여, 그댄 언제나 신부입니다.'

시월이었으므로 '가을의 신부'로 테마를 정한다. 메이크업의 주조는 브라운이나 카키 톤으로 우아하고 기품 있게 하되 절제된 컬러의 아이 메이크업을 포인트로 잡는다. 최소한의 컬러로 그윽한 눈매를 연출할 수 있을까? 지그시 감은 안주인의 눈두덩에서 시선을 떼지 못한다. 잠시 갈등한다. 죽은 사람한테 신부 화장이라니? 게다가 고희를 이태 앞둔 망자가 아니던가! 유분수가 따로 없다고 아무래도 유족들의 타박을 들을 것만 같다.

나는 다시 그녀의 정수리부터 발치까지 꼼꼼하게 살핀다. 흰 시트를 걷어내고 싶은 충동에 사로잡힌다. 얼음처럼 차가운 흰 천을 걷어내고 따스하고 화사한 핑크빛 이불을 덮어 주고 싶다. 어머니의 자궁 속에서 웅크리듯 멍석 위에 모로 누운 그녀를 그려 본다. 달콤한 휴식…… 그윽한 평화……. 멍석 위에 내가 드러누운 착각이 들 정도다. 단 한 번뿐이었는데 몸은 기억한다. 일회성의 경험조차 업신여기지 않는 몸의 기억은 차라리 눈물겹다. 그때 고택 야외촬영장에서 우연히 발견한 광 속의 멍석에 누웠을 바로 그때, 과거는 땅속의 고구마처럼 줄줄이 달려 나와 얼마나 애틋했던가? 긴장했던 팔다리가 느슨하게 풀어지는 기분이다.

사실, 주인 남자는 염습실 앞에서 나를 보자 다소 놀라는 기색이었다. "궂은일 마다않고 쫓아왔구려. 은혜 잊지 않으리다. 안식구

도 좋아하겠소. 구면이라고. 원체 낯가림이 심한 사람이었으니 잘
된 일이오." 안도의 빛이 역력했다. 주객이 전도된 것처럼 좌불안
석은 오히려 내 쪽이었다. "무슨 그런 말씀을…… 대표님이 부탁하
는 바람에 어쩌다 보니…… 성심성의껏 모시겠습니다." 모심의 전
직원들이 매번 합창하듯 외는 마지막 멘트까지 겨우 하고 나자 등에
서 땀이 났다. 김 작가가 혹시 알게 될지도 모르겠다고, 비행기를
타지 않았다면, 그렇다면 영애가 아는 것은 시간문제겠지. 자신까
지도 속여 먹었다고 입에 게거품을 물 영애를 떠올리자 후끈 얼굴이
달아올랐다. 비밀은 언제든 밝혀지게 마련인데 잠시 유예된 것뿐이
었다. 나는 개의치 않기로 한다. 뷰티업계에 더 이상 발을 들여놓지
못하더라도 나는 오늘 내 일을 해야 한다.

　모심의 시신 메이크업 슬로건을 상기한다. '생전보다 더욱 곱고 아
름답게.' 포기할 수 없다. 망자에게 뷰티 메이크업을 시도하는 무모
함을. 안주인의 밥상에 보답하는 거라고. 좋은 일인지 좋지 않은 일
인지는 알 수 없으나 오직 내가 할 수 있는 유일한 일이잖은가? 키
트를 열고 속도를 낸다. 컨실러를 이용해 잡티를 감추고 보습에도
주의를 기울인다. 영영 눈을 뜰 수 없는 그녀였지만 그윽한 눈매를
짐작하면서 세미스모키 메이크업을 한다. 아이라인은 약간의 컬러
가 있는 것으로 또렷하게 그린다. 치크와 립 메이크업은 오렌지 컬
러 계열로 균형감을 살리되 더 화사하게 보이도록 입술만은 핑크 기
운이 도는 오렌지 컬러를 쓴다. 영락없는 가을의 신부라고, 할 수만
있다면 수의 대신 웨딩드레스를 입혀 주고 싶다는 욕심까지 든다.

죽어서도, 죽어서까지, 아름다움을 발산하는 것은 고약한 서글픔일
까?

조 대표는 직접 의전을 진행했다. 위패 및 제단 설치로부터 염습
과 입관, 성복 착용과 조문예절 및 발인제와 운구며 출상, 장지와
반혼 따위. 사람은 죽음의 여정조차 지난하지 않던가. 조 대표가 애
송이가 아니었음을 나는 매번 확인했다. 그는 절제된 동선과 체화된
배려, 시종일관 침착함으로 장례 전반을 주도했다. 다행인 점은 상
주를 비롯한 유족 누구도 메이크업을 문제 삼지 않았다는 것이다.
오히려 흡족하게 여겼다. 누구보다도 고택의 주인 남자가 매우 탐탁
해했다. 본시 고왔던 사람이었다고. 고운 낯으로 좋은 곳에 가리라
고. 문상객들이 뜸한 막간에 조 대표와 내게 기꺼워했다.

"이런 게 다 인연이 닿은 까닭이오. 돌려주려고 했소만 안식구가
거기 적힌 걸 들여다보더니 자기를 맡겨 달라고 하지 않겠소? 편안
히 갈 것 같다고……."

그날 우연찮게 밥을 얻어먹은 예비신랑이 교자상 다리 아래 봉투
한 개를 가만 놓고 나오는 걸 나는 보았다. 야외촬영 일행을 대표한
감사의 표시겠거니, 젊은 애가 괜찮은 구석이 있구나, 기특한 생각
마저 들었다. 고인이 모심에 자신의 사후수습을 맡겨 달라 부탁했으
니 조 대표가 각별하게 의전을 지휘하는 것은 당연했다. 삼일 장례
내내 조 대표는 솔선수범하듯 직원들 앞에서 고인과 유족을 위해 정
성을 다했다. 자리를 비우지 않는 조 대표 때문에 나 역시 쉽게 키트
를 들고 나올 수 없었다.

혹시 김 작가가 등장할까, 들고나는 문상객들이 적잖이 신경 쓰였다. 다행스럽게 발인 때까지 김 작가는 나타나지 않았다. 그는 정말 비행기를 탔을까? 이국 어디에서 거리의 사람들을 쫓아다니고 있는 중일까? 그들을 뒤쫓아 가서 카메라 렌즈 속으로 들어오는 어떤 정황을 포착하고 셔터를 눌러대며 함께 음악을 듣고 차를 마시고 있는지도 모르겠다. 대책 없는 그의 예술은 낯선 나라 낯선 거리를 대책 없이 떠돌게 할 것이었다. 오래전 대책 없었던 내 소설처럼.

"다시 써 봐."
"……."
"잠깐 외도했다 생각하고 이제부터라도 쓰면 안 될까?"
"뭘?"
건성으로 텔레비전 화면에 시선을 고정한 채 되물었다. 물론 그도 알고 나도 안다. 머잖아 내가 소설을 다시 시작하리라는 것을. 고무줄 바지를 입고 자신이 퇴근할 때까지 이불 속에서 나오지 못하는 내게 그는 말했다. 출판사는 합병되었지만 나까지 합병한 건 아니었다. 새 주인이 신입을 신뢰하지 않은 탓이었다. 회사는 배운 걸 써먹는 곳이지 써먹는 걸 배우러 다니는 데가 아니라고 잘라 말했다. 백번 옳았다. 옷도 주고 밥도 주면서 가르칠 수야 없지 않은가? 학교나 자선단체라면 혹시 모를까.
"네가 힘든 걸 바라지 않아."
"맘껏 자고 맘껏 노는데, 왜?"

물끄러미 쳐다보는 그에게 나는 퉁명스러웠다. 글만 쓰지 않는다면 참 괜찮은 직업이라고 농담하던 작가들을 떠올렸다. 그만큼 글쓰기의 어려움을 토로한 우회적 우스갯소리이지만 그냥 웃어넘길 수만은 없는 절실한 문제였다.

"출퇴근도 없고 정년도 없고 음, 또 뭐가 좋더라? 성과급제?"

"땡! 성과급은 무슨 얼어 죽을 성과급. 인세조차 희박해."

깃털처럼 가벼운 대화를 이어가는 방식을 그와 한솥밥을 먹으면서 익혔다. 그러나 그런 식의 대화는 얼마간이라는 잠정적인 단서가 붙게 마련이다. 본론으로 들어가기 이전의 전개 과정이랄까.

"맘먹고 쓰면 술술 풀릴 거야. 넌 공인된 저력도 있잖아?"

"맘먹어도 안 되는 일은 세상에 널렸어. 식당에서 밥을 못 팔아먹는다든지, 학교에서 교육이 이루어지지 않는다든지. 맘먹어서 되는 일이면 서점은 고객들에게 만날 절판사실을 공지해야 해. 그뿐이야? 세상천지 가난한 글쟁이 가난한 예술가는 없어지겠지."

"그래도 넌 쓸 거잖아?"

"쓰지 않을 수도 있어. 아니, 정확하게 말하면 못 쓸 수도 있어."

그가 빤히 나를 쳐다봤다. 시선 둘 데가 마땅찮아 베란다 밖으로 고개를 돌렸다. 집집마다 불이 켜져 있었는데 간혹 한두 집만 어두웠다. 고른 이가 빠진 듯 보기 싫었다.

"희망을 버리지 마. 너라도 네 길을 갔으면 좋겠어."

"사람은 희망 없이도 살 수 있대."

애초부터 내 길이 어디 있었느냐고, 당신 길은 맞는 거냐고, 위장

취업했던 운동권들이 모두 다 노동현장에 남진 않았다고, 따져 묻고 싶었으나 꾹 참았다. 빈집처럼 어둡고 우울한 이야기를 우리는 다시 시도하지 않았다. 그건 매우 잘한 일이었다. 스산하고 칙칙한 빈집에 누가 들어가 살기를 원하겠는가.

"희망 없이 글을 쓸 수 있겠니?"

"희망이 있는 한 어느 작가도 글을 쓰진 않아. 당신도……."

우려스런 그의 눈빛을 애써 외면하며 나는 끝내 마지막 말은 하지 않았다. 그것 역시 퍽이나 잘한 일이었다. 당신도 희망 없이 살고 있지 않느냐고, 우리는 희망 없는 삶을 희망 있는 것처럼 사는 것뿐이라고.

대책 없고 막막한 글은 희망 없이도 살아가는 이유였다. 아니다. 외려 희망이 없어서 대책 없고 막막한 날들이었을까? 맘먹는다고 술술 풀릴 리도 없었으나 맘먹으니 그럭저럭 글은 씌어졌다. 우선 고무줄 바지부터 벗었다. 출근할 적 입었던 정장바지를 꺼내 입고 출근하듯 책상 앞에 앉아서 단어와 단어를 문장과 문장을 이어 갔다. 단편을 중편을 만들다가 봄여름을 보내고 장편을 쓰면서 가을겨울과 해를 넘겨 다시 봄여름을 불러들였다. 가을걷이쯤에는 아무것도 수확하지 못한 빈손의 농부도 한 명쯤 있을 거라는 자위로 책상을 지켰다. 햇빛을 보지 못한 손등은 지나치게 희었다.

첫눈이 내리던 늦가을과 초겨울 어간에 제목조차 구태의연한 「첫눈 오는 날」이라는 단편을 마쳤다. 겨울추위는 해를 더할수록 더 지독해지고 더 난폭해졌다. 소설 역시 더 자극적으로 변해 갔다. 따뜻한 기운이 완연한 봄이 왔으나 소설은 쌀쌀맞고 매서웠다. 인간복제가 가져온 미래의 재앙, 유전자에 의해 결정되는 신분제사회, 상대방과 얼굴을 맞바꾸는 성형수술, 냉동인간의 효용. 식상함에서 벗어나려고 무던히도 골머리를 앓았다. 소설적 구태의연은 진부함의 효시오, 바로 최대의 적이었으며, 동시에 쳐들어갈 수 없는 난공불락이었다. 첨단의 생명공학과 미래를 열어 갈 인공지능 테크놀로지 분야에서 소재를 가져와도 그처럼 단단한 요새는 오를 수 없었다. 제아무리 뛰어난 소설적 상상력이라 하여도 한낱 개연성과 리얼리티가 현저하게 떨어지는 수준 이하의 SF에 불과했다. 인정할 수 없었으나 사실이 그러했다.

의뢰자가 인정하기 싫다고 출판사가 인정상 온정을 베풀 수는 더더욱 없었다. 출판의뢰를 한 결과가 그 사실을 충분히 입증했다. '귀하의 작품은 기발한 상상력이 돋보이나 저희 출판사의 출판기획 및 그 의도에 적합하지 않아 출판을 불허합니다.' 원고를 의뢰한 세 군데 출판사마다 그 말이 그 말과 다르지 않은 예의 답변 일색이었다. 꼬박 삼 년 오 개월 동안 소설을 쓴 결과는 무참했다. 출판사 세 곳에서 죄다 퇴짜 맞은 소설은 컴퓨터 하드에 처박혔을 뿐이었다.

천만다행인 것은 그나마 퇴짜 맞은 원고의 작가명이 실명이 아닌 가명이었다는 점이었다. 듣기만 해도 웃음이 절로 나오거나 모난 돌처럼 툭 불거질 것 같은 '유난희'라는 이름 석 자가 혹시 출판 동네를 떠돌다가, 나를 내쫓은 출판사까지 입성한다면 그 수치를 어찌할 것인가? '그럼 그렇지. 내 그럴 줄 알았어. 그 실력으론 편집장 부아만 끓이지. 암 그렇고말고. 출판사 말아먹을 일 있나? 어디 그딴 식으로 평생 소설 써 보라 해봐. 입에 풀칠도 못하지.' 출판사 사장은 야무지고 당찬 편집장과 밤샘마감도 거뜬히 해내는 에디터들과 함께 나를 안주 삼아 술잔을 기울일 것이었다. 끔찍했다. 생각만으로도 끔찍한 일이 실제 일어난다면 그 끔찍한 정도가 얼마만큼 될까? 쓸데없는 상상은 아무런 도움도 되지 않았다.

세 군데 출판사의 출판 불허 답변은 글쓰기의 사형판결문처럼 읽혀졌다. 종료. 끝. 사형수와 같은 기분이었다면 지나친 비약일까? 문자의 세계를 떠난다는 것은 쉽게 결정할 수 없었다. 애초 등단이라는 이상한 옷은 내게 어울리지 않았으므로 벗어 버린 것은 매우 적절한 선택이었다. 그 이상한 옷도 입으면 이상하게 잘 어울리는 사람이 분명 있을 터, 나는 그저 구경만 하면 될 것이었다. 다른 사람이 입어 이상하게 잘 어울리는 옷이면 어떤가? 단지 구경으로 그치면 그만인 걸 구경조차 허락되지 않자, 다시 그 옷을 억지로 꿰입었다가 결국 이상함이 지나쳐 괴이쩍은 꼴이 되고 말았다. 이상한 옷은 입을수록 그럴듯해 보여서 쉽게 벗어버릴 수 없었다. 점점이 이어지던 글자와 글자들. 한참을 뚫어지게 보고 있노라면 그것들은 살아서 움직이는 생명체가 된다. 이내 개미 떼가 기어가듯 줄줄이 이어지던 문장과 문장들. 나는 그 행간의 여백에서 때때로 쉼조차 얻었다. 조물조물한 개미 떼의 몸짓처럼 착시현상은 신기했다. 내 망막만이 포착할 수 있는 특별한 능력일까, 여러 번 생각했다.

왜 있잖은가? 신비하고 놀랄 만한 초능력. 그러나 초능력자가 아닌 것은 출판불허 답변에서 여실히 증명되었다. 과연 글자를 살아 움직이게 하는 능력이 있을진대 그깟 허구적 산물 하나쯤 생산할 수 없다는 게 말이 되는가?

나는 문자의 세계를 떠나기로 했다. 출판사 세 곳은 충분한 객관성을 확보했고 삼 년 오 개월이라는 시간 역시 결별의 근거로 타당했다. 도박판의 노름꾼처럼 손을 털지 못하다가는 끝내 자멸할 것이었다. 자멸 이전에 나는 어떤 방책이라도 마련해야 했다. 방책은 난데없었다. 묘수가 되지 못하는 방책이 대개 그러하듯.

"전혀 다른 걸 해 보는 것도 일종의 방책이지."

다시 고무줄 바지를 입고 꼼짝없이 집안에서만 한 계절을 보내고 나자, 어느 날 그가 검정색 키트를 들고 퇴근했다. 그 검은 가방의 정체를 나는 단연코 몰랐다. 그 안의 내용물은 무엇이고 어디에 소용되는지. 문자의 세계는 사물을 무화시키기 일쑤여서 모르는 것은 어쩌면 당연했다. 방책, 이라는 말을 쉽게 알아듣지 못한 것도 이와 무관하지 않았다.

"초콜릿이나 빵만 만드는 곳이 아니었어?"

생뚱맞게 웬 가방이랴. 사태를 짐작조차 못했기 때문에 외려 되물었다. 돌아온 대답은 뜻밖이었다. 게다가 결연하기까지 했다.

"그만둬! 이거라도 들고 내일 당장 나가!"

그의 성냄이 어디에 근거를 두고 있는지 알아차리지 못했다. 양팔을 가슴에 두른 채 돌아서서 그는 베란다 밖을 응시했다. 초저녁이었고 하나둘 자동차가 들어오는 중이었다. 나 역시 아무 말도 못하고 덩달아 밖에 눈길을 주었다. 아파트 베란다마다 비상구마냥 하나둘 불이 켜지고 있었다. 내 비상구는 어디 있을까? 와중에도 나는 뜬금없었다.

"아직 비상구를 찾지 못하겠어. 어디든 찾아지면 좋겠는데."

"난희야? 비상구는 좁고 어둡잖아. 넓고 화사한 출입문으로 나가. 세상이 온통 캄캄한 동굴은 아니야. 난 네가 화기애애하고 뽀송뽀송한 곳에서 살길 바라."

화기애애하고 뽀송뽀송한 얼굴이 아닌 동굴 속처럼 어두운 표정으로 그는 사정했다. 비상구도 막막한 판에 대낮처럼 밝은 출입문이라니? 도대체 가당찮은 신파여서 슬며시 웃음까지 새어나왔다.

"흐흐, 당장 비상구라도 감지덕지야. 흐흐."

아브람의 아내 사래가 천사가 전한 잉태예언을 듣고 부엌문에서 웃음을 흘렸던 신화가 웃음이 이 사이로 빠지기도 전에 떠올랐다. 기적을 믿거나 기적을 바라는 일은 나와는 썩 거리가 멀었다. 크고 작은 건물, 높고 낮은 빌딩마다 비상구는 널렸을 테지만 어디에도 나만의 비상구는 없었다. 허황된 것은 신화나 신파나 오십보백보였다. 기적을 염원하는 일보다는 차라리 오십보백보를 하릴없이 걸어가서 도토리라도 주워 그 키를 재보는 편이 나을 것이었다. 그게 더 일상의 단조로움을 피하는 데는 생산적일 테니까.

"이것 봐? 얼마나 화려하니? 제법 총천연색이야. 4개월 속성 과정으로 끊었어. 도서관을 지나 더 올라가다 보면 맨 위쪽에 새로 생긴 회색 건물이거든? 스타뷰티메이크업이라고. 가서 몸을 움직여 봐. 세상이 달라 보여."

사래의 웃음이 사랑스러웠을 아브람의 표정이 저러했을까? 그는 만면에 흡족한 표정으로 마치 시골장터의 방물장수처럼 가방을 열었다. 직사각형 검은 가방에 말대로 총천연색 색조화장품이 웬 생선 눈처럼 줄지어 박혀 있었다. 동그랗고 길쭉하고 마름모꼴 눈을 가진 저 심해의 어종들을 특집 다큐멘터리로 엮어서 내보내는 걸 봤다. 공교롭게도 출판사에서 쫓겨났을 때와 의뢰한 원고가 퇴짜를 맞았을 때였다. 고무줄 바지를 입고 침대와 소파를 오가며 뭉그적거릴 때였는데 두 번 다 물고기들의 특이할 만한 눈의 생김새를 주목했다. 어두운 환경에 의해 눈이 퇴화되었지만 아주 희미한 빛만 있어도 물체를 볼 수 있다는 사실이 믿어지지 않았다. 아니, 믿을 수 없었다. 사람이든 짐승이든 눈은 외부와 교신 가능한 생물체의 중요한 기관이었으므로. 만약 그 눈이 퇴화했다면 당연히 암흑세계에 있어야 옳았다. 물론 몸 전체에 산재해 있는 특수한 세포에 의해 빛을 내고 이러한 발광이 적을 위협하기도 그 적으로부터 자신을 보호하기도 하며 또한 먹이를 유인하고 생식을 위한 수단이 된다는 설명은 의심 없이 믿어졌다. 다만 내가 신뢰할 수 없는 것은 물고기의 눈과 사람의 눈이 다르지 않을 거라는 확신에 가까운 추측이었다.

"달라 보인다고? 뭐가?"

물고기 눈을 닮은 각종 색조화장품을 의미심장하게 들여다보다가 바로 그 심해의 물고기 눈처럼 보나마나 촉기 없이 흐리멍덩했을 내 눈을 치뜨고 그에게 아주 궁금한 듯 물었다.

"세상, 세상이 말이야."

"내 눈이 퇴화했는데? 이젠 비상구조차 보이지 않아. 깊은 바다 속에 사는 희귀한 물고기처럼. 게다가 발광체도 없어. 나를 보호할 수조차 없다고. 세상이 달라 보이기는커녕 뒤집혀 보인다니까!"

거짓이 아니었다. 침대와 소파를 오가다 어지럼증이 일면 사물이 온통 거꾸로 서서 덮쳐 오는 듯한 착시현상을 경험했다. 그럴 때는 집안의 물건조차 식별하지 못해 한동안 눈을 꾹 감고 주저앉았던 적도 여러 번이었다. 냉장고와 세탁기와 텔레비전이 멋대로 일어서서 앞으로 내달리다 뒤로 밀려났다. 책상과 장롱과 싱크대가 마구 들썩이듯 해서 혹시 지진이 일어난 건 아닐까, 겁에 질린 횟수도 더해 갔다.

"두려워하지 마. 이것들이 네게 발광체가 될 거야. 봐봐? 형형색색 빛나잖아? 그렇지? 세상에서 가장 아름다운 신랑 신부를 만드는 거야. 멋지지 않니? 이왕 색의 마술사가 될 거면 캔버스가 아닌 사람에게 말이야. 자, 이걸 들어 봐."

언제 조작해 봤는지 그는 능숙하게 아귀를 맞추고 딸깍, 소리 나게 뚜껑을 덮더니 이내 내 손을 끌어다 쥐어 주었다. 손잡이 부분에 가죽덮개가 씌어 있어 착, 감기는 느낌이었다. 나는 키트를 들고 거실 구석의 전신거울 앞에 서 보았다. 거기, 심해 속 희귀종 물고기처럼 희한하게 생긴 여자가 있었다. 머리를 풀어헤치고 헐렁한 고무줄 바지를 입은, 눈이 십 리쯤 들어간 퀭한 여자였다. 간신히 여자가 가늠되자 나는 저 여자의 눈이 완전히 퇴화한 건 아니라는 일말의 희망을 가졌다. 비록 잔인한 희망일망정.

"미안해. 더는 두고 볼 수가 없었어."

나는 분명히 보았다. 웬 남자가 거울 속에서 눈물 한 방울을 툭, 떨어뜨리는 것을. 곧바로 아주 희미한 빛만 있어도 물체를 볼 수 있다는 심해 어종의 퇴화된 눈을 이해했다. 따지고 보면 무언가가 믿어지기까지 그리 오랜 시간이 걸리는 건 아니라는 자각마저 했다. 거울 속 여자는 남자의 눈물 한 방울을 이해할 수 있었다. 전신거울에 내려쏘는 할로겐은 썩 밝지 않았다. 거실 귀퉁이에 세워둔 탓에. 퇴화한 눈을 한번 믿어 보기로 작정했다. 심해 물고기의 눈과도 같은 형형색색의 눈동자를 뽑아서 사람을 아름답게 만들어 가는 행위는 그다지 밝은 눈이 아니어도 괜찮을 듯했다.

거울 속 여자가 자신의 손에 들린 검은 가방을 물끄러미 내려다볼 때, 남자의 시선 역시 그 가방에 머물고 있었다. 검은 가방의 실체는 퇴화한 눈으로밖에 볼 수 없다는 걸 암묵적으로 동의하듯. 그 눈으로 세상을 보면 세상은 달라 보일까? 거울 속 여자도 남자도 달라 보이는 세상을 염원하지만 세상은 호락호락 제 실체를 보여 주지 않을 것이었다. 아무려나, 나는 거울 속 웬 남자의 눈물 한 방울이 세상을 달라 보이게 할 수 있으리라는 믿음만은 저버리지 않을 작정이었다. 화기애애하고 뽀송뽀송한 아름다움을 찾는 가련한 바람과는 상관없이.

11

산행은 더디었다. 지난봄보다 부쩍 여윈 새색시는 걸음걸이마저 맥없다. 낮술에 취한 것처럼 자주 휘청거린다. 바람 없는 날씨에 산 등성이는 완만하다. 나는 새색시의 손을 잡고 맨 뒤에서 느리게 걷는다. 가을 산행은 '모심'의 연중행사 중 유일한 친목 도모였다. 업종이 업종인지라 최소한의 비상 인원만 회사에 남고 서른 명 웃도는 직원들이 삼삼오오 짝을 지어 산을 올랐다. 대학에서 장의학을 전공한 1급 장례지도사는 예닐곱에 불과했고 대개는 현장에서 잔뼈가 굵은 오륙십 대의 남자들이었다. 개중에는 학력과 나이, 성별 제한이 없는 사설교육원에서 두세 달 동안 장의사 양성 과정을 이수하고 무시험으로 자격증을 얻어 실무에 투입된 사람들도 더러 있었다. 재무회계팀 너덧과 영업파트 설계사 또한 열 명 안팎이었다.

메이크업 아티스트는 나 혼자 뿐이었으므로 물 위 기름처럼 배배 도는 처지여서 줄곧 새색시와 함께했다. 미운 오리 새끼처럼 대열에서 낙오된 우리를 누구도 거들떠보지 않았다. 어쩌다 일이 겹쳐서 미처 내 손이 가지 못할 때 1급 지도사 중에 유일하게 메이크업을 겸하는 스물 셋의 신입이 생수병을 건넨 게 고작이었다. 설계사들은 모두 내 연배의 중년 여성이었는데 앞서가며 힐끗거릴 뿐 어디 아픈가, 한마디 물어오지 않았다. 젊은 층으로 구성된 1급 지도사가 선

발대였고 조 대표는 중간쯤에서 오륙십 대 장의사들과 보폭을 맞추었다.

그는 여전히 부친의 영향력 아래 있었다. 구관이 명관이다, 굴러들어온 돌이 박힌 돌을 뽑아내는 경우는 없다, 물러난 전임대표가 인사원칙을 고수한 소문은 직원 누구나 알고 있었다. 그런 이유인지 타사와 비교했을 때 모심의 이직률은 극히 미미했다. 덩치 큰 상조회사 몇몇 군데가 위법과 비리의 온상이 되어 적발된 사례와 모심은 거리가 멀었다. 구매 회원 수를 부풀리는 건 두말할 것도 없고, 수입산 삼베원단 수의를 국내산으로 둔갑시키며, 제단 꽃과 제례음식을 재활용하기는 일상이고, 보증보험의 적립금조차 자사의 존폐와 관계없이 전액 보장하는 것처럼 소비자를 현혹하는 허위광고도 모심에서는 찾아볼 수 없었다. 대다수 상조회사가 자산보다 빚이 많아 순이익의 적자폭이 확대되는 상황이었지만 모심은 그럭저럭 굴러갔다. 큰 수익을 낼 수는 없었으나 튼튼한 자산에 내실 있는 경영으로 꾸려 가는 중이었다. 다행인 것은 좀체 이윤을 낼 수 없는 치열한 경쟁구도 속에서도 일은 끊어지지 않아서 급여를 체불하거나 직원을 내보내지도 않았다. 머릿속에 통장 잔고가 떠나지 않는, 아니 떠날 수 없는, 나로서는 천만다행이었다. 때로 행운이라는 생각마저 들었다.

이따금 영애가 뷰티 메이크업을 제의해 왔으나 스튜디오며 결혼식장을 나다닐 수 없는 처지와 적당히 둘러대야 하는 상황이 흠이라면 흠이었다. "무슨 일이래? 시즌도 아닌데 그렇게 바빠? 이상하네.

왜 자꾸 우리 스튜디오와 비껴가지? 너 혹시 돈 많은 홀아비라도 낚았니? 그랬다면 축하주 사야지." 영애의 촉수는 길게 뻗어 왔다. 무어라 둘러댈지 머리를 쥐어짜서 겨우 "나 요즘 대학로에 나가. 차라리 분장이 속 편하다. 그쪽으로 아주 틀어야 할까 봐." 기어들어가듯 말할 때 수화기 저쪽에서는 날벼락이 떨어졌다. "아이고! 천치야? 거기 가 봤자, 넌 먹잇감이야. 쥐꼬리만큼 받고 시다할래? 가난한 연극이 어떻고 예술이 어떻고? 좋아하고 계셔, 정말. 그치들 다 사기꾼인 거 몰라? 돈 착착 줄 거 같니? 무대 내려오면 밤낮 지들끼리 노닥거리고 술 처먹는 게 다야. 한심한 인간아? 수재아들 백분지 일만 해 봐! 내가 정말 미쳐요, 미쳐!"

뚝, 전화가 끊어지면 영애의 심각한 언어구사에 대하여 잠깐 생각한다. 절박한 감탄사 외에 난데없이 천치와 수재가 나란히 등장하더니 이내 잘못도 없는 자신이 심각한 정신질환자로 전락하고 만다. 휴우, 숨을 한번 내쉴 즈음 다시 벨이 울린다. "난희야? 친구로서 단도직입적으로 말하는데 연극판 기웃거리지 마. 그러다간 네 아들 귀국해야 할지도 몰라. 그건 여러모로, 아, 그러니까, 국가적으로 손해잖아? 걔 같은 수재가 들어온다고 가정해 봐. 거의 재난이라니까? 국익 손실이야. 너처럼 국보급 문화재가 국익에 막대한 손해를 끼치면 안 되지. 그래? 안 그래? 부탁하는데 전공 살려. 엉? 유난희만큼 신랑 신부 기막히게 그려내는 작자는 내 보질 못했어. 이 업계에 몸담고서. 네 전공은 뷰티야, 뷰티! 귀신 만들어 주는 게 아니라고. 스튜디오에서 전화 가면 냉큼 달려와 알았지? 싹 손 털고."

사실 영애가 '개 같은 수재'와 '귀신'을 발설할 때 앗, 소리를 낼 뻔
했다. 모름지기 균은 상종 못할 '개' 같은 수재고 나 역시 시신 메이
크업에 종사한다는 걸 알고 있기에 '귀신' 운운하는 듯 들렸다. 물론
자극적이고 원색적인 연극판의 분장을 표현한 완곡어법이겠으나 도
둑이 제 발 저린 심정이었다. 아무려나, 영애의 우정은 의심받을 수
없었다. 내가 산행까지 참석한 모심의 정규직만큼이나.

　"여기 남을래요."

　새색시가 잡았던 손을 빼내는 순간 생각의 끈도 탁, 풀렸다. 현실
감각을 유지하는 일은 그 많은 생각만큼이나 복잡하고 어려웠다. 차
라리 시신이 있는 염습실이 내게는 편안한 장소였다. 편한 만큼 그
곳에서는 그나마 현실감을 유지했다. 산행이며 낯선 여행지는 도무
지 몸에 맞지 않은 옷을 입은 것처럼 어색했다.

　"많이 힘들어요? 좀 쉴까요?"

　"괜히 따라왔어요. 저 땜에."

　"아뇨. 정상까진 나도 힘들어요. 산에 오르는 걸 썩 좋아하지 않
거든요."

　"요샌 부쩍 몸이 나른하고 쉽게 졸려요. 꼭 기면 증세 같아요."

　"혹시?"

　"다들 그러는데 아니에요. 아기도 키울 수 있어야 찾아오겠죠."

　스튜디오에서 처음 만나 고택촬영장과 예식장에서 신부와 뷰티아
티스트로, 얼마 전 오후 한때 회사에서는 고용주의 배우자와 고용자
로 우연찮게 잠깐 마주쳤고, 지금 이렇듯 가까이서 손을 잡고 얘기

를 나누는 정경이 웬일인지 오래전에 그녀를 알아 왔던 게 아니었을까, 하는 생각마저 들었다. 더구나 억새풀이 우거진 가을 산은 고래로부터의 어느 한순간을 환기시키려는 배경쯤으로 여겨졌다. 까마득한 날부터 억새풀은 황금물결을 만들어 냈겠지. 기면증을 호소하는 그녀에게 기시감 따윈 중요치 않을 것이다.

"이상해요. 왜 지금 이 순간이 예전 어느 한때를 지나왔다고 느껴질까요?"

"그런가요? 이상한 건 연출 사진부터였겠죠. 전 정말 최악이었어요. 식 앞두고 흔히 겪는 불안심리 같은 게 아니었죠. 뭐랄까? 누군가를 예고된 고통에 끌어들인다는 예감…… 그런 거였어요. 행복하지 않으면 고통스러우니까요."

실제 고통스러운 듯 그녀의 얼굴은 다소 일그러져 보인다. 희망으로 부풀어야 할 신혼의 그녀가 대체 왜 괴롭고 아픈 걸까. 하긴 고통이 시시비비 가리고 때를 피해 다니지는 않을 테니까. 무작위야말로 고통의 속성인지도 모르겠다. 어떠한 편파성도 배제한 공평한 저울추처럼.

"꼭 그런 건 아니에요. 행복과 고통은 조금씩 섞여들 수 있어요. 마치 서로 다른 부부처럼. 그쪽도 대표님도 알게 모르게 믹스가 되잖아요? 오늘 산행도 그 결과물일 테고."

"그쪽? 하하! 그런 호칭도 있어요? 애랑이에요. 박애랑."

그녀는 활짝 웃는다. 부부상담가처럼 구는 내가 못마땅했는지 자신의 이름을 크게 말한다. 나는 한없이 고리타분한 인간이구나, 스스로 부끄러워진다. 가만 듣고만 있자 그녀가 다시 입을 열었다.

"따뜻한 분이라고 들었어요. 그보다는 장례문화를 선도할 거라고. 기막히게 연출한다고요. 어쩜 그렇게 자연스러울 수 있는지. 직원들이 가끔 착각할 때도 있대요. 딱 살아 있는 사람처럼 보여서. 타고난 것 같아요."

그야말로 아연했다. 죽은 사람 낯에 화장하는 직업도 타고난다고? 도무지 대꾸할 말조차 생각나지 않았다. 칭찬은 원래 상대를 난감하게 만드는 선봉장이라는 걸 모르지 않지만 이건 얼토당토않았다. 죽은 사람, 혹은 죽을 사람을 위해 세상에 왔다니! 가혹한 칭찬이라는 생각마저 들었다.

"글쎄요. 타고난 것까진 모르겠고. 사람은 누구나 죽는 거니까요. 그만큼만 알아요. 딱 그만큼만."

"그렇죠? 아는 만큼 보인다고. 그때를 볼 수 있으면 얼마나 좋을까요."

그녀는 다시 시무룩해지고 말았다. 잠시 활달했던 목소리마저 뙤약볕에 시든 이파리처럼 힘없이 처졌다. 우리가 자리한 앞으로 억새풀은 흔들거렸다. 바람이 조용하게 일었다. 울긋불긋 등산복 차림들은 저 위쪽 정상에 닿을락 말락 했다. 차라리 산을 오를걸, 후회는 뒤늦게 오는 법이어서 나는 고개만 한번 저었다.

"자신이 가는 순간을 말이죠."

음울하고 게다가 지나치게 냉랭한 목소리였다. 고개를 비스듬히 하고 어딘가를 응시하는 그녀의 옆얼굴조차 마치 얼음장 같다. 주위를 둘러본다. 아무도 없다. 분명 그녀의 음성이었다. 세상에서 가장 춥고 얼얼한 사람의 목소리라고. 누군가 내 귀청에 대고 속삭이는 듯하다. 나는 오싹했다. 출처가 분명하지 않은 어떤 전율이 내 몸을 훑고 지나갔다. 순간, 밑도 끝도 없이 기와지붕의 용마루가 휙, 떠올랐다.

"애랑 씨? 우리 언제 거기 가 볼까요?"

"······."

난데없는 물음에 그녀는 놀란 사슴처럼 휘둥그레 눈을 치떠 깜박였다.

"거기······ 거기, 고택······ 야외촬영장."

어째서 그 순간 무의식은 그곳을 솟구치게 했는지 모를 일이었다. 얼마 전 고택 안주인의 장례를 치르긴 했으나 고택과는 무관한 지역 병원 영안실이어서 아무래도 연결고리가 뚜렷하지 않았다. 말해 놓고도 왜일까, 여간 궁금했다. 그만큼 고택, 아니 고택의 광은 내 깊은 곳에 똬리를 틀었을까.

"그래요! 거기 광 속에 멍석이 있어요. 거기 누우면 쌓였던 피로가 눈 녹듯 사라질 걸요? 애랑 씨는 지금 너무 지쳤어요. 휴식이 필요한 거죠. 일종의 쉼······ 그러니까······."

"그러니까 귀신 나올 구닥다리 그 집이 구원 장소라도 된다는 얘기가요?"

되도 않게 지껄인다는 걸 알면서도 내가 좀체 말을 멈추지 못하자 더는 듣지 않겠다는 듯 그녀가 명쾌하게 물어왔다. '커뮤니케이션의 기법과 활용', '소통의 기술' 따위 대형서점의 실용서적 코너 도서목록을 단박 떠올리게 하는 기습적인 질문이었다.

"그런 셈이죠. 말하자면……."

"말하자면 십자가 언덕?"

조 대표와는 대조적인 성격이겠구나, 좀 곤란하겠는걸, 나는 또다시 하나마나한 짐작까지 했다. 그녀는 매우 급한 성격의 소유자임에 틀림없었다. 게다가 감정기복마저 가팔랐다. 그녀는 이내 시든 이파리가 빗물을 머금고 살아나듯 활달해졌다.

"구원 장소까진 뭣해도 그런 대로 쉴 수 있거든요."

"곰팡내 나는 그 집이 휴양지로 적합하단 말이죠."

"휴양지라기보다는 뭐랄까? 기억을 불러오는 듯한…… 흩어진 맘을 모을 수 있는 곳이라고 할까? 아무튼지 쉼을 주는 건 맞아요. 뭐, 여기, 이런 데서 느껴보지 못한 평정 상태. 뭐, 그런 거요."

"그런 곳이라면 구원 장소와 다름없겠군요?"

"관점에 따라서는 뭐."

"뭐, 한국판 성경이 다시 쓰일 수도 있겠네요? 아티스트님 직관에 따르면요."

엇나가는 사춘기 아이가 끝말잇기라도 하듯 그녀는 비아냥거렸다. 그렇더라도 나는 그녀가 무례하다거나 시건방지다는 생각보다는 애처로운 마음이 앞섰다.

"애랑 씨? 언제라도 전화해요. 거길 가고 싶거든."

"고마워요."

그녀는 다시 시든 이파리가 되어 갔다. 불분명한 감정의 흐름을 타는 것처럼 여겨졌다. 낮게 가라앉은 음성을 그나마 사방에서 흩어 버릴 듯했다. 긴 머리가 어지럽게 입가와 이마까지 치렁치렁해서 반나마 얼굴을 가린 탓에 그녀라는 실체가 모호해지기까지 했다.

바람은 세졌고 억새풀들은 이제 제 몸을 바람에 맡긴 채 마구 흔들거린다. 키가 큰 것들은 허리까지 꺾고 죽은 듯 구푸렸다가 다시 바람을 타고 겨우 일어났다 이내 또다시 허리가 꺾이기를 반복한다. 바람이 불면 바람이 부는 대로 그저 놔두는 게 옳겠다고. 나는 산허리쯤 앉아 생각한다. 어느 사이 등산객들이 반대쪽에서 하산하는 모습이 띄엄띄엄 나타났다 사라지고 다시 나타나는 중이다.

산 아래 주차장까지 다시 그녀의 손을 잡고 내려가리라. 혹여 그녀에게 기면 증세가 밀물처럼 밀려들까, 조심스레 그녀의 손을 잡는다. 일어나라고, 이제 내려갈 때라고, 굳이 말을 하지 않아도 그녀는 이내 일어선다. 돌아보니 우리가 앉았던 자리에서 잡풀들도 주춤주춤 일어난다. 오래 기다렸다는 듯이.

12

"그럼요, 그렇지요? 신부님. 단연 독보적이에요. 요샌 푸껫이나 몰디브가 허니문 1순위라고 해도 최고는 역시 하와이 오하우지요. 일단 문화적 분위기가 클래식하고 자연경관, 기후, 숙박, 어느 것 하나 딸리는 게 없어요. 아하, 날씨요? 겨울이긴 하지만 서늘한 정도예요. 걱정하실 거 없어요. 꼭 물속에 첨벙첨벙 들락거려야 맛인가요. 와이키키야 워낙 유명하니까 그렇다 치고요. 다이아몬드 헤드며 하나우마 베이 해변을 신랑님 팔짱 끼고 걸어 보세요. 분화구 꼭대기에서 암석들이 빛을 받아 반짝거리는 게 보이거든요. 미래 신랑 신부님의 인생이 영롱하게 반짝거릴 거라는 기대는 얼마나 근사할까요? 호텔? 물론이죠. 중요해요. 참고로 마우이 하얏트엔 한국인 컨시어지도 있어요. 오하우 하얏트에도 물론이구요. 렌트? 당연 좋아요. 만약을 대비해서 신랑님께서 국제면허증 만들면 됩니다. 수수료 몇 천원만 내면 금방 해 줘요. 혹시 접촉사고 나면 국제면허증하고 여권 제시하면 간단해요. 보험은 반드시 풀커버리지로 하세요. 옵션 관광은? 글쎄요, 기본 패키지만으로도 충분할 걸요? 마우이에서는 할레아칼라 일출 꼭 보시구요. 참, 쉐라톤 프린세스 디너 뷔페는 꼭 드시라 권해 드리고 싶어요. 쇼핑은 와이켈레 아울렛이 저렴해요. 신부님? 여행지는 신부님이 결정하시는 게 좋아요. 남자들이야 해외지사니 출장이니 나가지만 여자들이 어디 그런 가요? 덜컥, 애라도 들어서 봐요. 멀리 가기가 쉽지 않거든요. 마우이 2박 오하우 3박 도합 5박7일에 그 비용이면 가격 대비 허니문 코스로는……."

영애의 통화는 쉽게 끝날 것 같지 않았다. 목소리는 매우 낭랑했다. 약간 고음이었으나 맑고 또랑또랑했다. R호텔 웨딩실장이라는 직함 외에도 혹시 그녀가 여행사 영업사원까지 겸직하는 것은 아닌지 의심스러울 정도였다. 내가 아는 한 영애는 하와이를 다녀온 적이 없었다. 하와이는커녕 초혼의 신혼여행지가 고등학교 때의 수학여행 코스와 맞아떨어졌다고 개탄했었다. 그런 그녀가 엊그제 하와이를 갔다 온 것처럼 생생하게 떠들고 있다. 현지가이드 뺨치는 그녀의 홍보에 아무리 귀가 질긴 신랑 신부라도 설득당하고 말리라.

방 안을 둘러보았으나 찻잔 도구가 눈에 띄지 않았다. 여전히 전화통에 매달려 있는 영애 앞으로 가서 무얼 마시는 시늉을 해 보였다. 누가 보면 업무에 분주한 동료에게 술 한잔 하자, 꼬드기는 불성실한 파트너로 오해받기 십상이었다. 영애는 끄떡도 하지 않고 통화에만 집중했다. 책상 위에는 여행사의 각종 허니문 팸플릿이 널브러진 채였다.

"신부님? 일생에 단 한 번뿐인 결혼! 단 한 번으로 남을 황홀한 신혼여행! 그런 신혼여행 준비를 기분 좋게 하셔야지, 짐처럼 여기면 곤란하지요. 예? 그럼요. 대개 신랑님들은 귀찮아해요. 우선 비용부터 따지려들죠. 남자 체면에 미주알고주알 밑천 바닥났다는 말도 못하고요. 일반여행 상품과 별 차이 없다고 흔히들 생각하는데요. 대단한 착각이죠. 어떻게 불특정다수와 신혼여행 콘셉트가 같겠어요? 그야말로 개념 없는 발상이죠. 신부님이 하실 일은 신랑님의 상태를 최대한 빨리 파악하는 일이에요. 일중독인지? 밑천이 거덜 난 건지? 둘 다 아니라면 왜 꼭 손바닥만 한 룸복만을 고집하는지 알아야만 제가 어떡하든 손을 쓸 수 있어요. 바다와 야자수, 열대식물로 조성된 조경수 외에 볼 게 없어요. 각종 열대식물만 아니면 동해안의 작은 포구와 다를 게 없거든요. 신혼여행이라면 적어도 이국의 향취에 매료된 평생 남을 로맨스가 있어야지요. 나이 먹을수록 부부는 사랑으로 사는 게 아니라 추억으로 산답니다. 내일 눈감아도 서럽지 않을 좋은 추억은 허니문⋯⋯."

한 손으로는 수화기를 다른 한 손으로는 연실 팸플릿을 들춰보며 영애는 무던히 애를 쓰는 중이었다. 나는 영애에게 묻기를 포기한 채 그녀가 앉은 사무용 의자 뒤로 가보았다. 작달막한 사물함을 열어 보니 돌돌 말려진 스타킹과 때 묻은 헝겊 파우치 두 개, 함부로 구겨진 서류 몇 장과 생리대 한 개, 그리고 연필과 형광펜이며 클립이 어지럽게 나동그라졌고, 심지어 먹다 남은 초콜릿이 녹아서 파스텔 색조 다이어리 겉장을 시커멓게 물들여 놓았다. 마치 흉한 멍 자국처럼. 언젠가 김 작가와의 재혼 초기에 영애의 이마에 앉은 시퍼런 멍이 떠오른다.

스튜디오 촬영을 마치자마자 김 작가는 기다렸다는 듯이 예비 신랑·신부가 출입문을 나감과 동시에 영애에게 들고 있던 소품을 내

던졌고 즉시 영애는 머리통을 잡고 악, 비명을 내지르며 바닥에 쓰러졌다. 내 기억이 정확하다면 그때 김 작가는 뒤도 돌아보지 않고 그대로 나가 버렸다. 아르바이트 중이던 사진학과 스텝과 나는 그 광경을 넋이 나간 듯 쳐다보았고 쓰러진 영애는 머리를 붙잡고 견딜 뿐, 다시 신음소리를 내지 않았다. 잠시잠깐 우왕좌왕하던 내가 결국 영애를 병원에 데려갈 요량으로 서둘러 부축할 때 그녀는 괜찮아, 내 잔소리가 좀 지나쳤나 봐, 라고 허무맹랑한 자책을 했다. 나와 스텝은 또다시 동시에 눈을 마주쳤다. 참 기막힌 신혼이구나, 감동 아닌 감동을 했다. 나이 어린 스텝이나 나이 먹은 나나 마찬가지였다. 잠시 후, 작업을 마쳤으니 밥을 먹으러 가자고 일어나던 영애의 이마에는 시커먼 피멍이 턱, 자리를 잡았다. 영애는 줄곧 풍성한 머리를 죄다 올려서 웨딩플래너로서 단정하고 우아한 이미지를 연출했는데 훤칠했던 그녀 이마의 멍 자국은 당연히 크고 선명하게 각인되었다.

저렇도록 상당한 식견으로 예비 신랑·신부에게 조언과 여행지의 홍보까지 아우르다니! 웨딩플래너, 아니 두어 달 전부터는 웨딩홀의 실장으로 눌러앉은 영애의 직업의식은 실로 놀라웠다. 언제 봐도 그녀는 웨딩플래너가 천직인 듯하다. 마치 지상낙원을 꿈꾸는 이교도처럼 그녀 역시 웨딩이라는 파라다이스를 꿈꾸며 살아가는지도 모르겠다. 고객과의 통화에 여념이 없는 그녀를, 아니 그녀의 이마를 나는 흘낏, 쳐다본다. 올린 머리는 여전한데 훤칠했던 그녀의 이마에 실핏줄처럼 가는 선이 두어 개 그어졌다. 풍상이 지나간 자리겠지.

책상 옆 벽면으로 캐비닛이 있다. 차 한 잔을 마시기 위해 남의 캐비닛까지 열어 보는 건 결례라고 생각한다. 다시 와서 접견용 소파에 가만 앉는다. 테이블에 놓인 웨딩홀 홍보책자와 화보를 뒤적거린다. 내 동선과는 관계없이 그녀는 통화 중이다.

"당연하죠. H사 패키지가 가격 대비 퀄리티가 높습니다. 기본 패키지에 자유여행을 가미한 맞춤형이에요. 신랑·신부님들이 가장 선호하는 하와이 상품이죠. 예? 그럼요. 오히려 더 비싸게 먹혀요. 항공권, 픽업, 숙박, 렌트 모조리 혼자 한다고 가정해 보세요. 신부님 몇 날 며칠 인터넷 뒤져야 비용 산출할 걸요? 현지인 아닌 담에야 비용만 더 올라가요. 그렇죠? 비생산적이죠. 괜히 스트레스 땜에 화장도 안 받아요. 그럴 시간에 잠 푹 자고 피부 관리 받는 게 현명해요. 그렇죠. 평생 한 번뿐인데요. 이왕 한 번 갈 건데요. 그럼요. 하와이로 가세요. 정말 후회 없는 허니문여행⋯⋯."

영애의 말대로 잠을 푹 자고 고가의 피부 관리를 받은 탓인지 화보 속 신부들은 하나같이 우윳빛이다. 텔레비전에 나오는 탤런트도 여럿이었다. 드라마를 즐겨 보지 않더라도 채널을 돌리는 사이사이 얼굴에 잡티 한 점 없이 희디흰 여배우들이 눈부시게 새하얀 웨딩드레스를 입고 지상의 아름다움을 한껏 뽐내는 걸 보지 않았던가.

둥그런 어깨선과 가슴골이 훤한 벨라인 웨딩드레스를 입고 고른 이가 드러나도록 환하게 웃는 사진을 들여다본다. 꽤 인기 있는 탤런트였는데 최근에는 마약류로 분류된 수면유도제를 상습적으로 투약한 혐의를 받고 있다. 드레스 라인이 허리에서부터 동그랗고 풍성하게 퍼져서 화려하면서도 단아하다. 사진의 그녀는 공주처럼 사랑스러워 보인다. 귀엽고 예쁜 얼굴 그 어디에도 불면의 흔적은 없을 듯하다. 저 아름다운 자태 어디에 잠 못 이룰 새카만 밤들을 숨겼을까. 눈을 떼지 않고 들여다보다 문득 그 탤런트의 웃음에 웬일인지 서늘한 슬픔이 배어 있는 것을 느낀다.

  다음 장을 넘기자 머메이드라인, 일명 인어공주 드레스를 입은 여배우가 등장한다. 어깨부터 무릎까지 완전히 밀착되었고 종아리 아래가 인어꼬리처럼 쫙 퍼져 성적인 매력이 돋보이면서 제법 성숙미가 엿보인다. 여배우는 몇 해 전, 잘생기고 연기력이 뛰어난 동료 배우와 결혼하여 세간의 화제를 모으더니 얼마 못 돼 이혼하는 바람에 다시 한 번 이목을 끌었다. 이혼 사유 또한 다양했다. 폭력 · 성격차이 · 외도 · 빚. 대체 함께 살 이유가 없노라고 서로가 서로 다른 방송사에 나와서 눈물로 하소연하는 걸 우연찮게 보았다. 그들의 눈물은 같았을까? 달랐을까? 나는 화보를 보면서 가늠해 본다. 눈물샘에서 흘러나온 짭조름한 성분이야 같았겠지만 눈물샘을 자극한 의도는 달랐으리라고 여긴다. 아니다. 그 의도마저 동일했는지도 모르리라. 서로가 서로에게 등판을 꼿꼿하게 세우기로 작정한 그것. 고의든 실수든 의도는 초심을 벗어나기 일쑤다. 점점 벌어지는 간격을 어쩌지 못하고 그들은 각자 의도대로 제 길을 갔을 것이었다. 약간 달뜬 여배우의 미소가 어색하지만 은밀한 멋이 있다. 자세히 보니 성적인 매력은 농후하더라도 인어공주처럼 헌신적이고 애달픈 사랑과는 거리가 먼 인상이 아닐까, 의심이 든다. 하기야 인어 공주 드레스를 여배우에게 입게 한 디자이너의 실수겠지. 디자이너의 의도야 어떠하든지 여배우의 의도는 세상에서 가장 아름다운 신부를 꿈꾸었을 테니까.

"며칠이요? 아뇨! 이왕이면 이벤트 기간에 신청해야 하니까요. 괜히 여행사 돈 보태 줄 일 있어요? 그렇죠. 내일 오후 다섯 시까지요. 기다릴게요. 예? 10프로 할인이죠. 참, 신부님? 피부 관리 계속 받는 거죠? 제가 신부님만은 특별히 대한민국 최고의 뷰티아티스트님께 의뢰할 거예요. 기대하셔도 좋습니다. 그럼 내일 연락 주세요."

영애가 수화기를 내려놓는 것을 보고 나는 곧장 벽시계를 확인한다. 꼬박 1시간이 걸린 통화였다. 그녀의 직업의식은 막강했다.

"아호! 월척이겠는 걸? 잠자코 기다려 준 덕분이야. 자, 나가자."

"어딜?"

"밥 먹으러. 호텔 식당으로 가자."

영애는 가방과 재킷을 주섬주섬 챙기면서 재촉했다. 딴에는 오래 기다리게 해서 미안하다는 표현 방식이었다. 테이블 위에 홍보책자와 화보를 가지런히 정리하고 일어서다가 영애가 방금 고객과의 긴 긴 통화 끝에 '최고의 뷰티아티스트' 운운하며 그제야 내게 눈을 한 번 찡긋거린 게 찜찜해서 다시 소파에 앉았다.

"설마 대한민국 최고의 뷰티아티스트가 난 아니겠지?"

"너 부르려고 그러는데?"

그녀는 앉지도 않고 소파에 기댄 채 엉덩이를 뒤로 빼고 장난치듯

150

혀를 날름거린다.

"웨딩 일 못하거든? 연극 분장만도 벅차."

"숙맥아? 여긴 살림이 괜찮아. 파킹시켜도 될 거 같아 그런다."

"됐어. 가자."

더 말하지 않고 나는 일어섰다. 웨딩실장의 방을 나오자 호텔 내부는 들어올 때보다 더한 품격이 느껴졌다. 불과 몇 달 전까지만 해도 들락거린 일터였는데 이제 나와 상관없는 곳이라고 생각하니 아무래도 미련이 남았을 터였다. 일류호텔은 아니어도 시내에 위치해 있고 일 년이면 몇 번은 오간 장소였는데 그때와는 사뭇 다르게 다가왔다. 장례식장 염습실이 일터가 된 나와는 달리 영애는 운 좋게도 호텔 웨딩홀을 꿰차고 들어갔다. 차갑고 습한 염습실과 화사하고 포근한 웨딩홀은 물과 기름처럼 혹은 나와 그녀처럼 양분되었다. 세상은 다른 사람, 다른 일터, 다른 방식으로 굴러가는 것이려니, 그 따위 식상하고 자칫 비겁한 생각을 하면서 걸음조차 우아하고 품위 있는 영애를 따라 호텔 식당으로 향했다.

설명설명 걷는 나를 그녀는 안됐다는 듯 곁눈질했다. 아닌 게 아니라 내가 보기에도 바싹 마른 길고 가는 다리였다. 게다가 키트를 들지 않은 내 팔이 멋대로 허공을 휘저었다. 마치 가벼워 견딜 수 없다는 듯이. 가능하면 키트를 들지 않고 어딘가를 나다니는 일은 피해야겠다고, 실천과는 무관한 쓸데없는 생각을 했다. 대체 왜 그녀는 나를 불렀을까. 우린 이미 너무 멀리 달아났는데. 지구 이쪽과 저쪽처럼 아주 멀리.

평일 런치타임은 북적거리지도 한가하지도 않았다. 딱 영애와 나의 관계처럼. 오랜만의 정기휴일이었지만 콜은 언제 올지 몰랐다. 근무 중의 영애는 충성된 일꾼이었으나 뷔페로 내려오자 까칠한 손님으로 싹 얼굴이 바뀌었다. 좀 얇게 썰었어야지, 끌끌 혀를 찼다. 내 입맛에 훈제연어는 일품이었다. 연하고 향도 진했다. 그런데도 그녀는 두꺼워 입속에서 체온으로 녹는 비계 맛을 느낄 수 없다고 이맛살을 찌푸렸다. '연어에도 비계가 있었나? 하긴 동물성이니까. 세상 참 모르는 게 수두룩하구나! 그나저나 우린 멀어졌고 이후엔 더 멀어지겠지.'

　때마침, 균 또래로 뵈는 청년이 서빙 왔다. 한 마리를 몇 등분했는지 꼬리 반 정도 크기의 랍스터가 담긴 접시를 내 앞에 내려놓을 때 청년을 쳐다보았다. 영애 앞에 또 다른 접시를 놓을 때도 눈을 떼지 않았다. 짧게 자른 머리와 검은 바지에 흰 셔츠는 단정했고 동작은 지나치게 절제되어 팔다리 근육이 경직된 것 같았다. 게다가 귓불마저 발그레했다. 이 바닥의 숙련공은 아니겠거니, 대낮에 강의실 나와 뷔페 아르바이트할 간 큰 대학생은 아니겠거니, 그렇다면 잠재적인 청년실업자겠지. 공공부문 인턴제, 청년 고용 확대, 일자리 창출 따위는 텔레비전이 있는 집의 앵무새라면 얼마든지 따라할 판이었다. 앵무새야 이 나라 텔레비전만큼은 아니어서 그렇지 청년실업자로 치자면 집집마다 한두 대는 기본인 텔레비전 수와 가히 비견될 것이었다.

　첫 여성 대통령이 제아무리 창조경제를 부르짖더라도 허사였다.

경제라는 게 해 아래 새것이 아닌 다음에야 전혀 새로울 게 없으므로 아마 새판잡이로 만들어질 수도 없는 모양이었다. 부친의 후광을 입고 대통령이 된 그녀는 해외 순방 때마다 칠면조처럼 화려하고 다양한 의상 페스티벌에 심혈을 기울였다. 색색의 옷은 만들어 낼망정 청년 일자리를 만들기는 그 옷의 가짓수만큼이나 각종 난관에 부딪치는지, 잉여인간처럼 쌓여 가는 청년들을 돈 들여가면서까지 국외로 머슴 보내는, 웃지 못할 해외인턴 전성시대를 열었다. 그녀 아버지 재임 시절에는 먹고살기 어려워 남의 나라로 일하러 갔다지만, 먹고 입을 게 지천인 오늘날은 이력서 한 줄을 채우기 위해 이 땅을 떠나야 하는 한심한 처지를 그녀는 실감할까? 아무리 생각해도 그녀가 해외 순방 때마다 의상 페스티벌을 하는 것만큼이나 비효율적인 희대의 사건이지 싶다.

호텔 뷔페식당에서 다른 요리는 맘껏 가져다 먹을 수 있으나 고가인 랍스터만큼 특별 서빙을 하는 이유가 바로 제한된 양으로 공평한 분배를 하기 위해서라는 진의를 손님들은 누구나 알고 있다. 저쪽에서 진작부터 아장아장 배회하는 돌쟁이 아기라면 또 모를까. 하여, 재화나 용역을 생산·분배·소비하는 일련의 경제활동이 삼류호텔 뷔페식당의 랍스터 요리만도 못한 여성 대통령의 창조경제론은 무용지물일 터였다. 나는 랍스터를 파먹으면서 생각했다. 저 청년의 집에도 앵무새가 있을까? 있다면 청년에게 해외인턴이라도 가라고 읊조릴 것이라고. 휴우, 절로 한숨이 나오는 런치 타임이었다.

영애의 접시에는 양고기와 하몽과 대게가, 내 접시에는 참치와 피자 한 조각과 새우튀김 정도였다. 점심시간이 끝나면 사무실로 올라가야 할 그녀가 칠레산 와인을 주문했다. 직장 안의 얼굴들을 무시할 수는 없을 터, 나는 그녀에게 괜찮겠냐고 물었다. 입사한 지 한 달 남짓한 일터에서 음주 때문에 쫓겨나는 불미스러운 사건은 미연에 방지하는 것이 우정이었다. "골프와 와인은 문화야. 스포츠와 술이 아닌 문화." 호텔 정규직이 된 영애는 '문화'를 강조했다. 과연 천천히 와인을 음미하는 모양새가 문화인다웠다. 교양과 품위가 특정 장소, 특정 대상에게만 한정되는 이상스런 문화인이 판을 치는 세상이지만. 언제 콜이 올지 모르는 나는 와인잔을 히뜩, 쳐다볼 뿐 냉큼 집어다 마실 수 없었다.

"요즘 사람들한테 화두는 골프와 와인이야. 건강과 품격, 두 마리 토끼를 다 잡겠다는 거지." 말마따나 스포츠와 술이 화두가 되는, 될 수 있는, 세상이구나! 잡았던 한 마리 토끼마저 놓칠 지경에 두 마리씩이나? 그럼 축구와 소주는 왜 문화가 아닐까. 농구와 막걸리는 왜? 새우튀김이 바삭바삭하고 고소했다. 고온의 깨끗한 기름에 튀겨 낸 게 분명했다. 한낱 식당의 메뉴처럼 뭐든 명료하다면 삶은 피로하지 않을 것이었다.

"골프와 와인을 통해 서로 어울리고 소통하고 새로운 일을 도모해. 생각해 봐? 둘은 닮은꼴이야. 골프가 4시간 넘게 함께 걷고 얘기하며 친밀감을 형성하듯 와인도 아주 천천히 마시거든. 서로의 주변 얘기가 자연스럽게 나오도록 분위기를 만들지. 걱정 마. 와인은 빨리 마시고 쉽게 취하는 술이 아니야." 말은 그렇게 하면서도 영애

는 벌써 석 잔째였다. "문화교양 강의를 하려고 만나자고 한 건 아니
잖아." 피자에 치즈가 다량이었다. 포크로 느적거리는 치즈를 살짝
긁어내면서 나는 말했다.

영애가 와인잔을 내려놓더니 언뜻 창밖으로 시선을 건넸다가 이
내 나를 쳐다봤다. "오랜 기간 인내심을 갖고 정성을 들여야 해. 중
독성이 강해서 그 매력에 한번 빠지면 헤어 나오기도 어렵고. 테루
아, 맞지? 지형·기후·토양에 민감하거든. 그것뿐이겠어? 대화할
내용도 많고. 시간이 갈수록 더 좋은 것을 찾게 돼. 좋은 친구와 함
께 즐길 때 가장 좋은 건 당연한 이치야. 반면에 룰과 에티켓을 지켜
야 멋지지. 나름 철학도 있어. 인생에 견줄 만한…… 인생의 축소판
이지. 가령, 골프는 다양한 테크닉을 익히고 필드에서 수많은 장애
물을 이겨야 해. 와인 역시 한여름의 땡볕과 풍우를 이겨 낸 포도만
이 와인으로 재탄생돼. 만드는 사람의 혼이 담기는 거지. 돈도 많이
들고. 균형과 타이밍이 중요한 건 물론이야." 영애의 시선은 와인잔
에 가 닿고 있었다. 여전히 골프와 와인 찬양 모드였다.

"그래서? 문화인답게 골프를 배우고 와인바에 다니자고?" 아직 입
속에 남아 있는 딱딱한 피자 테두리를 오물거리며 나는 물었다. 보
기에 따라서는 문화인답지 않게 교양이 부재한 질문이었다. "이젠
개인적 취향이나 선택의 문제가 아니라는 거야. 사회적 경제적 지위
를 업 시키려면 누구나 필수 요소거든. 시간이 없어서 못 배웠다고?
원래 운동을 좋아하지 않는다고? 핑계고 변명이야. 아휴! 난희야?
내 얘기는…… 내 입장은 말이지…… 선택의 여지가 없다는 뜻이야.

그러니까, 필연……이라고 해야 맞겠지."

쉽게 취하지 않는다고 장황하게 와인문화를 늘어놓더니 영애는 그새 취해 버린 걸까? 뷔페 접시를 코앞에 놓고 그녀는 푹 고개를 꺾었다. 흰 접시에 긴 대게 다리와 거무튀튀하게 불에 그슬린 양고기 살점이 그대로였다. 하몽 한 점만 귀퉁이 살점이 찢어진 채였다. 대체 뭘 먹었을까. 와중에도 나는 피자 한 조각을 테두리까지 알뜰하게 다 먹었다. 냅킨으로 입술을 닦았다. 언제든 올 것은 오고야 마는 법이니까. 흐흑, 울음 삼키는 소리가 들릴 듯 말 듯했다.

실내는 지오반니 마라디의 피아노 선율로 넘실거렸다. 누가 선곡했는지 런치 타임과는 썩 어울리지 않는 음악이었다. 전면 창으로 햇살이 다글다글 몰려드는데, 어쩌자고 영혼을 적시는 서정적이고 애수 어린 피아노 선율인가? 피아노 시인다운 섬세한 손가락 터치를 나는 가만히 느꼈다. 영애가 무슨 말인가를 해오기를 기다렸다. 클래식과 팝, 영화음악을 경계 없이 넘나들며 특유의 손가락 터치가 묘한 울림을 주는 지오반니 마라디의 열 손가락에 대하여 생각했다. 그는 피아노를 치기 위해 세상에 왔을 거라고. 그의 손가락은 피아노 건반을 떠나면 아무것도 아니라고. 그의 열 손가락은 피아노 건반에 갇혀서 이도저도 꼼짝할 수 없을 거라고.

영애는 여전히 고개를 들지 않았다. 와인병은 휑했다. 반나마도 남지 않았다. 분명 김 작가 때문일 거라고. 물고기가 물을 떠나 살 수 없고 지오반니 마라디가 피아노를 떠나 살 수 없듯이 그녀 또한 김 작가를 떠나 살 수는 없는 모양이라고. 마냥 기다릴 수만은 없었다. 점심시간은 얼추 끝나가는 중이었고 콜은 언제 올지 미지수였다.

"그 정성, 그 인내면 프로골퍼가 되고도 남았어. 그뿐이니? '전설의 와인' 페트뤼스 양조 책임자도 됐을걸! 네 말대로 필연이야. 필연이고말고. 뭐가 문제니? 꼭 골프 치고 와인 홀짝대야 인생 업 되는지 모르겠다만. 이젠 골프 치고 와인 마셔 가며 올라가든 내려가든 속 편히 살아. 여하튼 중독에서 빠져나오는 게 어디니? 균형과 타이밍은 아주 좋았어. 더 나이 들기 전에. 웨딩홀 실장 자리가 너만 기다릴 리도 없을 테니까. 룰과 에티켓을 지키지 않은 건 김 작가야. 그나저나 김 작가 어디 있니? 스튜디오는?"

내 짐작은 당연히 헤어졌다는 쪽이었다. 필연 아닌 우연한 이별은 세상에 흔치 않을 테니까. 그런데 돌아온 답변은 공교롭게도 그 흔치 않을 일이어서 유감스러움을 넘어 경이롭기까지 했다. 찬양의 대상은 골프와 와인이 아니라 정작 그녀 자신이었다. 고개를 든 그녀의 얼굴은 희극배우 같았다. 마스카라가 먹물처럼 눈언저리에 번졌고, 섀도 펄이 이마까지 모래알처럼 박혀 있었다. "눈부신 아침은 다행히 작자가 나타났어. 그냥 찍사 같더라. 상호가 번창하겠다나? 그대로 쓴대. 예술 사진입네, 딴청부리지 않고 신랑·신부만 충실하게 제조하겠더라고? 아마, 쏠쏠할 거야. 촬영 연결해 줬음 하던데 나 그러기 싫어. 과거는 원래 칡넝쿨처럼 사람 사이를 얽혀들게 만들거든." 영애는 단박 와인잔을 비웠다. 천천히 음미하는 에티켓은 지키지 않았다. "떠났어. 계모한테 말만 한 아들 맡겨 두고."

김 작가의 행적은 대단히 간결했다. 그녀는 양고기 살점을 찍어먹기 시작했다. 대게 다리 살을 후볐다. 그제야 배가 고픈 듯했다. 빠른 속도로 먹어치우는 그녀를 쳐다보다가 나는 대수롭지 않게 뇌까렸다. "김 작가 과거도 애잔하네." 의붓어미와 성장기 아이는 시대를 불문한 부풀리고 억눌린 고전적 스토리일 테니까. "아니? 내가 그 애를 맡았어. 하하! 계모 노릇이나 하려고." 호탕하게 웃는 그녀야말로 조울증을 의심할 정도였다. "걱정 마. 유미도 왔어. 둘 다 수험생이야. 복 터졌지?"

나는 앞에 놓인 와인잔을 들어 서서히 입술을 축였다. 대수롭지 않을 영애의 재혼 스토리가 대수로워지는 중이라서 가만히 앉아 들을 재간이 없었다. "그 애들이 골프와 와인이라는 논리였어? 입때껏 횡설수설한 게? 필연이었다고? 글쎄, 우연은 몰라도 필연은 사람이 만들어. 인생의 축소판은 골프도 와인도 아니야. 김 작가와 '눈부신 아침'만으로도 충분했어. 차라리 '흐린 저녁'이었다면 일찌감치 자리 펴고 잠이나 잘 텐데……. 여하튼 골프와 와인처럼 돈은 많이 들겠다. 균형과 타이밍도 시의적절하지 않겠어. 생짜배기 남녀공학이겠지. 바람 잘 날 없는 건 당연하고. 누가 원조는 해 준다든?"

그녀는 하몽을 제법 맛나게 먹었다. 나로서는 이해할 수 없는 입맛이었다. 게다가 얼굴마저 우스꽝스러웠다. 먹물처럼 번진 마스카라가 말라붙어 딱 숯가루처럼 거뭇거뭇했다. "그 애 할아버지가 연금 절반을 잘라 줘. 생각보다 그다지 삭막한 건 아니야. 유미보다 친절하거든." 이해할 수 없는 것은 그녀의 이색적인 미각만이 아니었다. 떠나버린 남자의 자식과 동고동락하는 알 수 없는 휴머니즘도 이해하기 어려웠다. "실컷 떠돌다 돌아오겠지." 그녀는 하몽을 안주 삼아 연실 와인을 홀짝거렸다. 불현, 천장에 매달린 돼지다리가 눈앞에서 오락가락하듯 했다. 여러모로 이색적이군, 생각뿐 차마 말하지 않았다. 어쩌면 김 작가는 스페인의 어느 거리에서 생 햄인 하몽을 영애처럼 씹고 있는지도 모르리라. 전통 하몽제조로 유명한 트레벨레스 마을을 거닐며 거리의 어떤 남자 어떤 여자에게 카메라렌즈를 맞추겠지. 거기 레스토랑 천장마다 줄 지어 걸어 놓은 돼지다리를 보면 이 땅의 메주가 연상될까? 차라리 그랬으면 좋겠다고, 언제 눈물바람이었냐는 듯 생긋생긋 웃으며 하몽을 먹는 영애를 보면서 나는 염원했다.

점심시간은 진작 끝났지만 콜은 오지 않았다. 마지막 남은 와인 한 잔은 내가 느긋하게 마셨다. 골프와 와인은 정말 닮은꼴일까. 영애 애들처럼? 와인 맛은 떨떠름하면서도 달착지근했다. 울고 웃는 그녀와도 많이 닮았을까?

13

시신은 젊디젊은 여자였다. 결혼 3년 뇌종양 판정 8개월 만에 사망했다. 배우자는 의외로 차분했다. 빈소와 염습실을 식상한 표정으로 오갔다. 흔히 유족에게서 전해져 오는 일종의 시들함과 핍진함과는 또 다른 권태였다. 8개월이라는 병수발은 젊은 남자에게 지루했을까? 작업 내내 그 점이 궁금했다. 메이크업은 사망자의 친정엄마가 의뢰했다. 오십 후반쯤으로 보이는 의뢰자 역시 나이에 비해 고왔다.

메이크업을 위해 시신 옆에 다가가자, 그녀는 재빠르게 나를 훑어보았다. 정장 차림의 매무새를 탓하지는 않을 것이었다. 외모와는 다르게 혹시 '진상 유족'에 속하지는 않을까 긴장했다. 곱상한 여자들이 가끔 그 예쁘장하고 얌전한 생김새와는 달리 살쾡이 눈으로 돌변할 때가 있지 않던가.

"요가강사였어요. 예쁘게만 그려줘요. 몹쓸 암세포 천 리나 달아나게요."

날카롭고 표독한 살쾡이를 상상한 나는 곧바로 내 저급한 상상력을 반성했다. 요가강사의 화장법? 금방 머릿속이 분주해지기 시작했다. 쉽게 떠오르지 않았다. 습관대로 노트를 꺼내 습관을 따라 메모했다. 요가 · 균형 · 탄력 · 유연성.

"에고! 책상물림 할 상이네. 헌데 어째 이런 몹쓸 일을!"

화들짝 놀랐다. 하마터면 볼펜을 떨어뜨릴 뻔했다. 의뢰자와 나 외에 염습실에는 누구도 없었다. 아니다, 망자가 있었다. 살쾡이는 표독한 눈만 희번덕거린 게 아니었다. 그보다 더한 날카로운 발톱을 내민 것이었다. 다행히 의뢰자는 작업이 끝날 때까지 아무 말도 하지 않았다. 그렇더라도 나는 그 발톱에 한껏 할퀴고 말았다. '몹쓸 암세포'와 '몹쓸 일'은 그 말이 그 말과 다르지 않았다. 게다가 선무당 사람 잡는 식의 '책상물림 할 상'이라는 표현은 노골적이기까지 했다. 암세포가 백 리를 달아났는지 천 리를 달아났는지 그도 저도 아니라면 여전히 망자에게 붙어 있는지 나는 알지 못했다. 오직 내 머릿속에는 이따위 몹쓸 일은 속히 끝내야겠다는 일념뿐이었다. 죽은 요가강사를 예쁘게 그려서 암세포를 내쫓는 일은 내가 할 일이 아니라 차라리 혜안을 가진 의뢰자가 하는 편이 낫겠다는 생각이었다. 나로서는 역부족이었다. 예쁜 메이크업은 가능할지 모르겠으나 암세포를 천 리 밖으로 축출하는 일은 도무지 불가능했다. 8개월의 투병 기간은 가족의 일상을 비현실적으로 끌고 가는지도 모르겠다고, 의뢰자를 두둔할 맘은 털끝만큼도 없었다. 속히 이 악독하고 고약한 일을 끝내고 집에 가서 쉬고 싶었다.

나는 손을 재게 놀렸다. 메모대로 먼저 균형감을 살리려 이마에서 미간까지, 다시 미간부터 코끝으로, 이어 코끝에서 턱까지 차등을 두어 3등분했다. 스케치하듯 펜슬로 엷게 선을 그은 다음 피부 탄력을 강조하기 위해 보습크림을 과감하게 썼다. 요가강사답게 몸의 유연성은 단연 으뜸이었을 터, 선의 미에 유념하여 처음 3등분한 펜슬 자국을 따라 색조화장을 시작했다. 눈과 콧날, 볼이며 입술이 새록새록 확연해졌다. 붓의 터치에 따라 펜슬의 굵기에 따라 얼굴이 살아났다. 살아났으되 생동감은 없었다. 메이크업을 마치면서 깨달았다. '그래서 몹쓸 일이구나.' 뒤미처 따라온 자각은 한층 더 절실했다. '그렇더라도 다시 책상물림으로 되돌아갈 수는 없겠구나.' 깨달음 또한 지극히 찰나적이었다.

강원도까지 원정 작업을 가게 된 이유는 어처구니없었다. 여당 최고위원 모친상, 이라는 게 그 이유였다. 대개 서울과 수도권에 '모심' 고객은 편중되었고 이따금씩 지방에서 올라오는 의뢰는 장례지도사가 필요에 따라 간단한 피부 화장을 겸하는 정도였다.

오전에 A시 대학병원 영안실에서 작업을 마칠 즈음 콜을 받았다. 예의 남다른 의뢰자 때문에 전에 없던 깨달음이 촌각을 다툴 바로 그때였다. 회사 담당자가 아닌 조 대표가 직접 전화를 걸어왔다. "좀 멀리 가야 합니다. 임종팀은 출발했으니 내가 거기로 가지요." 계약 규정을 벗어나는 지방행에 대하여 별 미안한 기색이 없었으므로 나는 그의 에티켓을 잠깐 회의했다. 올겨울 들어 급강하한 기온이었고 균의 공항 도착 시각은 밤 9시 50분이었다. 개인적인 사정을 늘어놓기에는 일방적인 통보 차원의 짧은 전화였다. 작년 이맘때 유학 간 아들이 오늘 밤늦게 온다고, 여름방학 때도 항공료 문제로 그 애는 기숙사에 처박혔었다고, 게다가 나는 오늘 전에 없던 의뢰자로 기분조차 고약하다고, 구구절절 나열할 틈을 그는 주지 않았다. 이미 A시에 들어와서 전화를 했는지 통화 10분 만에 그의 자동차가 병원 정문에 나타났다. 주도면밀함은 조 대표의 장점이기도 또한 단점이기도 했다.

A시의 톨게이트를 빠져나가 두어 개의 교차지점을 막 통과한 후 대형 고속도로 표지판이 시야에 들어왔을 때, 그가 다물었던 입을 열었다. "미안해요. 의원님의 바람이랍니다. 저도 방금 전에 보좌관으로부터 연락받았어요. 이목 봐서라도 별도 사례는 있을 겁니다." 이유 같지 않은 이유로 계약규정을 벗어나는 사태에 대하여 조 대표 역시 전화로는 다 열거할 수 없었을 터였다. 사람 사정은 거개가 비슷비슷한 걸까. 말로 할 수 없거나 말해야만 하는, 혹은 말해서는 안 되고 말만으로는 더더욱 안 되는 갖가지 사정들 말이다. 그 사정이 곧바로 잘 벼린 톱날이 되어 튼실한 나무둥치를 달칵 쪼개 버릴 수도 있다는 사실을 간과하는 것이 또한 인지상정이었을 터, 둥치가 썰리면서 버슬버슬 떨어진 톱밥은 얼마나 추레할 것인가.

최고위원의 모친은 수를 다한 호상이었다. 몇 년 전에 사회 일각에서 벌인 캠페인의 참여자답게 최고위원은 조촐한 장례식을 치르는 모양이었다. 임종 직후이기는 하지만 식물원을 들어앉힌 형국인 화환세례나 문상객들이 빈소 출입문부터 도열한 엇비슷한 계층의 상갓집 모습과는 확연한 차이가 있었다. '아름다운 혼·상례를 위한 사회지도층 100인 선언'이라는 캠페인의 효력이든, 최고위원으로서 최고조의 정치 이미지를 위한 전략이든, 아무튼지 장례식장은 별다르지 않았다. 캠페인의 범위에서 다소 벗어난 것이 있다면 망자의 수의 정도였는데, 그 수의도 최고가는 아니었고 경제사정이 넉넉한 상주라면 통상 주문하는 경우였다.

"역시 정치생명이 긴 데는 다 이유가 있는 겁니다." 조 대표는 식장에 도착하자마자 한껏 의기양양해졌다. 계약규정을 파기하고라도 모심의 전문 메이크업을 홍보하겠다는 일종의 드러나지 않은 영업 전략을 확인한 것 같아 여간 씁쓸하지 않았다. "특별한 정성 부탁합니다." 염습실로 가기 전에 그는 당부했다. 오전의 의뢰자처럼 조 대표 역시 전에 없던 말이었다. 주인과 일꾼? 내 안에서 무언가가 꿈틀, 했다. "최고위원의 모친이니 최고의 메이크업이 나와야겠지요." 인내야말로 최선이었다. 이미 상품이 되어 버린 내게는 교묘한 인내도 미덕이 될 수 있었다. 창자가 뒤틀리듯 꿈틀, 하는 그것을 제자리로 잡아매는 방법은 월말에 조회하는 통장 잔고를 떠올리는 수밖에 도리 없었다. "좋습니다. 바로 모심의 경쟁력입니다." 교묘한 미덕은 조 대표도 마찬가지였다. 우리는 발톱을 숨긴 야수처럼 굴었다. 서로의 살점을 탐닉하기 위해서.

"향년 구십 망자에게 메이크업이라니요? 오늘은 참 독특한 일정이군요." 빈약한 통장 잔고를 떠올려도 어쩔 수 없을 때가 종종 있다. 끝까지 인내의 미덕을 유지했더라면 좋았을 것을, 나는 그만 꿈틀거리는 그것을 완전하게 잡아매지 못했다. "아, 그래요? 특별한 날은 특별하게 보내는 법입니다." 그의 전혀 특별할 것 없는 식상한 말을 귓등으로 흘리며 나는 망자에게 갔다. 상주이면서 의뢰인인 여당 최고위원은 식장에 보이지 않았다. 보름 전쯤 텔레비전 아침뉴스에서 잠깐 본 것도 같았다. 모친상을 당해도 최고위원의 얼굴은 여전히 텔레비전에서나 볼 수 있는 걸까. 이목 때문에 별도 사례금을 지급할 거라는 조 대표의 말을 신뢰해도 될까. 피식, 웃음마저 나왔다. 내가 뜯어먹을 것은 망자 외에 없었다. 나는 망자를 뜯어먹기 위해 망자의 얼굴을 예쁘게 그려야 했다. 산 사람보다는 차라리 죽은 사람을 신뢰하는 편이 나았다. 죽은 사람보다도 못한 산 사람이라니? 세상은 별나고 묘했다.

90세 망자에게 최고 메이크업을 기대하는 것은 90세 고령자에게 미인대회의 우승을 바라는 것과 다를 바 없었다. 시신 메이크업에 종사한 이래 최악의 메이크업이었다. 최고는커녕. 수를 다한 망자답게 특별한 꾸밈이나 숨김이 없는 메이크업을 고수했는데 망자의 여동생은 내게 항의했다. 잔주름을 감춰 줬어야 하지 않느냐, 검버섯은 오히려 더 선명하다, 광대뼈도 더 튀어나와 보인다, 우리 언니 코는 오똑했는데 외려 뭉툭해졌다, 얼굴이 어둡지 않느냐, 등등. 불만은 최고의원 상갓집답게 최고조였다. 일흔이 넘은 노인은 막무가내였다. 전혀 예상치 못한 클레임인지라 나는 아연했다. 더구나 최고위원의 모친이라지 않던가? 조 대표가 말한 '모심의 경쟁력'이 추락할 절체절명의 메이크업이었다. 노인 옆에서 다른 유족들이 어머니 생전 모습과 별다르지 않다, 화려한 게 뭐 좋은가, 노인을 설득했으나 먹혀들지 않았다.

망자의 피부색보다 좀 더 어두운 톤의 기본 파운데이션에 얼굴 골격을 잡은 뒤 하이라이트는 광대뼈와 턱, 이마와 눈썹에 주었는데 자연스러움을 위해 얇게 바른 것이 화근이었다. 하긴, 죽은 자든 산 자든 예뻐지려는 게 메이크업의 일차 목적이지 않던가. 죄송하다고, 메이크업의 콘셉트를 잘못 설정했다고, 속히 수정해 드리겠다고, 나는 망자의 여동생 앞에서 머리를 주억거렸다. "수정? 처음부터 다시 해줘요. 우리 의원 봐서 참으려고 했는데 원 웬만해야지. 형편없잖아!" 노인의 허리는 꼿꼿했고 눈매는 차가웠다. 검은 한복 치마 아래 굽이 있는 검정구두는 히스테릭한 기숙사 사감을 방불케 했다. 다른 유족들이 슬금슬금 노인 곁을 피해 나갔다. "알겠습니다." 나는 닫았던 키트를 열고 다시 작업에 들어갔다.

노인은 여전히 사감선생처럼 버티고 서 있었다. 생활관 규정을 어겨서 호된 꾸지람을 듣고 방 청소를 하는 학생처럼 나는 망자의 메이크업을 지워나갔다. 언뜻 벽시계를 확인했다. 오후 2시 30분이었다. 균은 어디쯤 오는 중일까? 일 년 동안 훌쩍 큰 키가 더 커서 장대처럼 되었을까. 영어는 얼마나 늘었을까. 아마 공부는 어렵지 않겠지. 그 앤 학구파니까. 미국생활도 지금쯤 익혔을 테지. 가능하면 균의 생각으로 머릿속을 채웠다. 망자의 여동생은 자리를 뜰 생각이 전혀 없는 듯했으므로. 감독관 앞의 작업자처럼 심난한 일이 세상사 어디 있으랴. 밝은 파운데이션과 진분홍 립스틱, 오렌지색 볼터치며 무엇보다 아이 메이크업을 돋보이게 했다. 자줏빛에 보라색이 가미된 펄이 다량 함유된 섀도를 썼다. 블랙컬러로 아이라인을 그렸다. 전체적으로 얇게 그려 나가다가 꼬리 부분을 강조해 두꺼워지게 하고 살짝 끝을 올려서 마무리했다. 아이라인을 요염하게 그리면 어떨까, 심술궂은 장난기마저 발동했다. 깐깐한 감독자를 은근슬쩍 골탕 먹이고 싶었다. 좀 과한 건가? 나는 꾹 참고 브러시에 물을 먹인 다음 남색빛 섀도를 문질러 꼬리 부분에 짙게 그러데이션 처리했다. 삼각영역도 시크하게 칠했다.

속눈썹까지 붙여 놓았을 때 뒤에서 아아, 하는 낮은 신음소리가 들려왔다. 나는 내 바싹 마른 등허리를 히스테릭한 노인에게 내보이며 시신 메이크업을 마쳤다. 불행한 뒷모습을 낯선 타인에게 들킨 것처럼 껄끄러웠다. "이제야 우리 언니 고운자태 나왔네!" 망자의 여동생은 감격스러워했다. 어느새 맞은편에 서서 망자의 얼굴을 들여다보는 중이었다. 구십 수의 망자는 얼핏 보기에 어릿광대로 변해 있었다. 적어도 시신 메이크업 전문가인 내가 보기에는. 퍼플컬러의 아이 메이크업을 감행했다고 눈이 더 커 보인다거나 여성스럽고 관능적인 눈매가 연출될 리 없었다. 다만, 우스꽝스런 동작을 느닷없이 멈춘 피에로가 죽은 자처럼 누워서 능청을 떠는 듯했다. 마치 눈을 감고 죽은 듯이. 백지장 한 장처럼 삶도 죽음도 가벼우리라는 것을 종종 깨닫는 순간이다.

"영면을 빕니다." 불쾌한 유족에게 나는 예를 다했다. "언니, 먼저 가우. 가서 내 집도 좀 알아보우." 그놈에 집 타령은 망자에게까지 이어졌다. 목과 어깨가 뻐근하고 뒷골마저 지끈지끈했다. 긴장한 탓이었다. 나 또한 언제 어느 때 집을 알아보러 다녀야 할지 몰랐다. 균의 학업 성적에 따라서 장학금 수혜 여부는 결정되므로. 혹여 다음 학기라도 균의 성적이 추락한다면 학비 조달을 위해 살고 있는 아파트를 팔고 나 또한 열악한 거주 공간으로 추락해야 할 지경이었다. 제아무리 기부금 펀드 조성이 활발한 대학이라고 정평이 나 있더라도 자국민도 아닌 학업이 부진한 외국인에게 상당한 금액의 학비를 지원할 리는 없었다. 그나저나 균은 어디까지 왔을까? 항공료 때문에 직항은 고사하고 몇 차례 경유할 터니 짐작조차 어려웠다.

키트를 들고 망자를 뒤돌아봤다. 죽어서도, 죽게 될, 동생의 집을 물색해야 하는 망자의 처지는 얼마나 고단할 것인가. 유독 키트가 무겁게 느껴졌다. 지치고 피곤하기는 망자도 나도 마찬가지라는 생각이 들었다. 가 보겠다고, 목례하는 내게 노인은 봉투를 내밀었다. "교통비나 해요." 별도의 사례는 특이했다. 역시 최고위원은 뭐든 최고의 방식을 추구하는 모양이었다. 교통비처럼 제 실속을 차리는 얄궂은 치레는 흔치 않을 것이었다. 나는 말없이 봉투를 받아들고 염습실을 나왔다. 최고위원은 매사가 최고일지라도 내게는 최악이었다.

"기회, 기회, 오지 않는 기회만 기다릴 수 없었어요."
더는 나빠질 수 없는 데까지 몰고 가지 않으려고 침묵했다. 그러잖아도 최고위원의 모친상은 나로서는 최악이었다. 별난 유족이 쥐어준 교통비는 최악의 정점이었다. 얼마인지조차 열어 보지 않았다. 별도의 교통비를 지불할 필요가 없었다. 조 대표와의 귀가는 난감했다. 열일을 제쳐두고 최고위원의 모친상을 진두지휘할 것 같던 그가 염습실을 나오던 내 얼굴을 보자마자 부리나케 앞섰다. 병원 마당으로 나왔을 때 눈발은 꽤 굵었다. 일기조차 최악을 조장할 셈인가?

오후 3시 50분이었다. A시 병원 주차장으로 돌아가 자동차를 끌고 공항까지 도착하는 데 그다지 빠듯한 시간은 아니었으나 눈발은 그칠 것 같지 않았다. 조 대표의 자동차는 체인을 감지 않았다. 이 면도로만 벗어나면 문제될 게 없다며 그는 운전대를 잡았다. 이 지방만큼은 관광용도의 협궤열차 정도만 제한적으로 운행된다는 사실을 그도 알고 나도 알았다. 뾰족한 수가 없었다. 솜이불처럼 눈이 쌓인 주차장 마당에서 그의 자동차 문을 열고 조수석에 앉기 전 잠깐 하늘을 올려다보았다. 눈발이 거세져 온통 뿌옇고 잔뜩 흐려 있었다. 심란하기는 하늘도 나도 마찬가지였다. 자동차는 속도를 내지 못했다. 대신 조 대표의 이야기가 거침없이 질주하는 중이었다.

"알잖아요? 사람이 사람을 좋아하는 건 죄가 아닙니다."

"물론 죄가 아니죠."

과속은 교통사고의 주범이지 않던가. 나는 일단 정지를 시켰다. 엉금엉금 기어가는 자동차와 비례해서 그는 이야기의 제한속도를 이미 초과하고 있었다. 반면에 형식도 내용도 지극히 신파적이었다. 게다가 말할 수 없이 구태의연해서 그가 유학파라는 정보조차 믿어지지 않았다. '죄'는 저 부족시대의 어느 비문에 새겨진 풍상우로에 퇴색된 문자처럼 느껴졌다. 분명 그는 말로 했는데 나는 눈앞의 글자를 보는 것 같았다. 갑자기 청각과 시각의 교란 상태를 경험한 듯했다. 겨울 국도변은 스산하지 않았다. 산과 들과 집들이며 하천이 눈에 뒤덮여 달력의 풍경 사진 같았다. 자동차는 늘씬한 가로수 곁을 살살 지나쳤다. 고속도로 진입로는 아직 멀었다.

"죄는 아니어도 죄가 될 기회는 더없죠."

숨고르기를 한 후 나는 조 대표를 타박했다. 하필 균의 도착과 맞물린 조 대표의 앞선 '기회 타령'이 개운치 않았다. 지난 가을 산행 때 제 감정을 조절하지 못한 채 맥없이 부풀어지고 가라앉기 일쑤였던 그의 아내도 이내 떠올랐다. 기회는 때때로 예기치 못한 온갖 위험을 내포하지 않던가.

"기회는 만드는 사람의 손을 들어 줍니다."

그의 대답과 동시에 고딕체의 검은 글자가 연상되었다. 마치 현수막에 큼지막하게 써서 걸어둔 다단계 업체의 홍보 문구처럼 여겨졌다. 전면 유리창에 눈송이는 그치지 않고 미끄러졌다. 인간사, 와이퍼의 작동처럼 기계적이 된다면 더할 나위 없을 것이었다. 기회니 죄니, 매너리즘에 빠진 어느 기독교인의 옆구리에 낀 성경에서나 나올 법한 글자들을 머릿속에서 죄다 퇴출시키고 싶다는 욕망이 창자 어디쯤에서 꿈틀, 했다. 혹여 그것이 목구멍을 솟구쳐 밖으로 튀어나올 것 같아 입을 다물었다. '좋아요. 누구나 꿈꾸는 사랑, 우리도 해 봐요.' 눈을 딱 감아 버릴 수도 있었다. 아니, 더 정확하게는 아무려나 개나 소나 하는 불륜 어디 해 볼까요, 라고 더는 통속적일 수 없는 상태로 치달아도 어쩔 수 없었다. 나는 충분히 쓸쓸했고 몹시도 막막했다.

"이렇게 하면 이럴까, 저렇게 하면 저럴까, 생각부터 버려요. 사랑은 머리로 하는 게 아니라 마음으로 하잖아요."

슬그머니 웃음마저 나왔다. 다단계 홍보문구로도 모자라 이번에는 유행가 가사로 들렸다. 아무래도 시·청각의 이상증세였다. 그는 분명 표준말을 평이하게 구사했는데 내게는 리드미컬하게 들렸다. 그러나 무턱대고 곡조를 맞출 수는 없었다. 고속도로 톨게이트 표지가 시야에 들어왔다.

"드디어 안내 표지가 나왔어요. 길을 잃고 싶진 않겠죠?"

말을 하고 보니 자동차에 부착된 내비가 작동하지 않은 채였다. 고의든 고장이든 따져 묻고 싶은 마음은 없었다.

"글쎄요. 안내 표지가 꼭 필요한지 모르겠습니다."

그의 입술이 약간 비틀리는 듯싶더니 자동차 역시 내가 앉은 조수석 쪽으로 다소 기울었다. 어, 부주의한 운전을 탓하는 순간, 자동차는 우회도로로 들어서는 중이었다. 눈길에 미끄러질 것 같던 자동차가 상행선 국도를 찾아들었다. 길은 한곳만이 아니었다. 여러 갈래로 나뉘는 걸, 물론 그도 알고 나도 안다. 뻥 뚫린 고속도로를 고집하는 건 안내 표지조차 신뢰하지 못할 때 써먹을 일이었다. 저 멀리 부챗살처럼 이어진 능선이 역력했다. 희디흰 산등성이라서 제 실체를 모두 드러내지 않았는데도 눈이 부셨다. 균도, 조 대표도, 수없이 내 손을 거쳐 간 망자들마저 깡그리 잊고 싶었다. 한겨울 해는 순간이듯 이지러질 텐데……. 간간히 자동차들이 지나갔다. 올라갈 길은 아직 멀었다.

잠을 자기 위해 한국에 온 것처럼 균은 종일 잠을 잤다. 깨우지 않았다. 좀 일어나 보라고, 다음 학기 지원금은 보장되는 거냐고, 공항에 나가지 못한 그럴 만한 사정이 있었다고, 말할 엄두조차 나지 않았다. 자정 다 되어 공항 도착한 자식 마중해야 할 일보다 더한 사정이 무슨 일이더냐고, 반박하면 뭐라 대답할 것인가.

'넌 호모 루덴스도 모르니? 나도 놀이가 필요했어. 물론 놀이가 아니라 놀아나는 거였지. 내게, 아니 더 정확하게 말하면 네게 먹이를 공급하고 유학 생활을 제공하는 사장이 놀이를 제의했어. 최악의 날은 언제나 최악의 상황을 전개하고 연출시키기까지 해. 계약규정을 벗어난 지방행에 꽤 많은 눈이 왔지. 공항에 마중가지 못한 건 유감이구나. 그렇더라도 나는 놀고 싶었어. 뭐라고? 하위징아가 말한 놀이는 그런 놀아나기 따위는 아니었다고? 알아, 알고 있어. 놀이 규칙에 따른 공정한 놀이라는 것쯤. 페어플레이는 높은 수준의 놀이가 아니라 놀이가 놀이되기 위해서라는 것도. 자발적 행위에 비일상적이며 장소와 시간에 구애된다는 특성도 전부 알고 있어. 한계는 곧 질서를 만들지.

사실 하위징아는 문화로 자리매김할 수 있는 페어플레이를 말하고 싶었던 거야. 그런데 그 놀이가 매우 포괄적이라는 걸 넌 아니? 이를테면 놀이와 전쟁, 놀이와 법률, 놀이와 시…… 또 뭐라던가? 그래, 놀이와 지식이며 철학적 놀이 형식 같은 주제 말이야. 이런 어처구니라니! 놀이와 시는 그렇다손 치더라도 전쟁과 법률까지는 성급한 진도 아니니? 물론 저명한 중세사학자는 인간만의 전유물인 문화일반에 놀이를 접목시켜 문화 자체가 곧 놀이여야 한다는 당위를 도출하고 싶었겠지. 문화인이 아니라고? 맞아. 난 문화인 축에 끼지 못해.

　그러나 나도 이따금씩 놀고 싶다는 욕망에 시달리곤 해. 이건 게으름을 피운다거나 유희적 차원이 아니라 삶에서의 절실함이기도 하거든. 하위징아의 제안처럼 놀이는 생존의 문제라는 거야. 우린 지금 살아내고 있고 또 살아가야 하기 때문에 놀이가 필요해. 때때로 그 놀이에 차질이 생기기도 하지. 이를테면 문명의 산물인 경쟁을 부추기는 바람에 놀이가 놀이되지 못하고 놀아나기로 전락한 경우도 부지기수야. 예상치 못한 놀잇감은 곳곳에 숨어 있으니까. 난 이런 놀잇감을 발견했을 뿐이야. 하필, 네가 도착하는 날에 말이지. 잘 놀 줄 안다고 칭찬받거나 천치처럼 놀이조차 모른다고 비난받을 일도 아닌데 난 정말 놀고 싶었어. 너무 쓸쓸했고 너무 막막했으니까. 생존 차원이었지. 변명이라고? 비난해도 좋아. 어린애처럼 나는 놀고 싶었어. 범상한 경지를 넘어서 천둥벌거숭이가 놀이의 극치를 맛보듯. 속물스러움을 가장한 거라고? 그럴지도 모르겠구나. 그러나 두려움 없는 천둥벌거숭이가 무구하지 않니?

　삶의 조건으로서 놀이는 충분해. 놀이가 설령 놀아나기로 전락하더라도 괜찮아. 냉혹한 생존 앞에 놀아나기 또한 얼마나 처연하니? 놀이하듯 살아야 하는 건 어쩌면 원초적이야. 전쟁과 가무와 법률이며 시와 노동이 놀이라면 누구든 불행하지 않아. 놀이하는 인간과 놀지 못하는 인간은 아니더라도 놀아나는 인간은 곧바로 손가락질

당하기 일쑤지. 놀이는 경멸의 대상이 아닌데 말이야. 내 놀이를 위해 지탄받는 걸 겁내지 않겠어. 어찌 되었든 나는 살아내야 하고 또 살아가야 할 테니까. 놀아나고서라도 살아남아야 하니까.'

장황한 변호를 대비했으나 밤늦게 일어난 균은 아무것도 묻지 않았다. 오후에 콜이 있었고 시내 종합병원 영안실에서 작업을 마친 후 뒤도 돌아보지 않고 집으로 종종걸음 했다. 매번 장례식장에 나타날 수 없는 조 대표의 업무를 진즉에 파악하지 못한 바는 아니었으나 그와 대면하는 건 썩 유쾌할 수 없을 것이었고 무엇보다도 시차조차 없이 내처 잠을 자는 균 때문이기도 했다. 어쩌면 그 애가 자는 척하는 걸까? 의구심을 떨칠 수 없었다.

귀가의 촉박함은 이래저래 허둥거리게 했다. 자동차 키를 키트 속에 넣어 버려 한참을 찾게 만들었고 전화기를 염습실에 두고 나와서 다시 돌아가 함박웃음을 짓고 있는 별난 유족을 목격하기도 했다. "흐흐, 여기 있어요." 전화기를 건넬 때 익살꾼처럼 콧등을 찡긋거렸다. 고인의 차남으로 메이크업 도중에 두 차례나 들어와서 그저 물끄러미 고인과 내게 시선을 보냈다. 전화기를 받아들고 나오는데 어디선가 본 듯해서 절로 고개가 갸웃거려지기까지 했다. 장난기 섞인 그 웃음, 그 표정은 이미 각인되었나 보다.

엘리베이터 거울 앞에 서자 내 미간이 좁아졌다. 아아, 조 대표가 떠올랐다. 간밤의 그는 연신 콧등을 찡긋찡긋 했다. 마치 틱증후군을 앓는 소년 같았다. 놀잇감을 놓칠세라 약속이라도 한 듯 조 대표와 나는 놀아나기 시작했고 놀이를 마치자 이내 어색해졌다. 미혹과 유혹이 버무려지듯 알 수 없는 열기와 격정이 회오리처럼 휩쓸고 지나간 자리는 한없이 곤혹스러웠다. 그 난감함을 어쩌지 못해 그는 알몸으로 누운 채 콧등만 움찔거렸다. 틱증후군을 앓는 아이의 어미처럼 나는 차마 지켜볼 수 없어 고개를 외로 틀었다. 그의 긴장을 조금이라도 완화시켜 주려고. 엘리베이터에서 내려서는 순간, 아직 문이 닫히기도 전에 나는 깨달았다. 놀이로 놀아나기 따위 방편을 삼는 것은 비난받아 마땅하다고. 세상 어디에 광기 없는 놀이가 있더란 말인가!

　공항에 왜 못 나왔는지, 피치 못할 일이라도 있었는지, 균은 일체 묻지 않았다. 밤 11시가 넘어 식탁에 앉은 균은 그저 밥만 먹었다. 김장김치를 썰고 조개 넣어 보글보글 된장찌개를 끓이고 갈치를 굽는 동안 그저 식탁에 앉아 내 동선만을 좇는 듯했다. 입맛만은 아직 미국식으로 변하지 않았는지 김장김치에 젓가락이 자주 갔다. 조갯살이나 버섯은 그대로 놔두고 된장찌개 국물만 떠먹는 식습관도 여전했다. 입은 섭생을 위한 신체기관이라는 듯 묵묵히 먹기만 할 뿐 말이 없는 것도 변함없었다. 차마 이실직고는 아니어도 먼저 입을 열었다.

"미안하다. 사정이 있었어."

"좀 기다리다 공항버스 타고 왔어요."

"전활 해 봐야지."

"갑자기 일이 생겼겠죠."

로밍요금 때문에 전화기조차 가지고 오지 않은 균은 무덤덤했다. 가난이 준 불편에 대하여 그 애는 불평이나 원망이 없었다. 때로 균은 감정이 거세된 것처럼 여겨졌다.

"생활은 어떠니?"

"FA요?"

나는 균의 눈을 정면으로 볼 수 없어 식탁에 눈길을 주었다. 노릇노릇한 갈치 두 토막은 고스란했다. 해산물을 즐겨하지 않는 것도 그대로였다. 조심조심했고 조마조마했다. 내 놀이가 떳떳하지 못해서 조심스러웠고 균의 학자금이 끊어질까 맘을 졸였다.

"자동 연장예요."

일 년 만에 만난 모자의 대화는 간결하다 못해 차라리 단답형문제처럼 명료했다. 룸메이트가 심한 코골이라든가, 교내 한국인 선배는 몇이나 되는지, 목장 주인이 학교 설립자라는 미담이며 하다못해 건물들이 고급 리조트 같은 인상의 캠퍼스라는 시시콜콜한 이야기조차 꺼내지 않았다. 하긴, 이변이 없는 한 SAT 성적만으로도 2년의 학비보조는 보장된 터였으니 살갑지 않은 그 애에게 달리 무슨 말을 기대하랴. 출결과 학업, 품행에 치명타를 줄 리가 없으니 균의 학교생활에 이변이 일어날 리도 없었다.

"푹 쉬었다 가. 거긴 공부 전쟁터일 텐데."

"그렇지도 않아요. 공부하고 운동하고 놀고먹고 할 건 다 해요."

내 말이 길어지자 균의 대답도 조금 친절해졌다. 젓가락은 여전히 김치 접시를 오갔다. 젓가락을 쥔 손가락이 가늘고 희었다. 자칫 고춧가루 낭자한 배춧잎이 입고 있는 흰 티셔츠에 떨어질 것만 같았다. 핏자국처럼 남을 순면 티셔츠는 아무짝에도 쓸모없을 터였다. 균이 집에 있는 동안 내 처지 또한 다르지 않을 것이었다.

"어쩌지? 밥을 챙길 수 없어서."

"그게 무슨 대수예요? 근데 정규직이 근무 시간조차 불규칙한가 보죠?"

"매번 콜이 오니까."

젓가락을 내려놓고 균이 흘낏, 쳐다봤다. 허공에서 균의 눈동자와 마주쳤을 때 나는 얼른 눈길을 피했다. 피해서 주방의 환기창으로 옮겼다. 손바닥만 한 창으로는 아무것도 볼 수 없었다. 사람이 사람을 정면으로 볼 수 없는 일은 참 무력하기 짝이 없었다.

"뷰티…… 아니었어요?"

절로 고개가 숙여졌다. 이럴 필요가 있을까, 발치를 내려다보며 억울하다는 생각마저 들었다. 균의 발과 내 발은 무척 닮은꼴이었다. 발등이 소복하게 튀어나와서 한쪽으로 틀어진 탓에 의학적으로 쉽게 피로를 느낄 수 있다는 발의 구조였다. 균이 태어났을 때 눈, 코, 입을 거쳐 저절로 발을 확인한 것도 닮은꼴이 아니길 바랐기 때문이었다. 앙증맞은 발을 보면서 귀여워 기뻐하기보다는 그때도 억울함이 앞섰다. '몹쓸 걸 물려주는구나!' 피로사회에서 살아갈 아기의 생래적인 피로감이 맥없이 느껴졌었다. 따지고 보면 지난밤의 놀이조차 발에서 기인되었는지 모를 일이었다. 쓸쓸하고 막막한 것은 어쩌면 몸이 보내는 신호였을까. 그만 일을 중단하라고. 지쳐서 고단하다고.

"피곤하지 않게 해. 에너지는 고갈되면 발굴할 수 없거든."

내 정규직에 대하여 간단명료하게 답할 수 없었다. '맞아. 시신 메이크업만 해. 크지 않은 상조회사지만 알뜰살뜰한 곳이란다. 간밤엔 거기 대표와 무작스럽게 놀았어.' 솔직하게 말할 수 있다면 나야말로 고갈된 에너지원이 어디서든 생성될 듯했다.

"뷰티만 하는 곳인 줄 알았어요. 다음 학기부턴 근로신청도 받아줄 건데…… 용돈은 그런대로 해요. 기숙비만 송금……."

"됐어. 일은 여기서 하면 돼. 네 말대로 공부하고 운동하고 또 일하고. 잠은 언제 자겠니? 거기까지 공부하러 간 거지 일하러 간 건 아니잖아."

균의 말이 배로 길어지자 내 말도 더 늘어났다. 그럴 리는 없겠으나 일하다 성적이 떨어진다면 소 잃고 외양간 고치는 격이지 않겠는가. 만약 균의 학자금 지원이 끊어진다면 유학생활은 불가능할 것이었다. 사실 학비에 대한 부담은 균도 나도 녹록지 않았다.

"엄마? 그럼 언제쯤 그 일을 그만둘 수 있어요? 앞으로도 FA는 지속시킬 거예요. 그거 중단되면 끝장이라는 거 내가 더 잘 알아요."

균은 다시 수저를 들지 않았다. 아직 그릇에는 밥이 조금 남은 채였다. 그 애한테 엄마, 라는 소리는 꽤 오랜만에 들었다. 좀체 호칭을 쓰지 않는 그 애의 화법은 어디서 비롯되었을까? 전에 없던 의문이었다. 어쩌면 나는 내 발과 꼭 닮은 발을 대물림해 주었으면서도 그 애가 오래오래 서 있거나 오래오래 걸어도 피곤하지 않을 건강한 발이었으면 하는 바람을 품었는지도 모르겠다. 그렇도록 피로에 취약한 유전자를 줘 놓고서.

"얘? 좋은 생각만 하자. 끝장이라는 말은 좀 험하지 않니?"

아아, 역시 나를 닮았구나, 라는 생각이 즉각 뒤따랐다. 균, 이라 부르지 않는 그 화법. 웬일인지 씁쓸했다. 마치 쓴 나물을 먹은 것처럼. 참 고약한 대물림이었다.

"아무리 험해도 그 일만큼은 아니겠죠."

"난 괜찮아."

균에게도 내게도 '그 일'은 금기였을까. 그저 일이라고 하면 될 것을 굳이 '그 일'이라고 하는 이유를 당연히 균도 알고 나도 안다. 우리는 알고 있다. 마땅하고 적절한 지시어를 찾기마저 썩 곤란하다는 것을. 뭐라 할 것인가? 죽은 자의 얼굴에 색색 화장하는 행위를……. '망자 단장' 혹은 '고인 꾸미기'라 부를 것인가? 차라리 원색적일망정 시신 메이크업이 가장 정확할 것이었다. 그러므로 '그 일'은 '그 일'로밖에 달리 말할 수 없고 좀체 '그 일'로 끝나지 않을 '그 일'임에 틀림없었다.

예의 '망자 단장'과 '고인 꾸미기'는 전혀 상식적이지도 않거니와 대단한 모순이었다. 죽은 자는 잘 매만져서 꾸미고 가꿀 수 있는 대상이 아니었다. 돌덩이와 나무막대기에 공을 들여서 꾸민들 그 정성만큼 고운 자태가 나올 턱이 있겠는가. 한순간 물질이 되었으니 그저 물질세계로 돌려보내는 것이 최선이리라. 균의 말대로 '그 일'을 하면서 나는 매번 절감했다. 우주의 질서 속으로 흔쾌하게 들여

보내 주는 일…… 티끌이게 놔두는 것…… 광활한 우주로 사라지는 것…… 비로소 다른 물질이 오도록 자리를 비켜 주는 행위……. 바로 '그 일'은 그렇도록 무심한 일일 수 없었다. 눈곱만큼도, 털끝만큼도, 생각이나 감정을 섞어서는 안 되는 일이었다. 그건 이미 오래전에 스스로에게 한 다짐이었고 약속이었다. 거기, 막힌 데라곤 없는 광활한 땅에서.

14

아스라하게 설산이 가늠되는 히말라야 산맥 아래였다. 거기, 푸릇푸릇한 풀들이 가뭇없던 그곳에서 나는 토악질을 해댔다. 좀체 멈출 수 없었다. 일행 중 누군가가 와서 등을 토닥였다. 따뜻함과 부드러움이 밴 손이었다. 왁왁, 위장에 고였던 물기마저 쓴 타액으로 변해 한 점 없이 목구멍을 타고 올라왔다. "괜히 왔나 봐. 맞아, 선밴 그냥 동네에 남았어야 해." 정은 등을 토닥이며 적이 우려했다. 후배 정은 직업의식의 발로였든, 워낙 탁월한 비위를 타고났든, 도착해서 서너 번 왁왁거리더니 이내 괜찮았다. 스텝들 역시 정과 별반 다르지 않았다. 피디는 아직 미혼의 30대 후반이었는데 이맛살만 몇 번 찡그리고 한 손으로 코를 만지작거리더니 곧바로 촬영지시에 들어갔다. "괜찮아. 어서 가 봐." 무릎다리로 앉아서 왁왁거리며 나는 정을 스텝 속으로 쫓았다. 애초부터 정을 따라나선 게 무리였다. 방송국 사람들한테 얹힌 신세도 정에게는 그다지 떳떳할 리 없을 텐데 촬영에 지장까지 초래해서는 안 될 일이었다.

"티베트? 천장?"
"풍장이 아니라 천장이래요. 그거 찍으러 가요."
전화기 저쪽에서 정의 목소리 외에도 팩스 돌아가는 소리며 전화벨 울리는 소리가 섞여 들었다. 한낮의 사무실 풍경이 단박 그려졌다. 나 아닌 다른 사람들은 저마다 제 몫을 살고 있었다. 나만 봄볕이 기어드는 거실에 누워 하릴없이 빈둥거렸다. 배우자와의 사별은 인간이 경험할 수 있는 스트레스의 극한이라지만, 그가 실족사한 지 일 년이 넘었고, 근근하지만 뷰티와 장례 메이크업의 양다리를 걸친 일터가 엄연함에도 불구하고 시간만 나면 번번이 눕고 마는 고질적인 습관을 스스로도 납득하기 어려웠다. 한낮 뙤약볕에 내놓은 시든 채소처럼.

"그럼 '티베트 장례역사' 그런 거야?"

무심하게 물었다. 봄볕이 너무 밝은 탓에 거실바닥에 앉은 먼지가, 아무렇게나 떨어진 머리카락이, 죄다 드러나서 기분이 언짢아지는 한낮이었다.

"선배 몰라요? 시체를 산산이 부숴서 독수리한테 준대요. 남의 나라 장례역사 찍어서 뭐해요. 남는 장사도 아닌데. 신선하고 파격적인 거. 이 동네 생리 잘 알잖아요."

"부숴? 사람 시체를?"

전화기를 귀에서 떼지 못한 채 나는 몸을 일으켰다. 부수다니? 시신을 때려 부순다고? 난생 처음 듣는 얘기에 턱, 숨이 멎는 듯했다.

"선배가 모르다니 시청률 제대로 나오겠는 걸? 역시 안 피디 안목은 대단하네. 여태 천장을 몰랐어요?"

정은 방송국 구성작가로 시청률에 민감할 터, 내 무지를 재차 확인하자 목소리가 더없이 활달해졌다.

"몰라. 죽은 사람을 또다시 때려죽이다니! 그런 이색적인 장례법을 화장품 가방이나 메고 다니는 내가 어떻게 알겠어?"

"참, 누가 때려죽인댔어요? 죽은 사람을 부숴서 하늘로 보낸다니까요. 티베트는 라마불교 영향권……."

"그러니까 나도 좀 데려가 줘."

다급하게 정의 말을 잘랐다. 내 안에서 어떤 목소리가 채근했다. '거길 가 봐. 극한까지.'

"선배? 힘든 거 알아요. 알겠는데 천장 터는 아니에요. 이번 다큐 끝나면 가을쯤엔 유럽 쪽 일이 있어요. '이베리아 반도의 세계유산'이라고 가제까지 잡아 놨거든요. 그때 개인 경비만 최소화해서 여행할 수 있도록 해 볼게요. 혹시 알아요? 선배한테 기발한 카피가 나올지. 묵은 김치처럼 곰삭은 선배 실력 한번 보여 줘요. 헤헤."

웃음소리마저 제대로 들리지 않았다. 정의 친절과 배려조차 귀에 들어오지 않았다. 오직 머릿속에는 '끝까지' 가 보리라는 일념뿐이었다. 어디가 끝인지……. 그때껏 나는 죽음이 끝이 아니라고 여겼다. 남모르게 시작한 시신 메이크업은 죽음조차 마지막이 아니라고 우겨댔다. 망자들은 하나같이 눈을 감고 누워 그걸 말해 주었다. '난 죽지 않았어. 죽음은 산 자들이 만들었어.' 금방이라도 다문 입술이 스르륵, 열릴 것 같았다. 저마다의 망자는 제가끔 천연덕스러웠다. 그들은 태연자약했고 나는 매번 소스라쳤다.

"꼭 가야만 해. 무조건!"

"알았어요."

뜸들이지 않고 곧바로 수락했다. 정의 난처함은 따져 볼 것도 없이 나는 어린애처럼 굴었다. 떼쓰다시피 티베트 촬영에 합류한 나를 방송국 스텝들은 떨떠름하게 쳐다보았다. '시체 패대기치는 게 작품 소재라니! 하고많은 이야기 다 놔두고?' 달갑지 않은 표정들은 그렇게 말을 하고 있었다. 정은 분명 소설 취재니, 다큐 원고에 도움이 되니, 침 튀며 주워섬겼을 것이었다. 얌체족은 아니니 같이 가게 해달라고, 팀원들의 눈치마저 슬슬 봤을 터였다. 티베트에 묻어온 내력은 출발부터 유쾌하지만은 않았다. 끝을 보리라는, 아니 끝을 보고야 말리라는 뚝심이 임계점에 채 이르지 못하고 한낱 승산 없는 오기로 변질된 속내는 정과 방송국 팀원 중 누구도 알 턱이 없었다.

과연, 천장은 세상의 끝이었다. 완전무결한 끝. 나는 입때껏 그런 끝을 본 적도, 들은 적도, 없었다. 그 끝은 엄청나게 잔혹했고 대단히 무심했으며 지극히 일상적이었다. 하여, 끝을 본 나는 그때껏 부정했던 죽음 앞에 철저하게 무릎 꿇었다. 육체와 영혼, 육체 그리고 영혼, 육체 없는 영혼, 영혼 없는 육체……. 온갖 경우의 수를 늘려가도 이분법은 헛것이었고 불가지론 역시 허상이었다. 죽음은 철저하고 완벽한 단절이었다. 알 수 없고 닿을 수 없는 끝이었다. 그 끝을 향해 어제도 왔고 오늘도 머물며 내일도 가고 말리라. 오직 세상의 끝을 향해.

인육 냄새에 내장이 뒤집어질 것 같던 헛구역질도 해부된 내장을 보자 뚝, 멈추었다. 충격요법은 참 기묘했다. 날카로운 칼끝에서 구불구불한 장기를 도려내는 과정을 나는 눈 한번 끔벅이지 않고 지켜보았다. 천장사의 긴 갈고리와 긴 칼은 족장시대 제사장의 집례도구처럼 엄정해 보였다. 갈고리로 시체의 옷을 벗겨 내고 긴 칼로 발뒤꿈치를 턱, 친 다음 발목·정강이·허벅지·팔·어깨·목·머리를 따라 턱턱, 쳐댔다. 시체를 몇 덩어리로 나누어서 세 명의 천장사가 처리했다. 해머로 잘게 부수거나 예리한 칼로 장기를 도려내고 긁어내는 동작을 멀찌감치 서서 나는 보았다.

한쪽에서는 승려들의 주문 외는 소리가 이어졌다. 대여섯 명의 라마승은 대개 노파였다. 웅얼웅얼 주문소리는 세상의 소리가 아닌 듯 이따금 아득하게 들렸다. 피비린내가 진동한 탓에 어지럼증이 일면서 청각마저 둔감해진 모양이었다. 가죽이 벗어지고 내장이 쏟아지고 피가 튀고 뼈가 으스러지는 참혹한 광경을 그들은 일상이듯 무심히 건너다보며 주문을 외웠다. 시신은 모두 4구였다. 남녀 노인 둘과 성인 남자, 그리고 예닐곱 남짓한 어린애였다. 나는 어린 육체는 보지 않았다. 끝까지 가 보리라는 뚝심도 어린 시신 앞에서는 속절없이 무너졌다. 가늠할 수 없는 비의는 감당할 수 없는 비애를 불러온다.

고개를 외로 틀었을 때 설산 어디쯤에서부터 검은 물체가 하강했다. 말로만 들었던 독수리 떼였다. 천국의 사자. 구심점을 잃고 떠도는 영혼을 천국으로 데려다줄 매개체. 영혼불멸을 숭상하는 티베트 사람들에게 독수리는 신성한 동물이었다. 영혼을 좋은 곳으로 이동시키는 독수리한테 그들은 기꺼이 육신을 보시하는 셈이었다. 얼른 보기에도 백 마리가 훨씬 넘을 듯한 독수리들이 천장 터 주위를 빙빙 돌았다. 천장사들은 피 범벅된 앞치마를 두른 채 쉭쉭, 입소리를 내며 독수리 떼를 쫓으면서 시체를 잘게 더 잘게 부수었다. 해부 의식이 끝나기도 전에 독수리들이 입을 댄다면 망자의 영혼이 좋은 곳으로 전송되지 못할 뿐만 아니라 남은 가족들한테도 불길하다고 여기기 때문이었다. 벗겨 내고 쪼개고 도려내고 최대한 잘게 부수어 천장사들은 그들의 주식인 보리떡과 잘 버무려 독수리들이 먹기 좋게 여기저기 흩뿌려 놓았다.

천장사들이 물러나자 독수리들은 순식간에 달려들어 시신을 먹었다. 아니, 먹어치웠다. 망자의 가족들은 독수리들을 바라보았다. 아아, 그토록 무심한 눈빛…… 한 점 남김없이 깨끗하게 먹어 주기만을 바라는 그 눈빛……. 독수리들은 검은 보자기를 휘감은 듯 커다란 깃을 접고 먹이에 탐닉했다. 육신은 천국의 사자가 된 독수리에게 보시하고 영혼은 주술사의 주문에 의해 다른 생명체로 전송된다는 티베트인들의 천장의식을 나는 두 눈 홉뜨고 지켜보았다. 한 시간 반을 웃도는 그 시간은 짧지도 길지도 않은, 지독하게 '질긴' 시간이었다.

1000년을 지나오면서 지속된 그들의 천장의식을 어떻게 이해해야 할까? 산소조차 부족한 척박한 땅. 목재가 귀해서 화장도, 건조한 땅에서의 매장도, 여의치 않았을 터이 그들에게 이 기묘하고 끔찍한 장례법은 자생적 문화일 것이었다. 게다가 설산고원에서의 자연친화적이고 순응적인 삶의 자세는 천장의식을 더더욱 가능케 했을 터였다. 천장 터를 올라오면서 목격한 초원 군데군데 있었던 야크의 뿔은 그걸 말해 주었다. 독수리는 사람을 먹고 사람은 야크를 먹고 야크는 풀을 먹고 풀은 독수리를 불러들이며 또다시 독수리는 사람을 먹는 순환……. 아아, 삶과 죽음은 어디서도 녹록지 않았다.

뷰티와 장례 키트 두 개가 독수리 떼 날개 사이에서 어른거렸다. 다행인지 불행인지 키트 두 개는 검은 가방이었다. 크기도 모양도 비슷했다. 다만 장례 키트가 조금 더 무거웠다. 중량감이었을까? 살고 죽는 게? 두개골을 내리치던 해머의 무게만큼이나 삶도 죽음도 그런 걸까? 천장사가 시신을 부수는 돌무더기 위에서 두개골을 쇠망치로 내려칠 때 사방으로 골수가 튀었다. 나도 모르게 아아, 신음소리를 냈다. 카메라와 스텝들도 주춤, 뒤로 물러섰다. 참혹하고 무섭고 진저리치던 생을 한순간 결딴내는 의식과도 같았다. 어머머, 정은 두 손으로 눈을 가렸다. 그러더니 이내 허리를 구푸렸다.

잠시 후에 정이 고개를 들었을 때 그녀는 울고 있었다. "선배…… 난 오지 말았어야 했어요. 산 아래 남을 사람은 바로 나였어." 울먹이는 정의 어깨를 이번에는 내가 감쌌다. 정의 체온은 따스했다. 이 온기 흐르는 육신을 저렇게 쳐부수다니…… 난자질하여 산산이 부숴 버려야 하다니……. 정의 어깨가 들썩거렸다. 들썩일 때마다 뼈가, 심줄이, 근육이, 혈관이, 움찔거렸다. 내 열 손가락은 오롯이 그걸 감지했다. 살았다는 게 뭘까? 죽음이라는 건 또 무언가? 삶과 죽음을 식별하기 어려웠다. 우리는 아무것도 아니라고, 그렇더라도 함부로 말하면 안 되는 걸까? "선배? 심장이 터져 버릴 것 같아요."

정은 휴우, 깊게 숨을 뱉어냈다. 작고 얇은 입술이 파르르 떨렸다. 그렁그렁한 눈동자는 햇빛에 얼비추어 더 맑아 보였다. 저 입술, 저 눈동자는 대체 무언가? 나 역시 심장이 멎을 것처럼 가슴이 뻐근했다. 그것은 정과는 또 다른 통각이었다.

사실 나는 천장의식이 진행되는 동안 일면 평화로웠다. 처음의 토악질을 제외하고는. 놀라웠다, 스스로도. 물론 끔찍하고 잔혹한 천장은 실로 충격적이었다. 그 땅의 자생적 문화와 종교의식이 결합된 독특한 장례법이라고 이성은 종용했다. 죽어지면 어차피 육신은 고깃덩어리에 불과하다고. 그들에게 천장은 가장 깨끗하고 가장 신속하게 시신을 처리하는 방법이라고. 내게 온 평화는 그런 것이었다. 사라지는 것…… 결국 물질이 되어 사라지는 것…… 흔적도 없이……. "사라지는 거야. 우린 너나없이." 정을 감싸 안고 나는 나지막하게 말했다. 들썩이던 정의 어깨가 다소 누그러졌다. 마른 체형인 정의 둥근 어깨선이 아름다웠다. 봄볕은 밝고 따사로웠으며 저 멀리 설산은 아득해서 신비스러웠다. 사라질 것들은 아름다워서 못내 처연했다.

천장 터에 가득 걸린 오색의 룽다가 바람에 흩날렸다. 그들에게 영혼을 하늘로 보내는 의식은 육신을 부수는 아주 간단한 일이었다. 색색의 룽다는 그들의 염원을 담고 바람에 나부꼈다. 여지없이 깨어지고 흩어져 독수리 떼의 먹이가 되어야만 하늘로 전송되는 인간의 영혼. 붉고 푸른 헝겊조각에 지고한 염원을 침잠시켜 내세를 기원하는 종교적 몰입의 발원은 무엇이었을까. 끝까지, 기어이 끝까지 가서, 그 끝을 보고 만 자들의 원초적인 두려움이 빚어낸 무력한 위안일까. 초원…… 돌무더기…… 피어오르는 연기…… 독수리 떼…… 피로 맥질된 천장사들……. 아아, 거기는 세상의 끝이었다. 단절이었고 암흑이었고 완벽한 절망이었다. 끔찍했으나 일상이었으며 참담했으나 한없이 평화로웠다. 역반응의 묘미는 실로 기이했다. 이해할 수 없는 기묘한 감정은 어쩌면 나 혼자만의 엑스터시였을지도 모르겠다. 가파르게 상승한 감정이 정신을 혼미케 하여 빚어낸 의식의 굴절 상태. 삶이 곧 죽음이고 죽음 또한 삶의 연장이었다는 위안은 가당치 않았다. 죽음은 죽음인 것이었다. 삶과 죽음이 죽음과 삶이 뒤섞일 수는 없는 노릇이었다. 그들의 천장의식은 철저하게 그걸 입증하고 있었다. 매일이다시피 죽음과 대면하면서도 그 죽음 앞에 온갖 억지와 앙탈을 부렸던 나는 비로소 패배를 인정했다. 죽어야만 하므로 죽는다는 것은 완벽한 종결이라고. 그러므로 죽을 만큼 힘든 삶도 아직은 살아가야 할 당위가 죽음보다 더한 이유가 된다고 깨달았다. 저기, 저, 설산고원이 운무에 휩싸여 어슴푸레한 것처럼 이제 내려가야 할 산 아래 동네 또한 보이지 않지만 터벅터벅 걸음을 내딛어야 당도하리라고. 내려가는 수밖에 달리 도리가 없다고.

"선배? 다시 쓸 수 없어요?"

"애 딸린 과부가 그런 철없는 짓을 하다간 큰코다쳐."

정은 내 뒤에 바싹 붙어 걸었다. 내려오는 길도 쉽지만은 않았다. 아슬아슬한 벼랑길이었다. 좁고 꾸불꾸불한데다 크고 작은 돌덩이

들조차 지천이었다. 오를 때는 가쁜 숨을 몰아쉬었는데 내려올 때는 자꾸 헛발을 딛듯 허청거렸다. 사뭇 다른 기분이었다. 마치 보지 말아야 할 것을 본 것처럼.

"화장품 찍고 바르는 게 선배한테 맞는 일이에요? 신랑 신부한테 선배가 쫓아다니지 않아도 아마 따라다닐 사람들은 초만원일 걸요? 믿어지지 않아. 선배가 신랑 신부 얼굴에 화장을 해 준다는 게."

성큼, 내 앞으로 나온 정의 낯빛은 상기되어 있었다. 튀어나와 대면하는 통에 길을 가로막은 꼴이 되어 버렸다. 아닌 게 아니라 비켜서지 않으리라는 의도마저 다분해보였다.

"믿어지지 않는 건 나도 마찬가지야. 제법 잘 그리거든."

"선배! 나 여러 번 생각하고 꺼낸 말이에요. 정말 실없는 사람 만들래요?"

"이젠 엄두조차 못 내. 다시 시작한다는 거."

"여기 온 것도 그 이유 때문이잖아요? 다시 시작하기 위해."

"그렇지 않아. 글 때문에 이런 무시무시한 현장을 찾진 않거든."

정은 말없이 돌아서서 길을 갔다. 걸음걸이가 매우 빨랐다. 다른 스텝들을 따라잡으려는 듯했다. 스텝들은 벌써 저 아래 비탈진 언덕에 기우뚱하게 서 있는 울긋불긋한 사원 모퉁이를 돌아가는 중이었다. 촬영 장비를 대용량 배낭에 나누어 짊어진 팀원들은 영락없이 등반대 셰르파의 모습이었다. 몇 군데 남은 사원촬영의 일정만 아니라면 히말라야 작은 산맥이라도 밟고 싶다는 스텝들의 볼멘소리가 지나치지 않을 것이었다.

좀체 잰걸음이 되지 않았다. 나는 느릿느릿 걸었다. 발부리에 걸리는 돌멩이를 피하면서. 고개를 숙이고 좁고 비탈진 길을 걸었다. 올라올 때 느꼈던 것처럼 망자가 하늘로 가는 길은 매우 길고 험했다. 언덕배기마다 금빛이나 잿빛, 붉고 파란 색색의 작은 사원들이 삐뚜름하게 서 있었다. 티베트인들은 원색의 지붕이 화려한 어느 한 곳에 시신을 떠메고 와서 천장의식이 지정된 사원 마당에 하룻밤을 방치한 후, 동이 틀 무렵 다시 시신을 천장 터로 옮기는 식이었다. 망자를 하늘로 보내기 위해 유족들은 기꺼이 멀고 험악한 길을 오를까. 그들에게는 삶의 터전조차 순전한 수련 없이 불가능했던 것처럼 죽음 또한 지독한 고행에 다름 아니었을까.

"어디 아파요?"

사원 앞 커다란 돌부리에 걸터앉아서 뒤처진 나를 정은 기다리고 있었다. 토라져서 휘휘, 앞서가더니 그새 편치 않은 눈치였다.

"좀 쉬어 가자."

나는 정의 팔고 끌고 사원 앞마당으로 들어갔다. 금빛 지붕의 사원이 퍽 인상적이었다. 아주 작달막한 곳이었다. 절간 문창살을 등지고 승려 둘이 나란히 앉아 있었다. 10대 후반이거나 20대 초반쯤으로 보이는 청년과 이마에 주름이 굵은 중년의 승려. 정과 나를 보자 그들은 너무도 환하게 웃었다. 청년은 선홍색을, 중년은 자줏빛 장삼을 온몸에 두른 채였다. 그들 뒤로 햇살이 지나치게 밝았다.

"볕을 쬐는 건가? 너무 태연하지 않아요? 눈앞에서 사람이 죽어 나갔을 텐데."

정은 여전히 볼멘소리였다. 알지 못했던 세상의 비의(秘義)는 다만
드러나지 않았을 뿐 진작부터 비의(悲意), 그 자체였음을 확인한 참
담함은 그녀에게도 만만치 않았을 것이었다. 실체 앞에 담담할 자
누구랴. 그 실체가 두렵고 아파서 그 비애를 어쩌지 못해 그녀는 내
려오는 길에 내게 대거리를 한 셈인지도 모르겠다.

"저이들한테 삶과 죽음은 별반 다르지 않을 거야. 봐봐? 저 미소
를. 흠도 티도 없어. 어디 저 웃음 속에 시름 한 점이라도 들었니?
해맑다?"

"선밴 저 모습이 좋아 보여? 여긴 웃음조차 어울리지 않을 고약한
땅이에요. 저건 순수가 아니라 천형이에요."

맞은편에 앉은 우리를 보고 여전히 환한 미소를 보내는 승려 둘을
앞에 놓고 정과 나는 티격태격했다. 표 나지 않게. 웬일인지 그들이
눈치 챈다면 안 될 것 같았다. 최소한의 예의는 무자비한 그들의 장
례법과 상관없이 지켜져야 했다. 남의 땅을 밟고, 그 땅의 이색적이
다 못해 황당무계한 장례법을 돈 몇 푼 쥐여 주고 카메라에 담는 것
만으로도 모자라, 그 땅 사람들의 순전한 웃음까지 흉보고 탓할 권
리는 없었다.

"저 웃음조차도 하늘이 벌을 내린다면 거두어 가겠지. 천형 중의
천형은 바로 사람에게서 웃음이 사라지는 거야. 웃지 않는 얼굴을
상상해 봐? 차라리 슬퍼하거나 고통스러워한다면 괜찮아. 그런대로
살아 있다는 표식이니까. 하지만 아무리 옆에서 희희낙락해도 무표
정한 낯빛 그대로라면 얼마나 절망적이니? 따지고 보면 웃음은 하늘

이 준 선물일 수도 있어."

그런데 따지고 보니 난 웃고 살지 못했어, 차마 고백할 수는 없었다. 사실대로 말하지 않아도 변변찮은 선배를 모를 리 없었다.

"왜요? '웃음 찬미론' 뭐, 그런 거 출판하지 그래요. 소설은 안 쓴다면서? 정말 선밴 변한 게 없어. 제발 지겨운 모범답안 이젠 좀 버리고 살아요. 말마따나 하늘이 준 선물 몽땅 받아서 실컷 웃고 살기나 해. 하하 호호! 하하 호호!"

승려 둘이 우리 쪽으로 동시에 시선을 보냈다. 정의 억지 웃음소리와 과장된 제스처가 그들의 의아스런 눈길을 받기에 충분했다. 마치 확성기를 흉내 내듯 두 손을 펴서 입가에 대고 소리치는 바람에 놀라기는 나도 마찬가지였다.

"이러지 마. 이방인 주제에 양심도 없이. 웃음을 그쳤잖아."

"웃을 일이 있어야 웃죠. 안 그래요? 선밴 어떤지 몰라도 난 좀체 웃을 일이 없어. 앞으로 웃을 일이 생길 것 같지도 않고. 애당초 우린 웃음을 빼앗겼으니까요."

"아니. 빼앗긴 게 아니라 잃은 거지. 상실…… 모든 건 거기서부터 비롯되었어."

"돌아가면 웃음치료라도 받아야겠군."

정이 아주 희미하게 웃었던가? 입술의 움직임이 어색한데다 표정마저 어두워서 웃는 것인지 우는 것인지 잘 분간할 수 없었다. 때마침, 개 한 마리가 절간 마당으로 어슬렁거리며 들어왔다. 송아지만큼 큰 개였다. 몸통이 죄다 검은 털이었고 다리 아래 발목만 흰 털이 숭숭 난 좀 위협적인 덩치였다. 사원에서 천장 터로 시신을 옮길 때 사람들을 앞서가던 개였다. 스텝들은 그 개의 뒤를 따랐다. 여긴 개가 장사까지 지내는구먼, 푸념하듯 누군가 말했는데 대꾸하는 사람은 아무도 없었다. 그때 나는 속으로 대답했다. '살아 있는 개가 죽은 사람을 배웅하는 땅이로군요.' 중년의 승려가 개를 앉혀 놓고 연실 등허리를 쓸어 주었다. 청년의 승려 역시 무어라 알아들을 수 없는 소리를 내며 큰 개의 목덜미를 어루만졌다. 그들은 다시 만개한 봄꽃처럼 밝고 환하게 웃고 있었다.

"개가 보기와 다르게 참 순해. 저 눈 좀 봐."

"또 봐요? 짐승 눈동자까지?"

정의 말은 옳았다. 웃는 승려 보랴, 순한 개 보랴, 나는 정에게 이것저것을 요구하고 있었다. 봐야 할 것도, 보지 말아야 할 것도 많은 세상이었다. 그렇더라도 죽음조차 일상이 되어 버린 그들의 천진한 웃음만은 꼭 봐야 했다. 덩치만 컸지 사찰의 개 또한 그 눈빛이 고분고분했다. 모름지기 육축이란 사람의 다스림이 정한 이치일 터니.

"저 개도 험한 꼴 다 봤어요."

그랬다. 송아지처럼 커다란 덩치를 푸릇푸릇한 풀밭에 누인 채 주문을 외우던 승려들 곁에서 시체를 벗기고 쪼개고 꺾고 자르고 부수는 걸 모조리 지켜봤다. 그때도 저 개의 눈빛은 마냥 부드러웠을까.

"천장 터에서도 아주 순한 눈빛이었을 거야."

미루어 짐작하는 건 쉽지 않던가? 단절이었고 암흑이었고 철저한 분리였다. 아아, 그리고 또 무엇이었나? 완전한 결별이었고 끝내 끝이었던 세상의 끝이었다. 그런 죽음마저 그들에게는 일상이었으니 그들 곁의 개한테도 세상의 한 날에 지나지 않았을 테다.

"이젠 내려가요."

"내려가자. 더는 볼 것도, 보지 말아야 할 것도 없어."

나는 정과 함께 사찰을 나왔다. 나올 때 승려들을 마주 보고 합장했다. 햇살을 등지고 앉은 채 그들도 두 손을 모았다. 그들 곁에 다리를 다소곳하게 모은 채 얌전히 앉아 있는 검은 개한테도 눈길을 건넸다. 망자를 배웅하던 개. 새까만 눈동자는 맑고 깊었다. 무심한 눈빛…… 시체를 부수는 천장사들과 산산이 부서지는 혈육을 아무렇지도 않게 지켜보던 유족들, 그리고 영혼의 전송을 위해 주문을 외던 라마승들의 바로 그 눈빛이었다. 사람과 짐승의 눈빛이 닮을 수 있다는 게 적이 의아스러웠다. 차라리 무구함에 가까운 그 눈빛에서 나는 도망치고 싶었다.

청년의 선홍색 장삼이 햇빛을 받아 더 붉었다. 굵은 주름이 깊어지도록 활짝 웃는 중년 승려의 얼굴이 더없이 순전해서 재빨리 돌아섰다. 오래 마주할 자신이 없었다. 햇빛은 환했고 라마승의 웃음은 수수했다. 천장을 본 것은 세상의 끝을 본 것이었다. 거기, 광활한 땅, 히말라야 어느 산맥 아래서.

15

　기어이 따라나서는 균을 끝내 만류하지 못했다. 된통 감기몸살을 앓는 중이어서 균은 무거운 키트라도 들어 줄 요량이었을까. "이리 줘요." 균은 키트를 빼앗듯이 했다. "네가 올 곳이 아니야." 거기는 균이 오지 못할 장소였다. 아니, 균이 오면 안 되는 곳이었다. 좁은 현관 앞에서 우리는 실랑이를 벌였다. 희고 얇은 손이었지만 악력을 당할 수 없었다. 결국 키트는 균의 손에 넘어갔다. "마칠 때까지 기다릴게요." 살갑지도 따스하지도 못한 성품의 그 애로서는 대단한 인내심을 발휘했을 터였다. 초저녁이었지만 한겨울밤이었고 게다가 칼바람이 불었다. 주차장에 나오자 세상이 온통 얼어붙을 매서운 추위였다. 매우 차갑고도 사나운 바람이 달려들었다. 쿨럭쿨럭, 기침은 여전했다. 침을 삼킬 때마다 목구멍이 따가웠다. 오전에 동네 의원에서 링거를 맞았으나 썩 효능을 기대하기는 어려웠다. 지끈지끈 들쑤셔 대던 두통이 그나마 누그러져서 다행이었다.

　균이 도착하던 날, 조 대표와의 지방행이 몰고 온 파장은 은밀하지만 컸다. 얼마간의 피로를 풀고 일상에 복귀하면 흔적 없을 사건이었으나 사건은 또 엄연한 사건인지라 문제의 소지를 언제나 탄환처럼 품고 있을 것이었다. 크든 작든 사건은 사건이므로. 세간의 문제가 되거나 관심을 끌 만한 일은 결코 아니었다. 궤도 이탈은 우주시대 로켓이나 인공위성에만 해당되지 않는다는 것쯤 누구나 안다. 사실 나는 피로했고 외로웠으며 충분히 막막했다. 조 대표는 어떠했는지 정확히 알 수 없었지만. 적어도 내 경우에는 그랬다. 휴식이 필요했고 놀이가 절실했다. 고양된 유희…… 놀이의 결과는 몸이 먼저 알아챘다. 하기는 놀이의 주체가 몸과 몸이었으니 그럴 만했다. 돌과 돌을 치열하게 부딪쳐서 불을 얻어 낸 원시인들처럼 조 대표와 나는 맹렬했다. 서로가 서로를 부딪치고 얽어매고 파고들고 밀착시키면서 탐닉했다. 몸과 몸이 맹렬해지면서 불꽃이 튀었다. 확확, 열기가 오르면서 온몸이 타들어가는 것처럼 숨이 가빴다. 지나쳐서 무작스러웠던 그 놀이는 고양된 유희는커녕 온몸의 수분을 죄다 빼앗아 버렸다. 한순간 맹렬한 기세로 타들어간 나머지 이전의 궤도로 영영 돌아올 수 없는 떠다니는 인공위성처럼 우리는 우주적 미아에 다름 아니었다.

궤도 이탈은 호된 감기몸살로 그칠 것 같지 않았다. 몸과 몸이 몹시도 안달했으니 몸살은 충분했다. 몸이 몸을 원했으므로 그 몸에 고통이 뒤따르는 것도 당연했다. 부딪쳐 깨어질 줄 번연히 알면서도 시작한 놀이를 어찌하랴. 놀이가 유희를 지나쳐서 혼란에 다다른 탓에 갈피를 잡을 수 없었다. 마치 죽을 것처럼 몸과 몸을 적나라하게 대면하고 나서, 이내 죽을 만큼 숙면을 취한 뒤, 또다시 일어나 죽기 살기 싸울 기세로 뒤엉킨 그날 밤을 도통 이해할 수 없었다. 떠올릴 때마다 이해는커녕 가늠조차 되지 않았다. 그토록 삶은 치열했을까. 시신을 향해 시도 때도 없이 달려가야 했던 날들은……. 과연 그 맹렬한 기세를 어디다 숨겨 놓고 이제껏 천연덕스럽게 색색의 화장품을 바르며 살아왔을까. 스스로를 알 수 없어 혼란스러웠고 치열함과 치욕스러움을 분간하지 못해 그 혼란스러움은 더했다. 균의 친절마저 혼란을 가중시켰다.

"1층 로비에 커피점이 있거든. 거기서 기다려." 운전석에서 나는 곁눈질했다. 병원 마당에 균을 내려 주고 영안실 주차장으로 내려가려던 참이었다. "안에까지 들어다 줄게요." 하는 수 없이 지하주차장으로 내려갔다. 영안실 입구에서 키트를 건네받았다. "2시간쯤 걸려. 되도록 빨리 끝낼게." 문상객들이 속속 들고 났다. "조심하세요." 균은 돌아섰다. 그 애의 훌쩍 큰 키가 웬일인지 허룩해 보였다. 아직은 영안실을 출입하기에 턱없었다. 끝을 보는 일은 참담하지 않던가?

복원이 필요한 시신이었다. 35세·여·교통사고·복원 요망. 콜을 받을 때의 정보보다 시신은 심각했다. 콧등이 함몰되었고 이마가 움푹 패었으며 오른쪽 귓불이 절반이나 찢어진데다 인중을 포함한 입술이 경계 없이 뭉그러졌다. 과연 2시간에? 균의 말대로 조심조심 신중하게 다뤄야 할 시신이었다. 물론 그 애는 감기몸살을 앓고 있는 내 몸 상태를 두고 한 말이었으나 간단치 않은 작업임에 틀림없었다.

상조서비스에 가입한 고객은 아니었다. 복원 때문에 '모심'에 의뢰한 경우였다. 대형 상조업체들이 간과한 시신 메이크업을 모심의 조 대표가 겨냥한 결과였다. 또한 일본의 장례문화를 수용하면서 틈새 시장을 공략한 조 대표의 수완이기도 했다. 인간의 존엄성 회복은 물론이고 망자의 편안한 모습을 재현시켜서 유족들의 사회적응력에 기여할 수 있다고. 따라서 미국이나 일본의 장례문화를 우리나라도 전면 수용해야 한다고. 조 대표는 매번 직원들을 교육시켰다. '성역 과 금기에 도전'하는 장례 메이크업은 '요람에서 무덤까지' 미와 의학 적 가치를 동시에 실현하는 '색소교정시술'로서 산업적인 성장 가능 성을 인정받을 것이라는 환상을 심어 주기까지 했다. 한 달에 한 번 월례회 때마다 반복되는 조 대표의 열띤 교육은 교육이 아니라 차라 리 세뇌에 가까웠다. 앞으로 장례 메이크업 아티스트들을 전문적으 로 양성하여 낙후된 이 나라의 상조문화를 선진국형 장례문화로 바 꾸는 데 일조하겠다는 의지를 표명할 때, 나는 월례회 참석 여부를 고민할 지경이었다. 대체 왜 저럴까? 모심의 경쟁력이라 떠들어 대 는 시신 메이크업 종사자는 고작 나 하나뿐인데 조 대표는 곧잘 망 각하는 듯했다. 그렇더라도 조 대표의 일면 과장과 일면 망각이며 궁극적으로는 상품화된 시신 메이크업이 오늘 의뢰자가 복원술을 의뢰하듯 적중하는 사례가 점차 늘어 가는 추세였다. 대개는 정교한 복원이 필요한 경우였다.

"애들이 어립니다. 그저 흉측스러움만 면해 주세요. 엄마의 마지 막이 애들한테 끔찍하다면 그보다 더 끔찍한 일이 어디 있겠습니 까?" 빈소 앞에서 망자의 배우자인 의뢰자는 내게 물었다. 얼굴이 희고 이목구비가 뚜렷하며 훤칠한 의뢰자는 한눈에 보기에도 도시적 감각과 세련미를 겸비한 남자였다. 그런 의뢰자가 '끔직한 세상사'를 몰라서 내게 한 질문은 물론 아니었을 것이다. 당연했다. 나 또한 영안실 앞에서 균을 쫓아 보내지 않았던가? 어린 자식들에게 공포영화에나 등장할 법한 기괴하고 흉악한 엄마 얼굴을 보여 줄 수는 없을 테니까. 평생을 그 애들 머릿속도 아닌, 가슴 한복판에 조각처럼 턱, 새겨 놓을 수는 없는 일이었다. 그 끔직한 얼굴을. 삼십 중반의 망자는 젊고 싱싱했을 터였다. 능력과 미모까지 겸비했겠지.

윗니 아랫니를 죄다 보이면서 활짝 웃는 영정사진은 거리낄 것 없이 당당한 인상이었다. 청색 재킷 속 흰 셔츠가 조명 때문인지 더 희게 보였다. 그 여러 개의 재킷 중 한 장을 분주하게 꿰차며 출근했겠지. 오전에는 재판에 필요한 서면 검토와 수임을 위한 의뢰인들의 상담도 마다하지 않았으리라. 점심식사 또한 여느 때와 다르지 않아서 동료 변호사들과 함께했단다. 오후는 오후대로 스케줄에 따라 움직였다. 단지, 스케줄에 따른 것뿐이었다. 서울 외곽 지방법원에 그 진작 담당사건 재판일이 잡혀 있었다. 정말이지, 단지, 나와 있던 일정이었다. 임대·임차인의 분쟁관련 소송이었는데 망자는 임차인 쪽 변론을 맡았다. 예상대로 1심은 승소했다. 법정을 나설 때 겨울 추위는 맹렬했으나 그런대로 기분은 괜찮았다. 곧바로 퇴근하겠다고, 모처럼 마트에 들러 뭘 좀 사야겠다고, 여느 때와 똑같은 음성이었다며 의뢰자는 비교적 담담했다. 그러니 여느 때와 같은 얼굴로 되돌려 달라고, 애들한테 평소와 같은 엄마의 마지막 얼굴이게 해달라고, 복원술을 의뢰한 취지를 설명했다. 그것뿐이라고……

그늘진 구석구석에 아직 눈이 채 녹지 않아서 군데군데 빙판인데다가 술 취한 운전자가 맞은편에서 달려들리라는 예상은 신 또한 해서는 안 될 일이었다. 더군다나 만취한 운전자는 도박 빚과 유흥비로 부모와도 결별한 사이였으니 왜, 아내가 그런 패륜아와 하필, 그 순간에, 정면충돌했는지 모르겠다고 말할 때, 의뢰자는 흥분을 감추지 않았다. 훅훅, 숨을 몰아쉬어서 그 열기가 내 코끝에 속속 더운 기운을 몰고 왔다. 최선을 다하겠다고, 나는 달리 할 말이 없었다. 여느 때와 똑같은 복원은 불가능해서 '그것뿐'이라는 이유가 어쩌면 '그것밖에' 안 될 수도 있다고 말하지는 않았다.

'왜 · 하필 · 순간 · 패륜아'. 빈소를 뒤로하고 나는 중얼거렸다. 끔찍한 일은 상반된 세계에서 상반된 방식으로 끝내 충돌하고 마는 결투일까. 승자도 패자도 없는 게임이듯. 염습실로 가는 복도는 꽤 길었다. 망자의 퇴근길도 멀었을까. 돌아올 수 없는 먼 길을 아주 간 것뿐이라고, 나는 의뢰자의 어투로 뇌까렸다. 젊고 유능한 미모의 변호사는 복원될 수 있을까. 여전히 감기몸살은 물러나지 않았고 시신 복원은 요원했다. 여기, 세상은, 도무지 여전할 수밖에 없었다.

찢겨 나간 귓불부터 손을 댔다. 상처가 없는 반대쪽 귓바퀴 전체를 본떠서 액체 라텍스를 부어 굳힌 다음 그대로 떠다 찢어진 쪽 귓불에 올려붙였다. 젤라틴을 재료로 쓸까 망설이다 혹시라도 망자의 어린 자식들이 엄마의 귓불을 만지작일 수도 있겠다 싶었다. 지나치게 부드럽고 연한 질감이라서 혹여 평소와는 다른 이물감을 단박 느

낀다면 난감하지 않겠는가. 젤라틴보다는 액체 라텍스가 손가락 촉
각에는 더 안정적일 것이었다. 이물감이나 생경함은 시신 메이크업
에서 가장 경계해야 할 위험요인이었다. 귓불을 만들어 놓은 다음
콧등에 골똘했다. 얼굴 윤곽을 살려놔야만 본격적인 복원 작업을 시
작할 수 있었다.

얼굴 윤곽은 콧등과 턱이 관건이었다. 그나마 턱은 찰과상에 노출
되었을 뿐 함몰되지 않아서 다행이었다. 염습실에 들어오기 전 빈
소에서 봤던 영정사진을 떠올리며 나는 한참 동안 코 모양을 가늠했
다. 갸름한 얼굴형에 오똑한 콧날이었음이 분명하다. 코 날개의 폭
은 좁은 미간 사이를 고려할 때 가능하면 넓지 않아야 한다. 얼굴 면
과 코 높이의 각도며 코끝의 폭과 높이까지도 꼼꼼하게 체크한다.
코끝과 인중, 입술이 이루는 각도 역시 간과하지 않아야 전체적인
얼굴 생김새와 조화를 이룰 것이었다. 경험상 함몰된 콧등은 실리콘
보형술만으로는 보완할 수 없었다. 일단 수지성분의 점성이 우수한
경질재료를 사용하여 콧등을 세웠다. 무너진 콧등을 세워서 본래의
코 모양을 복원하기는 꽤나 섬세한 작업이었다.

코가 살아나자 얼굴 윤곽이 어느 정도 확보되었다. 움푹 파인 이
마는 석고를 이겨서 평평하게 만드는 수밖에 없었다. 정작 정교한
손놀림이 필요한 부분은 인중과 입술이었다. 경계 없이 온통 뭉그
러진 그곳에 인중과 입술을 구분하는 작업은 마치 새로운 길을 내는
것만큼이나 어려움이 따른다. 귓불로부터 코와 이마를 복원한 망자
를 나는 가만 들여다본다. 아직도 끔찍한 얼굴을 벗어나지는 못했

다. 나는 으슬으슬 한기마저 들었다. 남아 있는 인중과 입술 복원이며 복원술의 마지막 단계인 피부 커버와 메이크업까지 작업은 힘겨울 것이었다.

마스크를 쓴 내 입술은 건조하다. 감기약을 복용한 때문인지 혀조차 바삭바삭 타들어가는 느낌이다. 죽은 자의 끔찍함을 모면하기 위해 산 자가 끔찍한 고역에 시달리는 셈이었다. 이런 어처구니라니! 망자의 어린 자식들은 엄마와의 마지막 만남을 위해 빈소에서 대기할 것이었다. 영안실 주변을 배회하거나 커피점에 죽치고 앉아 있을 균을 생각한다. 약속한 2시간을 초과하는 건 뻔했다. 서둘러 작업을 마무리해야만 아이들은 각자의 엄마를 만날 수 있다. 의뢰자의 아이들은 죽은 엄마를. 균은 살아 있으되 줄곧 죽은 자들과 함께하는 단지, 살아갈 뿐인 엄마를. 젊고 유능한 미모의 변호사가 단지, 스케줄을 따라 움직였던 것처럼. 서둘러야 한다. 스케줄에 따라 착착 움직이다가 누구든 가는 것이었다. 뭉그러진 인중을 살리고 일그러진 입술을 만들어줘야 한다. 형체가 손상된 얼굴을 복원시키고 곱게 화장하여 망자의 어린 자식들에게 여느 때와 같은 엄마와의 만남을 주선해 주고 나 또한 속히 균에게로 가야 한다. 아이들을 한없이 기다리게 해서는 안 된다. 입안에서 단내가 난다.

도열된 연질재료를 뚫어져라 쳐다본다. 알지네이트 실리콘 콜드 폼 왁스 젤라틴. 재료의 선택은 언제나 신중해야 한다. 죽었으나 살아 있는 것처럼 만드는 작업은 위장술에 불과하다. 위장의 원칙은 능청스러움이다. 머릿속은 이미 의뭉스러워서 벌써 복원 중이었다.

인중 선을 표시한 다음 입 주변에 먼저 실리콘을 빵빵하게 주입하자. 아무래도 입술만은 젤라틴을 사용해야겠지. 물론 망자에게 선뜻 다가가 입맞춤하는 자식은 없으리라. 위장술은 애들이 먼저 지각하지 않던가? 경우에 따라 아이들은 거짓과 꾸밈을 본능적으로 알아차린다. 그렇더라도 입술은 젤라틴으로 야들야들하게 만들자. 코밑 경계와 윗입술 경계가 너무 길지 않도록 주의하자. 긴 인중은 애들에게 갑자기 엄마를 늙어 보이게 할 테니까. 하루아침에 폭삭 늙어 버린 엄마의 모습은 아이들에게 슬픔을 더해 줄 것이었다. 입술은 생전보다 다소 두툼해지겠지. 대신 윗입술과 아랫입술의 비율만 정확하게 지키자. 아름다운 입술라인의 최적화는 애당초 정해졌으니까. 입가를 살짝 올려붙이면 미소 짓듯 금상첨화겠지. 망자의 미소…….

목이 말랐다. 얼음처럼 차가운 생수를 마시고 싶다. 나는 서둘렀다. 붓과 그릇을 집어 들었다. 뼈를 만들고 근육을 만들고 살을 만들고 또 무얼 만들어야 하나? 웃음과 눈물까지도 만들까? 의뢰자의 아이들에게 '여느 때'와 같은 엄마의 마지막을 위해서? 갈증을 참는다. 견디는 것은 언제든 완성을 향해서라고, 뜬금없는 깨달음은 손놀림을 더 재게 한다. 벽시계를 확인한다. 2시간을 경과하는 중이다. 아이들도 견디는 중일까?

"저, 견디고 있어요."
견디고 있다고 말할 때 나는 견딜 수 없었다. 견디는 사람은 엉뚱한 곳에서 난데없이 날아들었다. 이틀을 꼼짝없이 앓고 누웠을 때 전화를 받았다. 처음부터 애랑이에요, 수화기 저쪽에서 자신을 밝혔지만 어릿어릿했다. 잠시 후 다시 박애랑, 모심 말이에요, 라고 주석을 달듯 자분자분한 목소리가 건너오자 나는 자리에서 일어나 앉았다. 잘 지냈냐고, 어쩐 일이냐고, 연달아 내가 물었을 때 그녀가 한 대답이었다. 견디고 있다고.

"그땐 정말 행복했거든요. 이번에도 메이크업을 받고 싶어요. 사진 찍을 건 아니지만. 아, 그래도 이왕이면 그때처럼 고와지고 싶어요."

애랑은 밝은 목소리였다. 관계와 소통에 신통치 않은 나로서는 퍽 생소했다. 그녀는 엊그제 만나 밥을 먹고 차를 마신 사이처럼 격을 두지 않았다. 난감했다. 호모루덴스가 절실한 세상이라지만 그건 뻔뻔하고 교묘하기 짝이 없는 놀이였다. 사실 그녀와 나 사이는 굳이 호모루덴스의 개념까지 끌어오지 않더라도 친밀감과는 거리가 멀었다. 우연찮게 신부 화장을 했고, 공교롭게도 그녀의 배우자가 내 고용주가 되었으며, 행인지 불행인지 단 한 번 함께 산행을 했다고 죄다 친밀감을 형성할 수는 없지 않은가? 게다가 노사관계로 촉발된 야릇한 '놀이' 혹은 '놀아나기'의 경험은 가깝게 지내기에는 치명적이었다. 그 치명적인 이유 때문에 치명타를 입는 건 누구라도 짐작하기 쉬웠다.

"원한다면 메이크업은 해 줄 수 있어요. 하지만 애랑 씨가 잘 알잖아요. 내가 지금 어떤 일을 한다는 것쯤…… 유쾌하진 않을 텐데요.

고택은 대표님과 두 분이 다녀오세요."

"약속했잖아요? 같이 가기로. 그 사람과는 상관없어요. 저는 아티스트님과 가길 원해요. 우린 그때 통했잖아요. 갑자기 생각났어요. 광 속의 멍석! 거기 누워 있으면 무척 편하다고 했잖아요. 설마 먼저 제의한 걸 잊은 건 아니죠?"

물론 잊은 건 아니었다. 그날 산행에서 그녀의 감정 기복이 상당했고 우려할 만한 단언까지 서슴지 않아서 뜬금없이 튀어나온 연민이 선을 넘었을 뿐이었다. 고용주의 배우자 심경까지 유념할 만큼 나는 한가하지 않았다. 아니, 이제는 그녀와 당최 친밀을 가장할 수 없는 지경이 되어 버렸다. 거짓과 꾸밈의 위장술은 시신 메이크업 한 가지만으로도 충분했다.

"고택 안주인은 이제 없어요. 멍석도 주인을 따라 자취를 감추었을지 몰라요. 더군다나 겨울이잖아요. 멍석을 그대로 두었더라도 누워 쉬지 못해요. 춥거든요."

"그런가요? 그럼 내년 봄을 기다려야 하나요? 역시 또 기다리고 견뎌야 하는 건가요? 지금처럼, 마냥?"

연거푸 물어오는 통에 못 들은 척할 수 없었다. 애초 내가 제의했으니 이제 와서 발뺌할 근거는 빈약하기 이를 데 없었다. 이젠 그럴 수 없다고, 조 대표와 내가 실컷 놀아나는 바람에 그럴 수는 없다고, 삼류영화쯤 되는 한 장면을 소개할 수도 없었다.

"미안해요. 봄볕이 따뜻한 날이 곧 오겠지요."

"그럼 그때까지 견뎌 보죠."

애랑은 처음과 마찬가지로 견디겠다고 했다. 나중을 기대하고 미련을 두게 만드는 것은 매우 불합리하고 경우에 따라서는 악의적인 방식이었으나 나로서는 방법이 없었다. 그녀와 대면하지 못하는, 아니 정확하게는 그녀와 대면할 수 없는, 내 처지가 못내 가련했다. 호모루덴스의 결국은 불행을 초래하는 걸까. 놀이가 놀이되기 위해서는 룰을 지켰어야 옳았다. 애랑은 조 대표와 나 사이의 엄연한 룰이었다.

묘지 앞에서 균은 서 있었다. 균 옆에 나 역시. 우리는 둘 다 아무 말도 하지 않고 그저 서 있었다. 누가 더 오래 서 있는지 내기라도 할 것처럼. 응달진 기슭은 아직도 희끗희끗했다. 언제쯤 눈은 사라질까. 날은 썩 춥지 않았다. 흰 카네이션 한 다발만 묘지 앞에 덩그러니 누워 있었다. 푸릇한 기운이라고는 전혀 없는 묏등에서 우리는 무렴했는지도 모르겠다. 나는 나대로 균은 균대로. 지난날의 배우자와 지난날의 아버지를 떠올리는 일은 지난날 그 자체였다. 과거가 순식간에 통째로 복원되는 것과 다름없었다. 추억과는 엄연히 달라서 썰물처럼 달려갔다 밀물처럼 달려오는 지난날을 시시각각 꿍꿍대며 마주하는 것이었다. 균에게 썰물은 무엇이고 밀물은 무엇이었나? 내게는? 황량한 묏등 앞에서 나는 어색하고 겸연쩍기 이를 데 없었다. '괜한 묘지를 만들었구나. 아버지와 배우자는 살았을 적만으로 모자람이 없었을 텐데.' 생전의 모습이 웬일인지 되살아나지 않았다. 매장을 원치 않을 그를 시부모 성화에 못 이겨 이곳까지 데려올 때도 마찬가지였다. 거짓말처럼 그의 걸음걸이, 그의 음성, 그의 감촉 같은 것들이 어느 것 하나 떠오르지도 느껴지지도 않았다. 아주 막막하고 먹먹했다. 보이지 않고 들리지 않는 그것들의 정체를 알 수 없어서 나는 그때도 장지 한쪽에 멍텅구리처럼 서 있었다. 지금처럼.

"강화에 갔다 와요." 모처럼만에 함께 한 아침 식탁에서 균이 숟가락을 내려놓으며 말할 때 나는 그 애를 보기가 무안스러웠다. 잊고 산 세월이었다. 시부모만이 오며 가며 잊지 않았을까. 균이 미국으로 가고는 도무지 생각조차 못했다. 묏등까지 오가면서 망자들 얼굴에 분칠은 왜 하나? 묘지는 한가한 사람들이나 안성맞춤이었다. "그래. 다녀와야지." 마땅한 일이었다. 내일모레면 출국할 터니. 겨울 묘지인 게 좀 미욱스러웠다. 눈이라도 오면 어찌할 것인가? 잿빛 하늘에서 내리는 눈송이가 포슬포슬 묘지 위에 쌓이면 살았을 적 시리고 애틋했던 날들이 와락, 달려들리라. 그뿐인가? 핏줄은 동아줄처럼 단단해서 이별 또한 도통 이별일 수 없으려니, 썰물 뒤 남은 갯벌이듯 생명은 다시 그 자리에서 서식하고 말 테니까. 자신을 떨친 아비의 생명으로 여기 묏등에 장대처럼 서 있듯. 균은 끝내 입을 열지 않았다. 눈이 내리지 않은 건 다행이었다. 눈마저 내린다면 살았을 적 그 숱한 날들이 눈송이처럼 소복하게 쌓일 것이었다. 묘지 앞에 맹추처럼 서 있는 우리 발등에. 꼼짝달싹 못하도록.

"꼬마들이 가엾어요."

산을 내려오면서 균은 뜬금없이 말했다. 당연히 나는 알아듣지 못했다. 알아들을 수 없어 땅만 보고 걸었다. 높지 않은 야산이었으나 한길까지 나오려면 좀 더디었다. 산 아래 인삼밭이 납작 엎드린 채여서 주의하여 걷지 않으면 씌워 놓은 차광막과 부딪칠 수도 있었다.

"뛰어놀더라고요. 그날, 꼬마들을 보면서 강화 생각이 났어요."

"그랬구나."

걸음을 멈추었다. 앞서가던 균의 뒤꽁무니에 대고 들릴 듯 말 듯 대꾸했다. 검은 차광막이 도열한 채 햇빛을 막고 있었다. 애련한 음지식물이라는 생각이 들었다. 몸에 좋다는 인삼의 효능은 대체 무슨 근거일까. 볕을 보지 못한 음지식물처럼 망자의 어린 자식들도 낯이 창백했었다. 망자는 어린 자식들에게 맘껏 볕을 쬐게 해 주지 못했을까?

키트 정리가 채 끝나기도 전에 의뢰자는 사내아이 둘을 데리고 나타났다. 균과의 약속 시간을 1시간이나 초과한 나는 맘이 바빴다. 맘뿐만 아니라 몸도 더는 지체할 수 없을 정도로 버티기 어려웠다. 열이 오르면서 두통은 그치지 않았고 팔다리는 녹아내릴 것처럼 욱신거렸다. 아직 대여섯 살쯤의 아이들을 보는 순간, 열이 올라 뜨듯했던 이마에 누군가 찬물을 끼얹은 듯 화들짝 놀랐다. 뚝, 동작을 멈추었다. 대체 저토록 어린 애들에게 무슨 맘으로? 나는 얼른 망자를 건너다보았다. 의뢰자의 처음 제의대로 그저 흉측스러움만 면한 정도였다. 무려 3시간 이상이 소요된 복원이었으나 의뢰자의 바람대로 아이들에게 여느 때와 같은 엄마의 마지막은 불가능했다.

"이리 와. 엄마를 보내 주자." 의뢰자는 아이들의 팔을 끌었다. "아빠…… 엄마가 이상해." 둘 중 좀 더 큰 아이가 의뢰자의 손에서 팔을 빼내 뒷걸음질 했다. 의뢰자는 난처한 기색이었다. "아빠? 엄마 죽었어?" 작은아이 또한 덩달아 뒤로 물러났다. 엄마 죽었느냐고, 아이가 물을 때 어디서 쿵, 소리가 나는 것 같았다. 의뢰자의 가슴인지, 내 가슴인지, 아니면 어린애들의 새처럼 작은 가슴에서 울리는 소리인지 분간할 수 없었다. "으응. 그러니까 우리가 엄말 보내 줘야지." 의뢰자의 눈빛이 잠시 흔들렸다. "그럼 엄마 다시 안 살아나?" 큰애가 눈을 동그랗게 뜨고 의뢰자에게 물었다. 망자에게서 한 걸음 떨어져 뒤돌아선 채였다. "으…… 응." 대답하면서 의뢰자는 나를 쳐다보았다. 쓸쓸하고 고요하고 막연한 눈빛이었다. 여느 때의 애들 엄마가 아니지 않느냐고, 고작 이런 정도로밖에 할 수 없었느냐고, 적어도 불평하는 것 같지는 않았다. "자, 어서 엄마한테 인사하자." 의뢰자가 다시 아이들을 양손으로 끌었다.

나는 도무지 그냥 있을 수가 없었다. "오래 기다렸지? 와, 엄마 만나기 되게 어렵다 그치?" 어깨를 으쓱하는 과장된 제스처까지 동원했다. "괜찮아요. 우린 엄마 매일매일 기다리거든요." 작은아이가 정색했다. 희디흰 낯빛이었다. 당연하다는 듯 심드렁하기까지 한 아이 앞에서 나는 아찔했다. "그랬구나! 엄만 행복하겠는 걸? 이젠 엄마가 기다려 줄 차례니까." 이별의식은 빠를수록 좋은 법이다. 나는 그렇게 생각하는 쪽이었다. 어떤 이별이든지 무론하고 한순간이면 족하다고. 설령 이별을 준비한 시간이 새털같이 많은 날들이었다고 하더라도 정작 잠시잠깐이면 충분했다. 가고 남을 사람은 이미 엄정하게 정해졌으므로. 나는 아이 둘을 망자 편으로 돌려세웠다. "아아! 엄마 얼굴이 좀 달라졌구나. 맞다! 로보카 폴리처럼 변신했나 봐." 아이들은 이해한다는 듯, 아니 수긍하겠다는 의지를 보이며 고개를 끄덕끄덕했다. "이젠 인사드려야지?" 의뢰자는 가만히 망자를 내려다보는 중이었다. "엄마…… 안녕 계세요." 작은아이가 먼저 고개를 꾸벅, 했다. "잘 있어. 엄마…… 지호하고 사이좋게 놀게." 큰아이는 숙였던 머리를 들지 않았다.

아주 잠깐 염습실은 적요했다. 누구 하나 기척하지 않았다. 아이가 고개를 들었을 때 나는 기어이 보고 말았다. 그렁그렁한 아이의 눈동자를. 고만고만한 연년생일 듯싶었는데 큰아이는 인생의 중대한 사건을 예감한 듯 표정이 자못 비감해 보였다. 촉촉해진 눈망울과는 다르게 입술을 앙다물었던 것이었다. "어서 빈소로 가세요." 나는 의뢰자를 재촉했다. "애들한텐 통과의례가 될 겁니다." 의뢰자는 변명하듯 말했다. 아이들이 미래 어느 한 날, 혹은 어느 한 시기를 구획하는 데, 죽은 엄마와의 재회가 혹여 긍정적으로 작용하더라도 과연 의뢰자가 내린 결정이 그다지 최선일 수만은 없으리라는 짐작이었다. "안녕!" 나는 활짝 웃었다. 고인 앞에서 찢어질 듯 입술을 벌려 웃어 보기는 처음이었다.

의뢰자와 함께 염습실을 나가던 아이가 문득 뒤돌아보며 내게 물었다. "로이, 엠버, 헬리 중에서 누가 제일 좋아요?" 작은아이였다. 돌발적인 질문에 나는 대답하지 못하고 머뭇거렸다. "난 로이가 엄마만큼 좋은데……." 말해 놓고 아이는 이내 출입문을 나갔다. 아이가 책망의 눈빛을 보냈던 것도 같다. 이미 누구누구라고 알려 주었는데 그 대답조차 못하다니. 사지선다형에 익숙했던 그 세월은 다 어디로 달아났을까. 의뢰자와 아이들이 나간 출입문에서 시선을 떼지 못했다. 누가 제일 좋아요?, 아이는 정말 내게 물었을까. 정작 내 뒤에 누워 있는 망자에게 묻고 싶었던 건 아닐까. 엄마만큼 좋은데……, 로봇장난감보다 엄마가 더 좋았다고 말하고 싶은 걸 아이는 제 방식대로 표현했는지도 모르리라. 그러므로 이별은 싫다고. 기다림은 기약조차 없다는 걸 이미 본능적으로 알아차렸을 테니까. 휴우, 긴 한숨에 더운 기운마저 섞였다. 입안에서 단내가 훅훅, 끼쳤다. 인생이 달콤하다면 고단한 단내조차 기꺼울 것이었다.

어지럽혀진 키트를 마저 정리했다. 뒤에 남은 망자에게 다가갔다. 복원된 얼굴을 다시 보니 그런대로 괜찮았다. 밝은 색조의 메이크업도 그런대로 어울렸다. '아이가 제일 좋아한답니다. 그런대로 괜찮은 인생이었군요.' 나는 무거운 키트를 들고 염습실을 나왔다. 저쪽 엘리베이터 쪽에서 균이 오고 있었다. 나 또한 그런대로 괜찮은 걸까?

16

겨울 고택은 황량하지 않았다. 돌담장 곁의 나뭇가지가 낭창낭창
했다. 바람은 뒷산 팽나무 숲에서 불어와 고택의 앞마당을 휩쓸고
사랑채를 빠져나와 담벼락을 때리면서 사방으로 흩어졌다. 바람이
지나간 자리를 찾아다니듯 우리는 고택 여기저기를 돌아다녔다. 애
랑은 방한복을 입었다. 입성이 날개라는데 날개를 달아 주면 바람
의 발원지까지 날아가도 춥지 않을 차림새였다. 단단한 채비였다.
고택 뒷산에서 이파리 한 잎 없는 팽나무 가지가 휘어질 듯 바람결
을 탔다. 나뭇가지는 흑갈색이었다. 내가 입은 코트와 같은 색이었
다. 딱히 의도하지는 않았으나 내 옷차림은 대개 채도가 낮았다. 화
사하고 밝은 원색의 옷가지는 장롱 구석 어딘가에 처박혔을 것이었
다. 채도가 낮은 옷차림은 시신 메이크업에 종사하면서 자연스럽게
붙은 습성이었다. 이를테면 손을 자주 씻거나 검정 구두를 즐겨 신
거나 또는 분무기 용기에 소독약을 가득 채워서 수시로 집안 곳곳에
분사하는 습관들 중의 하나였다. 웨딩 일을 겸할 때 입었던 대체로
환한 빛깔의 옷들은 좀체 장롱 구석에서 불려 나오지 못할 것이다.

주황색 상의에 진청색 하의를 입은 애랑은 퍽 쾌활했다. 흑갈색
팽나무가 뼈대를 보이고 돌담장의 나뭇가지가 메말라 흔들거렸으나
고택은 그다지 쓸쓸하지 않았다. 화려하고 밝은 그녀의 옷차림 때문

이었을까. 아니면 지난봄 찬연했던 신랑·신부의 추억 때문이었을까. 아무튼지 고택은 수액 진한 목조건물로 삐거덕거릴망정 황막하지 않았다. 겨울 고택의 그 거무튀튀한 을씨년스러움이라니! 출발 전의 짐작은 옳지 않았다. 애랑과 나는 숨바꼭질에 돌입하듯 집안 곳곳을 들쑤시고 다녔다. 혼자, 또 같이. 우리는 솟을대문을 함께 들어섰다가, 그녀는 뒤뜰로 나는 안뜰로 하릴없이 돌아다니며 기웃기웃하다, 다시 사랑채 앞에서 만나는 식이었다. 사랑채에서 만나 거기 툇마루에 잠시 엉덩이를 붙이고 앉았다 누가 먼저랄 것도 없이 일어서서 후원의 장독대를 향해 총총 간다. 그녀가 앞서면 내가 뒤따르고, 혹여 내가 앞서면 그녀가 내 뒤를 따라온다. 병아리가 암탉을 쫑쫑 따라가듯. 그저 그렇게 울레줄레.

안주인이 떠났지만 고택은 말끔했다. 주인 남자의 보살핌은 정성스러웠다. 이삼 일을 멀다 하고 청소를 하고 군불까지 지피는 열성은 가히 지극했다. 한낮쯤 고택에 도착했을 때 남자 주인은 아궁이에 불을 때는 중이었다. 조 대표가 미리 연락했지만 기별하지 않았더라도 매일이다시피 들르는 편이라고 했다. 머리가 반백인 주인 남자는 안채의 부엌에 철퍼덕 앉아서 우리를 맞았다. "어서들 오시게." 안주인을 먼저 보낸 탓인지 희끗희끗하게 센 머리가 더해진 느낌이었다. "마을 언덕에서 연기를 봤어요." 달뜬 목소리의 애랑은 주인 옆에 주저하지 않고 털썩 앉았다. 맞다. 마을 언덕에서 자동차가 스르륵, 미끄러지듯 내려올 때 나는 목격했다. 굴뚝에서 피어오르는 연기를…… 평화롭고 한가로우며 아늑하고 아득했다. 산과 들과 띄엄띄엄 엎드려 있는 가옥들. 연기는 뭉글뭉글 허공을 타고 있었다. 다분히 몽환적이었다. 여기가 어디일까? 단박 졸음이 몰려올 듯했다. 당장 차를 세우고 단잠에 빠져들고 싶었다. 조수석의 그녀만 아니라면.

애랑의 눈동자는 초롱초롱했다. 어린애의 동자처럼 맑아서 생기가 넘쳐났다. 견디고 있다고…… 견뎌 보겠다고……. 한 달 전의 통화가 믿어지지 않았다. 하긴 믿어지지 않는 일이 어디 난데없는 전화뿐이겠는가. 세상에 믿어지지 않을뿐더러 믿을 수조차 없는 일은 수두룩할 것이었다. "좀 들어 주지 그랬어요?" 조 대표가 장례식장 휴게실에서 나무라듯 말할 때까지도 도통 나는 이해할 수 없었다. 대체 무슨 자격 무슨 권리로 애송이 부부가 날 괴롭히는지. "그 사람 한국에 아무도 없어요. 가족도 친구도. 동행을 원합니다. 주인장께는 연락해 뒀어요. 부탁합니다." 조 대표가 정중해질 때까지 나는 인내심을 갖고 경청했다. 너희들이 안팎으로 날 희롱하려 드는 이유가 뭐니?, 따져 묻고 싶은 걸 꾹, 참았다. 참을 수밖에 없었다. 이변이 일어나지 않고서야 균의 유학 생활은 지속될 것이고, 혹여 이변이 일어나서 학비 지원마저 끊긴다면 더더욱 '모심'을 떠날 수는 없을 테니까. 그러므로 나는 '동행'에 초점을 맞추면 될 것이었다. 동행, 그 이상도 이하도 아닌, 단지 그녀를 데리고 고택을 한번 다녀오면 될 일이었다. 토론토에 가족 친구 모두 놔두고 널 따라왔는데 고작 넌 놀아나는 거냐고, 꼰대처럼 훈계해야 할 자격은 이미 박탈당하지 않았던가. 자격과 권리는 애송이 부부뿐 아니라 내게도 있을 수 없었다.

아궁이 속에는 장작개비가 타고 있었다. 불덩이는 주황빛이었다. 노을 같기도 애랑의 방한복 같기도 한 색깔이었다. 타닥타닥, 소리를 냈다. 불의 호흡일까. 장작개비의 탄식일까. 호흡 같기도, 탄식 같기도 했다. 늙수그레한 주인 남자의 손마디가 굵었다. 아궁이 속으로 장작개비를 밀어 넣는 그의 손이 거칠었다. 가마솥에서 김이 모락모락 피어났다. 언덕을 내려오면서 본 연기처럼 뿌옇게 올라왔다. "물이오. 추위에 물이라도 데워 놔야지." 가마솥에서 시선을 떼지 못하는 나를 보고 그가 말했다. 부엌을 둘러본다. 시렁 위에 대바구니며 놋그릇, 넓적한 채반이 놓여 있다. 지난봄에도 있었던 물건이었을까. 그런 것도 같다. 집기들은 그 자리에 그대로인 듯했다. 그런데 어쩐 일인지 그때보다 훈훈해진 느낌이었다. 겨울임에도. "집 놔두고 여기서 보내는 게 소일이오. 관리인이 어디 따로 있나? 내 손때 묻고 내 발 닿은 곳곳이니 내가 쓸고 닦고 고쳐 줘야지." 그는 오랫동안 묵언 중에 있었던 사람이었을까. 말할 대상이 필요했는지도 모르겠다.

옆에 앉았던 애랑이 물었다. "그럼 계속 여기 사세요?" 그녀의 얼굴이 장작 불빛에 비쳐 불그죽죽했다. 이글거리는 불길에 따라 광대뼈가 시시각각 확대·축소되었다. 웬일인지 비현실적으로 보였다. 시공을 초월한 다른 세계에서 지금 막 도착한 처음 보는 생명체처럼 실제로 존재하는 그녀와는 매우 동떨어진 이미지였다. 불덩이가 주황빛 노을이나 그녀의 방한복 같기도 한 것처럼. 아궁이에서 땔감

216

타는 소리가 불의 호흡이나 장작개비의 탄식 같기도 한 것처럼. 실제성은 환각의 속성을 내포하는지도 모르겠다. "아무 데 살면 어떻소. 내 편한 곳이 제일이지." 그는 지난봄 일행이 밥을 얻어먹은 그 집에서보다 고택에서 지내는 시간이 더 많은 눈치였다. 왜 아니겠는가? 안주인을 잃었으니 그 홀로 새털같이 많은 날들을 무슨 수로 살아내랴. 그가 무릎을 곧추 세우더니 일어난다. 일어날 때 양손을 양 무릎에 올려놓더니 끄응, 힘을 준다. 살아가노라면 그의 날들도 스러져 가리라. 닳아서 무디어진 그의 무릎 연골처럼.

벌겋게 달구어진 아궁이 저쪽으로 작달막한 문이 보인다. 퍽 익숙한 문이다. 단 한 번뿐이었는데……. 사실, 처음 부엌에 들어서는 순간부터 나는 그 문을 주시했다. 그대로구나! 안도감은 썩 유쾌하지 않았다. 다시 그 문을 뚫어져라 쳐다본다. 오랫동안 잠재워 왔던 비의가 기지개 켜듯 스르륵, 고개를 쳐들었던 그 광문을……. "방으로 들어들 가요. 차는 대접할 수 있소." 그가 부엌문을 나간다. 잿빛 작업복 바지가 수도 없는 구김에서 풀려난다. 마치 그의 시름이 셀 수 없었던 것처럼. 시름은 아궁이 불처럼 우럭우럭 탈 것이었다. 불의 세기가 더해 가듯 시름 또한 더해져서 종내는 광 속으로 안주인을 몰아넣지 않았던가. 과연, 뜨내기였던 나조차도.

한옥 체험을 하러 온 건 아니었다. 계획에도 없던 일정을 소화해 내는 일은 대단한 인내를 요구했다. 견디고 견뎌 내는 쪽은 애랑이 아니었고 바로 나였다. 날이 저물어도 그녀는 돌아갈 생각을 하지 않았다. 돌아갈 생각은 하지 않고 안방에 앉아 감잎차를 음미해 가며 아주 느리게 마셨다. 세상에서 그토록 느린 동작이라니? 예를 다하듯 두 손으로 다관을 잡고 정성스럽게 찻잔에 찻물을 내렸다. 다관에서 찻물이 흘러내리는 소리는 들릴 듯 말 듯했다. 그녀의 절도 있는 동작으로 찻물은 한 지점에만 정확하게 떨어졌다. 윗목에 가지런한 전통 다기 세트는 투박하게 구워 낸 도자기였다. 고택의 가재도구 어느 것 하나 세월의 묵은 때가 고스란듯 다기 역시 오래되기는 마찬가지였다.

그녀는 탕관을 들고 부엌을 오갔다. 가마솥 뜨거운 물을 탕관에 담다가 격식을 갖추어 차를 만들었다. 다도의 예법은 언제 배웠을까. 문외한인 나는 그저 짐작으로 그녀의 동작을 따라 시선을 이동했다. 뜨거운 물로 찻잔을 예열하거나, 끓인 물을 적당한 온도로 식혀 주는 그릇에 붓는 동작이며, 다관에 찻잎을 넣고 그릇의 식힌 물을 붓는 일련의 절제된 행동을. 그녀는 제법 고택의 안주인이 된 듯했다. 늙수그레한 주인 남자 역시 그녀의 동작을 물끄러미 바라볼 뿐이었다. 외려 주인 남자를 손님으로 착각할 정도였다. 그는 윗목 한편에 가만 앉아 있었다. 다반 위에 오종종하게 모여 있던 다기 중의 하나이듯. 대체 언제 일어날까? 느릿느릿 차를 마시는 그녀와 점점 그늘져 가는 창호지문을 번갈아 가며 쳐다보면서 나는 남은 찻물을 퇴수기에 부었다. 퇴수기에 물이 차올라도 그녀는 감잎이 우려나기를 참을성 있게 기다렸다가 느긋느긋 차를 마셨다.

"늦지 않을까요?" 그녀와 달리 조급한 내가 물었다. "늦긴요? 얼마나 기다렸던 여행인데요." 여전히 그녀는 늑장부렸다. 다시 찻물을 찻잔에 내리는 중이었다. "아무래도 내일 일이라도……." 채 말이 끝나기도 전이었다. "내일 일은 내일 일일 뿐예요. 오늘은 오늘이죠." 말해 놓고 그녀는 찻잔에서 입술을 떼지 않았다. 주인 남자가 퇴수기에 찻물을 부었다. "늙은이는 사랑채로 건너가외다. 벽장에 이부자리 있어요." 그는 이미 알고 있었을까. 애송이 부부도 서로 알고 있었을까. 애당초 '동행' 그 이상도 이하도 아닌 고택 방문은 방문이 아니라 숙박이 되어 버렸다. 내가 왜 그녀와 하룻밤을 지내야 하는 걸까. 조 대표와의 하룻밤은 호모루덴스로 치부하더라도 그녀와의 하룻밤은 도통 이해할 수 없었다. 대체 그녀와 한옥 체험이며 전통차 예법을 배워야 할 이유가 무엇인가? 게다가 그것도 모자라 한 이불 속에서 하룻밤을 지내야 하다니! 아아, 나는 그녀와 놀 수 없었다. 정말이지 놀 방법이 묘연했다. 알 길이 없어 답답하고 아뜩했다. 향은 부드럽고 은은하지만 맛은 떨떠름한 감잎차처럼. 조 대표의 선처인지 조처인지 콜은 오지 않았다. 콜이라도 오길 바랐다. 애랑과 밤을 새워 가며 노는 것보다는 차라리 염습실에서 망자의 얼굴을 밤새 단장하는 게 나을 성싶었다. 어느 고인과 도란도란 이렇듯 얘기하면서 말이다.

'순간이었다고요? 이렇게 수를 다했는데요? 아아, 그렇군요. 맞아요, 눈 깜짝할 새…… 화살이 날아가듯…… 정말 그런가요? 예, 아직은 모르겠습니다. 웬만큼 하라고요? 아니요, 색조만은 신중해야 합니다. 가만히 계세요. 호호, 그렇군요. 착각했어요. 이미 죽음이

다녀간 걸요. 그놈이 군홧발을 신고 왔던가요? 설마 예쁜 꽃신 신고
저벅저벅 걸어올 순 없었을 테지요. 예예, 이제 끝나갑니다. 주름도
죄다 펴졌고 연분홍 볼이 아주 고와요. 그대로…… 편안히…… 홀
홀…… 가셔요.'

　애랑은 자꾸 내 손을 잡아끌었다. 아랫목을 놓고 우리는 실랑이를
벌였다. 초저녁에 주인이 화롯불을 마련해 주었다. 장작토막은 제
몸에 새빨간 불덩이를 맥질해서 뜨끈뜨끈했다. 그녀가 준비해 온 도
시락을 주인은 한사코 거절했다. 홀로 먹는 밥이 여간 편하다고, 혼
자서도 밥을 먹을 수 있다는 걸 이 나이에 알았으니 세상 헛살았다
고, 자조 섞인 미소였다. 소풍 온 아이들처럼 우리는 화롯가에서 도
시락을 까먹었다. 고작 샌드위치와 과일 몇 알에 불과했지만 허기는
면할 수 있었다. 어둠은 빠른 속도로 고택을 삼켰다. 우리가 화로
곁에서 샌드위치를 우걱우걱 먹었던 것처럼. 문밖이 칠흑같이 어두
워서 여차하면 그 어둠이 창호지문을 습격할 기세였다.
　결국 내가 싸움에서 지고 말았다. 그녀는 완강하게 아랫목에다 나
를 떠밀었다. 우리는 나란히 누웠다. 별다른 놀이 방법이 없었기 때
문이었다. 그 진작 뒷산 팽나무 숲에서 바람 소리가 났다. 쏴쏴, 바
람은 치렁치렁한 팽나무 가지를 때리고 우우, 안채로 몰려들었다.
문설주와 대청마루며 기와담장에도 여지없을 것이었다. 웃풍이 좀
있을 거라며 주인은 역시나 아주 오래된 낡은 화로를 들여놨다. 놋
재질의 화로였는데 애랑은 눈을 휘둥그레 뜨고 이리저리 뜯어봤다.

"자연난로예요?" 그녀는 신기해했다. 세상에 태어나서 처음 본다고도 했다. "뭐든 처음은 설레져요. 오늘밤도요." 고택에서의 숙박을 그녀는 흡족해했다. 바람 소리만 아니라면 내게도 그럭저럭한 숙박일까. 낮에 도착해서 이리저리 고택을 들쑤시고 다니다가 안채 뒤, 팽나무 숲을 발견한 게 문제였을까. 당산나무처럼 치렁치렁 늘어진 흑갈색 팽나무 가지들이 머릿속에서 쉽게 사라지지 않았다. 너무 오래 너무 많이 살아온 나무였다. 나뭇가지가 기와담장에 닿을락 말락 했다. 기와는 손만 대면 삭아 내릴 듯 꽤 오랫동안 부식이 진행되는 중이었다. 긴 세월 팽나무는 고택을 내려다보았을까. 기와도 대문도 문지방도 사람조차도 죄다 퇴락하는 이 집을. 세월을 견디기가 지난하다는 걸 증명하듯. 윗목에 화로가 덩그맣다. 붉은 기운이 씨앗처럼 오롯했다.

좀체 잠이 오지 않았다. 애랑은 기척이 없었다. 벌써 잠든 걸까. 화로의 불씨가 깜깜절벽인 방 안에서 전선을 지키듯 어둠을 방어했다. 누워서 나는 안방을 휘, 둘러봤다. 텅 빈 공간이었다. 가재도구 하나 남아 있지 않은 빈방에서 애랑은 어쩌자고 잠을 자기 원했을까. 안주인이 떠올랐다. 해거름에 애를 닳게 했던 감잎차도…… 마지막 만든 감잎차라고 했다. "저걸 다 만들어 놓고 운신 못했지." 찻잔을 내려다보는 주인의 눈빛도 방안처럼 텅, 비어 있었다. 초여름에 푸르러 무성했던 감잎을 따서 정갈하게 씻고 찜통에서 쪄낸 후 그늘에서 몇 날 며칠 말렸을 테지. 날이 갈수록 돌돌 말려들던 감잎을 세세히 한 장 한 장 펴 주었을지도 모를 안주인의 손을 생각했다. 지난가을, 안주인의 손을 잡았던 기억을 떠올렸다. 그때, 온기가 남아 있었다. 메이크업 전 그 손을 잡았을 그때. 그 손으로 정성스럽게 만들어 놓은 감잎차를 염치없이 마셨다. 그녀는 가고 없는데……. 주인 없는 방에 무단침입자처럼 우리는 버젓이 누운 것이었다. 살아 있는 자의 특권을 행사하듯. 대개의 특권은 또 그렇듯 무지막지하지 않던가? 안주인이 떠난 고택 방문은 우악스럽기 그지없었다. 단박에라도 창호지문을 뚫을 것 같은 밖의 어둠과 우리는 다를 게 없었다. 침략자는 칠흑 같은 밤과, 그 밤의 사나운 바람 소리와, 그 밤에도 여전히 귀신처럼 늘어진 팽나무만이 아니라, 우리 둘에게도 해당되었다. 꿈틀, 기척 없던 애랑이 침략자의 본성을 드러내듯 움직였다. 모로 눕더니 이내 반듯하게 전신을 폈다. 그러더니 그보다 더 음울하거나 그보다 더 암담할 수 없는 이야기를 꺼냈다.

"내일도 해는 뜨겠죠. 눈 뜨는 아침마다 떠 있는 해가 두려워요. 때때로 해를 먹어 삼키는 꿈을 꾸죠. 집채만큼 커다란 해를 내가 집어 삼켜요. 불처럼 이글이글 타오르는 해를 나는 두 눈 딱 감고 넘겨요. 내 목구멍은 불탄 잿더미처럼 새카맣게 타 버리죠. 숯덩이로 변한 내 목구멍이 괴물 같아서 꿈속에서 엉엉 울기도 해요. 서러워서요. 울다가 깨어나죠. 그럼 창문으로 햇볕이 쏟아져요. 눈을 뜨는 순간 내가 집어삼킨 해를 만나죠. 그건 아주 두려운 일이에요. 일어나면서 내가 가장 먼저 확인하는 건 목이에요. 침대를 내려와 화장대 앞에 앉아 목구멍을 관찰하죠. 검고 어두운 구멍이 거울에 드러나요. 숯덩이는 아니어도 언젠가는 숯덩이가 될, 깊고 어둡고 빨려

들듯 미끌미끌한 목구멍을요. 내일도 해가 뜰 거예요. 오래오래 묵은 이 집만은 좀 늦게 떠오를까요? 그랬으면 좋겠어요. 제발…… 제발……요."

아아, 나 또한 제발…… 제발…… 멈추기를 바랐다. 그녀의 어둡고 무모하고 무서운 꿈 이야기가. 속히 결딴나기를 바라는 것처럼. 나는 아무런 말도 하지 않았다. 자는 척했다. 아니, 실제로 가수면 상태였을까. 나야말로 그날 밤 꿈을 꾸었다. 안채 뒤, 팽나무 숲에서 거대한 나무줄기들이 칡넝쿨 뻗듯 고택을 휘감았다. 푸른 잎사귀 한 잎 없는 나뭇가지들이었다. 완전한 흑갈색 팽나무 가지였다. 그것들은 마법이듯 안채 뒤 숲에서 쭉쭉 뻗어 내려왔다. 단박 삭아 내릴 것 같은 기와담장을 넘어오고 뒤뜰에 당도하더니 이내 안채 기둥들을 타고 올라갔다. 눈 깜짝할 사이에 날렵한 촉수를 뻗어 처마에 오르고, 대들보와 서까래를 동여매더니, 여지없이 기와지붕까지 뻗어 올라가서 마치 덩굴식물이듯 안채 전체를 흑갈색 줄기로 칭칭 감아 버렸다. 대청마루와 토방이며 안방 문까지 침입했다. 전무후무한 침략이었다. 흑갈색 나뭇가지들이 뱀의 혀처럼 날름거리더니 안방 문을 스르륵, 휘감았다. 나 역시 꿈속에서 소리쳤다. '제발…… 제발…… 멈춰!'

어김없이 해가 떴다. 애랑의 바람대로 떠오르는 해는 늦출 수 없었다. 인간의 시간이 착착, 톱니바퀴 물리듯 해의 시간 역시 착착, 진행된다. 안채 뒤 팽나무 숲도 어제와 다름없었다. 여전히 흑갈색 치렁치렁한 줄기를 고택 기와담장에 내려뜨린 채였다. 어제와 같은 오늘이어도 어제는 어제의 무늬가 오늘은 오늘의 무늬가 엄연하리라. 창호지 문에 햇살이 이룽이룽할 때 눈을 떴다. 눈을 뜨자마자 기다렸다는 듯이 콜이 왔다. 남·78세·자연사. 수월한 일정이었다.

서둘러 고택 마당을 나올 때 주인의 모습이 보이지 않았다. 사랑채를 기웃거리고 안뜰과 뒤뜰을 뒤져도 보이지 않았다. 뒷문을 돌아가 정원수가 우거진 정자를 거쳐 심지어 장독대까지 찾아보았다. 주인은 고택과 몇 년 전 신축한 살림집을 오가는 형편이었으므로 나는 찾기를 포기하고 마당으로 돌아왔다. 돌아왔을 때, 애랑 역시 보이지 않았다. 주인을 찾아 나선 거라고, 잠시 마당에서 서성였다. 자연사한 노인이더라도, 아무리 수월한 일정이더라도, 상갓집은 상갓집마다의 까다로움과 말 못할 어려움이 있게 마련이었다. 콜을 받은 걸 번연히 알았던 그녀였다. 어디로 갔을까? 애랑은 전화를 받지 않았다.

주인의 전화번호를 모르는 나는 조 대표에게 전화를 걸었다. "올라가야 하는데 두 사람 다 없어요. 감쪽같이." 말을 해놓고 보니 정말 그들이 사라져 버린 것 같았다. 오래오래 묵은 이 집에 나만 놔두고. "그 집이 워낙 넓지 않습니까? 나타나겠지요. 수증기니 증발했겠습니까? 땅이 꺼져 삼켰겠습니까? 수백 년 된 집터가 싱크홀 일으킬 까닭은 없겠지요. 천천히 올라오세요." 조 대표는 느긋했다. 콜을 받은 사실을 모르는 것처럼 굴었다. '이봐요, 대표님? 메이크업이 경쟁력이라면서 콜은 괜한 겁니까? 아하, 그렇군요. 아내를 위

224

해서니까? 좋아요. 댁의 아내와 실컷 놀아 주지요. 맥과도 무지막지
하게 놀았으니까.' 비아냥거리고 싶었으나 꾹 참았다. 그의 천연덕
스러움이 얄미웠다. 시치미 뚝 뗀, 아무렇지도 않은 태도에 질린 걸
까. 아니면 나는 애랑을 시기하는 걸까. 나조차 나를 알 수 없었다.
나를 알 수 없어서 나는 차라리 조 대표에게 알았다고, 알았으니 찾
아보겠다고, 대답했다. 툭, 끊긴 전화기를 코트 주머니에 질러 넣고
하늘을 올려다봤다.

　겨울 하늘이 겨울하늘답지 않게 청명했다. 지나치게 밝아서 싸
했다. 고개를 들자 눈이 시려 왔다. 애랑은 어디로 갔을까? 주인은
또? 조 대표의 말마따나 공중으로 증발할 수도 땅속으로 꺼질 수도
없을 것이었다. 나야말로 공중으로든 땅속으로든 사라져 줄 지경이
었다. 바람이 불어왔다. 바람이 불어 내 발치에다 말라빠진 잔가지
하나를 몰아다 놓고 휘익, 가 버렸다. 어떤 시인은 바람이 부니 살
아야겠다고 다짐했는데 나는 아무래도 그 바람 따라 어디로든 사라
지고 싶은 심정이었다. 터벅터벅, 다시 솟을대문으로 들어가서 삭
아 내릴 것 같은 행랑채를 지나 사랑채에 멈춰서 기웃거리다가 안채
로 들어갔다. 도통 사람 기척이라고는 없었다. 적요했다. 안채 마당
에는 바람마저 없었다. 쨍쨍한 햇빛만이 칼날같이 추운 날을 떠받들
고 있었다. 퇴색된 나무기둥이 가옥을 떠받치듯. 몸피가 쩍쩍 갈라
져 죄다 금이 간 채로 기둥들은 안주인 없는 안채를 떠받치고 있었
다. 아주 오래 산 노인의 주름살처럼 기둥마다 나이테가 드러나 있
었다. 하나 둘 셋 넷.

기둥을 지나 먹빛으로 퇴색된 부엌문을 열었다. 북어처럼 바싹 마른 부엌문은 생각보다 둔중했다. 아무도 없었다. 열었던 문을 닫다가 나는 무심코 한 발을 들여놨다. 턱이 깊어서 하마터면 넘어질 뻔했다. 아궁이에 불씨가 남아 있었다. 불씨는 잿더미 속에서 석류처럼 고왔다. 채 꺼지지 않고 채 사그라지지 않은 그것을 들여다봤다. 아궁이 앞에 쭈그려 앉아서. 그러고 보니 새벽녘인지 이른 아침인지 방바닥이 뜨거워지는 걸 느꼈다. 뒷산 팽나무가 물귀신처럼 줄기를 뻗어 삽시간에 고택 전부를 휘감아 버린 무자비한 꿈을 꾸고 난 후였다. 언뜻 보니 창호지문이 어슴푸레했다. 그때 부엌에서 딱딱, 소리가 들렸다. 주인은 일찌감치 군불을 지폈을 것이다. 마른 나뭇가지를 딱딱 끊어서. 주인 없는 그 방의 뜬금없는 객들을 위하여. 뭉클했다. 어슴푸레한 창호지문…… 아궁이 앞의 중늙은이…… 그리고 바로 옆에서 웅크린 채 잠자는 그녀……. 차라리 꿈속 팽나무가 저 땔감이기를 바랐다. 어머니의 자궁 속에 든 태아처럼 잠자는 애랑이 사나운 꿈에 시달리지 않기를 바랐다. 미명은 격정을 잠재우기에 충분했다. 희미하고 흐릿하고 모호한 세계 때문에 우리는 숨을 쉬고 틈을 허락받는지도 모르겠다. 나는 안도했다. 구들장이 데워져 아랫목은 한동안 따뜻했다.

아궁이에서 석류 같은 불씨가 명멸할 때, 불현 무언가가 머릿속을 획, 스쳐갔다. 부엌 저쪽 후미진 그곳이 득달같이 동자 속으로 달려든다. 벌떡 일어나 한달음에 가서 광문을 열었다. 삐거덕, 문이 열린 순간 나는 멈춰 서고 말았다. 그들이 앉아 있었다. 거기, 멍석 위에. 신발 두 켤레가 나란했다. 털신과 운동화. 그들은 말없이 찻잔을 들고 있었다. 마주 앉아서. 느려 터지게 감잎차를 또 마시고 있다. 거기, 광 속에 들어앉아서. 게다가 안주인의 멍석 위에서. 아무려나, 내가 누웠던 그곳에서.

"여기 계셨더라고요. 술래에게 잡힌 거예요."

애랑은 수줍게 웃었다. 잘못을 저지른 어린애처럼 주눅이 든 것도 같다.

"안사람 가고 여기서 시간을 죽치지. 아마 안사람이 이 자릴 물려주고 간 것 같소. 그만 일어납시다."

달랑 찻잔을 들고 주인 남자가 일어난다. 애랑도 따라하듯 찻잔을 쥐고 일어선다. 그녀의 주황색 방한복이 너무 화려하다. 광 속의 멍석. 그건 한 장의 흑백 사진이었다. 세상의 화려한 컬러를 일시에 정지시키는 흑백 사진을 나는 더 찍어 두고 싶다.

"아직 괜찮아요. 앉으세요."

두 켤레 신발 옆에 나 또한 구두를 다급하게 벗는다. 멍석이 비좁을까, 그런 건 상관하지 않아도 된다. 귀퉁이라도 괜찮다. 엉덩이를 붙이고 앉아 있을 수 있다면. 어두침침한 공간의 가느다란 빛줄기. 턱, 자리 잡은 우람한 뒤주가 빛을 차단한다. 뒤주 뒤로 원망이 서린 서늘한 형체가 바로 그림자다. 빛과 그림자. 흑백 사진의 매력이다. 일순, 시간이 멈춘 듯하다. 그렇다면 간밤 꿈속에서 멈추라고 절규했던 것은 시간이었을까. 그들은 슬슬 내 눈치를 보면서 다시 멍석 위에 앉는다.

"여기 오고 싶었던 건 바로 저였어요. 쉬고 싶었거든요. 일도 놀이도 지쳤어요. 그 진작 휴식이 절실했어요. 여기 광 속이."

멍석에 앉아 나는 되는 대로 지껄였다. 물론 피로를 푸는 공간만은 아니었다. 잊었던, 잊었다고 여겼던 과거의 비의가 와락, 머리를 풀어헤쳤으니까. 머릿속이 먹먹하다. 아무런 생각도 없다. 작업을 재촉하는 콜도, 태평양 건너 균도, 그 무엇도.

"험악하오. 그 일이…… 모름지기 일이란 맞춤할 수만은 없소만. 해도 어느 만큼은 궁합이라는 게 있는 법이지."

주인은 빈 찻잔을 들여다보고 말한다. 애랑도 나도 보지 않는다. 난처할 것이었다. 나는 모심의 유일한 경쟁력에 다름 아닌 시신 메이크업 아티스트가 아닌가? 그것도 단 한 명뿐인. 균이 그런 것처럼 고택 주인에게도 시신 메이크업은 '그 일'이었다. 작달막한 창으로 햇빛 한 줄기가 들어온다. 지난봄과 여전하다. 쉼을 얻는 유일한 장소…… 휴식처……. 안주인이 떠난 광을 나는 차마 침입할 수 없었다. 몇 번이고 광문을 열어 보고 싶었다. 아니, 멍석이 그대로 펼쳐 있다면 거기 누워 내 피로를 풀고 싶었다. 그러나 그럴 수는 없었다. 침입자가 될 수 없었을 뿐 아니라 또 다른 비의가 그악스럽게 달려들리라는 예감도 없지 않았다.

주인의 권면을 당장 수락할 것처럼 나는 전화기를 꺼냈다. "찾았어요. 하지만 오늘 일은 어렵겠군요." 듣는지 마는지 대답조차 들어 보지 않고 나는 전화를 끊었다. 무례한 전화였다. 수를 다한 남자 노인에게 색조까지 덧칠할 게 무어냐고, 피부 화장 정도면 그런

대로 봐줄 만하니 장례지도사가 겸하면 되겠다고, 친절하게 굴지 않았다. 더군다나 조 대표와는 상관없이 팀원에게 전달해도 무방할 것이었다. 주인의 말은 잘 벼린 칼날 같아서 벌떡벌떡 뛰는 심장조차 갈라 버릴 듯했다. 낮게 가라앉은 차분한 음성이었다. 마치 나를 훤히 꿰뚫어 본 예리한 예언처럼 들렸다. 밑도 끝도 없이 조 대표에 대한 적의가 치밀었다. 아궁이 속 불쏘시개처럼 확확. 조 대표의 정규직 제안을 덜컥, 받아들인 스스로에게 어쩌면 더 분노했는지도 모르겠다. 모심이 적임지라고, 모심에서 고인을 모시고, 모심에서처럼 고인을 모시듯 균을 정성껏 돌봐 주면 되는 거라고 수도 없이 마음먹지 않았던가. 아아, 그렇더라도 '그 일'은 '그 일'이었다. 내 속에서 비의가 똬리 틀도록 자리를 내어주는 일이었다. 그것은 내부에서 얼마나 단단하게 커 갈 것인가. 종당에 바위처럼 무거워서 한순간 심장을 눌러 버릴지도 모를 일이었다.

시간이 멈춘 것처럼 모호한 흑백 사진은 생각지도 못한 사람이 찍고 있었다. 김 작가였다. 마당 가운데서 솟을대문에 렌즈를 맞춘 그를 누가 상상했겠는가! 놀라기는 그도 마찬가지였다. 우리 셋은 그 순간 솟을대문을 나오고 있었다. 렌즈는 밀려나듯 주춤, 뒤로 물러났다.

"웬일이오? 소식도 없이."

휘둥그레 토끼 눈을 뜬 주인이 물었다.

"그냥 지나는 길에⋯⋯."

그가 한쪽 다리를 구부린 그대로 뒷걸음질했다. 비칠비칠. 카메라가 그의 가슴을 만만찮은 중량감으로 누르기라도 하는 걸까. 누구보다도 놀란 사람은 나였다. 스페인이든 이태리든 그는 외국의 낯선 거리 낯선 사람들 속에 있어야 하지 않았던가. 하몽을 먹던 영애를 떠올린 건 당연했다. 마스카라가 잔뜩 번진 얼굴을 해가지고 하몽을 잘근잘근 씹던 그녀를.

"흑백이미지가 몇 컷 필요한데 마침 지나는 길에……."

흡사 사거리의 교차지점에서 어느 길을 선택해야 할지 몰라 서성이는 것처럼 그는 두서없었다. 왜 아니겠는가? 하릴없이 카메라 둘러메고 '그냥' 지나가기도 '마침' 지나가기도 해야 하는 처지가. 게다가 내게 친구랍시고 미주알고주알 일러바치는 영애의 얇은 입술은 달콤함을 지나쳐 때때로 고역일 것이었다.

"흑백사진요? 제가 모델이 될게요. 마침, 잘됐어요. 토론토에 사진을 보내 줘야 해요. 한국적 이미지면 더 좋아할 거예요. 이민 10년차인데 엄만 지금 향수병을 앓아요."

애랑은 또 거침없어지는 중이었다. 그녀의 감정은 상승하고 있었다. 가파르게. 한없이 늘어나는 고무줄처럼 그녀는 감정의 줄을 조절하지 못하는 상태였다. 눈앞에 팽창한 고무줄이라도 보듯 나는 조마조마한 심정이었다. 지난가을 산행에서처럼.

"마침, 나도 찾던 겁니다. 한국적 이미지."

김 작가의 '마침'과 애랑의 '마침'은 우연을 가장한 필연처럼 '마침맞아' 떨어졌다. 웬일인지 그녀가 다시 사진을 찍기 위해 고택에 온 것처럼 여겨졌다. 세상에 없는 단 한 장의 흑백사진을 얻기 위하여.

"혹시 토론토는 그냥 지나치지 않았나요? 마침내 갈 수도 있었을 텐데요."

나는 밑도 끝도 없이 말했다. 무슨 소리인가 싶어 주인과 애랑이 동시에 내게 시선을 보내왔다. 시선을 어디다 둘지 모르는 김 작가의 어색한 표정도 뒤따랐다.

"글쎄 말입니다. CN타워에서 나이아가라 폭포까지 보고 올걸 그랬나요?"

"골프와 와인처럼 돈 들어가고 정성 들어갈 애들은 어쩌고요?"

골프와 와인 얘기를 늘어놓으며 횡설수설하던 영애였다. 화장이 얼룩져서 우스꽝스럽던 그녀의 얼굴을 흑백사진으로 담으면 어떨까. 가장 한국적인 어머니상이 될까. 자식을 위해서 울고 웃는.

"들어온 거 알리지 않았어요. 다시 나가야 할지도 모릅니다."

"김 작가가 예술사진 때문에 누군가는 평생 흑백사진처럼 살아간다는 걸 잊지 마세요. 먹구름 낀 것처럼 우중충하게요. 김 작가는 순간을 영원처럼 사진 한 장으로 간직하고 싶겠지요. 하지만 그 순간마저 영원처럼 영영 걷히지 않는 먹장구름 속에 사는 사람을 생각해보세요. 흑백사진…… 수백 년 고택의 소나무 결이 은은하고 멋스러운 한국적인 이미지…… 빛과 그림자만으로 미적 감동이 충만한 그것…… 마땅히 황홀하겠지요. 그러나 황홀경은 잠시잠깐이면 아주 충분하죠. 사는 건 그다지 감격스럽지 않다는 걸 우린 너무 잘 알고 있기 때문이에요."

내 말은 필요 이상으로 길어졌다. 김 작가의 비밀을 발견했으므로 나는 기세등등해진 걸까. 비밀은 비의(秘儀)의 씨앗이 되어 또 다른 비의(悲意)를 양산하는 걸 나는 이미 오래전에 알아 버리지 않았던 가? 비밀은 안중에도 없었다. 이미 내 비밀은 씨앗일 수 없었다. 과연, 그 씨앗의 정체를 나조차 식별할 수 없을 것이었다. 어떤 종에서 파생되었고 몇 번의 돌연변이를 거쳤는지. 자연도태와 적자생존 중 어느 쪽인지. 가늠할 수 있는 것은 전자였다. 퇴화에 퇴화를 반복하다가 결국 도태될 것이었다. 흔적 없이 사라지는 그것. 나는 매우 대담해졌다. 내가 시신 메이크업에 종사한다는 걸 김 작가와 영애, 또 다른 누가 알아도 개의치 않을 작정이었다.

"감격이 없어서 사진을 찍는 거요."

"좋을 대로 하세요. 어떤 피사체도 순간을 영원처럼 담보할 순 없으니까!"

김 작가는 아주 잠깐 나를 쏘아보더니 짧게 말하고 솟을대문 안으로 발을 들여놨다. 나는 사라지는 김 작가의 등 뒤에 거머리처럼 달라붙듯 주먹을 불끈 쥐고 큰소리로 말했다. 주인은 근심스러운 눈빛으로 나를 쳐다보았고 애랑은 김 작가 뒤를 따라 들어갔다. 아무려나, 그녀의 발걸음은 총총, 가벼웠다. 대체 그녀는 순간이 영원을 포착한다고 믿는 걸까?

김 작가의 말은 옳았다. 감격이 없어서 사진을 찍고 그림을 그리고 글을 쓰고 감격이 없어서 무대에 오르며 피아노를 치고 나무와 돌과 쇳덩이까지 깎는다. 감격 없는 세상에서 감격스러움을 찾기 위하여. 김 작가의 사진과 오래전 내 글은 죄다 감격을 위한 노역의 산물이었다. 노역은 감격 어릴 때에만 가능했다. 참 얄궂은 산물이었다. 감격 없는 세상에서 겨우겨우 감격스러움을 찾아 감격어릴 그때에만 혹사당하는 식이었다. 매번 감격하는 데 실패했고 번번이 감격스럽지 못해 좌절했다. 감격의 기운이 서리기는 가뭄에 콩 나듯 아주 인색했다. 혹여, 김 작가는 지금 감격 어린 탓에 카메라를 둘러메고 다니는 걸까. '그냥' 지나치거나 '마침' 지나치는 걸까. 그렇다면 천만다행이리라. 설령, 그렇지 않더라도 나는 속히 김 작가가 감격을 찾길 바랐다. 감격 없는 세상에서 감격스러움을 찾아내 감격 어린 기운으로 많은 사람들에게 그 감격을 선물하기를. 부디, 김 작가의 흑백사진이 사람들에게 감격무지하기를…….

17

　도무지 공감할 수 없는 제안이었다. 공감은커녕 이해되지도 않았다. 이해되지 않을뿐더러 사업성조차 없었다. 시신 메이크업 전문인 양성이라니? 게다가 그걸 맡아 달라고? 말이 되지 않는 말을 하므로 도통 말할 엄두조차 나지 않았다. 나는 창 너머로 눈길을 꽂은 채였다. 유유히 흐르는 강줄기를 한눈에 볼 수 있는 카페였다. 입술을 꽉 다물고 강물에 물귀신 넋이라도 찾듯 하자 조 대표는 차근차근 설명했다.

　"내 말대로 따라오면 됩니다. 따라오기만 하면 문제가 없어요. 자, 그러니까, 그게, 이런 겁니다. 졸업생들이 삼월에 쏟아질 테니 걔들을 이용하자는 취지예요. 취직 보장되고 수입 괜찮다 하니까 장례학과 지망한 애들이 어디 한둘입니까? 막상 현장에 투입시켜 보십시오. 꺽꺽, 토하는 놈에 무서워 벌벌, 떠는 놈은 다반사에요. 걸음아 날 살려라 도망친 놈들도 더러 있답니다. 애들은 애들이지요."

　한약처럼 쓴 에스프레소를 그는 꿀꺽, 넘겼다. 잔잔한 물빛 무늬가 카페 창가에 고스란한데 왜 하필 쓰디쓴 커피일까. 이해할 수 없는 것은 사업제안 뿐 아니라 커피 취향도 마찬가지였다. 남한강을 끼고 조성된 도시의 톨게이트에 조 대표는 먼저 와 있었다. 근처 장례식장에서 동시에 출발했는데 배기량이 크고 신형인 그의 자동차는 구닥다리 내 소형차를 일찌감치 앞질렀을 터였다. 그의 손짓에 따라 나는 차를 세웠다. 낡고 오래된 자동차는 그릉그릉, 소리를 냈다. 늙고 기운 진한 노인처럼. 언제 엔진이 뚝, 멈출지 알 수 없었다. 노인의 내일을 기약할 수 없듯이. 나는 내일을 장담할 수 없는 노인처럼 느릿느릿 걸어서 조 대표의 자동차로 옮겨 탔다. 조수석에 앉아 남한강 물줄기가 꽤 길다는 생각을 했을 때 그는 차를 세웠다. 전면 유리창에 겨울 햇살이 오글오글 모여드는 집이었다.

"보세요? 이만한 상조시장이 어디 있습니까? 염습에서 나가떨어진 놈들을 데려다 메이크업을 시킨다면 시너지효과 또한 그만일 겁니다. 어차피 험한 일, 험한 꼴 가리지 않고 장례학과 지망한 놈들이에요. 정성껏 씻고 닦아 가지런히 옷 입혀서, 무지막지하게 코 막고 귀 막고 팔다리 묶고, 냉혈한처럼 얀정머리 없이 몸통 죄는 일보다야 훨씬 수월할 것 아닙니까? 안 그렇습니까? 조용히 있는 듯 없는 듯 화장해 주면서 사는 겁니다. 산 사람한테 하듯 말입니다. 이미 잘 알잖습니까? 교습소로 신고하고 시작하면 됩니다. 이왕이면 회사 근처가 좋겠어요. 우선 모심에서 수급을 맞춰봐야 하니까요. 이웃 나라 일본을 보세요. 거긴 장례 메이크업이 고도로 발달했어요."

병아리 눈물만큼씩 꼴깍이는지 작은 잔에 아직도 한약같이 시커먼 에스프레소가 들어 있다. 말이 길어져 목이 마른지 그가 커피로 목을 축인다. 더는 참을 수 없다.

"그래서요? 여기가 일본 땅입니까? 있는 듯 없는 듯이요? 그런 절대적 평화가 세상 어디에 있었던가요? 나야말로 누려 보고 싶은 게 원이지요. 산 사람한테 하는 것처럼? 금상첨화로군요. 당장 건너가야겠어요. 그보다 좋을 순 없을 테니까요. 까짓 지진해일쯤 괜찮아요. 너도나도 죄다 죽어 나가는 세상인데 살고 죽는 게 뭐 대단하겠어요."

식어 버린 레몬차를 나는 소리 나게 홀짝였다. 얇게 저민 레몬에서 신맛이 모조리 끌려나와 혀끝을 자극했다. 찡그린 미간을 풀 수 없었던 것은 레몬의 신맛뿐이 아니었다. 조 대표의 다음 제안은 레몬처럼 시디실 뿐 아니라, 떫고 맵고 짜고 한낱 싱겁기까지 해서 도무지 맛을 식별할 수 없을 정도로 얄궂었다.

"역시 험한 경력은 효험이 큽니다. 보장성 큰 생명보험처럼 말입니다. 좋습니다! 그럼 거길 가 봅시다. 엎드리면 코 닿을 곳인데 못 갈 것도 없어요. 가보면 알 수 있잖습니까? 그 나라 장례 사업이 얼마나 발전했고 그 나라 장례 메이크업이 어떤 수준인지. 직접 가서 보고 배워오면 됩니다. 그렇죠, 벤치마킹이 목적이에요. 장례문화가 발달해서 세미나는 잦답니다. 몇 다리 건너 현장 섭외도 무리는 없어요. 다녀와서 다시 사업계획서를 만듭시다. 언제쯤 일정을 잡을까요?"

나는 레몬의 본래 신맛조차 느낄 수 없었다. 매사 신중하고 주도면밀한 그가 갑자기 천둥벌거숭이라도 된 것 같아서 한심한 생각까지 들었다. 과연, 회사를 언제 말아먹을지. 덩치 큰 상조회사가 '모심'을 잡아먹기는 시간문제일 것처럼 초조해졌다. 균의 뒷모습이 생각났다. 아파트 주차장에서 그 애는 함박눈을 맞으며 돌아섰다. 수수깡처럼 키가 크고 마른 등허리가 구부정해 보였다. 시동만 걸어놓고 나는 그대로 운전석에 앉아 있었다. 균의 모습이 안 보일 때까지. 가방과 노트북을 둘러멘 채 여행용 캐리어까지 끌고 공항에 갈 것이었다. 알아서 갈게요, 나직하게 말하며 그 애는 내 손안의 전화기를 쳐다보았다. 이틀 동안 감감했던 전화기는 균의 출국 날짜를 알리듯 부르르, 떨었다. 장례식장은 집에서도 공항에서도 시간을 꿰맞추기가 난처한 곳이었다. 마중도 배웅조차도 불가능했던 균의 한국행이었다. 현실감각이 두드러진 균은 눈 오는 걸 싫어했다. 거리가 질퍽거려 신발이 더러워지고 교통체증으로 시간까지 낭비하는데다 사람들에게 쓸데없는 감성을 자극한다는 이유였다. 그러고 보니 균이 탐탁지 않아 하는 눈은 공교롭게도 싫다는 그 애를 억지로 마중하고 배웅하듯 출·입국 날짜에 맞춰 내리는 셈이었다. 내가 하지 못하는 걸 대신하듯. 뭐든 알아서 하겠다는 그 애에게 어미인 내가 알아서 해 줄 건 아무것도 없었다. 균은 교통체증을 예상하고 알아서 공항철도를 이용할 것이었다. 잘, 알아서, 무탈하게. 그렇더라도 나는 쓸쓸했다. 그 애의 수수깡처럼 마르고 긴 등허리가.

"원, 참, 강물 속으로 들어가겠습니다. 한 발 앞서지 않으면 열 발 뒤로 밀리는 걸 몰라 그럽니까? 급하다니까요? 하루하루가. 장례 메이크업만은 '우리'가 잡아야 합니다. 언제쯤 가능해요?"

조 대표는 레몬차가 찰랑거릴 정도로 톡톡, 탁자를 쳤다. 내 얼굴을 빤히 주시했다. 호모루덴스의 효험은 대단했다. 그가 말한 보장성 큰 생명보험의 효험보다도. 실컷 원도 한도 없이 놀아난 그는 지방행 이후 내게 예전처럼 체면치레하지 않았다. 우리라니? 조 대표는 우리, 라고 힘주어 말했다. 입술과 인중에 주름이 잡히도록. 지독하게 질긴 삶의 굴레일까. 그와 나는 우리가 될 수 없었다. 물론 회사의 대표와 직원이라는 연대감은 가능하겠으나 그와 나는 동질감이 전혀 없었다. 단지, 서로 놀이가 필요했을 뿐이었다. 그것도 아주 잠깐. 그와 나는 노·사 관계였을 뿐 그 이상도 이하도 아무것도 아니었다. 그의 아내 애랑과 내가 '고택 동행자' 이상도 이하도 아니었던 것처럼. 동일 범주로 묶일 수도 없었고 묶여서는 더더욱 안 될 처지였다. 눈을 돌리면 천지가 삼류영화였다. 동서남북 어느 도시 어느 소읍 하다못해 어느 촌에서조차 바람이 불 듯 비가 내리듯 혹은 눈이 오듯 일어나는 일이었다. 궁벽한 곳 어디라도 영화의 배경이 되는 것과 같은 이치였다. 일어나서는 안 될 일이, 일어나야만 하는 당위를 명분 삼고, 천연덕스럽게 일어나는, 피치 못할 일에 불과했다. 흔한 삼류영화는.

"대표님?"

체면치레는 내가 먼저 하기로 했다. 조 대표보다 연장자였고 한낱 직원이었으며 꼬박꼬박 그가 주는 월급을 받아야만 균의 유학 생활도 꼬박꼬박 유지되기 때문이었다. 어김없는 날들은 어김없는 일상을 요구하지 않던가. 일상은 착착, 돌아가야 했다. 사람들은 죽어나가고 모심은 그 죽어 나간 자들을 타 업체보다 잘, 정중하게, 제대로, 모셔야 했다. 그래야만 미국의 균도 착착, 그 일상을 따라 살

수 있었다. 한국의 장례식장이 그득그득 넘쳐야만. 나도 모르게 푸
푸, 웃음이 나왔다. 사막의 낙타가 하품하듯.

"사람 불러 놓고 실없기는. 왜요?"

긴장을 푼 듯 조 대표의 입가가 올라갔다. 허물없고 선량한 웃음
이었다. 모심에 합류한 오랫동안 그 풋풋한 미소를 좀체 볼 수 없었
다.

"섬나라에 갇혀 또다시 놀고 싶진 않아요. 여차하면 섬에선 나올
수 없기 때문이죠. 눈길에도 갇혔는데 섬나라는 여북할까요? 영영
못 나올 수도 있어요."

"영영 못 나오면 영영 살아 버리면 그만입니다. 눈의 왕국 홋카이
도에서 영영. 눈의 여왕이나 모시고 살아 버릴까요?"

조 대표는 지난번 놀이 때처럼 왼쪽 눈을 찡긋찡긋했다. 역시 틱
증후군을 앓는 소년처럼. 내 말투를 따라 하는 그가 조금도 어색하
지 않았다. 어떤 모습이 그의 진짜 모습일까? 생의 이면을 감찰하듯
나는 그의 눈, 코, 입, 턱을 지나 가슴에 눈길을 멈춘다. 가슴 한복
판에 사자 콧수염이듯 드센 털 몇 가닥이 깔깔했었다. 내 콧등과 입
술과 귓불이며 손가락 사이에서 뻣뻣했다. 그 밤, 알몸인 채로 오래
전 탱자나무를 떠올렸다. 날카롭고 뾰족하고 단단한 그것. 찔리면
여지없이 피가 뚝뚝, 듣는 탱자나무 가시를. 생의 이면에는 누구나
가시가 박혀 있을 것이었다. 쏨벅거리고 욱신욱신 쑤셔 대는 통각은
때때로 가시의 건재함을 알려 오겠지. 알몸에 가시라도 찔린 듯 그
의 품으로 움츠러들었던가. 그는 더더욱 집요하게 자신의 가슴속으

로 나를 끌어들였다. 그때도 나는 궁금했다. 그의 가시는 뭘까. 송
곳처럼 콕콕, 그를 찔러 댈까.

"집에 있는 여왕님이나 보살피세요. 병원 치료는 물론이고요. 방
치하면 치료가 더 늦어질 수 있어요. 정서적으로도 많이 지지해 주
고요."

"어, 어떻게?"

"살다 보면 누구나 저절로 알게 돼요."

더는 말하지 않았다. 고택에서의 꿈 이야기도, 흑백사진도. 그도
입을 다물었다. 그는 그제야 창 너머 강물에 시선을 보내는 중이었
다. 돌고 돌아 제 집을 찾아가는 여행자처럼. 물줄기는 여전했다.
겨울 햇살에 잔물결이 반사되었다. 흘러야, 흘러가야, 강물인 걸
그도 알고 나도 안다. 강물에 던진 그의 시선이 허망하기도 초연하
기도 하다. 기슭을 따라 굽이진 물줄기는 물고기 지느러미처럼 유
유하다. 강물 한가운데 배 한 척이 오롯했다. 언제 나타났을까. 어
부의 배 한 척이 뒤꽁무니에 흰 포말을 일으키며 시야에 들어왔다.
어부는 혼자였다. 그 넓고 긴 강에……. 꿈결이듯 그의 목소리가
들렸다.

"물빛처럼 그런 사람입니다. 엷고 축축하지요. 어룽어룽 무늬만
남아 있어요."

조 대표의 시선은 강물을 건너오지 못하고 있었다. 당연히 나를
외면한 채 입술만 달싹인다. 그의 옆모습이 헛헛하다. 그도 어부를
봤겠지.

240

"그래요. 물빛무늬처럼 고운 결을 가졌어요."

고택에서 내 손을 잡아끌던 애랑을 떠올렸다. 한사코 아랫목에다 나를 몰아넣던 그녀를. 조 대표는 천천히 시선을 카페 안으로 돌렸다. 서늘한 표정이었다. 꿈속을 벗어난 듯 그는 두 손을 펴서 얼굴 전체를 한번 쓸어내렸다. 그러더니 작심하듯 입을 열었다. 짐작만으로도 그가 매우 난감해하고 있다는 걸 알아차렸다.

"실체를 찾을 수 없는 사람입니다. 극단을 오가지요. 한국 들어오기 전부터 조울증을 앓았어요. 종잡을 수 없습니다. 극도로 흥분하고 극도로 침울해요. 기쁨과 우울감이 공존하거나 교대하거나, 어느 때는 기쁨이 어느 때는 우울감이 지속됩니다. 지병으로 굳어져 치료조차 어려워요. 병원 가는 것마저 힘들어합니다. 약물치료도 자주 중단되는 형편이지요. 토론토에서 살게 놔둘걸 그랬다는 생각을 요샌 부쩍 더합니다. 혈육이 어딘데요."

조 대표는 말을 멈추더니 에스프레소 작은 잔을 들여다봤다. 커피는 남아 있지 않았다. 나는 가만히 일어나서 멈칫멈칫 걸어가 카페모카를 한 잔 주문했다. 그에게 단맛을 제공하고 싶었다. 강물 한가운데 어부의 배 한 척이 나타났을 때, 그가 퍽 피로할 거라는 짐작을 했다. 나는 다시 주춤주춤 자리로 돌아왔다. 내 잔에 남은 레몬차를 마저 마셨다. 레몬차는 시고 떫고 식어서 차가웠다. 시큼하고 떫떠름하고 냉랭한 게 인생인지도 모르겠다는 생각을 잠깐 했다. 차라리 맵고 짜고 뜨겁다면 후련할 텐데.

"정신질환자를 어떻게 신부로 맞을 수 있었냐고 왜 묻지 않습니까?"

조 대표는 앙증맞게 작은 에스프레소 빈 잔을 손아귀에 넣고 꼭 쥐었다. 인생의 쓴맛을 모조리 정복할 것처럼. 잔의 흔적은 감쪽같았다. 따지고 보면 감쪽같은 것은 인생이었다. 그와 나는 감쪽같이 서로를 기만하고 있지 않은가.

"필연이었겠지요. 거짓 없는 진짜 사랑."

"맞습니다. 혈육보다 더한 내 사랑이 세상의 진짜 사랑이라고 믿었던 때가 있었어요. 이국 생활에서 만난 그 사람은 혈육처럼 끈끈했습니다. 주말에 가끔 토론토에서 오타와까지 기차를 탑니다. 가고 오고 무려 여덟 시간씩이나요. 빌딩 숲을 빠져나가면 산과 들과 바다가 나타납니다. 한국 열차와는 사뭇 다른 캐나다 비아레일에서 우리는 시시덕대며 기내식을 먹지요. 메인과 디저트, 음료까지 깨끗하게 비웁니다. 그 사람이 먹던 걸 내가, 내가 먹던 걸 그 사람이 먹으며 실없이 웃고 떠들어요. 여덟 시간 아니라 팔 일이어도 지루하지 않았을 겁니다. 리도 운하에서 여름에는 유람선을, 겨울에는 스케이트를 탔어요. 그 사람은 나보다도 스케이트를 잘 탑니다. 저만큼 앞서가서 균형감을 잡지 못해 비틀거리다 넘어지고 마는 나를 보곤 깔깔, 웃어 댑니다. 그러다가 거대한 거미 조형물이 설치된 국립미술관 앞에 오면 곧잘 시무룩해졌어요. 너무 징그러워, 하면서 인상을 썼지요. 우리는 둘 다 전혀 예술적인 부류가 아니었어요. 삼, 사층 되는 전시관을 건성건성 보다가 바로 옆에 있는 노트르담 대성당으로 들어갑니다. 미사 중이면 경건한 신자처럼 굴기도 했습니다. 맨 뒷자리에 앉아 그 사람은 고개를 푹 숙였어요. 나도 덩달아 고갤 숙였지요. 꼭 그래야만 할 것 같았습니다. 그때 그 사람은 무슨 기도를 했을까요?"

조 대표는 나를 빤히 쳐다보면서 애랑의 기도 내용을 물었다. 그도 모르는 걸 내가 무슨 수로 알겠는가. 나 또한 그녀의 기도가 궁금했다. 기도라는 건 본시 신과 인간의 비밀 거래가 아닐까? 내가 이러이러한 걸 할 테니 하느님은 저러저러한 걸 주십시오, 라고. 거래는 은밀하고 드러나지 않는다. 어느 한쪽에서 폭로하기 이전에는. 신은 자비하므로 인간의 음모조차 좀체 세상에 알리지 않으리라. 폭로하는 쪽은 언제나 인간이 아니던가. 때마침, 주문한 카페모카가 나왔다. 조 대표는 그제야 손아귀를 풀었다. 에스프레소 작은 잔은 그렇게 감금되었다가 풀려났다. 에스프레소처럼 쓰디쓴 인생의 쓴맛은 여전히 끝나지 않을 터, 조 대표는 냉큼 카페모카를 홀짝인다. 속히 달콤한 인생을 시작하려는 듯. 달콤한 인생이야 누구든 원하지 않으랴. 그렇다면 삶은 쓰고 인생은 달콤한가? 여전히 나는 헛갈린다.

"글쎄요. 무슨 기도였을까요?"

해가 뜨지 않게 해주세요, 라고 기도했을지도 모르겠다고 그녀의 꿈 이야기를 들려줄 수는 없었다. 꿈속이 아니어도 지천에 널린 게 절망이고 낙담이며 비애였다.

"아직도 그때 무슨 기도를 했는지 묻지 못합니다. 몹시 겁나고 꺼려지기 때문이지요. 그 사람이 혹시 진짜인지 가짜인지를 물었다면요? 내가 믿고 있었던 사랑을요. 그렇다면 신은 진실을 알려 주었을까요? 난 지금도 그 진실 앞에 떳떳할 수 없습니다. 진짜 사랑과 가짜 사랑의 경계는 유야무야 무너졌고 종횡무진 넘나듭니다. 어떤 것이 진짜이고 어떤 것이 가짜인지 구별할 재간도 없어요. 세상의 모든 사랑은 진실하다고 믿었던 때가 있었습니다. 어떤 사랑이 실패하거나 정죄당하는 것은 부당하다고 항의하던 시절도 있었지요. 그런데 그것조차 고약한 신념이었다는 걸 알았습니다. 구름을 타듯 흥얼흥얼 콧노래를 부르다가도 돌연 말문을 닫고 며칠씩 방구석에 처박힐 때 말입니다. 친절하고 외향적이고 에너지도 많은 그 사람이 어느 순간 침울하고 자주 화를 내고 괴팍해질 때 말입니다. 몇 날 며칠 기분이 고양되어 이불 빨래를 하고 온 집안을 청소하고 마트에서 온갖 식재료를 사다가 요리를 합니다. 그러다가도 불현듯 괜한 일로 꽥꽥 소리를 지르고 설거지를 하다가 그릇을 내던집니다. 비 오는 밤에 비에 젖어서 한정 없이 걸어 다니기도 하지요. 며칠씩 밤잠을 설칩니다. 또 며칠씩은 나른함 속에서 헤어 나오지 못해 한낮에도 죽은 듯이 잠을 잡니다. 위태위태하고 아슬아슬한 날들이지요. 살얼음을 밟듯 말입니다. 진짜 사랑은 살얼음을 깨지 않아야겠지요. 진짜 사랑은……."

없다고, 그런 진짜 사랑은 세상에 없는 거라고, 그걸 아직도 모르고 있었는가, 타박할 엄두가 나지 않아서 나는 입을 열 수 없었다. 끝없이 이어질 것만 같았는데 조 대표는 말을 잇지 못했다. 그는 전면 창으로 시선을 건넸다. 어부는 가고 없다. 넓고 긴 강은 이제 저 홀로였다. 홀로 흘러갈 것이었다. 그는 두 손으로 잔을 감싸더니 매우 절도 있게 음미하듯 커피를 마신다. 카페모카는 물론 달달하겠지. 나는 따뜻하고 부드럽고 순하고 달콤하다고 믿는다. 그의 식도를 타고 내려가 위장을 적시리라. 촉촉하게. 원기 풀려 맥없이 흐르는 그의 피돌기에 윤활유가 될 것이었다. 세상에 없다고 믿는 진짜 사랑은 어쩌면 촉촉한 혈액 속에서나 흐를 것이었다. 따뜻하고 부드러울 뿐 아니라 일면 뜨거울 그 붉은 핏속에. 저 홀로 흐르는 저 강물처럼 유유히.

"지금 당신이 하고 있잖아요. 진짜 사랑을……."

나는 옆자리로 가만히 옮겨 앉아 그의 손을 잡아 주었다. 따뜻한 실내인데 손이 차가웠다. 마치 살얼음처럼. 내 손의 온기가 그의 손으로 옮겨 가도록 한동안 붙잡고 있었다. 진짜 사랑이든 가짜 사랑이든 우선은 살얼음을 녹여야 했다.

"살얼음을 깨트릴까 두려워하지 말아요. 조심조심, 살살, 애간장이 타도록 겁내 하지도 말아요. 그저 당신의 따뜻한 몸이 닿게 해 주세요. 그러면 온기가 흐르고 흘러 위험천만한 살얼음을 녹여 줄 거예요. 살얼음을 깨트리지 않는 방법은 그것 한 가지뿐예요."

"그런가요? 녹으면 깨질 염려도 없겠지요. 문제는 얼음을 녹일 자신이 남아 있지 않습니다. 가짜 사랑이 점점 자명해져요. 얼음에 균열이 가듯 말입니다."

조 대표는 뚫어져라 나를 쳐다봤다. 맞잡은 손에서 차가운 기운과 따뜻한 기운이 마구 섞여서 피돌기가 왕성해지는 느낌이었다.

"걱정하지 말아요. 자책하지도 말아요. 당신 사랑은 진짜였어요."

"당신도 해 봤군요."

조 대표와 나는 오랫동안 손을 놓지 않았다. 피로하거나 놀이가 필요해서가 아니었다. 진짜 사랑과 가짜 사랑을 판가름하기 위해서는 더더욱 아니었다. 판가름은 정죄 외에 아무것도 할 수 없었다. 진짜 사랑에 기꺼워 춤을 추며 출렁이듯, 가짜 사랑에 속아 소리 없이 일렁이듯, 우리는 어딘가로 흐르고 또 흘러가야 했다. 저 창밖 강물처럼.

18

   사흘째였다. 영애의 억양은 천장을 뚫을 것처럼 치솟았다가 방바
닥에 곤두박일 듯 내려왔다. 속도 또한 빠르고 느리기를 반복했다.
좀체 어림짐작조차 할 수 없었다. 내리 사흘째 영애는 밤이면 전화
를 해댔다. 자정이 되도록 끝날 기미가 없는 격앙된 목소리를 듣는
데 나는 지쳐가는 중이었다.

   "뭐니? 사람이니? 짐승이니? 세상에 도둑고양이처럼 돌아다니다
니! 낯짝도 못 봤어. 아들도 뭣도 모르는 인간이야. 학교도 찾아오
지 않았단다. 살금살금 전국 순회하나 봐. 알고 보니 노친네한테 돈
을 얻어 갔어. 그럴 수가 있니? 손자 생활비 적선도 어디니? 지가
노친네 돈 뜯어다 밥 사 먹고 술 사 먹고 여관방에 처박혀서 잠이나
잘 처지니? 기가 막혀 말이 안 나와. 평생 면사무소 한구석에서 팔
뚝에 잉크 묻혀 가며 등사하던 천금 같은 돈이야. 요새처럼 자판만
누르면 프린터가 척척 아가리 벌리고 내놓는 시절도 아니잖아. 인간
들 살아가면서 증명해 줘야 할 서류가 얼마나 많니? 노친네 그러시
더라. 사람이 사는 게 여간 복잡하고 까다롭지 않다고. 출생신고부
터 사망신고까지 일거수일투족을 전부 기록하면서 살아간다고. 나
면서부터 죽을 때까지 한 줄 한 줄 기록을 보태 가는 게 인생이래.
나중엔 종이쪼가리가 전부 먹물이란다. 한밤중에 등사기에 잉크 붓

고 롤러 굴리다 보면 인생이 먹물 같다는 생각이 든대. 난희야? 이
해할 수 있니? 그런 돈이야. 그런 돈! 먹물같이 까맣고 먹물같이 먹
먹한 돈 말이야. 알토란같은 연금 그나마 뚝 갈라 반쪽은 손자한테
보내는 마당에. 그럴 수는 없는 거지. 예술은 지 혼자 할 일이야. 굶
든지 먹든지. 그놈에 예술 사진 땜에 왜 노친네 가슴에 먹물을 쏟는
거냐고? 안 그러니?"

　그렇다고도 안 그렇다고도 대답할 수 없었다. '뭐라고? 먹물? 옳
거니, 그래서 김 작가가 흑백사진에 집착하는구나! 그것도 유전이로
구나!' 맞장구를 칠 수는 더더욱 없었다. 느닷없이 고택에서 만난 일
을 죄다 발설할 수도 없었다. 나는 소죽은 귀신처럼 듣고만 있었다.
경청이야말로 대단한 인내를 요구했다.

　"얘? 듣고 있니?"

　"으응, 들려."

　영애는 이야기 도중 중간점검도 했다. 나는 마치 청력 테스트를
받는 이비인후과 내원객처럼 간신히 들린다고, 대답했다. 참, 난감
한 질문이었다. 듣고 있냐고? 듣는 걸 떠나 나는 두 눈 똑똑히 뜨고
김 작가를 보지 않았던가? 어디 본 것뿐이랴. 영애를 대변하여 따져
묻고 대거리하지 않았던가? 김 작가의 그 대책 없는 예술 활동에 대
하여. 그렇더라도 나는 말할 수 없었다. 김 작가와 나는 이미 공범
인 셈이었다. 저마다의 비밀을 가진 공범자들. 따지고 보면 영애는
피해자였다. 영애를 따돌리고 사실을 은폐하기 위해 김 작가와 나
는 자연스럽게 공범자가 된 것이었다. 과연 언제까지 비밀이 유지될

까. 나는 캄캄한 베란다로 눈을 돌렸다. 말마따나 먹물처럼 시커먼 밤이었다.

"그따위 예술사진이 다 뭐니? 뭔데 이 사람 저 사람한테 먹물을 쏟아붓고 다니는 거니? 이 계통에서 밥 먹고 산 게 언제니? 도둑고양이처럼 살금살금 다닌다고 모를 내가 아니지. 안 그래?"

다시 확인을 요구하는 영애의 목소리는 비범하게 들렸다. 나는 뜨끔, 해서 가슴이 철렁, 내려갔다. 그녀가 이미 알고 나를 시험하려 작정한지도 모르겠다는 생각마저 들었다. 그렇다면 사실대로 말을 해 버릴까? 어차피 갈 길 꽉꽉 막힌 새까만 먹물 같은 인생. 그래서 더 먹물처럼 먹먹한 인생. 먹칠할 건더기도 없을 터였다. 고택에서 김 작가를 만났다고. 한국적인 흑백 이미지를 찾아다니더라고. 아무래도 그의 예술사진이 나올 때까지는 기다려 보자고. 영애를 위로하고도 싶었다. 그러나 나는 대답할 수 없었다. 사실, 영애 역시 대답을 원해서 묻는 것 같지만은 않았다. 그녀는 분노를 누그러트리고 자신을 통제할 약간의 숨고르기가 필요했을까.

"몇 년 전 스텝이었어. 지금은 여의도에서 스튜디오 제법 크게 해. 나더러 그러더라. 다릴 한 짝 분질러서 스튜디오에 앉혀두라고. 그 인간 앉은뱅이 만들어 놔도 신랑·신부 작품 만들기는 누워 떡 먹기래. 무엇 때문에 그 실력 허비하고 상거지 노릇이냐고. 며칠 전에 어떤 선배 작가를 만났는데 돈을 좀 빌려 달라고 그랬대. 비행기 값이 없다고. 그 선배작가가 어디 가서 강의라도 해 보라고 주선해 주겠다 했더니 뒤도 안 돌아보고 가 버렸대. 대체 그 인간 뭐니?

어쩌다 그렇게 됐지? 한국엔 왜 들어왔지? 들어왔으면 집으로나 들어올 일이지, 여기저기 떠돌아다니면서 구걸은 왜 해. 그놈에 예술 사진인가 뭔가가 사람 저능아 만들기도 하는가 봐. 그럴 수도 있을까?"

맙소사! 앉은뱅이에 저능아라니? 그럴 수는 없는 것이었다. 감격 없는 세상이 견딜 수 없어서, 감격을 찾아야만 숨 쉬고 살 것 같아 예술사진을 찍겠다는데, 과연 앉은뱅이에 저능아까지 되어야만 하는지. 그건 너무 가혹했다. 김 작가의 예술사진이 다른 사람들한테 먹물을 쏟아붓는 것과는 비교할 수 없었다. 적어도 김 작가의 흑백사진은 세상 누군가를 감동시킬 수 있지 않을까. 먹물을 뒤집어 쓴 누군가가 그의 흑백사진 속 피사체가 될 수 있을 테니까. 나는 적어도 김 작가의 사진에 털끝만큼이라도 감격이 스미기를 바랐다. 그 감격을 희망이라고 불러도 괜찮을까. 영애에게 묻는 대신 나는 대답했다.

"그럴 순 없어. 그건 무시무시한 폭력이야. 누워서 떡을 먹을지는 모르겠지만 누워서 단잠을 잘 수는 없을 거야. 김 작가 그냥 둬. 원하는 이미지 몇 컷을 얻는다면 돌아오겠지. 어쩌면 김 작가에게는 몇 컷이 아니라 한 컷일 수도 있어. 세상에 없는 자신만의 단, 한 컷⋯⋯."

베란다 밖 맞은편 아파트가 먹칠한 것처럼 새카맣게 턱, 버티고서 있었다. 전화기를 붙들고 이야기하다가 그 캄캄한 중에 어느 집에서 불빛이 새나오는 걸 보았다. 흐릿한 불빛이었다. 온통 절망뿐인 세상 속에서 미미하고 초라하기 짝이 없는 희망이 저런 걸까. 희망 없는 삶을 견디는 것은 먹물을 뒤집어쓰고도 살아가는 것이리라.

"그렇지…… 맞지? 맞아. 넌 그렇게 말할 줄 알았어. 너라면 김 작가를 이해해 줄 것 같더라. 사실, 나는 지지받고 싶었어. 손가락질 당하는 김 작가가 가엾고 미웠어. 내가 물어다 주는 신랑·신부 사진만 찍고도 희희낙락 살 수 있는 사람이잖아. 세상이 끝나기 전에는 사랑도 끝나지 않을 거고 사랑이 계속되는 한 신랑·신부도 끊임없이 생겨날 거 아니니? 그렇잖아? 신랑·신부만 쳐다보고 사는 것도 축복이다? 축복! 안 그래? 걔들 얼굴 봐라. 세상에 미움도 가난도 슬픔도 고통도 모르는 만개한 봄꽃들이지. 너도 잘 알잖아? 설렘과 기대와 주체할 길 없는 사랑스런 눈빛들. 사랑이 넘쳐나서 오히려 애틋하지 않던? 오죽하면 내가 그랬겠니? 활짝 핀 봄꽃으로 알고 셔터를 누르라고. 그런데도 힘들었나 봐. 봄꽃이 결국은 앙상한 겨울 나목으로 남는 거래. 알록달록 사는 인생이 어떻게 가능하겠냐고. 참, 별스런 사람이야. 봄이면 앙상한 나무가 싹을 틔우는 걸 왜 인정하지 않을까? 작품도 하고 촬영도 하고 누워서 떡도 먹고 잠도 자고. 그런 삶은 불가능한 거니? 아휴, 몇 시나 됐지? 끊자, 끊어. 잘 자라."

일방적으로 말하고 일방적으로 통화를 끝냈다. 영애의 방식은 언제나 일방통행이었다. 그녀의 일방통행 도로명은 김 작가였다. 김 작가를 따라가면 그녀는 어디에 닿을까. 툭, 끊어진 전화기를 내려다본다. 그런 삶은 불가능할까? 영애의 말대로 그런 화기애애한 삶은 말이다. 어둠이 맥질한 아파트 주차장에 자동차들이 엎드린 형체가 가늠되었다. 자동차마다 일방통행을 했을까? 그것은 주인의 운전방식과 운행방향에 따라 천차만별일 것이었다. 어떤 차는 권력과 명예와 돈과 투기에, 어떤 차는 사랑과 행복에, 또 다른 차는 시기와 질투와 혐오에, 그리고 다른 어떤 차는 가족과 화해와 용서에. 그뿐이랴? 모함과 협잡이며 비열과 악의의 일방통행도 눈에 잘 띄지는 않지만 버젓하리라. 캄캄한 주차장에서 자동차들은 이른 아침부터 다시 시작될 일방통행을 위해 휴식 중인 것처럼 보였다. 새벽부터 가야 할 방향과 목적지는 제각각일 것이었다. 그럼 나의 일방통행은 무얼까? 키트일까, 통장잔고일까, 균일까. 아니면 줄줄이 기어가는 개미 떼와 같던 그 진작 떠나온 문자의 세계일까. 정작 내 일방통행 도로명은 찾아낼 수 없었다. 입때껏 왔던 길도 익숙하지 않았고 앞으로 가야 할 길도 낯설 것만 같은 예감이었다. 몸에 맞지 않는 옷을 입고 한 번도 가 본 적 없는 어느 도시의 외진 길을 걷는 것처럼. 교차로도 횡단보도도 도통 나타나지 않는 후미진 곳의 일방통행로일 것이었다.

영애는 잠자는 것도 일방통행일 테니 숙면에 들겠지. 나는 영애의 일방통행이 사뭇 부럽기까지 하다. 어딘가에 치우쳐 사는 것이 반드시 나쁜 것만은 아니라는 지각이었다. 비록 균형감각을 상실했더라도. 치우친 무게와 압력을 견디기 위해 내부에서부터 발작적인 에너지가 솟구치지 않겠는가. 이따금씩이라도 그런 힘이 치솟는다면 먹물 같은 세상에서 먹물을 뒤집어쓴 채 살아갈 수 있으리라. 전화를 끊고도 방에 들어가지 않았다. 소파에 반듯하게 누워 나는 베란다 창을 응시했다. 어둠마저 어릿어릿한 밤이었다. 어둠이 흐릿하게 결을 내면서 눈가를 어지럽혔다. 혹시 잠이 든다면 사나운 꿈이 급습할 기세였다. 그렇더라도 가만 눈을 감았다. 먹물처럼 검은 실체는 눈을 감아도 여전했다. 살고 죽는 건 눈꺼풀의 개폐 기능처럼 단순명료한 것을.

"선배가 해 줘요."

"……."

정은 메모리카드 두 개를 내 앞으로 밀었다. 목걸이나 귀걸이처럼 작은 것이었다. 테이블에는 크고 작은 밑반찬 접시들이 널려 있었다. 오랜만에 전화를 걸어와 정은 너스레를 떨었다. '선배? 살았어요? 지금도 살아 있어요? 혼자 늙어 가는 후배 불쌍하지도 않아? 전화 한 통 없다니 너무해.' 살았냐고 묻는 정이 정겨웠다. 어떤 날의 아침 해는 그 얼마나 찬란하던가? 웃자고 떠벌이는 그녀의 속내야 어떠하든.

"선배 아이템은 생생할 거니까. 그거 보고 대략 몇 꼭지만 잡아 줘요. 분량은 상관없어요. 철학만 담으면 돼요."

"나 철학적일 만큼 한가하지 않아."

아귀찜 냄비에 콩나물 줄기가 칡넝쿨처럼 엉겨 있었다. 맵게요, 정은 메뉴판을 건네며 주문했다. 사는 게 시들할 때는 매운 음식 먹으면 기분전환이 된대요, 식당 앞에서 기웃거리던 정이 말했었다.

미망인도 살고 있는데 웬 엄살이야, 나는 정의 손을 잡고 식당으로 들어왔다. 사람이 사람을 만나 밥을 먹고 술을 먹고 차를 마시는 것은 어쩌면 엄살을 부리고 싶어서일까. 그렇다고 정이 시드럭부드럭한 일상을 부풀려서 하소연할 축은 아니었다.

"그런 철학 아니에요. 쌔고 쌘 게 프리랜서들인 거 선배 알잖아. 다른 각도, 다른 깊이, 다른 직관을 원해요. 내가 선배한테 기대하는 건 바로 그 다름이야."

"독창성?"

들어올 때부터 정이 좌식 룸을 찾은 이유는 확연했다. 나는 양반다리로 고쳐 앉았다. 쉽게 이야기가 마무리될 것 같지 않았다.

"새로운 창조가 아니라는 거 잘 알면서 왜 그래요. 모방하되 독특하게요. 깊이 있고 독특한 안목이 필요한 거죠. 뼈대가 될 만한 글을 써 줘요. 살을 만들고 핏줄을 만드는 일은 서브작가들도 해요. 뼈대가 제대로 서야 튼실하죠. 선밴 보면 개념이 잡힐 거예요. 우리 것하고 NHK 것이에요. 걔들이 먼저 만들었어요. 대단한 반향을 불러왔죠. 우린 우리 실정과 정서에 맞게 만들어야 하잖아요. 테마를 좀 심도 있게 잡아 달라는 얘기에요. 선배 싫어하는 철학적이라는 게……."

테이블에 놓인 메모리카드에 시선이 갔다. '모심'의 조 대표가 생각났다. 선진 장례문화니 발달한 장례 메이크업이니 들레면서 현장 답사를 가자고 이웃 나라를 들먹거렸는데 공중파 방송국 역시 그렇고 그런 모양이었다. 섬나라를 흠모하는 건 조 대표뿐 아니라 방송

254

국도 마찬가지인가?

"무슨 내용인데 최고통치자가 노망든 것처럼 망언을 반복하는 이 시점이니?"

"그딴 거 신경 안 써요. 우리 CP나 PD는. 한·중·일 삼각관계가 어제오늘 패인 골도 아니잖아요. 죽음의 트라이앵글은 죽어도 벗어나지 못할걸? 애들 땅따먹기 놀이 재현하는 것도 이젠 지긋지긋해요. 일본 애들 얼마나 스마트하냐고? 이러고 우물쭈물하다가 뺏기고 말지. 땅덩어리 손바닥만 한 것도 서러운데 불쌍하고 외로운 섬마저 뺏기고 만다니까. 우물쭈물하다가. 선배? 그러고 보니 버나드 쇼의 묘비명이 생각나. '우물쭈물하다가 내 이렇게 될 줄 알았다!' 대문호답게 해학이 넘치잖아. 난 우물쭈물하다가 여태 시집도 못 갔고. 선밴 우물쭈물하다가 여태 써야 할 글도 못 쓰고. 아베는 한국이 어리석다는데. 정말 어리석은 두 사람이 오늘 저녁 애꿎은 아귀만 잡아먹었어. 하하!"

아귀 살점과 눈알까지 죄다 파먹고 콩나물 가닥과 시뻘건 양념장만 묻어 있는 냄비를 들여다보며 정은 호탕하게 웃었다. 맞는 말이었다. 우물쭈물하다 결혼도 못한 정과 우물쭈물하다 글도 못 쓴 나는 여전히 우물쭈물하고 있었다. 정은 다큐멘터리 가닥을 잡지 못해서, 나는 일상의 가닥조차 잡지 못해서 둘 다 우물쭈물하는 지경이었다.

"그러니까 무슨 내용인데? NHK에서 만들었으면 제대로 나왔을 거 아니니? 모방이면 모방이지. 독특한 모방이 다 뭐야? 그런 건 없어. NHK 그대로 본뜨기하면 문제없겠다. 탁월하잖아? 혼자 해도 본뜨기는 충분해."

"참, 선배도…… 도저히 나 혼자 안 돼서 끙끙거리다 담아 온 거잖아. 오랜만에 만나서 오케이, 한마디면 끝날 텐데. 그게 안 돼? 내용은 걱정하지 마세요. 선배 모드예요."

"내 모드?"

"무겁고 칙칙하고 고단하고 뭐 그런 것들. 석 달 이상을 낮이고 밤이고 행려병자 노숙인 독거노인 쫓아다녔어요. 그뿐이에요? 병원, 장례식장, 화장터는 어쩌고요. 거기다 구청과 주민센터 사회복지 업무까지 파악할 정도니 말해 뭣해요. 아아, 신물이 다 나요."

정은 아무렇지도 않게 장소를 열거했지만 나는 가슴이 철렁, 내려갔다. 숱하게 오고 간 장소에서 정을 한 번도 맞닥뜨리지 않았다니! 이리저리 비껴가고, 틀어지고, 스쳐 지나가는 것이 인생이고 운명이라는 말은 옳았다. 정은 손을 내저으며 살래살래 고개마저 흔들었다. 다시 떠올리기조차 싫다는 표정이었다.

"다큐 제목이 뭔데?"

"아직 정하지 못했어요. PD는 나한테 난 PD한테 미루고 있어요. PD가 지난 가을편성 때 바뀌었어요. 한참 어려. 젊고 신선한 감각은 좋은데 깊이가 덜해요. 비판적 견해도 남다르고 나름 철학도 있는데 아직 죽음 문젠 좀 그런 건가? 인생에 대한 시각이나 개념도 미흡하고. 그래서 가끔 진면목을 놓치기도 해요. 성장과 성숙의 밸런스에 차이가 난다고 할까? 아무튼지 성찰이 필요한 친구에요. 선배가 보고 번쩍, 하는 거 있으면 바로 알려 줄 거죠?"

정은 외려 능청을 떨었다. 안경을 벗어서 호호 입김을 내더니 셔츠 아랫단을 늘어뜨려 연실 문질러댔다. 안경을 벗은 정의 눈동자가 툭, 튀어나온 심해어류와도 같았다.

"무겁고 칙칙하고 고단한 모드는 또 뭐니? 무슨 근거로?"

나는 심해어를 관찰하듯 자라처럼 목을 빼고 정을 쳐다봤다. 눈이 4개나 달린 괴물고기를 뉴질랜드 인근해역 수심 1,000미터에서 발견했는데 그 눈이 360도 회전한다고 얼마 전 신문에서 발표했다. 설령 심해어처럼 눈이 4개 달리고 360도 회전해서 세계를 한눈에 감찰하더라도 정은 역부족일 것이었다. 4개 아니라 수십 개의 눈이 온몸에 돋아나도 시청률과 호감도가 하늘 높은 줄 모르고 치솟는 타방송사를 압도하려면 날마다 기염을 토해야만 할 테니까. 정이나 정과 함께 다큐를 만드는 PD며 방송국 사람들은.

"티베트 천장의식 잊었어요? 그게 바로 근거예요. 근거며 모드죠. 선배 그때 끄떡없었잖아요? 사실 그때 난 후유증이 대단했어요. 한동안 시달렸어. 사람도 일도 먹고 잠자는 것도 전부 귀찮고 싫었어요. 티베트 다녀와서 한 달 정도는 심각했잖아. 나더러 외상 후 스트레스라고 스텝들이 병원 가 보라 했어요. 선밴 병원은커녕 멀쩡하고 쌩쌩했잖아요. 더 치열해지고 더 깊어졌죠. 그 바람에 다큐 원고 포맷해 주고 헤드라인까지 줄줄이 뽑아 주었어요. 덕분에 난 선배 믿고 쇼크다 뭐다 애먼 변명 늘어놓고 빈둥거렸어. 그때 선배가 뽑아낸 카피는 지금도 교양국 작가나 PD들한테 전설이에요. 메이크업 아티스트가 웬 카피냐, 기막힌 카피다, 화장하다 보면 인생도 알아 가는 건가, 그런데 화장 잘하는 여자들이 왜 그 모양이냐, 인생은커녕 저 자신밖에 모르더라, 예쁜 여자 중에 이기적인 여자가 어디 한둘이냐, 거리 나가봐라 얼굴에 분칠한 여자들이 널렸다, 인생을 아는 만큼 우리 남자들 고충도 좀 알아줘야지, 하면서 얼마나 무성한 말들이 술자리에서 오갔게요? 결론은 남자 스텝들의 항변으로 끝났어요. 알려지지 않은 희귀한 천장이 시청률을 끌어올린 건 사실이에요. 대단한 충격이었죠. 하지만 내레이션과 자막카피도 의미심장했다는 교양국 내 평이었어요. 선배? 난 이번 다큐도 기대해요. 영상 보면 선배 근사한 문장들이 떠오를 거예요. 헤드라인과 자막카피, 내레이션 모두 한 줄에 엮일 테죠. 좀 해 줘요."

불현 안경을 쓴 정의 동자가 쑥 들어가 우물처럼 깊어 보였다. 눈이 돌출된 심해어류의 흔적은 찾아볼 수 없었다. 좀 해 줘요, 라고 말할 때는 말 못할 절박함도 있었다. 방송국은 매일매일 전쟁터일 것이었다. 방송의 질과는 상관없이 시청률 수치 때문에. 막내작가로 입사해서 다년간 경력을 쌓아 온 정의 말 못할 속내는 숯처럼 타버렸는지도 모르겠다. 여북하면 제작한 영상물을 내게까지 들고 왔겠는가.

"설마 초고는 썼겠지? 촬영물 보고 나서 말대로 번쩍, 하는 거 있으면 잡아 볼게."

"고마워요. 처음부터 대답해 주면 어때서."

정이 눈을 흘길 때 흰자위가 쏠렸다. 충혈 때문에 실핏줄이 그물처럼 드러난 동자였다. 나는 정이 적이 안쓰러웠다. 한 줄의 자막, 한 꼭지의 대본을 쓰기 위해 정은 밤낮 가리지 않고 두 눈에 쌍불을 켠 채, 글자와 문장과 단락을 만들어 가겠지. 눈동자 실핏줄뿐인가. 온몸 신경 줄마저 날이 선 듯 꼿꼿하고 팽팽해서 무심코 살짝 건드리기만 해도 여지없이 툭, 하고 끊어질 것처럼 아슬아슬하리라.

"기대는 하지 마. 현장촬영에 동행한 정 작가 초고가 백번 나을 테니까. 그땐 내가 그 험악한 걸 죄다 봐버렸잖아. 이번 다큐는 사회현상에 포커스를 맞춘 것 같은데? 소외층의 그늘진 죽음들. 맞지? 과도하게 철학적일 필요는 없어. 오히려 역효과를 낼 수 있잖아. 요즘 사람들 정 작가 말대로 무겁고 칙칙하고 고단한 거 좋아하지 않거든. 예능이 얼마나 깔끔하고 신나니? 화려하고 부드럽고 사랑스럽고 귀엽고. 너네 PD 그거 넘을 자신 없으면 관두라 해. 어디 귀촌해서 땅 파먹고 사는 게 최고야. 속 시끄럽지 않게."

"아유, 선배? 이하동문이야. 나야말로 관둬야 해. 도저히 애들 감각 따라갈 수 없거든. 어디 땅 파먹을 데 있어? 봐둔 곳이라도 있는 거유? 귀촌도 돈 있어야지. 혼자 파먹을 땅뙈기라도 사야 할 거 아냐?"

핏발 선 눈동자…… 심해어류처럼 흐리멍덩한 눈빛…… 정은 지칠 대로 지쳐 있었다. 삶의 고단함이 훅, 끼쳐 왔다. 바람처럼 싸하고 그 바람에 실려 떠가는 연기처럼 매캐한 냄새였다. 단내인 것도 같고 텁텁한 열기인 듯도 했다. 피로에 절은 일상이 뭉뚱그린 냄새는 한마디로 설명할 수 없는 것이었다. 그처럼 복잡다단한 냄새라니?

거머리처럼 달라붙은 일상을 떼어내는 일은, 먼지를 털어 내듯 쉽고 간단하며 단순하지 않다는 걸 정은 잘 알고 있을 터였다. 나는 정에게 고택을 소개해 줄까, 잠깐 망설이다 그만두었다. 그곳에서도 피로는 풀 수 없을 테니까. 잠시잠깐의 휴식은 모를지언정.

"쉬엄쉬엄 해. 아무나 땅 파먹는 게 아냐. 가벼운 다큐도 신선하지 않니? 주제의 각도를 달리 보는 것도 한 방법이야. 상큼한 고발도 괜찮지."

"아무렴 어련하시고말고. 처음엔 PD도 나도 그렇게 잡았어요. 근데 막상 더빙 들어가니까 그게 아닌 거야. 날벼락 떨어졌지. 전면수정! 고발만 가지고는 절대부족이에요."

"상큼한 고발 플러스 담담한 철학?"

"우와, 귀신이다. 선밴 역시 길을 잘못 들었어."

"길? '엔딩 로드' 어때? 다큐 제목."

"아호! 제작물과 꼭 맞아떨어져!"

호들갑스럽게 정은 환호성을 질렀다. '엔딩 로드'는 촬영물도 보지 않고 제멋대로 붙인 다큐 제목이었다. 맙소사! 마지막 길을 떠나는 사람들은 날이면 날마다 내가 배웅하지 않았던가? 정과 나이 어린 PD가 서로 미룬 걸 나는 어쩌자고 겁도 없이 덥석, 물었을까. 마지막 길은 누구라도 섣불리 들어설 수 없고, 대개는 예측불허인 불모지대이며, 설령 탁월한 직관으로 미리미리 준비하고 들어서는 길이라 하더라도 험악한 길인 것은 분명했다. 어쩌면 세상에 없는 길이었고, 어쩌면 세상의 끝에서 시작된 길이었으며, 어쩌면 세상 너

미에 있는 길이었다. 정의 말대로 무겁고 칙칙하고 고단한 일상밖에 없는 나는 그 진작 '엔딩 로드'에 들어섰는지도 모르리라.

　카메라는 흔히 볼 수 있는 주택가를 따라가고 있었다. 골목을 사이에 두고 양 옆으로 지붕이 낮고 오래된 가옥들이 즐비했다. 전봇대에서 전선이 늘어져 낮은 지붕 아래로 얼기설기했다. 카메라는 골목을 따라갔다. 자막이 화면 하단에서부터 상단으로 올라가고 있었다. '고독사, 쓸쓸하고 외로운 마지막.' 어스름한 골목을 따라 글자들마저 스러져 갔다. 다시 카메라는 칠이 벗겨져 군데군데 녹슨 대문을 들어가더니 햇볕 한 점 비춰지 않을 귀퉁이를 돌아 역시나 낡고 허름한 문을 잡았다. 함부로 긁히고 찍힌 대문이 열리자 그에 또 뒷속만 한 방이 나타났다.

　좁은 방에 휴지 뭉치와 각종 약봉지며 플라스틱 컵과 옷가지들이 나동그라진 채였다. 한쪽에 이부자리가 고스란했다. 윗목에 텔레비전은 켜진 채였다. 때마침 텔레비전에서 늘씬하고 예쁜 여배우가 아파트를 광고하는 장면을 카메라는 잠깐 잡고 나더니 곧바로 그 방의 천장과 벽지를 낱낱이 보여주었다. 천장 구석에 물이 샌 자국이 얼룩얼룩했다. 벽지 여기저기에도 검게 곰팡이가 핀 채였다. 내레이션도 배경음도 없었다. 완성되지 않은 다큐는 먹통이었다. 그 신산하고 비루한 방 안 한가운데 자막이 올라오는 중이었다. '오늘 당신의 물건이 유품이 될 수 있습니다.' 궁핍과 누추함이 물크러질 것 같은 방보다 더 자극적인 카피였다. 유품이라니! 나는 노트북 화면을 뚫어져라 바라보았다. 눈 씻고 봐도 그 방에 유품이 될 만한 물건은 없었다. 주인 없는 그 방에.

이내 카메라는 병원의 중환자실에 눈도 뜨지 않고 죽은 듯이 누워 있는 어떤 노인을 비추었다. 환의 사이로 앙상한 쇄골이 죄다 드러나고 마른 막대기처럼 몸피가 침대에 바싹 붙은 여윈 노인이었다. 성별의 구별이 모호했다. 남자인 듯 여자인 듯 한눈에 식별할 수 없었다. 화면을 돌릴까, 하다가 나는 그만두었다. 무슨 상관인가? 죽어가는 마당에……. 여자든 남자든, 여자이고 남자든, 남자이고 여자이든, 그런 건 아무런 문제가 되지 않았다. 늙으면 더 늙어가노라면 성과 성은 흐릿해지고 차츰차츰 경계가 무너지기 마련이었다. 그것은 죽기 마련이라는 말과 크게 다르지 않았다. 노인은 혼자였다. 노인 옆에는 아무도 없었다. 곧바로 다른 침상에 푸른 소독가운을 걸친 사람들이 둥그렇게 모여 있는 걸 카메라는 아주 잠깐 담았다. 교묘한 대조였다. 수단과 방법을 가리지 않고 극대화시키고 무차별하리만치 자극적이어야 하는 것이 방송의 생래성이라는 걸 확인하는 순간이었다. 정이 오래 견딘다는 생각이 뒤미쳤다. 멋대로 지껄였던 귀촌 운운에 정의 흐리멍덩했던 동자가 순간, 초롱초롱 빛났던 게 떠올랐다. 정은 언제까지 견딜까?

딴생각을 하는 사이 카메라는 관공소인 듯한 실내를 쓰윽, 훑었다. 무표정하고 얼굴에 광대뼈가 튀어나온, 게다가 화장이 들뜬 중년 여자가 서류에 볼펜을 찍어 대며 설명하는 장면이 이어졌다. 오디오는 나오지 않았다. 여자의 육성은 다큐에 필요치 않은 걸까. 하기는 이 나라 공무원들의 공무가 그저 공염불에 지나지 않은 경우는 비일비재했다. 실행 의지도 책무도 소양조차 전무한 부류가 책상과 컴퓨터를 꿰차고 해결할 수 없는 민원을 해결한답시고 들어앉은 꼴이었다. 숱한 경쟁을 뚫고 그 자리를 꿰찼더라도 그들은 실제 관할 지역 하수구 하나 뚫지 못하는 실정이지 않던가.

여자가 금방 사라지고 카메라는 병원 영안실로 옮겨 갔다. '안치실' 세 글자가 클로즈업되었다. 문이 열리는 순간, 나도 모르게 마우스를 끌어당겼다. 화면은 정지되었다. 늦은 밤, 홀로 모니터 앞에 앉아서까지 그 장소를 보고 싶지는 않았다. 되돌리고 싶지 않은 일상일 테니까. 나는 불과 두어 시간 전까지 그곳에서 일했다. 식사조차 거른 채. 정이 몇 개월 동안 신물 나게 쫓아다닌 현장이 내 일터인 것을 알았더라면 정은 내게 메모리카드를 내놓지 않았을까. 대신, 경악할 것이었다. '맙소사! 신랑·신부도 아니고 주검이었어?'

　망자는 중년 남자였고 사인은 급성심근경색이었다. 의뢰자는 여대생 딸이었는데 평소에 망자와 불협화음이 잦았다고 했다. 상조회에 가입하지 않은 상태여서 별도의 메이크업 비용을 지불할 터였다. 피부 손질을 마치고 색조 화장을 시작하려고 할 때 나는 배가 고팠다. 세파의 흔적을 별반 찾아볼 수 없는 망자의 얼굴은 천연했다. 의뢰자인 여대생은 고인의 손을 잡고 울먹였다. "아빠? 다음 생에서는 아빠 맘에 꼭 드는 딸 두세요. 공부 잘하고 말 잘 듣고 술 안 먹고 밤엔 일찍 귀가하는 공주님으로요." 잠시 후 탁자에 나열된 화장품을 유심히 들여다보면서 여대생 의뢰자는 눈동자를 반짝거렸다. 젖었던 눈가였는데 거짓말처럼 말짱했다. "근사한 메이크업이네요. 고모가 아빠를 화장해줘야 한다고 했을 때 까무러칠 뻔했어요. 저승사자가 알아보고 좋은 곳으로 데리고 간다면서요. 아빠를 잘 보내야 우리도 잘 살 수 있대요. 다 살고 가는 게 아니니까. 억울한 걸 감해줘야 한대요." 변색을 덮어 줄 파운데이션은 망자의 혈색에 맞추어 밝은 톤을 쓰기로 했다. 의뢰자는 지저귀는 참새처럼 대꾸하지 않아도 조잘거렸다. 밝은 감이 지나칠 것 같아 파우더와 파운데이션을 혼합했다.

　배고픈 위장이 꼬르륵, 소리를 냈다. 균의 문자가 떠올랐다. 요전 출국 후에는 감감소식이었다. 어쩌다 시차를 맞춰 전화하면 균은 무심했다. "아직 돈 있어요." 나는 일수쟁이가 된 기분이어서 전화기를 내려놓곤 했다. 무색하기 이를 데 없었다. 나는 말없이 브러시를 들었다. 다시 배 속에서 꼬르륵, 소리가 났다. 망자는 두 번째 콜이었고 이른 저녁밥을 혼자서 꾸역꾸역 먹고 염습실로 올라올 수는 없었다. 게다가 점심마저 이동 중에 빵조각으로 때웠던 참이었다. "배고픈가 봐요? 사실은 저도 배고파요. 밥 먹고 올까요?" 갑작스런 아버지의 죽음에도 딸의 위장은 여전히 운동 중일 것이었다. "먼저 내려가요. 작업이 끝나야 하니까." 의뢰자를 보지 않고 나는 재게 손을 놀렸다. 허기가 몰려왔다. 속히 끝내고 식당으로 내려가야지. 좀체 먹지 않던 육개장에 밥 한 공기를 말아먹고 허기를 면하리라.

　의뢰인 여대생이 휭, 나간 출입문을 쳐다보았다. 불협화음에 자주 다투더라도 균이 저 여대생처럼 재잘거리면 좋겠다는 생각을 했다. 공부 잘하고 말 잘 듣고 술 안 먹는 균은 얼마나 나를 허허롭게 만들던가? 때로 나는 오장육부가 텅, 비어 버린 것 같았다. 그 애의 군더더기 없는 소통방식 때문에. 그럴 때 허기는 아귀처럼 몰려오곤 했다. 죽어 누워있는 망자의 얼굴에 밀린 일감처럼 후다닥, 화장을 해주고 장례식장 고정메뉴인 육개장에 밥을 말아 먹는 기분은 어떤 걸까. 매콤하고 짜고 화학조미료 특유의 느끼하고 강한 맛이 혀끝에서 사라지지 않는 이상야릇한 기분일까.

　내 허기는 표현할 수 없는 별나고 묘한 무엇이었다. 그 무엇이 태평양 건너 균의 통화에서 더 고약한 이유를 알 수 없었다. 나는 이따금씩 짧은 국제전화 끝에 식탁으로 가곤 한다. 냉장고를 열고 김치든 풋고추멸치볶음이든 잡히는 대로 한 가지를 꺼내 놓고 밥을 먹는다. 입이 터져라, 아귀아귀. 그럼에도 텅 빈 배는 좀체 포만감을 느끼지 못한다. 채워지지 않는 허기다. 아귀도에 떨어진 영혼처럼. 그것은 앙상하게 마른 몸에 목구멍이 바늘구멍 같아서 음식을 넘길 수 없는 굶주린 아귀처럼 끝내 채울 수 없는 허기였고 좀체 메울 수 없는 결핍이었다. 나는 줄곧 식탁에 앉아 눈을 감는다. 채워지지 않을뿐더러 메울 수도 없는 것은 정작 무엇인가. 허기와 결핍뿐인가?

메이크업을 마치고 육개장에 밥을 막아 먹는 일은 일어나지 않았다. 다행인지 불행인지. 작업이 끝나기도 전에 조 대표는 저녁 약속을 알려 왔다. 사무실 벽면에 걸어 둔 일정표만 보더라도 그는 내 동선 일체를 한눈에 파악할 테니까. 조 대표가 내 반경을 한눈에 파악하는 것과는 달리, 나는 그를 한눈에 알아볼 수 없었다. 한눈팔지 않았어도 나는 그를 찾아낼 수 없었다. 조 대표와 내가 고급식당에 마주앉아 저녁 식사 중인 한가로움은 감히 한눈에 볼 수 없는 정경이었기 때문이었다. 호텔 레스토랑은 어두침침했다. 붉고 푸른 조명은 조도가 낮아서 맨 안쪽의 숨겨진 방처럼 독립된 공간에 그가 들어앉아 있는 걸 보지 못했다. 직원이 앞서서 나를 그에게로 안내했다. 검정색 셔츠와 재킷, 잿빛 바지 차림인 채로 나는 테이블 앞에 앉았다. 빈 의자에 검정재킷을 벗어 놓을 때 문득 떠올랐다. 장롱 속 핑크빛 재킷이. 아침에 나올 때 그걸 입었더라면 번듯한 저녁

266

식사가 될까.

"지난번 문제 말입니다."

"……."

의자에 앉자마자 조 대표는 말문을 열었다. 배고픈 나는 얼른 알아듣지 못했다. 장례식장에서 시뻘건 육개장에 허겁지겁 밥을 말아먹는 불상사는 일어나지 않아서 다행이라는 안도감도 잠시였다. 붉은 고춧가루가 문상객들의 액운을 막아준다는 속설 때문에 육개장은 장례식장의 고정메뉴라고 하는데, 내게 더는 모질고 사나운 운명이 남아있겠는가. 장례식장 메뉴가 변개되지 않듯 그곳 장례식장이 내 일터인 것도 변하지 않을 터니, 그보다 곤란한 운명은 다시없을 것이었다. 그러므로 고급 레스토랑에 조 대표와 마주앉아 있는게 외려 딱하고 어려운 실정이었다. 배고파 허기진 채 소통마저 곤란을 겪을 테니까. 닥칠 액운, 막을 운명도 변변찮으니 차라리 장례식장 고정메뉴인 육개장이나 한 사발 먹고 기운 빠진 몸을 회복하는게 나을지도 모르리라. 나는 자줏빛 꽃문양이 화려한 테이블보 위에 가지런한 빈 접시와 숟가락이며 포크, 유리잔 두 개를 물끄러미 보았다.

"그 문제 때문에 자릴 마련했습니다."

말마따나 문제는 문제였다. 내 배고픔과는 상관없이 교양과 품격을 중시하는 호텔 레스토랑의 느려터진 요리도, 머릿속에서 시뻘건 육개장이 뇌수를 타고 둥둥 떠다니는 듯한 착각도, 조 대표의 끈질기고 무모한 사업계획도, 그 사업계획이 계획으로만 끝나 주기를 바라는 내 태만한 속내도. 들여다보면 전부 문제였다. 문제투성이였다. 두 눈 똑바로 뜨고 보면 문제 아닌 게 없는 세상이지 않던가.

"문제는 수익성이죠."

"그러니까 따져보자는 겁니다. 지금 대한민국에 장례 메이크업 전문인이 몇 명이나 되는지, 과연 제대로 된 기술력을 보유했는지, 수입은 어느 정도인지, 상조 회사별로 데이터를 모아 봐야 합니다."

조 대표는 빈 접시를 옆으로 밀더니 주머니에서 수첩과 볼펜을 꺼내 들었다. 어둑어둑한 실내를 나는 둘러봤다. 연인들로 뵈는 남녀 몇 팀이 도란도란 식사 중이었다. 잔잔한 음악에 섞여 조잘조잘 애기소리와 접시에 포크, 나이프가 쟁강쟁강 부딪는 소리가 간간하게 들렸다. 문제덩어리를 툭, 던지듯 말을 꺼내놓자 조 대표는 무슨 중대 프로젝트이듯 시신 메이크업과는 도통 어울리지 않는 단어들을 열거하기 시작했다. 죽은 사람 얼굴 분칠하는 데 웬 기술력 보유에 데이터까지 수집하랴. 아무래도 문제덩어리가 확산되어 골칫덩어리가 될까, 걱정스러웠다. 근사한 식사도 하기 전에.

"어떤 맘 좋은 상조회사에서 경쟁업체 사업 확장에 자료 제공한답니까?"

"그건 문제될 거 없습니다. 현장 사람들한테 정보 얻는 거 어렵지 않아요. 일단 아티스트님이 결단해야 일을 진행하지요."

불빛이 미미한지 조 대표는 수첩에 메모하다 말고 머리 위 등을 올려다보았다. 천장에 매달린 축구공만 한 둥근 등에서 푸르스름한 빛이 은은했다. 때맞춰 레스토랑에서는 빌헬름 켐프의 피아노 연주가 틀림없는 '월광 소나타'가 흘러나왔다. 풍부한 상상력과 감수성으로 베토벤을 재해석한 저명한 음악가를 누구든 어렵지 않게 기억한다. 흰색과 갈색 머리카락이 반반쯤 섞인 초로의 켐프가 저 너머 먼 곳을 응시하는 우수에 찬 표정으로 베토벤의 소나타를 연주하는 모습은 어떤 설명도 필요치 않을 터다. 켐프의 연주가 개인적 독백에 가까운 베토벤의 은밀한 서정과 가장 닮아 있다는 평은 그래서 가장 정확한지도 모르겠다. 나는 빌헬름 켐프의 피아노 연주를 들을 때마다 저 먼 곳, 아주 먼 곳, 아니 이생이 아닌 저 생을 바라보는 듯한 그의 초점 잃은 게슴츠레한 눈빛을 잊을 수 없다. 황홀경에 빠져든 것처럼 세상 모든 것을 훌훌 털어 낸 비상하듯 가벼운 영혼. 몸짓과 표정이며 건반 위를 스러지듯 유연한 열 손가락은 가히 장광이었다. 부드러운 그 손가락 사이에서 '월광 소나타' 특유의 섬세함과 담담함은 여지없는 애수를 불러일으키지 않던가. 나는 푸르스름한 조명처럼 은은한 달빛을 그려본다. 그 달빛을 연주하는 켐프는 과연 저쪽 생의 무엇을 보았을까? 눈을 지긋 감고 피아노 선율을 따라다닌다.

사업계획을 세우거나 논하기에 레스토랑은 부적절한 장소라고 생각한다. 가만히 눈을 뜬다. 조명이 턱없어 그가 무슨 메모를 하는지 보이지 않는다. 낙서든 기호든 그 자신의 수려한 이목구비를 그리든. 고급식당에 와서 감칠맛 나는 요리를 탐하는 외에 더는 무얼 바라겠는가. 그가 낮은 조명을 확인하듯 덩달아 천장을 올려다볼 때, 식전 식빵이 나왔다. 결단을 촉구하는 조 대표를 개의치 않고 나는 대바구니 속의 식빵부터 집었다. 고소한 냄새가 코끝에 훅, 끼

처드는 순간이었다. "으응. 조금…… 아니지. 아직…… 해야지. 그래…… 먼저 자." 암호와도 같은 그의 전화통화는 고소한 빵 냄새를 단박에 혼비백산시켰다. 그의 낯빛은 흐릿한 조명 탓인지 어두워보였다. 마치 나쁜 암호를 해독한 것처럼 절망의 빛이 역력했다. '애랑…… 그의 가시…… 그의 진짜 사랑…….' 들었던 식빵 한 조각을 다시 바구니 안에 넣었다. 아무리 배가 고파도 빵맛은 느낄 수 없을 터였다. 식빵은 마치 마른 헝겊을 씹는 것처럼 질길 테니까.

"천천히 해도 늦지 않아요. 충분한 분석과 검토가 필요하거든요."

나는 의도적으로 성실한 직원처럼 답변했다. 그의 가시를 뽑아낼 수는 없기 때문이었다. 수도 없이 그의 몸 이곳저곳을 찔러댔을 뾰족한 가시를 그조차 뽑아내지 않은 채 욱신거리는 통증을 견디고 있지 않은가. 견딜 뿐만 아니라 가시를 향한 그의 진짜 사랑을 회의하고 자책하는 터였다.

"며칠째 평정 상태지요. 위태위태한 줄타기를 하는 기분입니다. 그 사람이 평정을 유지하면 사실 더 불안합니다. 해일 직전의 잠잠한 바다라고 할까요. 물고기가 파닥일 만큼 바닷물이 수백 미터 뒤로 빠지면 곧바로 거대한 해일이 밀려오는 식이지요. 그럴 땐 그 사람을 감당할 수 없어요. 꺽꺽 울어 대며 괴성을 지르는 건 예삿일입니다. 할 수만 있다면 머리통을 쪼개서 들여다보고 싶은 심정이지요. 그뿐입니까? 할 수만 있다면 가슴마저 열어서 어딘가에 숨어 있을 마음이라는 걸 꺼내보고 싶기도 합니다. 의사들은 하나같이 적적, 거립니다. 생물학적 · 신경학적 · 유전적 · 심리사회적…… 하면

서 말입니다. 알 듯 모를 듯 치료 또한 될 듯 안 될 듯 매우 알쏭달쏭
하지요. 약물치료도 중요하지만 배우자의 따뜻하고 편안한 공감과
배려가 치료에 절대적이라고 강조합니다. 나 때문에 그 사람 병이
낫지 않는다는 질책으로 들려요. 오히려 들떠서 몇 날 며칠 지내든
지, 말없이 입 다물고 밤낮 잠을 자는 편이 덜 불안합니다. 퇴근 언
제 하는가, 저녁밥은 먹었나, 피곤하니 먼저 자겠다, 그 사람이 아
무렇지도 않으면 나는 벌써 가슴이 쿵쿵거립니다. 폭풍전야가 따로
없어요."

　음식이 나오기 시작하자 그는 말을 그쳤다. 테이블 구석에 수첩과
볼펜, 전화기가 나란했다. 그와 나는 묵묵히 샐러드와 수프를 먹었
다. 야채수프는 새콤하면서 부드러웠다. 토마토로 국물을 내서 붉
은 빛깔이었다. 고픈 배는 어쩔 수 없었는지 핏빛처럼 붉은 수프를
떠먹자 텅 빈 것 같던 배 속이 빠르게 안정을 찾아갔다. 그 역시 낙
담한 낯빛에서 담담한 표정으로 바뀌는 중이었다. 혀끝을 녹이듯 새
콤하고 부드러우나 핏빛처럼 붉디붉은 수프를 떠먹으면서. 장례식
장 고정메뉴인 육개장과 닮은 빛깔이었다. 조 대표에게 액운이 온
다면, 아니 이미 왔다면, 붉은 빛깔의 토마토 야채수프가 막아줄 수
있을까. 모진 난관을 막아줄 수만 있다면 육개장이든 토마토 야채수
프든 온종일 먹어댈지도 모르겠다. 액운 하나 어쩌지 못하는 인생이
니 달리 방법이 없을 테니까. 어쩌면 운명이라는 거대한 소용돌이에
파묻히는 건 지극해서 일말의 항거조차 부질없을 것이었다.

　"그럼 내일 아침은 세찬 바람이 불겠네요. 일기예보 확인해 볼까

요?"

입술을 닦으며 나는 웃었다. 웃고 싶었고, 웃어야만 했다. 비바람을 몰고 올 내일이 그에게는 얼마나 두렵겠는가. 내일이 아직 당도하지 않았으므로, 오늘 밤이 아직 다 가지 않았으므로, 웃을 수 있을 때 웃고 보자는 막무가내는 아니었다. 연민은 기습적이었다. 그의 두려움에 불현, 동참하고 싶었다. 함께해서 그의 위험이나 불안이 감소된다면 나로서는 기꺼울 것이었다.

"미리 확인할 필요 뭐 있습니까? 내일은 내일의 해가 뜰 겁니다."

"그래요. 스칼렛 오하라가 바람과 함께 사라질 수는 없어요. 그렇담 불후의 명작, 희대의 영화도 탄생하지 않았어요."

숟가락을 놓으며 그 역시 웃었다. 맞는 말이었다. 내일도 태양은 분명 떠오를 테니까. 달이 지고 해가 뜨고, 다시 해가 지고 달이 뜨는 걸 바라보기만 해야 하는 인간의 속절없음은 얼마나 갸륵한가. 해와 달이 인간을 위해 존재한다고 믿는 것은 대단한 우주적 통찰일까.

"회사는 회사대로. 그 사람은 그 사람대로. 폭풍입니다. 내가 바로 바람과 함께 사라질 지경이에요. 사라지지 않으려면 폭풍 속으로 들어가는 수밖에 없다는 걸 알았지요. 어디로든 회리바람이 나를 몰아다 부려 놓지 않겠어요?"

씁쓸한 미소였다. 푸르스름한 조명 아래 그의 얼굴조차 창백해 보였다. 갸름한 얼굴선과 뚜렷한 이목구비마저 핏기 없이 푸른 기가 감돌았다. 하룻밤에 늙어 버리는 희귀병을 앓고 났듯 그는 십 년은 더 산 사람처럼 나이 들어 보이기까지 했다.

"회사에 무슨 사정이라도?"

겉늙어버린 그의 얼굴 위에 균의 마른 등허리가 구부정한 채 어른 거렸다. 동시에 조작된 이미지였다. 그가 폭풍전야를 두려워하듯 나 또한 두려움과 대면하고 있었다. 틀림없이. '모심'이라는 배에 균을 승선시켰으므로.

"돌파구가 필요합니다. 제자리걸음은 퇴보의 다른 말입니다. 거물급 상조 회사마다 억대연봉 장례팀장을 영입하는 데 혈안이지요. 상조분야 역시 영업·마케팅이 대세라는 겁니다. 10년 후엔 고객 1,000만 시대, 20년 후엔 1,300만 시대를 겨냥하고 지금 발 빠르게 움직이고 있어요. 모심의 딜레마는 거물급에 같은 방식으로 대처할 수 없다는 데 있습니다. 규모와 자산, 외형과 시스템, 어느 것 하나 겨눌 수 없어요. 내실 있는 경영과 정직, 친절 이미지도 거물급의 전문성과 물량공세 앞에서는 결국 한계에 직면할 겁니다. 이대로 어물어물하다가는 언제 잠식당할지 모릅니다. 모심의 특화된 장례 메이크업을 키우겠다는 취지도……."

때마침 메인 요리인 안심스테이크와 리용식 감자와 소스가 나왔다. 조 대표는 장황하게 늘어놓던 이야기를 멈추고 하우스와인 두 잔만 주세요, 하고 주문했다. 앳된 웨이트리스가 과도한 미소로 예, 고객님, 이라고 대답했다. 입가가 폭 패이고 눈가에 주름이 잡힐 정도의 지나친 웃음이 억지스러워서 쓸쓸했다. 기름기가 흐르는 고기는 질기지 않고 보드라웠다. 감칠맛은 모심의 위기상황과 관계없었다. 입맛은 인간의 감각 중에 어쩌면 가장 이기적이고 간사한 것인지도 모르겠다. 조 대표는 가만가만 고기만 썰었다. 선홍색 육질이 고스란한 질 좋은 한우였다. 잠깐 사이 앳된 웨이트리스가 예의 억지웃음으로 와인 두 잔을 가져다 놓고 돌아가자 그는 냉큼 와인부터 마셨다. 내게 권하지도 않은 채. 그는 어지간히 갈증에 시달렸을까.

"그 취지가 취직자리를 만들어 보자는 얘기군요. 장례학과 애들을 모집하고 가르쳐서 시신 메이크업에 투입하자, 모심에서 메이크업 인력을 확보하고 각 상조회사로 파견하자, 그런 건가요? 아티스트 협회를 설립하고 각 상조회사에 파견된 직원들의 임금은 모심에 들어오는 형식으로? 그러니까 모심 내에 인력회사가 하나 생기는 셈이네요."

우물우물 스테이크를 씹으며 나는 조 대표의 사업계획을 퍼즐 맞추듯 했다. 허무맹랑한 구상은 아니었으나 과연 이 나라 장례관습과 전통적인 죽음의 개념이며 그에 따른 시민정서가 얼마만큼의 시신 메이크업을 수용하게 될지는 의문이었다.

"인력회사라고 해서 얕볼 수만은 없습니다. 그깟 수수료 따먹기 위탁업체 기능이라고 소홀히 볼 것도 아닙니다. 어차피 나중에는 장례 메이크업을 수료한 사람들이면 전부 모심에 그물망처럼 걸리게 돼 있어요. 모심이 장례 메이크업 분야의 시발주자니까. 분명 메이크업과 지도사를 겸하는 친구들이 많아질 겁니다. 쉽게 말해서 거물급 상조회사가 영업·마케팅에 전력하는 반면에 모심은 현장인력을 확보하는 셈입니다. 그 인력을 재투자하면 현장은 말할 것도 없고 자연스럽게 홍보역할까지 하는 시스템이죠. 그렇잖아요? 현장에 투입하면서 홍보수당을 따로 지급하면 일석이조니까요. 각 상조 회사마다 현장정보를 모아오는 것도 회사 경영에는 매우 고무적입니다."

약간 핏기가 있는 스테이크를 그는 와인을 곁들여 먹었다. 오래된 습관처럼 퍽 편안해 보였다. 그럴 때, 그의 몸속 가시는 제거된 것처럼 보였다. 폭풍전야, 라고 두려움을 비친 낯빛은 어디에도 없고 젊고 패기 넘치는 경영자로 돌아와 있었다. 생의 이면에는 과연 무엇이 들어 있을까. 비밀, 비의, 불가사의…… 나는 그의 가시와 진짜 사랑조차 알 수 없었다. 도통 알 수 없었다. 아주 천천히 입술 끝과 혀끝에 와인을 축였다. 알 수 없고, 알아지지 않는 것들 때문에 내 신체기관은 저절로 느리게 움직였다. 레드와인은 단맛이 났다. 그의 사업계획 역시 달달하기는 마찬가지였다. 모심이라는 배가 난항을 겪거나 좌초될 가능성은 제로였다. 확신에 찬 그를 보면서 나는 마지막 남은 스테이크 한 점을 먹었다. 세상이 온통 알 수 없는 것들로 그득하더라도 위장만 채운다면 그 세상을 꿋꿋하게 살아갈 수 있을까. 포만감이 밀려왔다. 바닷물이 들어오듯. '모심호'의 항해는 과연 순조롭고 안전할까. 혹시 표류하거나 난파의 가능성이 손톱만큼이라도 있다면 속히 배에서 내려야 했다. 승객은 정작 내가 아니라 균이었기 때문에.

"안전운항을 기원해요."

길게 말하고 싶지 않았다. 배가 부른 탓인지 나른했다. 그도 그럴 것이 온종일 굶어 허기진 위장에 고기의 기름기가 좔좔 흘렀을 터니.

"항해사는 내가 아니라 아티스트님이에요. 아티스트님 역할이 중요합니다. 아티스트님은 사람을 키우는 데 치중하게 하고 현장은 다른 사람을 투입할 작정입니다."

그의 접시에 스테이크 두어 점이 소스를 뒤집어쓴 채 남아 있었다. 잔은 비었다. 그가 수첩을 펼치더니 낮은 조명 아래서 무언가를 보았다. 나는 아직도 절반이나 남아 있는 레드와인을 느릿느릿 마셨다. 앳된 웨이트리스가 파스타 접시를 들고 다시 나타났을 때, 그는 내게 수첩을 건넸다. '유난희 · 680225 · 화이트× · 레드○ · 미디움 레어 · K호텔' 암호는 조금 전 그의 절망적인 낮빛이 아니라 수첩에 고스란했다. 이름과 숫자와 각종 외래어 표기를 몰라볼 수는 없었으나 뜻밖이었다. 대체 무슨 의도 무슨 의미인지. 버젓하게 생년월일을 적어 놨는데도 나는 알아보지 못했다. 천치처럼 눈을 끔벅이며 잠시 동안 그를 쳐다보았다. 구운 빵 속에 새우와 으깬 파슬리, 스파게티면과 크림소스를 부은 파스타가 돛단배 모양을 본떠 장식된 것을 내가 알아차렸을 때 비로소 그가 경쾌한 목소리를 냈다.

"축하합니다! 미역국은요?"

당연히 축하 메시지도 미역국도 나와는 상관없었다. 누가 생일을 기억하겠는가. 나 자신조차 잊고 살아온 세월이었다. 그뿐인가? 수첩에는 당연히 모심의 새로운 사업구상이 빼곡하고 즐비하게 명시되었으리라, 털끝만 한 의심도 없었다. 그랬어야만 마땅하고 옳은 일이었다. 정확한 데이터를 통한 치밀한 분석이야말로 사업성을 검토하는 기본 중의 기본이 아니던가. 경영자라면 당연히 그랬어야 옳았다. 그런데 그는 대표의 직분을 망각하고 생일 이벤트를 벌인 셈이었다. 당연히 대표로서는 부적절한 처신이었다. 아무래도 조 대표의 새로운 사업계획은 그저 계획으로 끝나 주는 게 나을 성싶었다. 과연 모심호의 출항을 막아야 하는 걸까. 막을 수만 있다면 막고 싶었다. 좌초와 난파는 참담한 결과를 초래하는 걸 그도 잘 알고 있을 테니까. 세상에 알 수 없고 알아지지 않는 일들이 수두룩하더라도 심해에 수장되는 극한을 그가 모를 리 없을 것이었다.

"스테이크와 와인과 파스타 외에 무얼 더 바랄까요? 아무튼지⋯⋯."

"아, 저런, 미역국조차 생략한 겁니까?"

아무튼지 고맙긴 하지만 아무튼지 새로운 사업계획은 백지화시키는 게 마땅하다고, 모심호의 안전을 위해서 출항을 포기하라고, 만류하려던 참인데 그새를 못 참고 조 대표는 촉새처럼 불쑥 물었다. 빵을 구워 돛단배 형체를 만들고 안에 새우와 야채, 스파게티면을 집어넣은 파스타를 나는 내려다보았다. 무슨 말을 할까. 그는 또한 어떤 대답을 원할까. 역시나 알 수 없었다. 세상은 온통 모르는 것뿐이었다. 언제쯤 알 수 있을까. 풀기 어려운 미적분처럼 복잡하고 어려운 세상사를.

"돛을 먼저 파먹어야겠네요."

나이프로 돛을 벌리고 포크로 식빵을 파헤치자 내용물이 나왔다. 새우와 크림소스 스파게티면을 건져 먹었다. 새우는 육질이 쫄깃쫄깃했고 크림소스면은 부드럽고 고소했다. 포만감은 또 다른 식욕을 자극했다. 미역국을 먹지 못한 탓이었을까.

"돛을 부수든, 배를 부수든, 미역국만 하겠습니까? 어차피 난파선은 망망대해를 표류하다 마는 겁니다. 어차피."

"그러니까 아예 출항을 포기해야지요. 다른 돌파구를 찾아봐요. 죽은 사람한테 메이크업이 먹혀들려면 우선 산 사람부터 편견을 깨야 하잖아요. 따지고 보면 시신 메이크업은 인간의 품위를 지키려는 마지막 형식일 수도 있죠. 장례문화가 그걸 자리매김할 때까지 시신 메이크업은 담보 상태일 거니까요. 금기나 터부시할 대상이 아니라 누구나 자연스러워지는 죽음, 혹은 죽음관이 정착돼야 가능해요."

조 대표 또한 식빵을 파고 새우를 건져 먹는 중이었다. 오물오물 입 모양을 최대한 작게 해서 음식물을 씹는 그가 모심호의 선장으로서 미덥지 않아 보였다.

"아티스트님? 그래서 모심에서 시작하자는 겁니다. 죽음, 또는 죽음관이 바뀌도록. 선진국 장례문화로 말입니다. 그걸 우리가 하자고요. 우리가."

"대표님? 우리는커녕 나조차도 시신 메이크업은 금기 사항이에요. 아주 철저하게요. 종사자인 나조차도."

파헤쳐진 파스타는 마치 난파된 돛단배의 잔해와도 같았다. 으깨진 파슬리며 토마토가 나뒹굴어진 접시를 내려다보면서 그와 나는 서로 공식명칭으로 응대했다. 매우 보편타당한 호칭이었다. 그와 나의 관계며 사리에 비추어도 가장 적절한 호칭이었다. 노사 간은 어떤 처지에서도 면피 가능할까. 이중성은 얼마나 편리한 방식인가. 그와 나는 서로를 쳐다보았다. 그의 눈빛은 낮은 조명 아래서 형형했다. 많은 말들을 담고 있었고 털어 내지 못해 맹렬하게 쏟아지는 눈빛이었다. 나는 슬그머니 고개를 돌렸다. 그 눈빛을 마주할 자신이 없었다. 칸막이 저쪽 중앙 홀에는 이미 손님이 다 떠나버린 빈자리만 오도카니 어두운 조명을 받고 있었다. 이 정도면 생일 이벤트는 흡족하다고 생각했다. 더는 지체할 수 없다고, 나는 조급해졌다.

그때 또각또각, 구두소리가 들렸다. 디저트를 들고 웨이트리스가 다시 왔다. 푸딩과 홍차를 내려놓는 절제된 웨이트리스의 동작이 한순간 아름다워 보였다. 성장을 멈춘 채 평생을 살아도 괜찮을 앳된 소녀였다. 시신 메이크업은 비루한 죽음을 미화했을 뿐 생생함에 견줄 아름다움은 없을 것이었다.

"고마워요."

"아, 예. 맛있게 드세요."

앳된 웨이트리스는 멋쩍어했다. 고맙다고, 자동화된 기계처럼 말하던 순간 스스로가 의아스러웠다. 나는 사교적이지도 친절하지도 못한 축이었다. 말해 놓고도 적이 어색해서 재빠르게 눈길을 돌렸다. 빈자리는 어서 일어날 것을 재촉했다.

"이미 당신과 나는 한배를 탔어요. 항해 도중에 내리는 위험이 있던가요? 항구에 도착할 때까지 계속 가 보는 수밖에 방법이 없습니다."

말을 마치고 그는 입술을 굳게 닫았다. 홍시로 만든 소스를 곁들인 푸딩은 입에서 살살 녹았다. 달면서도 느끼하지 않은 맛이었다.

그의 표정은 자못 비장해 보였다. 나 혼자서 디저트를 먹기에는 좀 쓸쓸했다. 그가 코앞에 있음에도 불구하고.

"우선 달달한 푸딩부터 먹고요. 맛이 괜찮거든요."

또다시 나는 사교적이고 친절하게 굴었다. 항해는 계속될 것이고 태평양을 건너면 균은 거기 있을 테니까. 배가 도착할 때까지 선장과 항해사는 운명을 함께할 것이었다. 선택의 여지없이.

"순조로운 항해일 겁니다. 믿고 따라오세요."

"……."

단번에 한 숟가락을 푹, 떠서 그는 먹었다. 푸딩 절반이 없어졌다. 나는 대답 없이 푸딩만 떠먹었다. 숟가락 끝으로 아주 조금씩. 시간이 꽤 갔고 실내에는 단 한 명의 손님도 남아 있지 않았다. 머뭇거릴 때가 아닌 줄 알면서도 느릿느릿, 게다가 병아리 눈물만큼씩 디저트를 먹는 중이었다. 가만 보니 조 대표의 접시는 깔끔하게 비어 있었다. 그가 홍차를 마실 때 수첩 위 전화기가 부르르 떨었다. "으응, 응. 지금?" 나는 숟가락을 놓았다. 홍차는 마시지 않았다. 미역국도 생략했는데 홍차 한 잔이 무슨 대수인가. 전혀 문제되지 않을 것이었다. 어서 들어가요, 다급하게 말하며 빈 의자에 두었던 검정 재킷을 잘 훈련된 군인처럼 속히 입었다. 검정 재킷은 신물 나게 입는 옷이었다. 지겨워서 피로가 누적되는 일상처럼. 그럼에도 일상은 문제 삼지 않기에 문제되지 않을 수밖에.

문제는 밖에 나왔을 때 비가 내리고 있었다. 밤이었고 홀로 귀가

하기 막막했다. 더 문제라면 그 비가 봄을 재촉하는 데 있었다. 추적추적, 싹을 틔우려는 봄비였다. 파릇한 것들이 땅을 뚫을 때 그 몸살이 얼마나 격할 것인가. 나는 천천히 빗속을 걸었다. 조 대표가 두 번째 전화를 받는 모습을 떠올렸다. 힘없이 찻잔을 내려놓는 손의 미세한 떨림을. 날렵한 콧등과 눈가에 어른거리던 서늘한 기운을. 체념하듯 전화기를 내려놓던 그 무력감은 고스란히 내게 전해졌다. 애랑은 지금 정처 없이 비를 맞으며 거리를 헤매는 걸까. 그녀 역시 싹을 틔울 마음이 동요하는 걸까. 숱한 몸부림을 끝내고 기어이 굳은 땅을 밀고 올라오는 중일까. 겨우내 웃고 울고 소리 지르고 잠자던 그녀가 이제 풀려나는 걸까. 제발 그랬으면 좋겠다고, 비록 내 귀가가 쓸쓸하더라도 그녀의 영혼이 풀려났으면 좋겠다고, 나는 바랐다.

조 대표는 레스토랑에서 나와 뒤도 돌아보지 않고 빗속으로 달려갔다. 쏜살같이 뛰어가는 그의 뒷모습이 웬일인지 허망해 보였다. 무엇을 위해 그는 달릴까. 모심의 새로운 사업계획…… 진짜 사랑과 가짜 사랑의 언밸런스…… 대표로서의 균형 감각을 상실한 생일 이벤트…… 그가 달리는 목적이 나는 궁금해졌다. 그는 정녕 무엇을 얻기 위해 달리는 걸까.

20

'무연사회, 무연고사는 도래했습니다.'

매우 침착하고 균형 잡힌 카피라고 생각했다. 평범한 문장 속에 삶과 죽음에 관한 비범한 통찰이 담긴 한 줄 언어였다. NHK 다큐멘터리는 파격적이지도 선동적이지도, 그렇다고 느슨하거나 편협적인 것도 아니었다. 억지스럽거나 무리한 논리를 내세워 시청자를 설득하겠다는 취지는 더더욱 찾아볼 수 없었다. 누구나 공감할 만한 내용으로 보편 정서에 닿은 잘 짜인 다큐였다. 그뿐만 아니라 인간의 죽음문제를 동시대 일본 사회의 이슈인 고독사와 완벽하게 병치시켜서 일대 반향을 일으킬 만한 영상물이었다. 정이 건넨 남은 메모리카드 한 개를 컴퓨터에 넣으면서 나는 왜 고약한 기분이었을까. 정에게 모방의 진가가 무엇인지를 보여 주므로 다시는 이런 부탁을 해오지 못하도록 미연에 방지하겠다는 일말의 의도 때문이었을까. 아니면, 날이면 날마다 대면하는 죽음을 귀가 후에까지 영상물로 지켜보는 게 지긋지긋했을까. 그것도 아니라면, 늦은 밤 게다가 봄비 오는 밤에, 홀로 앉아 모니터를 주시하며 죽음에 관한 문장들을 뽑아내야 하는 설명할 수 없는 미묘한 감정이었는지도 모르리라.

자연사와 자살은 무론, 대상 또한 청년과 장년이며 노인을 아울렀다. 철저한 사례를 토대로 실증적이었고 경우에 따라서는 추적 형식을 가미했다. 가족이 없는 무연고사와 가족이 있더라도 고독사한 경우는 엄밀히 따지고 보면 결코 다르지 않은 죽음이었다. 임종마저 혼자였다는 비극. 혼자 그 쓸쓸하고 막막한 길을 떠났다는 비애였다. 사실, 비극이나 비애는 떠난 자에 대한 남은 사람들의 완곡어법에 불과한지도 모르겠다. 카메라는 도쿄와 인근 소도시, 그리고 먼 어촌까지 구석구석 쫓아다녔다. 도시의 손바닥만 한 공간에서 은둔 생활을 하던 외톨이 청년이 스스로 목을 매거나, 가족이 없는 어떤 노인이 정부보조금에 의탁해 살다가 노쇠하여 병들어 죽거나, 그나마 정부 보조금조차 여의치 않았던 노숙인이 이곳저곳을 전전하다 급작스런 심장마비로 사망하거나, 그들 죽음은 전부 마찬가지였다. 병원과 영안실이며 절과 무연고 시설을 빈틈없이 따라가며 촬영한 다큐는 짐작대로였다. 다큐멘터리 제작에 정평이 난만큼 실력이 만만치 않았다. 사실에 근거하여 사회문제를 일목요연하게 짚어냈을 뿐 아니라 삶과 죽음에 관한 철학적 깊이를 담아내고 그걸 토대로 미래를 전망하는 수준까지 나아갔다. 1인 세대가 증가하는 사회현상에 맞물려 결국 혼자 죽음을 맞이할 수밖에 없는 동시대인들에게 많은 것을 묻고 대답하며 고민하게 하는 다큐였다. 어떻게 살고 어떠한 죽음으로 죽어야 할 것인지⋯⋯.

으스스, 한기가 들었다. 주차장을 걸어오다 봄비를 맞은 때문일까. 물론 옷은 흠뻑 젖지 않았다. 만약 빗물에 옷이 축축해졌다면 이웃나라의 다큐처럼 비애스러움을 자연스럽게, 그리고 은연중에 끌어냈을 것이었다. 다만, 아직은 겨울이 죄다 물러가지도 봄이 세상천지 따사로움을 선물하지도 않는 시기였다. 게다가 급하게 일어나던 바람에 디저트로 나온 따뜻한 홍차를 버려두고 오지 않았던가. 알아들을 수 없는 내레이션을 굳이 듣지 않더라도, 친절하게 한글자막이 처리된 화면 하단을 눈여겨보지 않더라도, 영상만으로 충분했다. 다큐가 담고 있는 내용 전체를 파악하는 것은. 담당 PD와 구성작가가 어떤 사람인지, 편집 의도는 무엇인지, 훤히 알 수 있었다. 불과 두어 시간 전까지 알 수 없고 알지 못했던 일들마저 죄다 술술 알아질 것 같았다. 조 대표는 왜 새로운 사업을 무리하게 추진하려고 하는지, 왜 그의 아내 애랑은 몹쓸 병에 시달리고 있는지, 왜 내 생일 이벤트는 치러졌는지, 균은 왜 전화조차 없는 것인지.

어깨가 시려 왔고 손목마저 시큰시큰했다. 매번 긴장하지 않으려고 해도 작업하다 보면 손목에 지나치게 힘이 들어가곤 한다. 시신의 상태와 죽음의 형태, 연령에 따른 마음가짐은 제각각 달랐다. 그럴 때마다 나는 전문인이 아니라는 지각이 일곤 했다. 능수능란함이 결여된 아마추어는 원래 실력이나 태도, 방식에서 차이가 나기 마련이었다. 문자의 세계를 떠난 것도 나는 스스로 아마추어라는 생각을 떨칠 수 없어서 가능하지 않았던가. 그렇다면 시신 메이크업도 그만두고 떠나야 하는 걸까. 붓을 들거나 펜슬을 들고 머뭇거릴 때가 종종 있다. 아연하게도 눈을 감고 누워 있는 망자 앞에서.

나는 일어나서 주방으로 갔다. 다큐를 내버려둔 채. 마시지 못한 홍차는 아니더라도 대신 녹차 한 잔을 만들었다. 곱슬곱슬 잘 볶은 잎 녹차를 우려내는 동안 식탁 의자에 앉았다. 지난 겨울방학, 균이 줄곧 앉던 의자였다. 원목의자는 튼실했다. 결이 그대로 보존된 의자는 어쩌면 그 애와 많이 닮아 있다. 세상 무슨 일에도 끄떡하지 않고 제자리만 고수하는 균은 제 본분에 지나치게 충실해서 때로 튼튼한 가구처럼 보이기도 했다. 붙임이 없는 탓에 그 애는 전화마저 하지 않는 걸까. 균은 잘 있으리라. 무탈하게. 시계를 확인하고 시차를 셈해 본다. 통화하기에는 적당하지 않다. 두 손으로 찻잔을 감싼다. 온기가 전해졌다. 한기 드는 몸에는 따뜻한 차 한 잔이면 족할 것이다.

거실 컴퓨터에서는 남자 내레이션의 조근조근한 음성이 이어진다. 억양의 높낮이와 세기가 썩 두드러지지 않은 유연한 목소리다. 차분하고 부드러운 목소리에 유인되듯 나는 찻잔을 들고 다시 모니터 앞에 앉는다. '어느 누구도 알아차리지 못했다.' 자막이 뜨는 화면에는 가운데 복도를 두고 양옆으로 현관문이 빼곡하게 박혀 있다. 한국의 여느 오피스텔이라고 해도 상관없을 공동주택쯤으로 여겨졌다. 현관문 앞에 신문이 쌓였고 배경음이듯 가느다랗게 텔레비전 소리가 흘러나온다. 들릴 듯 말 듯. 바로 옆집에서 사람이 죽은 걸—아니 지금 죽어 가고 있거나 이미 죽은 지 몇 날 몇 달이 되었거나—모르는 채로. 사망자가 언제 켜 두었는지 모를 텔레비전 소리는 너무 작아서 안개처럼 희미하고 흐릿하다. 촘촘하게 박힌 현관문 안에 저마다 사람들이 살았을 터다. 내레이션은 담담했다. 한숨 한번 짓지 않고 또박또박 대본을 읽었을 것이었다. 나도 모르게 휴우, 깊은 숨이 절로 나왔다. 아무래도 나는 아마추어에 머물 뿐이었다. 무슨 일이든.

녹차 한 모금을 목울대로 넘기자 위장이 따뜻해지는 기분이었다. 설령 나는 아마추어에 멈추더라도 정의 방송만은 어설프거나 허술하지 않도록 문장을 만들고 헤드라인을 뽑아 줘야겠다는 생각이 뒤미쳤다. 정의 방송국에는 슬퍼하거나 한숨 한번 쉬지 않고 차분하고 침착하게 내레이션과 헤드라인을 읽어 줄 성우며 아나운서가 차고 넘칠 테니까. 나는 그저 따뜻한 차 한 잔으로 목을 축이며 한기를 달래면서 이따금 바윗덩어리처럼 무겁고 시름에 겨운 한숨을 폭폭, 들이쉬고 내쉬며 문자를 조합하면 그만이었다. 책상 위에 귀걸이처럼 생긴 메모리카드 한 개가 덩그맣다. 정과 나이 어린 교양국 PD와 스텝들이 만들었다는 다큐 촬영물이었다. NHK 제작물은 끝을 향해 가는 중이었다. '내가 죽은 후 부탁합니다.' 혼자 살아가고, 앞으로도 여전히 혼자일, 역시나 혼자 죽을 사람의 사전예약 문구가 한 업체의 전화벨 소리와 함께 자막으로 올라온다. 나는 연거푸 두 번 녹차를 홀짝였다. 뒷맛이 좀 씁쓸했다.

실내를 둘러보았다. 거실 한가운데 소파와 테이블과 텔레비전이, 베란다 쪽으로 절반 이상이 책장과 책상이 차지하고 있었다. 확장한 발코니에서는 바람이 세어들었다. 물론 방문을 열어도 다르지 않을 것이었다. 붙박인 농과 화장대며 서랍장 따위들. 나는 가구처럼 혼자였다. 1인 세대는 이웃 나라뿐 아니라, 오늘 이 땅 이 도심 속에서 살아가고, 살다가 죽을, 아니 죽을 수밖에 없어서 죽어져야 할, 내게도 마찬가지였다. 이변이 없는 한 나는 혼자였다. 혼자일 것이었다.

장신구처럼 예쁘장하게 생긴 작달막한 메모리카드를 컴퓨터에 꼽는다. NHK 제작물을 담은 메모리카드가 목걸이로 적당하다면 정의 촬영물이 들어 있는 것은 귀걸이처럼 더 작고 앙증맞았다. 그 안에 들어있을 영상물과는 매우 대조적인 외형이었다. 목걸이 귀걸이가 다 무어란 말인가. 가제 '엔딩로드'의 산물이려니……. 사람의 마지막은 썩 유쾌할 수 없을 터였다. 두 개를 바꾸어서 빼고 넣으며 나는 잠을 설칠 작정을 했다. 눈동자가 뻑뻑하고 침침해서 책상 구석에 둔 인공누액을 망설이지 않고 주입한다. 오래전부터 인공누액은 없어서는 안 될 상비약이었다. 내 눈은 종종 건조했다. 수액이 죄다 빠져 버린 메마른 나무처럼. 눈물샘의 기능저하는 때때로 불편을 초래했다. 책과 컴퓨터에 장시간 노출된다거나 심한 바람을 쏘일 때 영락없이 눈동자는 시리고 쓰라리며 심할 경우에는 콕콕 쑤셔대기 일쑤였다. 대낮의 밝기조차 감당할 수 없는지 그만 눈이 부셔서 눈꺼풀이 무거워질 때가 허다했다. 그 이물감과 피로가 누적되면 나는 맹인처럼 더듬더듬 인공누액을 찾았다. 콕콕, 바늘로 찔러 대는 통증은 일시에 눈을 감아버리게 만든다. 나는 눈물샘 이상기능에서 오는 원인조차 이상한 안구건조증이라는 이 어처구니없는 질병이 어째서 발병했는지 곰곰 유추해 보기도 한다. 눈물이 과도하다거나 눈물이 인색하다거나 어찌 되었든 생물학적인 요인만은 아닐 거라는 의심은 여전히 지울 수 없다. 대체 슬픔과 아픔이며 고통과 기쁨마저 대변하고 환기시키는 눈물샘의 이상기능이라니? 눈물샘이 넘쳤거나 메말랐던 적이 내게 있었을까. 그런 생래적인 현상조차 애초부터 나는 불가능했을까? 오래전, 개미떼가 줄줄이 기어가듯 글자와 단어와 문장이 점점이 이어지던 한글화면을 뚫어져라 보고 있으면 어느 사이 주르륵, 눈물이 흘렀다. 눈물샘을 자극할 만큼 내용이 슬프거나 통쾌할 수 없는, 대개가 밋밋하고 건조하고 지지부진한 글이었다. 컴퓨터에 장시간 노출된 결과라고 치부하기에도 석연치 않았다. 그렇다면 문자의 세계를 떠난 이후는 무엇으로 설명하랴.

꼭지마다 화면을 되돌려서 영상물을 확인한다. 인공누액은 눈동자 속으로 기름처럼 스며들어 금방 뻑뻑한 걸 면해 준다. 촉촉하고 유연하다. 나는 동자를 깜박이며 반복적으로 정지와 재생버튼을 눌러 간다. 다른 창에 한글화면을 띄운다. 몇 개의 헤드라인을 뽑아낸 다음 거기다 근육을 만들고 살을 붙이면 내레이션이 될 것이다. 특이할 만한 장면을 우선 골라내서 클릭한 다음 한글화면에 문장을 만들기 시작한다. '단절, 그것은 고립된 섬입니다.' '도심 속에서 우리는 각각 섬이 되어 갑니다.' 자판을 두드리고 나서 아직도 온기가 남은 녹차를 마신다. 시린 어깨도 움찔거려 본다. 목 주변이 뻐근하다. 꽤 오랜만에 한글화면을 펼쳐 놓은 탓인지 소원했던 친구를 만난 것처럼 반가운 기분이다. 한때는 진절머리가 극에 달해 한글화면이 일거에 내 머릿속을 백지장처럼 하얗게 만들기도 했었다.

영상물은 병원 영안실을 담고 있다. 시신 한 구가 모자이크 처리된 상태였고 양옆에서 장례지도사 두 명이 습을 하는 중이었다. 이전 화면과의 맥락에서 볼 때 아마도 무연고 사망자를 수습하는 장면일 듯싶었다. 내게는 일상적이어서 지루하기까지 하다. 책상 앞에 앉아서 베란다를 넘어다본다. 빗줄기가 굵어졌는지, 조용한 밤이어서인지 추적추적 소리가 난다. 빗소리는 늦은 밤 어둠뿐인 허공에 공명되어 둥둥 떠다니는지도 몰랐다. '과연, 훌훌 털어 버렸을까?' 식상하지만 그대로 입력한다. 사람이 나고 죽는 게 어제오늘의 일이던가? 반복이 지겨워서 끼니를 거를 수 없는 것처럼 일상이 싫증난다고 하루하루를 건너뛸 수는 없는 노릇이었다. 그러므로 색다르고 뛰어난 헤드라인만 뽑아낼 수는 없을 것이었다. 평범한 사람들, 예사로운 일들이 때때로 감동을 선물하지 않던가. 고인은 온갖 생의 얽힘을 풀고 그 육중했던 무게마저 내려놓았을까.

영상물을 그냥 놔둔다. 정지 버튼을 클릭하지도 어느 장면을 되감거나 추월하여 다른 특정 장면을 선택하지도 않았다. 그저 영상물을 쫓다 보면 적재적소의 헤드라인이 저절로 뽑아질 테니까. '내 죽음을 어떻게 알릴까?' 사실대로, 담담하게, 그러나 1인칭을 도입한다. 효과적인 전달을 위해. 죽은 지 한 달이 넘어서야 시취로 자신의 죽음을 알린 어떤 망자를 소개하는 장면 앞에서 나는 아연실색한다. 악취로 이웃에게 자신의 죽음을 알리다니! 다소 충격적이었다. 깨끗하고 가지런한 뒤를 남기고 떠나는 게 낫지 않았으랴. 영상물의 분과 초 단위를 기록하면서 문장을 만들어 간다. '재깍재깍, 촌각을 다투듯 마지막도 시시각각입니다.' 새벽 2시를 지나는 중이었다. 빗소리는 여전하다. 밤새 멈출 기미가 없다. 다시 집안을 둘러보았다. 컴퓨터와 냉장고의 소음만이 들려왔다. 시차를 확인해 본다. 균은 수업 중일까? 책상 위 전화기만 흘끗, 쳐다본다.

화면은 사거리 교차 지점이다. 수많은 자동차들 수많은 사람들이 무더기 지어 오가는 장면이다. 그 부분을 다시 정지시켰다가 되돌려 본다. 잠시 생각에 잠긴다. 마지막 장면에는 과연 어떤 문장을 만들어야 할까. '당신 곁에 누가 있습니까?' 자판을 두드리면서 나도 모르게 "아무도 없다."라고 중얼거린다. 순간, 거짓말처럼 주르륵, 눈물이 흐른다. 인공누액이 제대로 흡수되지 않은 탓일까? 멀쩡하던 눈동자가 시큰거리더니 왈칵, 물기가 쏟아진다. 눈물샘은 아직도 마르지 않았을까. 내게 더는 눈물 흐를 일이 남았던가. 아무래도 인공누액이 불량이리라. 날 밝으면 당장 약국부터 들러야겠다고 나는 생각한다. 봄을 재촉하는 비는 새벽까지 그치지 않았다.

21

망자는 회갑 전에 스스로 '모심'에 가입했고 임종 또한 어렵지 않았다고 의뢰자는 담담하게 말했다. 젊은 아내는 이제 마흔 안팎으로 보였다. 재취, 라는 굴레는 장례식장에서조차 그녀를 속박했다. 유족들이 반대하지 않는 한 모심 회원이라면 시신 메이크업은 부가되는 서비스 품목이었다. 반대는 망자의 장남이 극심했다. 여든 살 명을 다한 노인에게 생뚱맞게 무슨 화장이냐고, 저승사자가 왔다가도 놀라 물러가겠다고, 마지막까지 손가락질 받을 일 있는가, 장남은 눈에 쌍불을 켰다고 전했다. 염습실에 도착했을 때 망자의 젊은 아내는 망자 곁에 혼자 앉아 있었다. 나는 의뢰자를 향해 가벼운 목례부터 하고 테이블에 키트를 놓았다. 아무리 자연사한 호상이더라도 죽은 자는 독특한 죽음의 그늘을 사방에 드리우게 마련이었다. 유족이 지켜보는 가운데 작업에 임하는 건 썩 바람직하지 않았다. 집중력도 흐트러질 뿐 아니라 메이크업 도중에 의뢰자가 취향을 주문하거나 고집한다면 난감하기 이를 데 없었다. 물론 처음에는 젊은 아내를 망자의 막내딸쯤으로 생각했다. 부녀 사이가 각별했던 모양이라고. 가족들의 반대를 무릅쓰고 메이크업을 관철시켜서 오랜만에 집안 대청소 중인 나를 여기 놀이공원 근처까지 오게 한 대단한 능력자라고.

출발 전에는 자못 궁금하기도 했다. 의뢰자가 누구인지. 80세·남·자연사. 기본적인 정보와 함께 회사의 여직원은 메이크업 문제는 불미스럽게도 유족 사이에 아직 합의가 되지 않아 고성이 오간다는 현장 상황도 전달했다. 그러니 대기하라고, 연락 오는 대로 다시 콜을 하겠다고. 나는 그때 커튼을 떼어 내던 참이었다. 무척 고개가 아팠다. 반쯤 떼어 낸 커튼은 비스듬하게 방바닥으로 처져서 무질서해 보였다. 사람 일이란 그저 한결같을 수만은 없지만 초상집에서의 고성이라니? 바로 반쯤 떼어지고 반쯤 걸린 커튼처럼 어지럽고 혼란스럽지 않을까. 아픈 목을 손으로 주무르며 나는 다시 의자를 밟고 마저 커튼을 떼어 냈다. 키가 큰 균이 있었으면 좋았을걸, 하는 아쉬움이 들었다. 아쉬움은 그 후로 한 시간이 경과했을 때 더 컸다. 항균제를 뿌리고 욕실 타일을 박박 문질러 닦을 때 여직원은 콜을 했다. 고무장갑을 벗느라 얼른 전화를 받지 못한 탓인지 지체하지 말고 속히 가라고. 돌아본 욕실은 엉망이었다. 세숫대야와 수세미, 각종 세제와 고무장갑, 크고 작은 빗과 컵이 어지럽게 널브러졌다. 마치 생선 배를 갈라놓은 어시장 좌판이듯. 총알처럼 옷을 갈아입고 나올 때 나는 일부러 욕실을 보지 않았다. 웬일인지 내게서 비릿한 생선냄새가 나는 듯했다. 합의가 좀 더 지체되었더라면, 아니 합의 자체가 이루어지지 않았더라면. 이기성은 매번 미련과 아쉬움에서 온다. 대청소는 끝낼 수 없었다. 세상에 그 어떤 미련과 아쉬움을 말끔하게 소제할 수 있으랴.

망자의 젊은 아내는 메이크업에 전혀 개의치 않았다. 라인을 굵게

해달라거나 밝은 톤이면 괜찮겠다고 하는 식의 가끔씩 경험하는 의
뢰자의 요구는 일체 없었다. 대신, 젊은 아내는 초면인 내게, 더구
나 죽은 사람 얼굴에 화장품을 바르는 내게 하소연했다. 억울하고
딱한 사정을 늘어놓는다고 달라지는 게 뭘까. 맞은편 시신 곁에 앉
아 그녀는 쉬지 않고 말했다. 내가 듣든지 말든지 상관하지 않겠다
는 의지마저 보였다. 젊은 아내는 작업 중인 나는 안중에도 없다는
듯 눈길 한 번 건네지 않았다. 보습크림으로 피부 정돈을 하면서 슬
쩍 쳐다보았을 때, 젊은 아내의 시선은 내 뒤의 흰 벽에 고정되어 있
었다.

"늙은이가 망령이다, 젊은 여자한테 쏙 빠져서 헤어 나올 줄 모른
다, 처음부터 젊은 여자 계략에 걸려들었다, 집안 망신에 남우세스
러워서 나다니질 못하겠다, 늙은이 주책이지, 아마 기운이 넘치나
봐, 나이 일흔에 재취가 다 뭔가, 재취를 얻더라도 어느 정도지, 자
고 새면 무성한 말들이 쏟아졌어요. 비하·질시·질타·억측·손가
락질…… 그래요, 그런 것쯤 다 괜찮았어요. 그럴 만하다고 입장 바
꿔 생각해 보기도 했죠. 우린 10년을 눈감고 귀 막고 벙어리처럼 살
았어요. 꼬박 10년을 말이죠. 둘만 괜찮으면 모든 게 괜찮다고요.
선생님은 나더러 어떤 수모도 견딜 수 있겠는가, 자주 묻곤 했었죠.
고희연에 초대받은 제자가 눌러앉게 될 줄 누가 알았겠어요? 그 제
자가 자신들보다 훨씬 나이가 어리다는 사실은, 사실, 끔찍한 거지
요. 초혼에 실패한 서른다섯 살 이혼녀 제자를 계모로 맞는다는 건
상상 속에서나 가능하잖아요. 십분 이해했고 공감했고 그래서 수긍

했습니다. 어디 수긍뿐일까요? 사죄하듯 손 비비고 죄인처럼 살아온 세월이지요. 겨우 10년밖에 살지 못할 걸…… 그냥, 시시때때 오며가며 얼굴 봐도 좋았을걸…… 되돌릴 순 없는 거죠. 10년 전에는 꼭 그래야만 사랑인 줄 알았어요. '그깟 재취자리'가 아니었지요. 그처럼 까다롭고 어려워 복잡 미묘한 재취자리라는 걸 알았더라면 그 진작 포기하고말고요. 체념·포기·단념의 3박자 왈츠에 맞춰 춤이라도 출 수 있어요. 아무렴요. 그 편이 훨씬 덜 고단했어요. LP를 걸어 놓고 선생님과 나는 가끔 춤을 추었지요. 패티 페이지의 '테네시 왈츠'가 흘러나오면 선생님은 내 손을 잡아 일으켰어요. 패티 페이지 노래는 듣는 이의 마음을 어루만지는 것처럼 감성적인 창법이었죠. 선생님은 노래에 대한 해석력과 표현력이 탁월한 팝 가수라고 평했어요. 노래에 실린 따뜻한 정서 때문에 한국인들이 고달픈 삶을 위로받았다고 회상했죠. 당시는 전쟁 직후였다니까요. 선생님은 지그시 눈을 감고 춤을 췄어요. 3박자 왈츠는 우아하고 감미로웠어요. 선생님은 평생 음악실에서 애들과 지냈지요. 풍금부터 시작해 피아노와 바이올린, 플루트를 애들만큼 좋아했어요."

멈출 것 같지 않았던 의뢰자의 이야기가 뚝, 멈추었을 때 나는 막 색조를 시작하려는 참이었다. 망자는 팔십 수에 비해 피부가 희었다. 고령자에게서 흔히 볼 수 있는 검버섯조차 미미해서 눈에 잘 띄지 않았다. 다만 좀 여위었고 어딘지 모르게 수줍음을 많이 탔을 법한 인상이었다. 아이 메이크업에 들어가기 전 눈썹을 정리하다가 문득 궁금해졌다. 젊은 아내의 남다른 '사랑 타령'에 나는 빠져들었을까?

"생전의 고인을 선생님이라고 불렀나요?"

"그럼요. 선생님 말곤 달리 부를 수 없었어요."

젊은 아내는 스승을 존경하는 눈빛으로 망자를 바라보았다. 자신의 두 손으로 망자의 한 손을 꼭 잡고. 그윽하면서도 공경하는 빛이 역력했다. 아무래도 디지털 시대에 LP판을 걸어 놓고 3박자 왈츠에 맞추어 사제, 아니 부부가 춤을 추기란 흔한 일상은 아니었을 터다. 치직, 바늘 긁히는 소리도 가끔은 났을 것이었다. 손과 손을 잡고 허리와 허리가 스치며 다리와 다리가 모아지고 엇갈리며 발과 발이 합쳐지고 어긋나기를 반복하면서 그들은 고달픈 사랑을 견디었을까.

"후회해요?"

묻고 보니 허망하기 짝이 없는 물음이었다. 후회는 갈피 잡지 못할 열 길 물속과 같은 걸 몰랐던가? 사람 속을 알 수 없는 것처럼. 라인과 마스카라며 그러데이션은 생략했다. 고인에게는 하지 않는 게 나을 성싶었다. 듬성듬성한 눈썹만 흑갈색 섀도로 촘촘하게 그렸다. 젊은 아내에게는 안 된 일이지만 명을 다한 남자노인에게 사실 적나라한 메이크업은 어울리지 않았다. 수를 다한 만큼 그저 피부 정돈에 표시 나지 않을 색조면 충분했다.

"아마, 반반쯤일까요. 후회는 깨달음 뒤에 얻어지는 법이니까요. 비 온 뒤에 싹이 나는 것처럼 깨우침 뒤에 새록새록 생겨나잖아요. 오늘도 메이크업 문제로 다툰 이유가 따지고 보면 후회하지 않기 위해서였죠. 선생님은 아름다움을 원해요. 외출할 때는 가장 멋진 옷과 신발을 꺼내 신죠. 내 옷을 코디해 주실 때는 자주 흐뭇해하셨어요. 그럴 땐 영락없이 수십 년 전 선생님과 학생 사이로 돌아간 기분이죠. 행복했어요. 개구리처럼 폴짝폴짝 뛰어다니던 여중생을 생각해 보세요. 세월을 한달음에 건너뛰기엔 추억만큼 좋은 게 없더라고요. 그때는 왜 쉰 살 넘은 선생님이 창창해 보였을까요? 고희연의 선생님은 상상할 수 없었지요. 더더욱 상상조차 안 될 일은 선생님과 함께 왈츠라니요! 삐거덕대는 복도를 걷기보다는 뛰어다녔던 그 시절이죠. 수업이 파하고 청소 마친 애들이 떠나고 교실을 나올라치면 피아노 소리가 들려요. 복도 끝에 음악실이 있었어요. 저절로 걸음이 느려지죠. 유리창 넘어 선생님이 피아노 앞에서 몸을 흔들거렸어요. 건반 위 손가락은 보이지 않고 선생님 상반신만 파도처럼 흔들흔들했지요. 오후 햇살은 잠깐이었어요. 훔쳐보듯 그 모습을 보고 있노라면 어느새 음악실은 서늘해지죠. 알아들을 만한 곡은 어쩌다 교과서에서 배운 가곡 뿐 대개는 모르는 곡들이었어요. 나는 가끔 복도에서 정탐하듯 서성였죠. 피아노 소리에 이끌려 간 것은 틀림없어요. 그런데 쉽게 복도를 뜨지 못한 이유는 아직도 납득할 수 없거든요. 선생님은 농담처럼 그때부터 네가 날 잡아났던 게지, 하며 웃곤 했죠. 그랬을까요? 그래서 나는 복도를 떠나지 못했을까요? 아주 가끔 드르륵, 문을 열고 나오는 선생님과 마주쳤어요. 나는 돌아서서 도망치듯 복도를 뛰어갔죠. 선생님은 나를 기억하지 못했어요. 고희연 때 만난 선생님은 키가 작았죠. 흔들흔들하던 건장

한 상반신만 기억하던 나는 못내 애틋했어요. 사람이 늙으면 저렇게 작아지는구나, 영양을 공급해서 키를 좀 키울 수 없을까, 그런 허무맹랑한 생각만 머릿속에 가득 채운 채 고희연을 허비했죠. 터무니없고 실속 없던 십년 세월은 그런대로 견딜 만했어요. 선생님 연주를 들을 수 없는 게 유감이지요. 수십 년을 단박에 뛰어넘는 정겨운 시간들은 이제 그리움으로 남을 거예요. 그리움만으로……."

독백이었을까, 고백이었을까. 망자의 젊은 아내는 독백이기도 고백이기도 혹은 독백과 고백을 마구 섞은 이야기를 털실로 짠 옷을 풀듯 길게 풀어냈다. 하염없다는 뜻을 나는 비로소 알았다. 뿐만 아니라 누군가 옆에 있어도 작업을 진행할 수 있다는 사실 또한 알았다. 진행될뿐더러 외려 고인의 생전과 메이크업 이미지를 유추하는 데 긍정적이기까지 했다. 이유는 애당초 망자를 첫 대면했을 때의 메이크업 구상이 수정된 때문이었다. 나는 망자의 젊은 아내가 이야기를 풀어내는 동안 립과 치크 메이크업의 색상주조를 동일계열로 변경했다. LP판을 틀고 3박자 왈츠에 춤을 추는 음악선생에게 코랄 오렌지 빛깔은 절묘할 것이었다. 실제로 매트한 감의 옅은 오렌지 빛깔은 다소 여윈 망자에게 생기를 주었다. 생전에도 아름다움을 추구한 고인이므로 젊은 아내가 끝내 시신 메이크업을 고집한 건 잘한 일이었다. 마지막까지 손가락질당할 일이 선생과 제자의 재혼이었는지, 시신 메이크업이었는지, 나로서는 분명하게 알 수 없었다. 그러나 젊은 아내의 남은 그리움엔 다행이라는 생각이 들었다. 빈소에는, 이미 손가락질했거나 영정 앞에서 여전히 손가락질 중이거나 이후 오래도록 손가락질을 멈추지 않을 사람들이 수두룩할 터니, 망자 곁에서 움직일 줄 모르는 젊은 아내에게 향기로운 날들을 추억할 그리움 하나쯤 남겨둔 들 크게 해되지 않을 것이었다.

"작업에 도움이 됐습니다."

"고마워요. 선생님도 고마워하실 거예요."

키트를 정리할 때 젊은 아내는 망자 곁에서 어린 제자처럼 소곤거렸다. "선생님? 저 잘한 거죠. 이젠 식구들과 싸우지 않을게요. 선생님 말씀대로 엄마한테 내려갈려고요. 그곳은, 거칠고 사나워도 먼 바다를 볼 수 있잖아요. 엄마식당에서 바지락칼국수나 만들어 팔며 살아야겠어요. 밀가루 반죽을 치대고 늘이면서 아득한 바다를 바라보는 삶도 그럴듯해요. 아무렴요, 또 그런대로 살아지겠지요. 선생님도 편히 가셔요."

붓과 펜슬을 나란히 꼽을 때, 고인의 젊은 아내가 입때껏 꽁꽁 숨겨두었던 속내를 풀어놓았으리라는 생각이 뒤미쳤다. 허공을 때린 독백이거나 하등 그럴 이유가 눈곱만큼도 없는 내게 고백 따위 한 것이 아니고, 정녕 고인과의 대화였으리라. 그동안 말할 수 없었고, 말해지지 않았던, 그 탈 많고 말 많았던 속내를 이제야 풀어냈으리라. 젊은 아내는 비로소 소통한 걸까. 죽은 자와 산 자의 소통은 어떤 방식일까. 아무래도 말없는 망자가 말하는 산 자를 위로할 성싶었다. 자신도 위로할 근거가 엄연하다고. 왜 아니겠는가. 온갖 추문을 뒤로하고 3박자 왈츠를 택한 사랑일진대······.

고인과 고인이 남겨둔 젊은 아내를 향해 목례하고 나는 출입문을

나왔다. '아름다움은 늘 그리움을 동반해요.' 목구멍까지 올라온 말
을 꾹 참았다. 그들의 사랑에 누를 더할 수 있기 때문이었다. 그들
은 10년 세월 근거 없는 숱한 추측에 더할 나위 없이 시달렸을 테니
까. 초면의 나마저 제멋대로 떠벌릴 수 없는 노릇이었다. 한낱 아티
스트 주제에 아름다움은 그렇더라도 그리움까지 말할 자격은 없을
것이었다. 대체 사랑하는 사람을 잃은 그 절절함과 애틋함을 어찌
감당하랴.

22

놀이공원 튤립축제는 난생처음이었다. 주말은 인파 때문에 발도 딛지 못할 텐데 평일 탓인지 엊그제 개막한 축제가 무색할 만큼 한산했다. 하고많은 곳 놔두고 하필 놀이공원에서 연출 사진을 찍다니! 역시 취향은 생김새만큼이나 다양한 모양이었다. 튤립을 배경으로 신랑·신부는 카메라 앞에서 활짝 웃는 중이었다. 가슴골이 드러나도록 깊게 팬 웨딩드레스를 입은 신부가 추워 보였다. 봄바람은 아직 찼다.

다짜고짜 어디니?, 물어오던 영애는 수화기 저쪽에서 들떠 있었다. 대학로, 라고 둘러대려는 순간 영애는 기다리지 못하고 왈패처럼 다시 통보했다. "소극장 쪽이지? 내가 그쪽으로 간다!" 그녀의 수선스러움만큼이나 전화기에 온갖 소음이 섞여들었다. 운전 중인 것도 그렇거니와 둘러댈 마땅한 장소가 쉽게 떠오르지 않았다. 소극장이든 대극장이든 대체 극장 이름을 알려 줘야 할 것 아닌가? 참으로 난감한 노릇이었다. 운전 중에 차를 세우고 네이버 검색을 할 수도 없었다. 그때 막 놀이공원 이정표가 눈에 들어왔다. "으응, 여기 에버랜드야." 당황하지 않고도 나는 여느 때처럼 말할 수 있었다. "뭐라고? 어디? 에버랜드?" 영애는 큰 목소리로 취조하듯 물었다. "으응. 오늘 외근 나왔어. 퍼레이드 요원은 분장이 필요하잖아." 거짓을 더해 가노라니 대단히 침착해졌다. 침착하다 못해 나는 천연덕스러웠다. 천연덕스러움을 더해 능숙하기까지 했다. 퍼레이드라니? 거짓은 실제보다 더 구체적이라는 사실을 나는 알게 되었다. 뿐더러, 거짓이 실제이듯 실제가 거짓이듯 대단한 착각을 불러온다는 사실 또한 깨달았다.

"와우! 운수대통! 나 튤립축제장이야!" 영애는 매우 감격스러워했다. 순간, 머릿속이 하얘졌다. 내게는 운수대통이 아니라 운수쪽박 차듯 모진 날이었다. "엉?" 하마터면 운전대를 놓칠 뻔했다. 드러날 때 드러나더라도 비밀은 감추어져야 하리라. "기다려. 그리로 갈게." 수습은 잠깐이었다. 나는 이정표의 방향을 따라 좌회전 등을 켰다. 직진을 포기하고 왼쪽 도로로 들어섰다. 급작스런 방향 전환은 그 난처함이 어떠하랴. 방금 전 의뢰자가 스쳤다. 스승의 고희연이 제자의 삶의 방향을 한순간 변경시켰을 터였다. 그렇다면 제자의 인생에 스승의 고희연은 어떤 전환점이었을까. 위기였을까. 기회였을까. 위기이며 동시에 기회였을까. 영애도 혹여 새로운 전환기가 왔을까? 잔뜩 흥분된 목소리는 위기보다 기회를 가늠케 했다. 동화책 속에 들어온 듯 자동차는 이미 놀이공원 주차장을 돌고 있었다. 알록달록한 총천연색 건물이 즐비한 왕궁 같은 장소에 내 낡은 자동차는 썩 어울리지 않았다.

"웨딩실장님이 웬 현장?"

"돌발 상황! 모처럼 쉬는 날인데 슬퍼."

말과 달리 벤치에 앉은 영애는 저 앞 활짝 핀 튤립처럼 만면 가득

한 미소였다. 진한 보라색 튤립을 배경 삼은 신랑·신부의 포즈는 펵 이물스러웠다. 오랜만에 보는 신랑·신부였다. 신부의 웨딩드레스가 한없이 거추장스러워 보였다. 아무짝에도 쓸모없는 인생의 장신구처럼.

"놀이공원에서도 연출 사진을 찍어?"

"여기서 만난 커플이래. 꼭 찍겠다는데 말릴 수 없지."

사람들이 오며 가며 신랑·신부를 쳐다보았다. 개중에는 걸음을 멈춘 채 흠모하듯 바라보는 대학생쯤의 남녀도 있었다. 앳된 남녀는 연인이듯 손을 잡고 신랑·신부의 어색한 포즈에서 시선을 떼지 못했다.

"참, 취향도 각각이구나."

"장소에 별난 의미를 두는 유형이야."

촬영스텝 한 사람이 손짓하자 영애는 가방을 들고 튤립이 무리지어 핀 꽃밭으로 뛰어갔다. 아마 신부도우미가 펑크를 낸 모양이었다. 신부의 머리를 매만져 주고 드레스자락을 펼쳐 주거나 화장이 지워지기 쉬운 입술이며 눈썹라인을 보정해 주는 따위, 영애는 신부들 곁을 지키기 일쑤였다. 신랑·신부 곁에서 그녀는 줄곧 신랑·신부처럼 행복했을까. 일생일대 가장 찬란한 순간을 실컷 만끽하는 그들처럼. 망자 곁을 지키는 내가 일생일대 암흑의 정점을 대면하는 것과는 정반대일 터였다. 김 작가의 묘연한 행방을 물을 수 없는 이유도 영애의 화사한 날들에 먹구름을 불러와 암흑천지를 만들까 내심 불안한 때문이었다. 골프와 와인처럼 남겨진 그녀의 아이들은 어떠할까. 여전히 공력을 들이겠지. 오후 들어 봄바람이 차가워지고 있었다. 그녀에게 질긴 하몽 따위가 아니라 따뜻한 국물을 먹이고픈 맘이 들었다. 신랑·신부는 그녀에게 한낱 지지부진한 일상 외에 무엇을 제공할 것인가.

"거의 끝나 가. 사실은……."

벤치에 앉으며 영애는 뜸을 들였다. 잠시 후 크로스백을 열더니 내게 팸플릿을 건넸다. 광활한 초원, 아기를 안은 여자, 바로 아래 '길', 이라고 인쇄된 고딕체 글자가 돋보였다. '김희석 사진전'은 그 아래 작게 씌어 있었다. 내가 초대장을 해독할 때까지 영애는 입을 열지 않았다.

"김 작가, 도깨비라니?"

지난겨울 고택에서 마주쳤던 일이 떠올라 나도 모르게 퉁명스럽게 물었다. 흑백사진 몇 컷을 얻기 위해 '그냥 지나는 길'이며 '마침 지나는 길'이라고 횡설수설하던 김 작가였다. 파인더를 통해서 그는 감격스런 세상을 보고 그 감격을 다시 세상에 돌려주고 싶은 거라고 짐작하면서도 나는 그를 이해하기 어려웠다. 골프와 와인을 역시나 횡설수설 주워섬기던 영애가 동시에 떠올랐기 때문이었다. 마스카라가 번져 숯처럼 거뭇거뭇한 탓에 우스꽝스러웠던 그녀였다. 희극 배우도 아닌 그녀가 너무도 희극적이어서 나는 그때 감히 웃음조차 나오지 않았다.

"언제 일을 벌인 거니? 가출 끝냈어? 또다시 받아 준 거야? 말을 해 봐."

'길을 찾아 길을 나선 길 위의 사람들' 초대장 뒷면 문구를 눈여겨 보면서 묻고 다그쳤다. 평소 영애의 방식을 나는 오랜 우정을 과시 하듯 답습했다.

"네 말대로 허깨비 되어 돌아온 걸 어떡하니? 어딜 돌아다니다 왔 는지 통 말을 안 해. 사진전은 진작 준비했었나 봐. 혹시 아니? 허깨 비에서 깨어날지."

허깨비에서 깨어나기는 어려울 거라고, 말할 수는 없었다. 일말의 기대는 일말의 희망과 직결된다. 영애의 허깨비는 김 작가인지도 모 르겠다. 대체 그녀야말로 언제 허깨비에서 깨어날까. 이제 신랑·신 부는 나란히 의자에 앉은 포즈였다. 카메라는 앞뒤좌우로 그들 을 향해 오갔다. 웬일인지 연출 사진조차 허깨비처럼 여겨졌다. 동 화 속 같은 놀이공원과 보랏빛 튤립이며 신랑·신부가 마치 한순간 사라질 것처럼 비현실적이었다. 더구나 예정에 없던 놀이공원 벤치 에 앉아 전시회 초대장을 주고받다니? 허깨비 세상일 것이었다. 혹 여 기이한 현상을 경험하는 중일까? 음악, 환호성, 왁자지껄한 소리 들…… 분명 장소는 놀이공원이었다. 사진전 초대장도 손안에 있었 다. 분명한데 현실감이 없었다. 우물 속에 들어앉은 기분이었다. 온 갖 소음마저 이생의 소리가 아닌 듯 멍멍했다. 벤치 앞을 오가는 사 람들조차 까마득한 별에서 온 낯선 우주인처럼 여겨졌다. 머릿속에 서 무언가가 명멸했다. 나야말로 허깨비는 아닌지…… 조바심에서 물었다.

"그래서? 길을 찾았다니?"

"모르지. 길을 찾았는지 여태 헤매는지. 돌아왔으니 내쫓을 수는 없잖아. 어디로 가겠니? 사람 꼴이 말이 아니더라. 흑백사진도 겸해서 아날로그 방식이래. 암실에서 두더지처럼 꼼짝 않다가 엊그제 나왔어."

"그럼 골프와 와인에 두더지까지 기르고 살 거니?"

"애들은 잘 지내. 어른이 문제지."

"그 문제덩어리를 끌어안고 살겠다는 거잖아. 전시회비까지 뒷감당하면서. 가난한 예술인들이 굶어죽고 쫓겨나도 돈 한 푼 안 내놓는 대한민국 정부보다 네가 훨씬 낫겠구나. 애국애족이 따로 없네. 창작활동을 돕는 셈이니까. 아무렴, 도와야 하고말고. 계속 도와줘. 모름지기 예술이란 사람들한테 감동을 선물한대. 팍팍한 세상살이 어디서 감동받을 일도 없을 테니까."

"맞아. 재미없는 세상!"

영애는 멋쩍게 웃었다. 오후 햇살이 환했다. 때마침, 천지가 요동하듯 음악소리가 울려 퍼지면서 위쪽에서 퍼레이드가 시작되었다. 울긋불긋한 행렬, 신명나는 음악, 구경꾼들. 놀이공원은 그야말로 놀이꾼들의 세상이었다. 호모루덴스는 유효한 걸까.

"저 많은 사람, 혼자 다했어?"

"아니. 나눠서."

맙소사! 거짓이 사실과 절묘하게 맞아떨어지는 순간이었다. 아니다. 사실이 거짓으로 전락하는 순간이기도 했다. 우연치고는 매우 신기한 우연이었다. 물론 놀이공원에서 퍼레이드는 상식이더라도 타이밍까지 딱 들어맞을 줄 누가 알았겠는가. 게다가 끝까지 태연하고 능청스러운 스스로가 섬뜩했다. 퍼레이드 요원 분장은커녕 나는 입때껏 바이킹 한번 타지 못했다. 고소공포증은 내게 놀이조차 허락하지 않았다. 거짓의 체감 정도 역시 고소공포와 엇비슷한 심리 상태일까. 나는 대체 무엇 때문에 불안한 걸까.

"꼭 와."

"……."

언제 알아챘는지 영애는 벤치에서 일어서며 가방을 챙겨들었다. 튤립을 뒤로하고 스텝이 카메라 장비를 정리하는 중이었다. 신랑이 신부에게 겉옷을 둘러주고 있었다. 가슴골마저 훤한 드레스에 사월 꽃샘바람은 시릴 것이다. 나 또한 일어났다. 봄바람이 아직 차고 쓸쓸했다. 신랑이 신부 허리춤을 안고 서 있었다. 보기 좋았다. 바람이 좀 누그러지면 신부 보기가 더 나을 듯했다. 얇디얇은 웨딩드레스는 아름답지만 추울 것이었다. 내게 어서 가라고, 손짓하며 튤립 꽃밭으로 향하는 영애의 뒷모습도 서늘해 보였다. 따뜻한 국물을 먹이고 싶었으나 어쩔 수 없었다. 사람이 살아가는 데 어찌할 수 없는 일들은 지천에 널려 있을 터였다.

나는 퍼레이드 뒤에 남아 아쉬워하는 어린애였다. 끝난 놀이가 안타까워 시들해진 나머지 엄마 뒤꽁무니를 느적느적 따라가듯. 나는 돌아서서 타박타박 걸었다. 주차장은 멀었다. 화려하고 신나고 일순 행복감마저 솟구치는 퍼레이드가 지나간 길을 나는 혼자 걸었다. 누군가가 또 다른 누군가를 부르는 소리와 아기 우는 소리, 호루라기 소리와 즐비한 놀이기구 운행 소리. 귓속을 파고드는 온갖 소음들이 아주 먼 곳에서 들려오듯 아득했다. 놀이가 생생한 놀이공원은 놀 수 없고 놀지 못할 내게 무용지물이었다. 탈 것 많고 볼 것 많은 놀이공원에서 나는 푹 고개를 숙인 채 걸었다. 쓸모없는 것은 정작 볼품없는 나뿐이었다. 균의 유학비 조달자라는 책무를 뺀다면 나야말로 아무런 소용이 없었다.

 꼭 와, 영애의 뒷말은 에코처럼 울렸다. 내가 김 작가의 사진전에 꼭 가야 할 이유는 없었다. '길을 찾아 길을 나선 길 위의 사람들'에게 과연 김 작가는 그 길을 제시해 줄 수 있을까. 김 작가의 파인더로 수많은 거리의 사람들은 감동을 몰고 왔을까. 울고 웃고 슬프고 기쁜 몸짓을…… 고통스럽고 처연하고 처절하고 허망하고 아픈 민낯을……. 길을 잃은 내게 그 길을 보여 준다면 기꺼이 갈 것이다. 보이는 길을 어느 누가 마다할 것인가. 한길이든 샛길이든 길이 보인다면 누구든 총총, 걸음만 옮기면 된다. 그런 걸음쯤 저마다 뚜벅뚜벅, 걸어가면 그만이다. 좀체 보이지 않는 그 길을 김 작가의 파인더가 끌어왔는지 모를 일이었다. 길을 보는 감격은 어떠할 것인가. 영애처럼 나는 일말의 기대를 갖고 싶었다. 아니, 희망을 품고 싶었는지도 모르겠다. 보이지 않는 길을 맹인처럼 더듬더듬 간다는 것은 매우 슬픈 일이었으므로. 인생이 슬픔을 위해 태어났다면 모를까 이처럼 부당한 일이 또 어디 있을까. 그럼에도 희망은 복숭아 씨앗처럼 메마르고 딱딱하고 작아서 좀체 싹을 틔울 수 없다는 걸 안다. 알 뿐만 아니라 날마다 확증한다. 행복의 나라로 날아갈 것처럼 튤립 꽃밭을 배경 삼던 신랑·신부마저도 자고 새면 그 희망의 씨앗이 자랄 수 없다는 걸 실감할 것이었다.

걷다 보니 주차장이 보인다. 대양처럼 넓은 주차장에서 나는 갈피잡지 못한다. 어디에 세웠을까. 수많은 자동차들이 오후 햇살을 반사하며 엎드려 있는 주차장 한가운데서 나는 두리번거린다. 여기저기 휘둘러보다가 이내 이쪽저쪽을 오간다. 애당초 나는 좁은 길에 익숙할 터, 대양처럼 넓은 주차장을 헤매는 건 당연하다. 한참을 이리저리 오가다 구시대의 유물처럼 낡고 작은 자동차를 발견한다. 맨 뒷줄 후미진 구석에 주눅 든 것처럼 납작 엎드려 있었다. 아아, 넓고 큰 길을 펼쳐 놓아도 내 자동차는 움츠러들어 제 길을 달리지 못할 것이었다. 희망은 어디에도 없었던가? 신랑·신부가 배경 삼은 보랏빛 튤립에도, 아장아장 걷는 아기의 손에 든 풍선에도, 롤러코스터를 타는 스릴 넘치는 젊은이들의 함성에도, 눈부시게 화려한 퍼레이드에도. 동화 속 공주가 여기저기서 깨어날 듯한 놀이공원 어디에도 희망은 없었다. 희망은 무색했고 희망은 인색했다. 한껏 고조된 흥분이 허공에 떠 있는 애드벌룬처럼 너울거렸으나 희망은 그 애드벌룬에 실려 먼 하늘로 날아간 것뿐이었다. 어디에도 없는 희망을 찾아 사람들은 요정왕국 같은 놀이공원에서 실컷 놀다 해 저물어 집으로 돌아가는 형국이었다. 그뿐이었다.

23

2박 3일이라고 조 대표는 잘라 말했다. 시신 메이크업에 주력하는 장례업체 2곳과 일종의 장례문화원 같은 곳도 방문한다고 했다. 건물을 계약하기 전에 반드시 다녀와야 한다는 것도 중요한 플랜이었다. 엎질러진 물 담을 수 있습니까?, 쏘아보는 눈빛이 강렬해서 나는 슬그머니 고개를 돌렸다. 마침, 횟집인지라 금방이라도 앞에 있는 커다란 수족관에서 물이 철철 흘러넘칠 것 같았다. 맞는 말이다. 한번 엎어진 물을 어떻게 주워 담을 것인가? 망하든 흥하든 주인 원하는 대로 할 밖에 별 도리가 없겠다고 판단했다. 회는 놔두고 매운탕에 밥을 떠먹으면서. 시신 메이크업 교습소를 열기 위해 이웃 나라 견학이 반드시 필요할까. 의문은 숫제 밥맛까지 떨어뜨렸다. 우럭살점에서 비릿한 냄새가 훅, 끼쳤다. 시쳇말로 벤치마킹할 거라면 몰라도 굳이 비행기를 탈 이유는 없었다. 섬나라와 내륙인 한반도의 장례문화는 그 차이가 현저해서 벤치마킹은 애당초 거리가 멀었다. 죽음에 대한 종교·철학적인 관점부터 장례의식이며 절차, 장례법 등 장례문화 전반에 걸쳐 우리와 일본과는 현격한 차이를 보였다. 보다 양질의 장례서비스와 장례문화를 선도하면서도 그 수익성을 고려한다면 자생적인 토대가 중요할 텐데 조 대표는 쉽게 간과했다.

"적어도 장례 산업만은 선진국 유형을 그대로 따라가면 곤란해요."

나는 일찌감치 숟가락을 놓았다. 경제난국이 깊어져 창조경제라는 해괴한 신조어까지 첫 여성 대통령이 들고 나온 마당에 죽은 사람 얼굴에 분칠해서 돈을 벌겠다는 조 대표야말로 창조경제는커녕 섬나라 장례 산업을 답습하려는 모방경제의 선도자와 다를 바 없었다. 창조경제가 국면 전환용으로 생겨났더라도 어디 먹고사는 경제활동이 무에서 유를 창조하듯 척척 만들어 낼 수 있더란 말인가. 본래부터 부익부 빈익빈은 물과 기름처럼 나뉘었던 걸 모르지 않았을 것이다. 그러니 염치없이 물 위에 뱅뱅 떠서 제왕처럼 군림하는 기름을 걷어 내야 한다. 그런 혁신적인 경제활동만이 요구될 터였다. 말하자면 창조경제가 아니라 혁신경제가 정확하고 옳은 표현이었다. 영어도 중국어도 유창하다는 첫 여성 대통령이 아무래도 모국어의 운용은 미흡한 걸까. 조 대표가 한국의 장례문화를 대수롭지 않게 여기고 이웃 나라 장례법을 모방하려는 경우와 별반 다르지 않았다.

"뱁새가 황새 따라가다가 가랑이 찢어진다, 그겁니까?"

"그런 물리적인 개념이 아니에요. 장례서비스 분야는 전통과 관습이 중요하다는 거지요. 일본은 800만 신들의 섬나라에요. 매주일 성당에 다니지만 무언가 소원을 빌 경우는 신사에서 참배를 하죠. 또 결혼식은 교회와 신사에서 하지만 장례절차만은 불교식으로 하거든요. 우리처럼 종교 개념이 명확하지 않아요. 좋은 것은 다 믿고 취하자, 뭐 이런 식이에요. 그러니까 장례의식 자체도 매우 독특하죠. 지금도 장례식 5할 정도는 자택에서 행해져요. 장소 하나만으로도 우리와는 상당히 다르거든요. 시신 메이크업도 이런 맥락에서 봐야 한다는 결론이에요. 순산의 신, 가정화목 신, 교통안전 신, 출세, 성공, 돈 신 등등 이루 헤아릴 수 없는 신들과 사니 마지막 죽음 또한 오만가지 신들이 받아 주는 셈이겠죠. 당연히 시신 메이크업이 성행할 수밖에요."

못마땅하듯 반문하는 조 대표에게 나는 그저 상식의 범주를 벗어나지 않았다. 여기는 그 상식마저 종종 파괴되는 엄연한 대한민국 아니던가. 시신 메이크업을 하느냐 마느냐, 유족들이 언성을 높이고 결국 메이크업이 잘됐니 못 됐니, 생전보다 낫다 못하다, 예기치 못한 불만을 고스란히 감내하는 걸 상식적으로 납득할 수 없을 때는 곤혹스럽기 짝이 없다. 독특하고 차별화된 선진국 장례문화일지언정 상식이 멋대로 파괴되는 이 땅에서도 대중적일지는 의문이었다.

"그러니까 가서 배워 옵시다. 2박이면 돼요. 호텔은 따로 잡을 겁니다."

회를 몇 점 먹던 그도 젓가락을 놓은 지 오래여서 회는 접시에 그대로였다. 물결횟집, 이라는 상호처럼 우럭살점이 켜켜이 베어진 채 마치 물결처럼 결을 드러내고 있었다. 심각한 표정의 조 대표 역시 어떤 결을 가진 사람인지 나는 궁금했다. 2박에 호텔은 따로? 하품이 나올 정도로 고리타분한 방식이 그의 결일까. 본래 결이란 축적의 산물일진대 조 대표의 결은 좀체 이해하기 어려웠다.

"한 번으로 그쳐야 할 놀이도 세상엔 분명 있어요. 호텔 따위 상관하지 않아요. 난 모심이 위태로운 항해를 그만두길 바랄 뿐이에요.

왜냐하면, 내 아들이 학굘 그만두고 귀국하는 걸 원치 않으니까요. 이기적이겠지만 모심에서 그만두길 바라는 거지요."

솔직함은 배 속까지 관통하는 놀라운 능력이었다. 나는 체증이 내려간 것처럼 속이 다 후련했다. 비릿했던 회마저 그 살결이 유들유들해 보였다. 나는 얼른 젓가락을 들고 우럭살점을 집어 먹었다. 역시 쫄깃쫄깃 찰진 맛이었다.

"아, 그렇군요? 걱정 마세요. 아드님 중퇴자로 만드는 건 나도 바라지 않습니다. 이래봬도 모심 부채 비율은 제로에 가깝습니다. 그 정도는 리스크가 아닙니다. 기술 가르쳐서 인력회사 하나 만든다고 쓰러질 거라면 벌써 문 닫았습니다. 염려 마세요."

우물우물 우럭살점을 씹으면서 나는 그가 고리타분하기도 능수능란하기도 한, 고르지 않은 결을 가진 사람이라고 짐작했다. 언제 입맛이 돌았는지 회는 고소했다. 조 대표는 나를 늙은이 안심시키듯 했다. 마치 사업 자금을 얻기 위해 나이든 부모를 설득시키는 철없는 자식처럼. 부모와 자식의 거래란 있을 수 없는 파렴치라는 자각이 불쑥, 고개를 들었으나 나는 모른 체하고 꾸역꾸역 우럭살점만 목구멍으로 넘겼다. 생선살이 물결처럼 고르듯 사람의 결은 한결 같을 수만은 없을 것이었다.

"애랑 씨는?"

"양호합니다! 아주 좋아요! 나갔다 와도 괜찮을 겁니다, 아마."

결 고왔던 그의 아내를 묻지 않을 수 없었다. 답변은 총알처럼 빠르게 튀어나왔다. 매우 경쾌한 목소리가 오히려 불안하게 느껴졌

312

다. 아마, 라는 덧붙임이 미심쩍었는지도 모르겠다. 나로서는 마음에 꺼릴 수밖에 없는 추측이었다. 아마도 괜찮지 않을 거라고. 물결무늬처럼 투명하게 드러누웠던 생선 살점이 바닥을 보일 즈음에는 그가 전화기를 확인하는 눈치였다. 그녀가 결 고운 메시지를 보냈을까? 봄볕이 밝다고. 꽃구경 가자고. 그는 슬그머니 전화기를 밀어놓았다. 발신자가 애랑이 아니기를 바랐다. 조 대표와 나는 한 점 남김없이 회 접시를 비웠다. 먹기 위해 살고 살기 위해 먹는다는 것은 거짓일 수 없었다. 누군가는 그의 답신을 기다리는 중인지도 모르겠다. 바닥난 접시처럼 털끝만 한 애증조차 전부 비우고. 빈 마음이란 빈자리처럼 쓸쓸할 것이었다.

다큐 '엔딩로드'는 밤늦게 방영되었다. 정은 낮부터 전화를 걸어와 꼭 보고 모니터링으로 유종의 미를 거두라고, 은근슬쩍 강압적이었다. 오전에 스물한 살 남자 대학생을 복원한 때문인지 온종일 피로감에서 풀려나지 못했다. 등산하다 추락사한 남학생의 시신은 훼손 정도가 심각하지는 않았다. 턱이 함몰되었고 군데군데 찰과상 정도여서 복원은 그다지 어렵지 않았으나 아직은 스물한 살이라는 나이와 학생 신분, 그리고 추락사한 사인이 작업 내내 마음을 무겁게 만들었다. 균의 아버지와 동일한 사인이었다. 입때껏 균과 내가 주전부리에서 자유로울 수 없는 이유도 추락사한 사인에 기인했다. 음료와 제과업계에서 독점적일 만큼 승승장구한 그가 몸담았던 회사 제품을 우리는 애써 외면했다. 과자, 빵, 초콜릿, 사탕, 아이스크림,

음료들. 사인의 파장은 대단해서 의도적으로 마트 진열대를 지나치
곤 했다. 누군가 떠나고 누군가 남은 세상이란 그런 것이었다. 세월
이 가도 세월 가듯 잊어질 수 없는 것이었다. 가슴에 말뚝 한 개를
박고 사는 삶이 어떤 삶인지…… 그 묵직하고 뻐근하고 저릿저릿한
가슴을 열어 보일 수는 없었다. 저 텔레비전의 다큐처럼.

　이미 보았던 촬영물을 나는 정의 성화에 못 이겨 시청하는 셈이었
다. 오디오가 생략된 지난번 촬영물은 먹통이더니 완성된 다큐는 그
럴 듯했다. NHK 영상물과 비교해도 크게 손색은 없었다. 뽑아 준
헤드라인은 대부분 수정 없이 자막으로 올라왔다. 내레이션도 호들
갑스럽지 않고 자분자분했다. 죽음의 문제를 다루었으니 삶의 반대
편일 수 있었으나 삶과 동등했다. 같은 무게 같은 형태 같은 내용이
었다. 심지어 동일한 질감이었다. 일상이 삶이 되고 삶이 인생이 되
고 인생이 죽음으로 이어지는 질서는 너무도 정연했다. 한 사람의
죽음을 추적하다 보면 한 사람의 인생이, 삶이, 일상이, 고스란했
다. 한 사람이 온 길을 되짚어 가는 카메라는 가히 적나라해서 처연
할 정도였다. 흔적을 남길 수밖에 없는 숙명은 차라리 엄정했다.

　그 완벽한 흔적을 역으로 추적하는 카메라는 결국 남은 자들의 눈
이었다. 눈을 뜨고 세상을 사람을 하늘을, 산과 들을, 검푸른 밤바
다와 은밀한 계곡을, 봄·여름·가을·겨울을, 정면으로 대면하는
일은 황홀하지만은 않았다. 경이로운 삼라만상은 인간의 숙명 앞에
적이 무력했다. 카메라는 집과 거리와 병실과 사람사이와 빌딩이며
전철역과 장례식장, 그리고 미용실과 식당, 화원이며 공사 현장으

로 종횡무진 움직였다. 그뿐이랴? 경부고속도로와 그 경부고속도로
보다 열 배쯤 넓은 대륙의 고속도로를 비추었다. 어떤 사람의 흔적
은 한국의 경부고속도로에서 급작스럽게 미국의 휴스턴 거리에 닿
았으니, 그 어떤 사람에게 하늘 맑고 봄빛 찬란한 휴스턴의 젊었을
적 화려한 날들을 추적하는 카메라는, 매정하기 이를 데 없었다. 다
른 어떤 사람은 빌딩에서 공사현장으로 거기서 또 종합병원의 중환
자실로 이동했다가 영안실과 화장터로 옮겨 갔다. 카메라는 그렇듯
쌀쌀맞고 인정머리 없었다. 흔적을 찾아내고 그 흔적을 가감 없이
담아내는 카메라의 파인더는 사람의 눈을 닮아 있었다. 그러므로 파
인더에 걸려드는 우주 삼라만상이 경이롭거나 황홀하지 않은 것만
은 사실을 넘어 진실이었다.

　죽음도 삶도 아름답지 않았다. 삶도 죽음도 곱지 않았다. 동일했
다. 적어도 삶과 죽음을 동시에 짊어진 자의 눈에는. 낙타의 등처럼
고단하고 팍팍할 뿐이었다. 삶이든지 죽음이든지 단지, 어쩔 도리
가 없었다. 속절없음은 본래 그런 것이었다. 다큐는 죽음을 추적해
서 삶을 보여 주고 삶을 캐내어 죽음을 몰고 온 영상물이었다. 흔적
을 뒤쫓는 카메라는 매정한 사람의 눈빛처럼 차갑고 일면 그로테스
크했다. 대체 죽은 사람의 흔적을 뒤쫓아서 형형했던 산 자를 적발
하려는 악취미는 얼마나 기괴한가! 50분짜리 다큐멘터리는 50년 반
생이듯 길지도 짧지도 않았다. 어쩌면 5분 분량만으로도 죽음을 이
야기하기는 충분할 것이었다. 삶이 속절없듯 죽음 또한 어쩔 수 없
는 그것…… 그것뿐이리라.

"선배? 난 정말 미처 몰랐어요. 아침이 오기가 이렇게 힘들 줄."

아직 잠이 덜 깬 상태인데도 다행이라는 어렴풋한 안도감이 앞섰다. 전화기 너머 정의 목소리는 퍽 달떠 있었다.

"뭐에요? 아직 취침 중? 모니터링은 어떡하고?"

"무난했으니까 아침부터 유행가 타령이겠지."

"하하! 맞아요. 시청률 무난했어요. 올라온 평도 좋았거든요. '오랜만에 다큐다운 다큐를 봤다. 죽음도 미리미리 준비해야 하는 걸 실감했다, 이별 연습 어떻게 할까, 내 마지막은 부디 평화롭기를, 다 죽는 거로구나, 지금부터라도 가족들한테 잘해야겠다, 나도 언젠가는 떠나겠지, 후회 없이 살자.' 선배…… 듣고 있어요?"

"듣고 있어. 부지런한 네티즌들이네."

정의 목소리는 차분해지는 중이었다. 이른 아침부터 죽는 걸 실감하고 되새기고 각성하며 한 걸음 더 나아가 인정하고 수용하는 문장을 읽는 게 썩 유쾌하지만은 않을 것이었다. 일어나 앉는데 잠깐 어질어질했다. 숙면을 취하지 못한 탓일까. 나는 눈을 감았다. 밤늦게 시청한 다큐 '엔딩로드'는 오래도록 잠을 설치게 했다. 영혼에 닿아야 할 마지막 길은 그리 멀지 않을 거라는 막연한 예감 때문이었을까. 영혼이 머물다 간다는 저 인도의 갠지스 강가를 맨발로 걸어 다니고 싶은 충동이 좀체 물러서지 않았던 지난밤이었다. 소파에 웅크리고 앉아 베란다 창으로 희뿌연 새벽이 올 때까지.

"악의적인 댓글만 없어도 무한 감사에요. 욕지거리에 폄하는 기본이거든요. 내용이 내용인지라 다들 숙연했을까? 참, 무한 감사는 선배 몫이에요. 제목도 헤드라인도 그대로잖아요. PD도 나도 속수무책이었거든요. 둘 다 깜깜할 땐 정말 헤매요. 오죽하면 선배한테 갔을까. 염치없이…… 쓰지 못하는 선배 고통 잘 알면서…… 미안해요."

"그렇지 않아. 다 지난 일인 걸. 이젠 늙어서 쓸 기력조차 없어. 에너지 없이 어떻게 글을 쓰니? 그럭저럭 살다 보면 엔딩로드로 그럭저럭 들어설 거야. 거기, 갠지스 강가에 마지막 길이 영혼에 닿아 있다는데…… 그나저나 언제 인도 취재 계획 없어?"

"인도는 왜요?"

"새벽 갠지스 강가를 걷고 싶어. 꼬물꼬물, 발가락 사이로 올라오는 찰진 흙의 감촉을 느끼고 싶어. 망자의 뼛가루를 뿌리고 돌아서는 사람들의 뒷모습은 어떨까. 부옇게 낀 안개 속에서 피붙이를 태운 한 줌 재를 들고 강가에 서 있는 산 자들을 생각해 봐. 바로 거기가 엔딩로드일 거야. 강가에 유골이 닿기만 해도 영혼이 천국에 이르고 모든 죄가 사해지며 윤회의 사슬이 끊어진다고 믿는다나봐. 아주 천하태평 내세관이지. 그럼에도 한 번쯤 가 볼 만한 곳이야. 그치?"

어지럼증에 눈을 감은 채 나는 주술사처럼 되는 대로 말했다. 아직도 자리를 털지 못한 채였다. 창문에 봄빛이 오글오글 모여들었다. 화사한 봄날 아침, 나는 지금 무얼 하나? 누군가 지켜봤다면 뜨악할 터였다.

"선배? 무슨 일인데? 그 옛날 '티베트병' 재발했어요?"

"재발은, 무슨. 여태 그런 병명은 들어 보지 못했어. 다큐 시청하고 발병한 거라면 또 모를까. 어젯밤 '엔딩로드' 보고 잠을 설친 바람에 내 정신이 아닌가 봐."

정의 목소리에 불안과 안타까움, 희미한 우려와 연민마저 묻어났다. 나잇살이나 먹어 철부지마냥 괜한 걱정 주지 싶어 둘러댔으나 감각이 무딘 정이 아니었다.

"다큐 보고 누가 인도 사람들 내세관 조사하랬어? 천국이든 지옥이든 갈 데로 어런 가겠지. 죄도 사하고 업보도 끊어져요? 나, 참, 이 바쁜 세상에…… 그런 기막힌 상상력으로 소설 쓰면 누가 뭐래? 우리 프로그램도 가끔씩 때워 주고. 제발 상큼씩씩 살아요. 애한테 장학금 놓치지 말라고 엄포도 좀 하고. 특기도 취미도 적성도 전부 공부하는 거잖아?"

"무능력이 무슨 벼슬이라고 애한테까지…… 잘하고 있어."

맞는 말이다. 균은 특기도 취미도 적성도 죄다 공부인지는 몰라도, 그래서 그 공부에 전념하느라 전화 한 통 못하는지 몰라도, 어미의 무능력을 자식에게 전가시킬 필요는 없었다. 부양 유무를 떠나서 그건 적어도 비겁한 처사였다.

"그래요. 앤 놔두고 이젠 선배 하고 싶은 거 다시 시작해요."

"시작은 희망의 다른 말이야. 희망 없으면 시작도 없어."

"여전하시군. 고질병이 쉽게 고쳐지겠어?"

"다큐 그만하니 다행이다. 한숨 돌리는 거니?"

"가을 편성까지 잘리지는 않겠지. 여기야말로 하루살이 인생, 한

철 인생이에요. 하하! 귀촌은 일단 보류. 아, 참, 엔딩로드 뒤풀이
는 보류할 수 없지. 대깍 튀어나올 것!"

"일어나야겠다."

정의 웃음소리는 지나치게 컸다. 전화기를 침대머리에 두고 나는
몸을 일으켰다. 자리를 털고 내가 시작할 수 있는 일은 없었다. 간
밤의 피로를 씻어내는 것뿐. 뒤풀이는 보류하더라도 정의 귀촌은 우
스갯소리가 아니기를 바랐다. 욕실로 향하는데 과장스런 정의 웃음
소리가 집요하게 귓바퀴에 달라붙었다. 마치 환청이듯. 우리는 콩
알만 한 희망조차 없어서 풍선처럼 두둥실 부풀린 허상 속에서 허우
적대는지도 모르겠다. 풍선은 언제 펑, 터져 버릴지 몰랐고 혹여 터
지기를 보류한 채 신기루처럼 허공을 떠다니는 중인지도 알 수 없었
다. 알지 못한 채, 그저 과장된 웃음 과장된 몸짓 혹은 과장된 눈물
로 한 날 한 날을 채워가고 있으리라. 엔딩로드에 진입하기 위하여.
이미 진입로는 열려 있으므로. 큰 물고기 아가리처럼…… 거기는 어
둡고 습하고 적적하겠지. 내장이 전선처럼 뒤엉킨 물고기 배 속은
암흑일 것이었다.

24

　피사체는 흑인 소녀였다. 기대 선 시멘트 담장이 거대하다. 스니
커즈를 구겨 신고 두 팔을 가슴에 두른 채 약간 수그린 고개가 인상
적이다. 긴 곱슬머리가 흐트러져 치렁하다. 시멘트 벽돌이 선명해
서 당장이라도 잣대를 들이대면 몇 밀리 수치마저 오차가 없을 터였
다. 그 옆에 자잘한 붉은 벽돌을 배경 삼고 헐렁한 후드를 입은 흑인
남자가 앉아 있다. 후드에 달린 검정색 모자가 얼굴을 가렸다. 흑인
남자는 테이크아웃용 커피 한 잔을 들고 있다. 남자 뒤로 햇빛이 밝
다. 붉고 먼지 낀 벽에 그림자까지 포착했다. 다음은 중절모를 쓴
나이 든 흑인 남자가 한 손에 지팡이를 들고 서 있다. 역시 모자에
가려 낯이 잘 보이지 않는다. 신고 있는 신사구두는 퍽 낡았다. 남
자 뒤에는 세로줄의 늘씬한 벽면이다. 앞의 소녀 사진과 마찬가지로
벽돌 한 개 한 개를 자로 재면 정확한 치수가 가능할 것이다. 그리고
그다음은 담요로 몸 전체를 휘두른 뚱뚱한 흑인 여자가 앉아 있다.
역시 얼굴을 볼 수 없다. 여자가 앉은 자리는 빨간색으로 페인팅 된
보도블록이다. 뒤에는 주황색 시멘트 벽면이었다. 여자의 검은 팔
다리가 햇빛에 비춰 더 새까맣게 보인다. 다리 사이로 내려뜨린 손
가락에서 손톱 다섯 개가 희다. 마치 바둑알 같다. 그리고 또 그다
음은 남자, 거리, 벽돌담장, 여자, 건물외벽, 또 거리……

갤러리는 한산했다. 김 작가에게 나는 먼저 손을 내밀었다. 그의 손이 까칠했다. 헐겁고 가볍다. 거리의 사람들을 담아내고 싶다더니 최악의 거리를 끌어오고 말았다. 겁도 없이 할렘가라니! 이만저만 고생이 아니었을 터, 악수 한번으로 그 연민을 대신할 수는 없었다. 그는 매우 수줍어했다. 금방 낯이 붉어지면서 푸르스름한 정맥이 목에서부터 오소소, 돋아났다. 걸려 있는 사진만으로도 어림짐작 백여 컷 이상일 것이니 수만 번 셔터를 눌렀을 그의 손목이 안쓰러웠다. 셔츠 아래 드러난 손목이 새 다리처럼 가늘었다. 그는 입구 쪽 탁자를 가리켰다. 초대장이며 사진도록과 갤러리 홍보물이 수북한 탁자를 사이에 두고 우리는 마주 앉았다.

"용케 살아 돌아왔군요?"

"그때 바로 눌러앉았어요."

지난겨울, 고택에서 대거리했던 뜬금없는 만남을 떠올리자 나는 민망해졌다. 그 무슨 섣부르고 부질없는 정의감인지. 김 작가 때문에 녹아나는 영애의 애간장보다 볼품없이 녹아드는 내 일상이 몹시 애가 탔기 때문인지도 몰랐다. 그것은 돌연하고 엉뚱한 감정 표출이었다. 살면서 대면하는 갑작스런 일들은 돌아보면 빼도 박도 못할 필연이었다. 이미 오래전부터 한 층 두 층 쌓인 퇴적물처럼.

"스페인 거리에서 하몽을 먹고 와인을 마시면서 모델을 물색할 줄 알았어요. 무모한 건 알았지만 이렇게 용감할 거라곤 생각 못했어요."

"우범 지역이라서 어시스턴트의 도움을 받았지요. 처음엔 차량 안에서, 나중엔 밖으로 나가 찍었습니다. 노숙자들과 가까워지면서 사진 이야기가 시작됐어요. 그들은 느릿느릿 움직입니다. 시간도 세월도 비껴가듯 말입니다. 타인의 시선을 벗어난 존재 그 자체를 담고 싶었습니다. 건물 벽에 나른하게 몸을 기댄 그들의 실루엣은 나를 전율시켰습니다. 마치 아주 오래전부터 그 자리에 그대로 몸을 기댄 채 살아온 것 같았지요. 그들에겐 시간도 멈춰 버린 듯합니다. 벽을 기대고 눕거나 앉거나 서거나…… 그들은 시간과 무관했습니다. 주중엔 사방에 흩어졌다가 상점들이 문 닫는 주말에 다운타운가로 모여들지요. 노숙자들을 찍어서 사회고발을 하려는 불순한 의도였다면 그들과 나의 사진 이야기는 진작 글러먹었어요. 그랬더라면 카메라는 캘리포니아까지 갈 수 없었을 겁니다."

"캘리포니아요? 거기가…… 그런 곳이로군요."

균이 선망해서 죽기 살기 들어간 대학이 소재한 곳인데 노숙자들이 판을 치나요?, 묻고 싶은 걸 참았다. 돌연한 질문은 또다시 퇴적물처럼 쌓이고 말 테니까. 생물의 유해가 쌓인 강바닥은 퇴적물로 썩어 갈 것이었다. 사진 속 노숙자들한테 김 작가는 실컷 쾨쾨한 냄새를 맡았을 터였다. 돌아온 그에게 나마저 속물적인 악취를 풍길 수는 없었다.

"그렇습니다. 무심히 지나칠 수 없었습니다. 나도 그들처럼 옷을 입고 음식을 먹고 그들의 이야기를 들었어요. 그들은 우리와 다른 방식이었습니다. 우리는 빠르고 그들은 한없이 느긋합니다. 우리는 자만하고 집착하고 그들은 자족하고 몰두합니다. 나는 그들에게

서 피사체의 이야기에 몰입하는 방법을 배웠습니다. 순간의 기록이 이어지면 일상이 됩니다. 나는 그들의 일상 속에 피사체를 겨냥했어요. 다른 방식을 인정하면 그 순간부터 피사체는 시간을 넘어섭니다. 그들처럼 카메라는 느릿느릿 이동하지요. 인정…… 말입니다. 모든 건 인정에서 시작합니다. 거리의 사람들은 특별한 부류가 아닙니다. 우리와 같은 사람이지요. 다른 게 있다면 그들은 단지 거리에 있을 뿐입니다."

단지라니? 그의 작가정신이 대단하더라도 나는 그가 주장한 '인정논리'를 감히 인정할 수 없었다. 흑인 노숙자들을 인정하려고 저 캘리포니아의 우범 지역까지 쫓아갔던가. 대한민국에도 노숙자들은 널렸을 텐데?

"여긴 노숙자들이 없던 가요?"

"차고 넘치지요. 익숙한 거리, 익숙한 사람들. 적어도 한국 땅에선 낯선 장소, 낯선 사람들을 만나고 싶었습니다."

김 작가는 그야말로 나를 처음 만난 것처럼 어색하고 낯선 표정으로 앞서갔다. 두엇씩 혹은 혼자서, 몇몇 사람이 사진 앞에 서 있거나 무언가를 메모했다. 김 작가에게 알은체하기도 했다. 그의 뒤를 따라가자 전시실 안쪽으로 흑백사진이 꽤 여러 점이었다. 갑자기 뚝, 멈춰선 그의 등판이 완강해 보였다.

"보십시오! 저 표정을! 신부의 얼굴은 아니잖습니까?"

아아, 나도 모르게 신음소리가 흘러나왔다. 사진의 주인은 어렵지 않게 알아보았다. 피사체는 아주 작고 희미했으나 가늠하기는 오래지 않았다. 애랑은 흑백사진 속에 들어앉아 있었다. 대청마루에 앉아 있는 그녀. 아궁이 앞에 앉은 그녀. 광 속 멍석 위에 앉아 있는 그녀. 풀어헤친 머리. 대충 간추려서 뒤로 묶은 머리. 옆으로 넘겨 핀을 꽂은 머리. 세 점 모두 제각각이었다. 대청마루에서는 계집애 마냥 다리를 흔들었고 아궁이 앞에서는 쪼그려 앉아 불을 지폈으며 멍석에서는 무릎을 곧추세운 채였다. 순간을 포착하는 셔터는 제법 기민했다. 다문 입술, 초점 없는 시선, 무심한 표정. 생동감이라고 는 어디에도 없었다. 사진 속 빛과 그림자만 잡힐 듯 어른거렸다.

"닻이 없는 영혼이라면 실감하겠습니까?"

"무인도에라도 닿으면 좋을 텐데요. 풍랑에 이리저리 떠다니거든 요. 그랬군요. 닻이 없어 멈출 수 없었군요."

어두컴컴한 광 속…… 나무창살 사이로 들어오는 빛 한 줄기…… 달팽이처럼 몸을 동그랗게 말고 앉은 웅크린 그녀는 숫제 자궁 속의 태아였다. 그녀의 시선은 손바닥만 한 나무창살을 향하고 있었다. 명암의 대비는 강렬한데 그 눈빛은 텅 비어 있었다. 김 작가의 말대 로 영혼의 닻은 고사하고 영혼이 통째로 쑤욱, 빠져나간 시선이었 다.

"가깝게 지낸다면 닻을 달아 줘야 합니다."

나는 말하지 않았다. 그녀와 나는 친밀감의 척도와는 거리가 멀 지 않던가. 대체 그녀와 나의 관계라니! 애랑은 김 작가의 카메라 앞 에서도 내가 '모심 사원'이라는 걸 발설하지 않았을까. 화장을 해 줘 요, 라고 계집애처럼 조르던 그녀가 떠올랐다. 나는 그때 흑백사진은 빛과 그림자만으로 충분할걸?, 하면서 뒤도 돌아보지 않고 내 낡은 자동차 문을 열었다. 사진을 다 찍을 때까지 운전석에 비스듬히 누워 잠을 잤다. 그녀의 닻은 그만두고 내 영혼도 망망대해에 표류하는 중이었으므로 나 역시 언제나 지쳐 있었다.

"저 작품으로 주세요."

마치 옷을 고르듯 내 주문은 난데없었다. 흑백사진이 즐비하게 걸린 벽면에서 나는 애랑을 지목했다. 고택의 광 속 멍석에 똬리 튼 그녀를. 김 작가는 아뜩한 표정이었다. 거리에서 돌아온 그는 영혼의 닻을 내리고 정박했을까. 더는 흑백사진을 보지 않았다. 수묵화처럼 깊은 명암의 대조는 생과 사처럼 엄연해서 더는 볼 수 없었다. 차마, 마주하기 난감할 때 외면해 버리는 습성은 망각의 기제가 작동하는 전 단계였다. 나는 영혼의 닻을 달아 줄 수 없어 김 작가의 작품을 구입했을까. 아무렴, 인간은 얼마나 이기적인가? 사진을 보는 순간 내 등허리에서 스멀스멀 올라오는 어떤 감촉을 느꼈다. 딱딱한 듯 폭삭한 듯 꿉꿉한 지푸라기 냄새마저 확, 끼쳐들었다. 망각은 아직 끝을 내지 않은 모양이었다. 부지불식간에 끌려나왔던 생의 비의는 좀체 사라지지 않았다. 나는 그걸 잊지 않기 위해 멍석에 똬리 튼 그녀를 샀다. 흑백사진 한 장은 잊을 수 없는 비의로 삶을 결속시킬 것이었다. 영혼의 닻을 내릴 수 없는 세상에서.

그러고 보니 김 작가가 찍어온 캘리포니아 다운타운의 그 많은 노숙자들도 영혼의 닻이 부재한 걸까. 무심한 듯 먹먹한 듯 초점 없는 동자들…… 카메라를 보듯, 카메라 넘어 구름 낀 하늘을 보듯, 혹은 서터를 눌러 대는 김 작가의 손가락을 보듯, 김 작가 뒤로 폐허처럼 펼쳐진 도심 속의 공터를 보듯. 어딘가를 보는 그들은 숫제 어딘가도 보지 않는 것처럼 여겨졌다. 공허하고 적막하고 그 눈빛은 적이 아득했다. 본래 세상은 실눈을 뜨고 가늠할진대…… 운무에 휩싸이듯 가물가물한 세상에서 감히 영혼의 닻이랴.

오랜만에 균은 소식을 전해 왔다. 말을 아끼려는지 시간을 아끼려는지 아니면 괜한 감정 소비를 줄이려는 의도인지 SNS를 이용했다. 'mom 안녕무사?' 나는 시계부터 본다. 균은 새벽을 맞았을 것이다. 소형 여행 가방이 방 한가운데 무당벌레처럼 납작 엎드린 채였다. '기상이니?' 문자를 조합하면서 나는 균이 벌써 일어난 것이 아니라 날밤을 새웠을 거라는 가능성도 배제하지 않았다. '시험 기간 초긴장 상태' 균은 신문기사를 쓰듯 했다. '고생이겠다. 언제까지?' 세상의 모든 어미는 자식에 대한 근원적 연민 때문에 자유로울 수 없다. 'the end!' 그럼 그렇지 시험 기간에 노닥거릴 균이 아니었다. '잘 먹고 잘 자고 잘 놀아' 뭐든 잘 알아서 하는 그 애가 유독 잘 못하는 것은 먹고 자고 노는 것이었다. 생존 방식은 저마다 다르지만 균은 가장 기본적인 생존욕구가 때로 부재한 듯했다. '외화 버리고 유흥?' 역시 경제학도다웠다. 그 애한테 경제논리는 당연했다. 아침에 해 뜨고 저녁에 해 지는 것처럼.

뜨끔했다. 사실 나는 외화를 버리기 위해 출국할 것이었다. 해가 뜨는 내일 아침이면. 장례 메이크업 전문인 양성을 목적으로 조 대표는 기어이 일본을 방문하기로 고집했다. 간단하게 준비하라고, 선진 장례문화를 선도하는 '모심'의 미션을 위해 동행하자고, 그의 허세는 거창했고 쓸데없는 미사여구가 난무했다. 조미료를 가미해 버무린 음식이 이상야릇한 맛을 내는 것처럼. '뭐 하심?' 딴생각을 하다 타이밍을 놓쳤을 때 균이 물었다. '아무것도 안 해.' 물론이었다. 방 한가운데 엎드려 있는 여행 가방만 물끄러미 쳐다볼 뿐이었다. 왜 가야 하는지. 꼭 가야 하는지. 다시 타이밍을 놓칠세라 생각나는 대로 입력한다. '결과는?' 외려 스스로를 향한 질문이었다. 균에게 내가 언제 시험 결과를 물었던가? '대체로 만족' 정말이지 그 애는 기자 노릇도 잘할 성싶었다. 짧고 간결한 핵심어였다. 조 대표와 나의 일본 방문 역시 대체로 만족했으면 좋겠다는 염원이었다. 다시 놀아나기 따위 불상사는 일어나지 않기를 바랐다.

'FA 지속적 지원' 잇따라 들어온 희소식에 달리 할 말이 없다. 때때로 안절부절못하고 기다렸던 소식임에도 불구하고. 차라리 통화가 아닌 게 다행이었다. 학비 조달이 여의치 않아 장학금만을 고대하는 어미는 얼마나 비루한가? 비 오는 날, 남의 집 처마 밑을 서성이는 비루먹은 개처럼 누추하기 짝이 없을 것이었다. 순간, 악의적이게도 왜 노숙자들의 사진이 떠올랐을까. '다운타운까지는 가지 않지?' 그들과 나는, 혹은 익명의 수많은 우리는, 단지 방식이 다를 뿐이라고 김 작가는 분개했었다. '디즈니랜드 시간 낭비' 균은 그곳이 주말이면 우범 지역이라는 사실을 모르는 걸까. 여행객들마저 캘리포니아 다운타운가에 레고로 만든 토이스토리를 즐긴다는 것쯤은 안다. '언제나 치안문제 조심해' 어미의 이기심은 지극히 본능적이다. 피해망상에 고의적 적대감이 줄곧 이기심을 자극하기 때문이다. 여전히 그 애는 다람쥐 쳇바퀴 돌듯 하겠지. 기숙사에서 강의실로 도서관으로 구내식당으로. 또다시, 구내식당·도서관·강의실·기숙사로. 가끔 체육관에 들르는 게 고작이리라. 일상의 반경조차 구속하는 유전자라니? 아무래도 내 고약한 면을 닮았을 터였다.

배가 불룩한 여행 가방을 다시 쳐다본다. 일이든 여행이든 출국이 꺼려진다. '안전 보장은 최상급 걱정은 금물' 균은 굉장히 효과적인 표현을 고수한다. 효과적일 뿐 아니라 신문의 머리기사를 읽는 듯해서 당최 모자 간격을 좁힐 수 없다. 철저하게 닮았고 완벽하게 달라서 객관성을 확보하는 데 유리한 관계가 부모자식 사이인지도 몰랐다. 일면 엇비슷하나 일면 판이한 균에게 나는 묻고 싶었다. 저 여행 가방을 지금이라도 풀어야 하는지. '시험 마쳤으면 푹 자' 차마, 죽은 사람 메이크업하는 벤치마킹 문제로 출국 여부를 물을 수는 없었다. 수면을 권장하는 편이 옳을 테니까. 'stop! 학교로!' 균이 발송한 느낌표 두 개가 몽둥이처럼 섬뜩하다. 당장 그 애의 등허리를 후려치고 날아온 듯하다. 재빨리 일어나라고. 저 경쟁 세상으로 속히 뛰어들라고. 속내는 비교적 길었던 셈이었다. 균이 정지하고 나간 화면을 들여다보았다. 균은 강의실로 도서관으로 구내식당으로 뛰어다닐 것이었다. 그다음은 어디로 뛸까. 풀지 못한 여행 가방을 둘러메고 나 또한 뛰어야 하는 걸까.

그윽한 낯빛은 견딜 수 없다. 더더욱 견딜 수 없는 것은 그 얼굴에 화장을 해야 하는 지경이었다. 마지막 메이크업을……. 망자에게는 당연하거니와 내게도 마지막 메이크업이 되리라는 예감은 물론이었다. 더는 시신 메이크업을 할 수 없었다. 설령, 균이 죽기 살기 들어간 캘리포니아 소재 그 대학을 중퇴하고 귀국하더라도. 그 애처럼 죽기 살기 용쓸 힘이 내게는 남아 있지 않았다. 어찌 되었거나, 아무튼지, 나는 지금 메이크업을 해야 한다. 한없이 평화로운 얼굴에 원 없이 화장을 해야만 한다. 고인과 나, 우린 둘 다 마지막일 테니까. 원도 한도 없이.

마냥 딱딱한 간이의자에 맥없이 앉아 있을 수만은 없다. 우선 가닥부터 잡아 가야 한다. '왕의 색'으로 가자. 고상하고 신비한 최고의 컬러이므로. 적어도 애랑은 내가 아는 한 세상 속에 희석되지 않는 마음결을 유지했고 세상이 알지 못하는 비애를 앓다가 그 세상을 버렸기 때문이었다. 세상을 등진 그녀를 차마 나는 등질 수 없어서 불려나왔다. 무당벌레처럼 방 한가운데 엎드려 있던 여행 가방을 노려보면서 해가 뜨면 그 가방을 메어야 할지 메지 말아야 할지 밤새 숱한 고민을 했는데, 종단에는 키트를 들고 나온 형국이었다. 그것도 방구석에 처박아 둔 뷰티용 키트를.

오지 않아야 할 콜을 받았을 때는 이미 해가 중천에 떠 있었다. 놀라지 말고 작업에 임하라고, 고인은 사모님이라고. 여직원의 전언을 믿지 못해서가 아니라 '사모님'이라는 단어가 퍽 생소해서 금방 알아들을 수 없었다. 사모님? 순간 어여쁘고 유연한 말이구나, 라는 엉뚱한 생각은 어쩌자고 들었을까. 뒤미처 머릿속에서 벌 떼가 날았다. 왱왱. 항공권은 취소했다고. 꼼꼼한 성격의 여직원이 숨을 고른 후 다시 말할 때에야 나는 비로소 사모님의 실체를 파악했다. 한순간 벌떼가 뚝, 멈추었다. 급작스럽게 뒤통수를 강타당해 두개골이 쫙, 반으로 갈라지는 바람에 뇌수가 전부 흘러 버린 기분이었다. 어젯밤 어디 촬영지에서 목을 맸고 오늘 아침 일찍 발견되었다고, 여직원은 차근차근 알려 왔다. 나쁜 소식은 배가되듯 점점 치명적이었다. 촬영지라니? 일순 고택의 용마루가 스캔하듯 머릿속을 쓱, 지나갔다. 최악의 확신이었다. 아아, 그녀는 어쩌자고 거기까지 갔을까. 평소 '모심' 의전대로 장례를 치른다고, 누구보다 정성을 다해 모셔야 한다는 직원들의 다짐까지, 다소 음울하지만 또렷또렷 침착하게 전했다. 여직원은 자신의 업무에 대단히 충실했다. 전화기 이쪽에서 오히려 나만 떨고 있었는지도 모르겠다. 다리가 후들거리고 손가락마저 힘이 빠져서 전화기조차 쥘 수 없었다.

애랑, 그녀의 비애(悲哀)가 내 비의(悲意)를 초월하여 이생을 건너가는 동안 나는 대체 무얼 했던가? 꾸려진 여행 가방을 흘깃거리며 조 대표와의 동행을 고민하면서 균과 SNS 중이었을 것이다. 특별할 것도 없고 뾰족한 수도 없는 일상. 그 속에 파묻혀서 우리는 너나없이 살아간다. 방바닥에 주저앉아 망연자실할 때 와중에도 구석에 처박힌 키트가 시선을 잡아끌었다. 그녀는 메이크업이 잘 어울릴 것이었다. 스물여덟, 아직은 시신 메이크업보다 뷰티 메이크업이어야 옳다. 일어나서 겨우 검정색 정장으로 갈아입고 키트를 꺼내들었다. 뒤돌아보니 여행 가방이 덩그맣다. 외딴 섬처럼. 그녀도 나도 조 대표도 균도…… 우리는 외딴 섬이었다. 홀로 떨어진 채 결국 홀로 가는 것이었다. 키트를 들고 나오면서 실성한 여자처럼 중얼거렸다. 외·딴·섬.

보라색 색조제품을 전부 도열했다. 기초와 보습을 끝낸 애랑은 고왔다. 우윳빛 피부가 뽀송뽀송하다. '왕의 색'만 아니라면 색조를 생략하고 싶다. 어느 심리학자가 보라색을 침체된 우울한 기분과 체험을 간직한 불행한 컬러라고 분류한 걸 오래전 메이크업 잡지에서 읽은 기억이 난다. 나는 그때 바이올렛을 떠올렸다. 마침, 베란다 창가 화분에 바이올렛이 피어 있을 때였다. 작은 꽃잎에 솜털이 무성해서 안쓰러웠다. 석양에는 짙은 보랏빛이 속히 어둠을 불러들이곤 해서 혼미함을 더했던가? 환상·슬픔·고독. 무작정 머릿속을 휘젓던 바이올렛이었다. 그녀는 깊고 편안하다. 잠자는 듯 고요할 뿐이다. "아무렇지도 않았소. 해거름에 와서 차 한 잔 마시고…… 동네 모퉁이 돌아가는 뒷모습까지 봤지. 다시 와서 몹쓸 짓을 할 줄 누가 알았겠소? 새벽이면 안채 뒤 팽나무 숲을 돌아서 담장을 따라 대문으로 내려오지. 발견되기 쉬운 첫머리 나무였소. 참, 험한 꼴도……." 빈소에서 만난 고택 주인은 말을 잇지 못했다. 너무 오래 너무 많이 산 팽나무가 원망스러웠다. 지난겨울 고택 방문도, 그 밤 사나웠던 꿈도 원망스러웠다. 치렁치렁한 가지를 무작스럽게 쭉쭉 뻗어 순식간에 기둥과 대들보와 서까래며 안채 창호지문까지 휘감아 버리던 흑갈색 팽나무. 김 작가의 카메라도 원망스럽기는 마찬가지였다. 영정사진 속의 그녀는 심상했다. 어딘가를 보는 것도 혹은 어딘가를 보지 않는 것도 같은 초점 없는 동자였다. 어쩌자고 김 작가는 고택의 광 속까지 파인더를 끌어당겼을까. 세상이 싫어 광 속으로 숨어 버린 그녀를. 시간이 멈추어 버린 것 같은 흑백사진 속에서 그녀 역시 멈춰 버렸다.

눈꺼풀보다 언더라인을 강조한다. 매트한 레드 립스틱을 바르면 미스터리한 분위기겠지. '눈부신 아침' 스튜디오에서 처음 만났을 때부터 애랑은 묘하고 낯설었으니까. 지나친 냉소와 극한 애휼 사이에서 갈팡질팡하는 듯했다. 어쩌지 못하는 괴리감 때문에 그녀의 위험천만은 시작되었을까. 베이스는 펄 글로우로 한다. 미세한 펄 입자가 마치 피부 속에서 빛이 나오는 듯한 착시현상을 주는 것은 물론이고 수분을 공급해서 탄력과 생기까지 가미해 준다. 바이올렛을 포함한 다섯 가지 컬러의 레이스 패턴 아이섀도를 칠해서 신비스러움을 더하는 눈을 완성한다. 립은 로즈 색상으로 밤(balm) 형태 텍스처가 입술에 밀착되게 하여 선명한 발색 효과를 나타낸다. 마른 그녀의 볼을 위해서 즉석에서 블러셔를 제조한다. 비비크림에 밝은 블루핑크와 바이올렛 컬러의 립스틱을 혼합한다. 나는 맨손으로 그녀의 양쪽 볼에 블러셔를 발라 준다. 바이올렛 컬러가 마블링 되어 피부에 윤기를 더한다. 손가락에 달라붙는 감촉이 보들보들하다.

메이크업을 시작할 때부터 나는 위생장갑을 사용하지 않았다. 마지막 메이크업은 맨손이어야 했다. 더욱이 망자는 애랑, 그녀였다. 불러 처연한 그 이름 애랑은 이제 더 이상 누구에게도 불리지 못할 것이었다. 토론토 그녀 피붙이들은 지금쯤 태평양을 건너는 중일까. 더는 지탱할 힘이 없다. 나는 간이의자에 앉는다. 가능하다면 눕고 싶은 심정이다. 애랑은 신부 화장 때와는 다른 고즈넉한 아름다움을 품고 누워 있다. 천연덕스럽다. 이 무슨 짓궂은 장난인가? 손님 앞에서 꿈쩍 않고 제 볼일만 보는 무례한 주인과도 같았다.

"말없이 가 버릴 줄은…… 무모한 사람입니다. 끝까지……." 평정심을 유지하려는 조 대표는 그녀가 원망스러웠을까. 원망이란 자신에 대한 못마땅함을 타인에게 투사시키는 것쯤 그가 모를 리 없다. 빈소 앞, 그 또한 말없이 우두커니 서있었다. 두 팔을 축 늘어뜨린 채. 얼이 빠져 허깨비가 된 그에게 나 또한 무슨 말도 할 수 없었다. 처진 그의 팔이 무척 길었다. 나는 가만히 그의 손을 잡았다 놓고 이내 염습실로 왔다. '미안해요. 마지막 메이크업이 될 것 같군요.' 차마 발설할 수 없었다. 그녀의 장례절차가 끝난 다음에 말해도 늦지 않을 터였다. 세상을 놓아 버린 그녀는 매우 편안해 보인다. 나는 나뭇잎처럼 마른 그녀 손을 잡아 본다. 작은 손이다. 손등 정맥이 어지럽게 얽혀서 푸르다. 맑고 고운 손등에 혈은 난맥을 타고 흘렀을 것이다.

조 대표는 오지 않는다. 끝까지 그녀를 지켜주지 못해서일까. 그의 뒷말이 쟁쟁하다. 끝까지…… 끝까지 우리는 살아가야 할뿐더러 끝까지 우리는 살아내야 하는 걸까. 나는 그녀에게 묻고 싶다. 정녕, 그런 거냐고.

은상

김
민
주

너의 목소리

안개가 축축하게 옷 속으로 파고든다. 베이지색 코트를 여미고 가방 속에서 담배를 꺼내 든다. 라이터는 불꽃이 일다가 이내 꺼져 버린다. 서너 번 만에 겨우 불이 붙는다. 한 모금 깊게 들이마신다. 감았던 눈을 뜨고 천천히 내뱉는다. 허공에 담배 연기와 안개가 뒤섞인다. 벨을 눌러도 인기척이 없다. 같은 골목을 세 번째 도는 것 같다. 아침인데도 안개가 낀 골목은 낯선 외지의 저녁 같다. 한옥과 양옥이 섞여 있는 골목은 개발되지 않은 옛길 그대로다. 그래서 비슷한 골목을 지나치기도 하고, 다른 골목으로 빠지기도 했다. 담벼락 너머로 서리 맞은 나무에 달린 홍시와 그 홍시를 둘러싼 뿌연 안개마저 모퉁이 돌 때마다 보는 풍경이다. 세상이 신기루처럼 느껴진다. 희뿌옇게 내려앉은 안개의 무게감이 어깨를 내리누른다. 앞을 막막하게 가리는 안개를 손으로 걷어치우기라도 하듯 휘젓는다. 전화기에서는 계속해서 림스키코르사코프의 피아노곡이 계속되고 있다. 오늘 만나기로 했던 저자는 물리학 교수로 우리 출판사에서 책을 낸 지 5년이 넘었다. 강의 교재며 논문 등 꾸준히 거래를 해 오고 있는 고객으로 오늘 최종 원고를 넘겨주기로 했다. 피아노 소리에 기타 소리가 섞인다. 소리를 쫓아 눈을 든다. 골목 건너편 집에서 기타 소리가 흘러나온다. 연습 중인지 연주는 중간에 끊기기도 하고, 같은 부분을 두어 번 반복하기도 한다. 매끄럽지 않은 트레몰로가 귀에 익다. 애써 그 소리를 외면하고 돌아서 골목을 빠져나간다. 이 저자도 믿을 수 없는 사람인가? 사람은 역시 믿을 수 없다. 그가 그랬던 것처럼.

충무로 출판사 쪽으로 가는 버스가 눈앞에 선다. 버스 문이 열리고 몇 명은 앞으로 오르고 몇 명은 뒤에서 내린다. 머뭇거리는 사이 버스는 떠난다. 출판사로 들어가지 않으면 무슨 일이 생길까? 천재지변이나 지각변동 같은 것은 일어나지 않을 것이다. 단지 며칠 동안 밤을 새며 밀린 작업을 해야 될 것이고, 눈총을 좀 받을 것이고, 인사고과에서 불이익이 있을지도 모르고, 좋은 프로젝트를 맡을 수 없을지도 모르고, 최악의 경우 구조조정에서 안전하지 않을 것이다. 모두 사소하다. 안개는 여전히 자욱하다. 마르지 않은 시멘트 반죽 속에 두 발이 빠진 것 같이 발은 붙박여 있다. 다시 충무로 가는 버스가 선다. 운전사는 문 앞에서 머뭇거리는 여자를 기다리다 문을 닫는다. 터미널 표지판이 있는 버스가 정류장에 들어온다. 나는 버스에 오르며 휴대폰 배터리를 뺀다. 나 역시 믿을 수 없는 사람인지도 모른다.

대합실 빈 의자 등받이에 손을 얹고 매표소를 바라본다. 목적지도 없이 정면에 있는 버스 시간표를 올려다본다. 여수 순천행이다. 새로 개축된 터미널은 공항처럼 넓은 대합실을 가지고 있다. 길을 잃기도 좋은 곳이다. 대형모니터에서 축구 경기장의 함성이 전해진다. 붉은색 유니폼과 파란색 유니폼이 지그재그로 움직인다.

"자네 어데 가나?"

누군가 팔을 잡는다. '자네 어데 가나' 그 말에 온몸이 공중에 뜬 것 같이 무게감이 없어진다. 나를 불러 세운 사람은 깡마른 노파다. 허름한 차림에 한손에는 큰 보따리를 들었다. 기억을 더듬는다. 나를 바라보는 노파는 내가 모르는 사람이 분명하다. 무슨 말을 해야 할까. 생각도 말도 증발된다. 인사를 하는 것도 아니면서 고개를 숙이고 얼른 자리를 피한다. 화장실로 들어간다. 라이터가 헛돌아 서너 번 만에야 불이 붙는다. 담배를 크게 한 모금 깊게 들이마시고 천천히 쉼 호흡을 한다. 허공에 뜬 담배 연기를 바라보며 눈을 감는다. 오늘따라 진한 안개가 도심까지 내려와 있다. 차라리 출판사로 들어갔어야 했을까. '자네 어데 가나.' 낯선 목소리가 천둥소리처럼 귀를 때린다. 익숙한 일들 사이에 익숙하지 않은 일이 끼이면, 익숙했던 일까지 낯설어진다는 걸 2년 전에야 알았다. 다시 안개에 휩싸이듯 시야가 막막해진다. 내가 내 발의 주인이 아닌 듯, 누군가 등을 떠미는 대로 밀려간다.

이렇게 훌쩍 떠날 줄 알았다면 차를 갖고 나왔어야 했다. 명지 씨, 왜 갑자기 운전 안 해? 저자가 물은 적이 있다. 무서워서요. 새삼스럽게 왜? 그녀는 물었다. 언젠가부터 운전을 하면 눈앞으로 강물이 쏟아져 들어왔다. 시야 앞으로 닥친 물은 눈 안으로, 콧속으로, 목구멍 속으로 밀려들어왔다. 그렇게 들어온 물은 폐를 채우고 위를 채우고 땀구멍을 채웠다. 호흡이 부자연스러워졌고, 가끔 무호흡증이 오기도 했다. 그때마다 손톱자국이 나도록 주먹을 쥐었다. 반대편 건물로 들어가 충주행 매표소 앞에 앉는다. 충주는 언젠가는 꼭 한번 가 보아야 하는 곳이다. 그게 오늘이어야만 하는 것은 아니다. 언젠가 갈 수도 있을 것이라고 이제껏 미뤄 온 곳이다. 사람들은 분주히 스치고 지나간다. 무언가 다가온다. 그 무언가는 사물인지 사람인지 모른다. 그러지 말아야지, 머리는 소리를 치지만 어느새 보이지 않는 갈고리에 목이 낚인 것처럼 휙 돌아보고 만다.

"자네 어데 가?"

그 노파다. 팔의 소름을 쓰다듬는다. 자.네.어.데.가. 그 말이 왜 저 노파의 입에서 나오는지 이해할 수 없다. 못 볼 것을 본 사람처럼 심장이 두방망이질 친다.

"무신 놈의 안개가 이런 겨? 이러다 일 나지."

서울에 다니러 온 시골 노파 같다. 시골 완행버스를 타야 만날 수 있을 것 같은 차림이다. 털실로 짠 갈색 목도리를 둘둘 감고 있는 얼굴은 퀭하니 해골처럼 말랐다. 케테 콜비츠의 그림에서 금방 빠져나온 듯한 낡고 오래된 여인, 어두운 흑백사진처럼 창백한 무채색의 노파다. 고개를 돌린다. 노파로부터 벗어나고 싶을 뿐이다. 가방을 끌어안고 노파를 피해 밖으로 나간다. 택시 정류장이 보인다. 몇 발자국 걷다 뒤돌아본다. 사람들의 인파에 가려 노파는 보이지 않는다.

정류장에는 긴 택시 줄이 기다리고 있다. 줄 끝에 서서 손톱으로 손바닥을 긁기 시작한다. 손바닥은 피가 맺힌 것처럼 불그스름하다. 딱지가 생긴 곳도 있고, 새로 살갗이 벗겨진 곳도 있다. 기어이 딱지 하나를 뜯어낸다. 동그란 핏방울이 손바닥 한가운데 맺힌다.

택시 줄은 줄지 않는다. 주먹을 쥐고 다시 대합실 쪽을 바라본다. 노파는 보이지 않는다. 서둘러 대합실로 들어가 충주행 표를 끊고 버스에 오른다. 경혜를 만날 수 있을까? 눈을 감고 버스가 떠나기를 기다린다. 이럴 때 경혜라도 있었다면……. 장례식장에서 경혜는 금강경을 읽어 주었다. 그리고 2년이 훌쩍 지났다.

누군가, 이런 안개 속에서는 운전을 어떻게 하느냐, 이런 날도 일을 시키는 썩을 회사가 다 있느냐 큰소리친다. 탁하고 낮은 음색이 귀에 익은 목소리다. 긴장으로 무거워진 눈을 들어올린다. 겨우 현실로 되돌아오려는데 누군가 어깨를 건드린다.

"어, 이 처자 여기 탄 겨?"

무방비하게 눈을 뜨다가 무릎 위에 아슬아슬하게 걸치고 있던 가방을 떨어뜨린다.

"내가 저승사자여? 나만 보믄 도망가더니 멀리도 못 갔네."

노파는 그것이 통쾌한 일이라도 되는 듯 몸을 뒤로 젖힌 채 호탕하게 웃는다. 나는 가방을 주워 자리 주인이라도 있다는 듯 옆자리에 올리고 창으로 고개를 돌린다.

"저 놈의 안개……."

혼자서 구시렁거리던 노파는 다행히 뒤로 비척비척 걸어간다. 억지로 잠을 청한다. 새벽까지 일한 탓에 기절 같은 잠을 자기를 바라지만 잠은 좀체 들지 않는다. 노파의 목소리가 귀를 어지럽힌다. 깜박 졸았는지도 모른다. 뒷자리가 소란스러워 눈을 떠 고개를 돌린다. 노파가 앞에 앉은 아기 엄마를 나무란다. 핫팬츠에 후드티를 입

342

은 젊은 여자는 당황해하며 칭얼거리는 아기를 달래느라 팔을 아래 위로, 양옆으로 흔들어 댄다. 아기는 조막손으로 눈을 비비며 날카롭게 울음을 터뜨린다. 아기의 두 눈은 질끈 감겨 있다.

"워째 워째, 아가 저렇코롬 울어쌌는데 아 엄마는 뭐 하는 겨? 언능 이리 줘봐. 아 숨 넘어가겄어." 노파는 아기를 받아 뒤로 돌려 업는다.

"아도 하나 키울 줄 모름서 자석은 왜 난 겨." 새댁이 건넨 포대기를 허리에 감고 혼잣말처럼 중얼거린다. "니도 참 복도 없재. 어째 저리 미련한 엄마를 만난 겨? 엄마가 착허다고 다가 아녀. 엄마는 아 하나는 끝까지 지켜야 엄마재……. 안 그려유?"

노파는 사람들을 둘러본다. 사람들은 무심히 창밖으로 고개를 돌린다. 아이 엄마는 노파에게 우유병을 내민다.

"요새 것들은 애덜 키울 줄을 몰라. 애가 애를 키우는 겨."

아무도 대꾸하지 않는다. 우유병을 빨던 아기가 잠들자, 노파는 옆에 앉은 중년의 남자의 팔을 건드린다. 한 손으로 바닥에 있는 쇼핑백을 뒤적거려 비닐봉지 하나를 꺼낸다.

"요고 한번 잡숴 봐. 딸이 쪄 준 강원도 찰옥수수여."

노파는 축축한 옥수수 봉지를 남자의 무릎에 놓는다. 남자의 인상이 구겨진다.

"어제는 글씨 오촌 당숙 병문안을 안갔소. 근디 그기서 말유, 지지리도 복도 없는 여자를 본 겨. 어쯔든 그런 일도, 쯧쯧쯧. 다른 병실에서 곡소리가 나서 가봤더니 시상에……. 웬 새댁이 눈이 퉁퉁

붓도록 울고 있는 게 아녀? 졸지에 부모상을 당했나 생각했지유. 근디 고개만 젓고 대답을 안 허길래 간호사를 붙들고 물어봤제. 뭐란 줄 아요? 새댁이 시험관 아기 시술을 받았는데 그게 자궁 외 임신이 돼서 그런다잖여. 쯧쯧쯧, 고것이 다리가 달린 것도 아닌데 왜 지집을 못 찾고 엉뚱한 데 드갔나 말여. 복도, 복도 어쯔믄 지지리도 없는지, 시상에 밸 일이 다 있는 겨, 밸 일이 다…….”

시골 노인네의 입에서 나오는 인정머리 없는 말투에 손님들은 황당한 표정으로 고개를 젓는다. 이상한 노파다. 그러다 문득 머리 귀퉁이에서 어떤 호통 소리를 듣는다. 지금과 비슷한 어떤 기억이 가물거린다. 저런 말투, 저런 느낌. 버스 안의 사람들은 이상한 노파를 목을 빼고 구경한다.

“그렇게 말씀하시믄 안 되지요. 나잇살이나 잡순 양반이 참…….”

누군가 구시렁거리는 말에 노파는 너 잘 걸렸다, 하는 표독스럽고 매운 눈을 한다.

“그렇소. 난 아들도 낳고 딸도 낳고 잘 살았소. 나만큼 복 있는 여자 있으면 나와 보씨요.”

노파는 허공을 향해 삿대질을 하고는 퀭한 눈을 크게 뜨고 끔쩍인다. 노파의 눈을 보자 기억이 되살아난다. 2년 전 구청에서다. 3층 복도에서 휠체어를 타고 있던 노인의 고성이 꼭 그랬다. 야멸차고 인정머리 없는 말투 끝이 왠지 축축했다.

차 안의 소란과는 상관없이 창밖은 평화롭다. 겨울 들판 위에 마시멜로처럼 뭉쳐놓은 원통형 건초더미들이 군데군데 서 있고, 그 위에 떨어지는 햇볕이 따사롭다. 까마귀들과 백로들이 낟가리를 쪼는 풍경과 햇살에 반짝이는 갈대들 모두가 황금색으로 물결친다. 누런 벼가 익어갈 때마다 그는 할머니 댁 감나무 이야기를 했다. 목을 기억자로 제치고 장대로 감을 따는 게 중노동이어서 홍시는 보기도 싫었다는 그. 그 감나무를 팔고나니 그제야 갑자기 홍시가 먹고 싶어졌다고 그는 말했다. 왜 사람은 이렇게 간사하냐고.

　충주에 도착하자마자 사람들이 많이 나가는 방향이 아닌 화장실 가는 길로 얼른 빠져나온다. 담배 두 대를 천천히 연이어 피운다. 터미널의 화장실 창문 너머로 가로수의 앙상한 가지들이 보인다. 노파의 손 갈퀴 같다. 노파를 다시 만나다니 어이가 없다. 고개를 휘휘 저으며 불길한 일들이 모두 지나가기를 기다리듯 얼마를 더 서성이다 밖으로 나간다.

　회사를 그만두고 승가대학에 들어간 경혜는 얼마 후 충주의 암자에 있다고 연락이 왔다. 행복하니? 그녀는 물었고, 그를 만나고 있던 나는 조심스럽게 고개를 끄덕였다. 넌 행복해야 돼. 경혜는 말했고, 우리는 나란히 벚나무 가로수가 길게 뻗은 호반 도로를 걸었다. 경혜가 물었다. 이 길 끝에 뭐가 있을까? 또 다른 길이 있겠지. 나는 대답했다. 누군가에게는 막다른 길이 되기도 하겠지. 경혜는 말했다. 경혜가 만나던 남자의 아내가 임신을 하자 경혜는 그를 떠났다. 아이에게 죄를 지어서는 안 될 것 같다고 말했다. 이젠 누구도 경혜의 치렁치렁한 검은 머리를 보지도 만지지도 못할 것이다. 그녀가 아름다운 머릿결을 가졌다는 사실조차 모를 것이다. 다행히 내가 탐

내하던 짙은 눈썹만 남아 경혜를 경혜로 기억할 수 있을 뿐이다.

버스 정류장으로 가는 내 앞으로 다시 낯익은 얼굴이 다가온다. 노파는 반가운 웃음기를 가득 머금는다.

"자네, 어데 가는데 여서 또 만난 겨? 오호, 그리고 본께, 자네가 나를 따라 댕기는 거구먼."

아까와 마찬가지로 호탕한 웃음이다. 어디에 가느냐는 노파의 물음에 나는 호수 유원지에 가는 길이라고 말한다. 절대로 노파가 갈 만한 곳이 아니다. 커다란 짐 보따리를 든, 누가 봐도 시골 노파 같은 사람이 이 겨울에, 더구나 혼자서 관광지에 갈 일은 없다. 나는 자신만만하게 말하고 뒤돌아서려다 노파의 반응에 발걸음을 멈춘다. 머리가 어지럽다. 노파는 나라님에게 큰 상이라도 받게 된 천한 백성처럼 붉은 잇몸을 훤히 드러낸 채 웃는다. 놀란 나와는 반대로 노파는 이번에는 놓치지 말아야지, 하는 표정으로 내 옆에 바싹 붙어 서 팔을 휘감는다.

버스가 도착하자, 앞의 빈 좌석에 노파를 앉히고 짐을 내려놓는다. 슬그머니 뒷자리로 가 앉으려는데 노파가 부른다. 역시 더 이상 도망가는 것이 무의미하다. 나는 체념한 강아지처럼 노파 옆에 가 앉는다.

"나는 순천에서 평범하게 농사짓고 사는 사람이여. 막내아들 위로 딸들이 다섯인 겨. 글고 여기가 본시 내 고향인 겨. 서울 사는 딸네 갔다가 순천 집으로 가려다 갑자기 아들 생각이 나서 여기로 온 겨."

호남선 매표소 앞에서 부딪친 건 그래서였다.

"내가 자식 복은 있는 겨. 내리 딸을 다섯 낳고 마지막에 아들을 낳았제. 4대독자라고 집안 어른들 귀염을 어찌나 받았는지 몰러. 갸를 낳고서는 머리에 왕관을 쓰고 댕기는 것 같았구먼. 또 어찌나 아는 착한지. 이것도 우리 아들이 사 준 거여."

노파는 호주머니에서 핸드폰을 꺼낸다. 쩍쩍 갈라진 두툼한 손가락으로 조심스럽게 버튼을 몇 개 누른다.

"요고를 요로코롬 누르믄 노래가 나오는 겨."

이어폰 한쪽을 내 귀에다 대어준다. "요것도 갸가 준 것이구먼."

그 안에서 구성진 목소리가 흘러나온다. '……지금은 어데로 갔나ㅡ, 찬비만 나ㅡ린ㅡ다.' 구성진 흘러간 가요를 듣자 갑자기 방심한 듯 웃음이 픕 쏟아진다.

"이제야 웃는구먼. 젊은 색시가 그렇게 웃으니 얼매나 이뻐."

가끔 동료들이 말했다. 명지 씨, 좀 웃어 봐. 노파는 내 고동색 블라우스와 검정 스커트를 가리키며 고개를 젓는다.

"옷도 그기 뭐시여. 젊은 여자가 칙칙하게시리. 그라고 세상에 못 견딜 일이 뭐 있었어. 그렇게 세상 불행 다 짊어진 얼굴로 살믄 오던 복도 도망가는 겨."

노래가 끝나자 잠시 지지직거리는 소리가 나더니 기타 소리가 난다. 놀란 표정으로 노파를 본다. "이거 우리 아들이 배웠다고 나보고 들어 보라고 안했소."

익숙한 기타 소리가 낯설게 귓가를 맴돈다. 노파의 말에 나는 피가 났던 손바닥을 내려다본다. 언제부턴가 손톱을 자르는 일이 큰 일이 되어 버렸다. 길게 자라 휘어지고 구부러진 손톱은 손바닥에 생채기를 내었다. 손톱은 제멋대로 길다가 부러지고 말아 손톱을 깎을 일이 없어졌다. 초조해지면 그 손톱으로 손바닥을 후볐고, 그러고 나면 피가 나고 딱지가 앉았다.

"손톱은 왜 부러진 겨?"

노파가 묻는다. 나는 못 들은 척 노파에게 되묻는다.

"그런데 유원지에는 무슨 일로 가세요?"

"으응, 거기 우리 아들이 있제."

"아드님이 유원지에서 일하시나 봐요?"

"우리 아들은 거기보다 더 좋은 회사에 다녔제. 저거 큰아부지가 있는 회사 아인가 베. 유원지 가다 보면 큰 회사가 보인댜. 거기가 우리 아들 회사여."

그 말을 하는 노파의 얼굴에서 오랫동안 못 만난 애인을 만나는 것 같은 설레는 마음이 드러난다.

"그기 누구를 닮았는지 참말로 잘 생긴 겨."

또 그 호탕한 웃음을 보인다.

"그 잘생긴 아─를 내 배로 낳았제. 동네 가스나들이 얼마나 쫓아댕겼는지, 갸를 보고 싶어 하는 가스나들이 수두룩 하재."

그랬을 것이다. 누군가의 아들은 다 그럴 것이다. 노파는 눈앞에 그 아들이 있는 것처럼 눈웃음이 그치질 않는다. 아주 순하게 생긴 남자 사진을 한 장 내민다.

"요즘은 주말마다 도로가 꽉꽉 맥혀서 다니기가 얼마나 힘드요. 전화 한번이면 한번 왔다가는 것과 진배없다고 하는데도 주말마다 내려오질 않소. 또 첫 월급 타면 예쁜 애인 데리고 내려오기로 안했소."

그 아들을 만나러 간다고 한다. 노파의 얼굴에 자랑스러움이 번진다.

"처자는 애인 없소?"

나는 고개를 숙여 펌프스에 묻은 먼지를 털어 낸다. 어느새 앞코의 가죽이 벗겨져 있다.

"그리 울상하고 있으믄 오던 남자도 도망가는 겨. 괜찮여. 남자는 많으니께."

댐으로 가는 길에 보이는 큰 바위와 그것을 올라탄 나무, 그 아래로 뻗은 물길이 희미하게 빛을 낸다. 가로수 가지는 바람에 흔들리고 있지만 차 안은 따뜻해서 찬기를 느낄 수 없다. 눈을 돌리면 무엇을 품은지도 모르는 수면이 물안개 사이로 철없이 반짝인다. 그를 만날 수 있을까? 2년 전 이맘 때 같은 길을 간 적이 있다. 변한 것은 없다. 안개도 여전하다. 둥실 뜬 채로 세상을 사는 듯한 비현실감. 2년의 시간이 그랬다.

"그런데 이 동네는 사과가 더디 익는댜. 그게 저 안개 때문에 그렇댜."

노파는 어두운 안색을 하고 말한다. 나는 고개만 끄덕인다.

"댐만 만들면 뭐 하는 겨. 안개 땜시 사과도 안 익는다는디……. 콩도 안 익는다는디……. 앞도 안 보이고……. 이놈의 안개 땜시……."

겨울의 앙상한 나뭇가지에 둘러싸인 호수는 을씨년스럽다. 철지 난 유원지에는 고등학생으로 보이는 아이들이 오토바이 뒷자리에 여자애를 하나씩 태운 채 달리고, 중국인 단체 관광객들이 두꺼운 외투 깃을 세워 바람을 막아 내며 단체 사진을 찍는다. 잔광이 남아 반짝이는 물결과 길가의 번데기장수 포장마차 안에서 나는 연기가 그나마 온기를 전해 준다.

서울에서 근무하던 그가 이곳으로 내려온 것은 3년 전이다. 새벽 물안개를 보며 우리는 탄성을 질렀다. 호수 주변은 눈꽃이 핀 나무 들이 만든 은세계였다. 수많은 물방울들이 만들어 내는 세상이 비현 실적이었다. 그런데 안개가 누군가에게는 재앙이 되기고 하고 추억 이 되기도 한다. 삶이 점점 더 안개처럼 희미해지는 것 같다. 저 뿌 연 미지의 세계 건너 누가 그의 손을 잡아 줄 수 있을까. 스산한 바 람이 목덜미를 스친다.

호수가 보이는 유원지에 내리자 노파의 웃던 얼굴이 갑자기 으윽, 일그러지더니 고개를 젓기 시작한다. 새끼 잃은 어미 개의 모습 같 다. 슬금슬금 눈물을 보이기 시작하더니 관리실에 도착해서는 거의 소리 나게 운다. 이유도 모른 채 노파를 따라오긴 했지만 뭘 어떻게 해야 할지 모르겠다. 노파는 직원에게 충주댐 가는 길을 묻는다. 젊 은 남자가 오르막길을 가리킨다. 노파가 그리 쭉 가면 화장터도 있 냐고 묻는다. 젊은 남자가 그렇다고 하자 노파의 비장한 표정이 한 순간 무너지며 울음이 터진다. 남자는 의아해하며 내게 충주댐에 가 는지, 화장터에 가는지 묻는다. 나는 고개를 젓는다. 아무 말도 못하고 노파를 안타깝게 보던 남자는 내게 딸이냐고 묻는다. 다시 고개를 젓는다.

"여기는 택시 잡기도 힘들어요."

남자가 목적지까지 태워다 주겠다고 차를 꺼내 온다. 나는 이제 발을 빼고 싶다. 여기까지 와 본 것만으로도 충분하다. 더 가는 것은 두렵다. 차에 타는 노파에게 인사를 하고 문을 닫으려 하자 노파는 내 코트 자락을 붙든다.

호수를 끼고 달리다 보니 새로 칠해진 블록과 가드레일이 보인다. 당시에 다목적댐의 안개 때문에 사고가 나 새 가드레일을 설치했다는 뉴스가 나온 적이 있다. 어쩌다 여기까지 오게 되었을까. 노파는 가제손수건으로 눈을 훔치며 호수의 무심한 수면을 응시한다. 목적지에 가까워지자 노파의 오열은 커진다. 걱정이 된 남자는 더 이상은 안 되겠다는 생각이 들었는지 기름이 없다고 둘러댄다. 노파는 여기까지만도 고마웠다고, 걸어서 가겠노라고 하며 차에서 내려 앞으로 비척비척 걸어간다. 남자는 난감한 표정으로 노파를 다시 차에 태운다. 댐을 끼고 가다 남산 반대편으로 방향을 꺾으니 화장터가 나온다. 경혜가 말한 막다른 도로가 이런 곳일까. 길에서 벗어나 화장터까지 올라간 노파는 마침내 바닥에 주저앉아 울기 시작한다.

"창수야……, 창수야……." 마치 이곳에 온 목적이 그것이라도 되는 양 돌바닥에 다리를 벌리고 앉아 아들 이름을 부른다.

"이제야 너를 보러 온겨. 많이 기다렸제? 이 엄마도 많이 보고 싶었제. 느이 누나들이 어찌나 말리는지 여적 못 와 본 것 아니더냐.

물은 얼매나 깊으냐? 차지는 않더냐?"

화장터의 하늘은 호수 주변과는 다르게 어찌나 맑고 푸른지 무색하고 무렴해진다.

"이제 와 봤으니 된 겨. 창수야……, 이제는 암 생각 말고 편히 쉬어, 이 엄마도 다시는 안 올 겨."

가제 손수건으로 눈물을 훔치며 노파가 말한다. 문득 그의 어머니를 떠올린다. 내 손을 잡고 목 놓아 울던 교장 선생님. 모든 어미는 똑같다. 아들의 죽음 앞에 직함은 아무 소용이 없었다.

"오래전에 고향을 떠난 겨. 다시는 안 와 불라고 했는디. 죽기 전에는 한번 와 봐야 혀서. 내가 기절하는 통에 딸들이 화장터 근처도 못 오게 막아서 아들 가는 것도 못 봤제. 이제 죽어도 여한이 없제."

나는 의혹 담은 눈으로 노파를 바라보며 묻는다. 노파는 그제야 아들의 사고 이야기를 자분자분 털어놓는다. 이미 짐작한 대로 익숙한 이야기가 노파의 입에서 흘러나오자 나는 오히려 담담해진다. 창수, 그 남자 이름이 창수였구나. 창수……. 죽음을 같이하는 운명은 어떻게 타고나는 것일까.

"여기는 여름에도 안개가 지독합니다. 그날은 전국적으로 안개주의보까지 내린 날이었습니다."

남자는 30대 가장과 20대 청년의 사고에 대해 알은체를 한다. 당시 다목적댐 관련 사고로 사회적으로 문제가 많이 된 일이었다고 한다. 더구나 그 차에는 갓 스물이 된 신입사원과 그 남자의 직장 선배가 타고 있었다. 차도에 브레이크 잡은 흔적과 나뭇가지들이 꺾인 것 외에는 어떤 흔적도 남아 있지 않았다고 했다. 자정 무렵 안개 자욱한 도로에서 안전장치 허술한 호수로 차가 떨어진 건 한순간이었을 것이다. 큰 사고이기도 했고 그 사고가 있은 후 새 가드레일을 설치한 일이 있어서 남자도 사고에 대해 자세하게 기억하고 있다고 했다.

남자는 운전한 사람이 아들이었는지 아니면 동승자였는지 노파에게 묻는다. 노파는 고개를 절레절레 흔든다.

"차 사믄 돈 모으기 힘들다고 갸는 회사 기숙사에 살았지여."

"운전은 30대 가장이 했지요." 남자가 말한다.

"가족들이 많이 원망했겠군요." 나는 조심스레 끼어들어 노파에게 묻는다. "사고 낸 운전자, 아드님의 회사 선배……, 그 사람을……."

"나도 사람인게……, 그때는 누구 멱살이라도 끌고 같이 빠지고 싶었제. 살아 있었으믄 살려내라고 달겨들었겠지. 살아 있었으믄……."

노파는 모든 걸 다 내려놓은 것 같은 깊은 한숨을 쉰다. 오히려 편안해 보인다.

"죽은 사람을 어떻게 원망혀. 전들 그 물이 좋아서 뛰어들었겠소. 이 넘의 안개가 그 사단을 낸 거 아인가 베. 그라고 그 선배라는 사람을 우리 아들이 참 좋아했소. 석기라고 하던가 석규라고 하던가 여튼 형이라고 부름서……. 회사 생활도 그 형이 챙겨 줘서 할 만하다고 안 혔소."

나는 노파의 손을 움켜잡는다. 그의 이름을 듣자 마치 그가 지금도 살아 있는 사람 같다. 노파는 영문도 모른 채 내 손을 다독인다.

"그 사람은 시신도 찾지 못했다지요." 남자가 끼어든다. "결혼한지 얼마 안 되었다고 했던 것 같은데, 그 여자는 어떻게 되었는지."

"산다고 한들 제정신으로 산 게 아니었것지."

노파의 말에 나는 보일 듯 말 듯 고개를 끄덕인다.

"그러고 보니 벌써 2주기쯤 되어 갈 것이네요. 딱 이맘 때였으니까." 남자는 무렴히 하늘을 본다.

내려가는 길에 남자는 사고 지점과 새로 칠해진 블록에 다시 눈길을 준다. 울음을 감추며 노파는 말한다.

"어제 병원에서 봤던 그 새댁이 부러웠던 겨. 복 없는 년은 바로 나여. 차라리 감옥소라도 가 있으면 찾아가 보기라도 하재. 갑자기 어디서 튀어나와 와락 품에 뛰어들 것만 같은데……, 지금도 믿을 수가 없소."

첫 월급 탔다고, 여자 친구와 같이 내려가겠다고 전화한 게 아들의 마지막 기별이라고 한다. 2년 전 그의 사망신고를 하러 구청에 갔다 본 일이 떠오른다. "복 없는 것들은 모두 디져야 혀." 순간 잘못 들은 것인가 했다. 소리 나는 쪽으로 고개가 절로 돌아갔다. "개새끼나 노인이나 할 것 없이 복 없는 것들은 확 다 디져 버려야 혀." 노인은 복도에서 소리를 지르며 휠체어를 벽으로 밀어붙여 머리를 찧었다. "오래 살아서 뭐 혀. 늙은 것들은 그저 다 죽어 버려야 혀. 너무 오래 살았어. 살아 있는 게 죄여, 죄." 노인의 울음소리는 계속되었고, 노인을 벽에서 떼어 내느라 여러 사람이 매달렸다. 자식의 사망신고를 하러 와 저러고 있다고 직원은 난감해했다.

시원하게 쏟아낸 울음 덕분인지 한층 말개진 노파의 얼굴이 천진스

354

럽게도 보인다. 노파는 아들을 품었던 호수를 무심히 내려다본다.

"정말 고맙소이, 당신들이 내 은인이요. 자식 기일이 다가오는데 아직도 자식 가는 길을 못 봐서 원통하였소. 딸자식들이, 살아 있는 자식보다 죽은 자식이 더 좋으냐고 해서 말도 못 꺼내 보고 혼자 왔는데 내가 정말 복이 많소."

노파의 손 위에 내 손을 얹는다. 작별인사를 하고 돌아서려는데 이젠 정말 마지막이라는 생각이 들었는지 노파는 한없이 울기만 한다. 내 손에 노파의 아들의 흔적이 묻어 있는 듯 손을 쓸고 또 쓴다.

충주의 안개를 스님이 된 경혜는 지독하다고 표현했다. 스님이 그런 말 써도 되니? 지독한 건 지독한 거야. 경혜는 말했다. 안개 때문에 사고가 잦은 데도 가드레일이 부실한 건 지금도 여전하다. 운전을 한 것은 그였다. 신기루 같은 안개가 그에게 어떤 손짓을 했을까. 실체 없는 신기루 같은 것, 무형의 눈에 보이지 않는 어떤 것이 우리를 어느 순간 다른 곳으로 데리고 갔다. 그의 시신은 끝내 찾지 못했다. 얼마 후 안개에 파묻히듯이, 그의 씨앗도 생명이 되지 못하고 양수와 함께 사라졌다. 그의 어머니는 장례를 거부했다. 결국 영정 사진으로만 치른 장례식이 되었다. 경혜가 그의 마지막 길에 독경을 해 주었다. 아직도 그의 이름을 부르면 "명지 너 어디 가니?" 하고 다가올 것 같다.

서울로 올라오는 버스 안에는 통학하는 대학생들로 가득하다. 그들은 함께 마주보고, 그들은 함께 웃는다. 누군가와 눈을 마주치고 누군가와 손을 잡고 누군가와 이야기하고 싶다. 그는 같은 과 선배였지만 엠티에서 인사를 한 것 외에는 따로 이야기해 본 적이 없는 조교였다. 학생증 발급을 위해 학생과를 찾고 있었다. 복도에서 두리번거리고 있을 때 문을 열고 나온 그는 내게 물었다. "명지, 어디 가니?" 그가 내 얼굴을 알고 있다는 사실이 신기했다. 내 이름을 알고 있다는 게 더 놀라웠다. 그는 만날 때마다 물었다. "너 어디 가니?" 인사말치고는 촌스럽다고 놀리면서도 친구들도 그를 따라 내게 그렇게 물었다. "명지, 어디 가?" 너 어디가? 우리 어디가? 그것은 함께 어디론가 같은 방향으로 향한다는 의미였다. 너와 내가 함께 걷고 싶다는 의미였다. 너와 나만의 구조 신호 같았다. 네가 어디를 가든 너를 지켜줄 거야, 하던 눈빛으로 나를 바라보던 그의 얼굴이 이제는 기억 속에 가물거린다.

그는 손톱 물어뜯는 내 버릇을 고치기 위해 클래식 기타를 배우자고 했다. 경혜와 나는 그와 함께 동아리에 가입했다. 우리는 회사 일로 야근한 날에도 돌아와 기타를 들었다. 아르페지오 연주를 위해 애지중지 길렀던 손톱, 영양제로 잘 벼려졌던 손톱이 떠오른다. 그는 그 손톱 대신 빈 안경집과 다 헤진 '알함브라 궁전의 추억' 악보를 남기고 떠났다. 네 생일에 연주해 줄게. 넌 지키지 못할 약속을 했다. 생일이 두 번 지났다.

"열 개 중에 한 개가 없어지면, 나머지 아홉 개로 살아야 혀. 대합실에 들어서는데 처자 얼굴만 눈에 들어온 겨. 처자 얼굴이 어둡고 얼음장처럼 차가워 보이는데 뜨신 밥이라도 한 끼 사멕이고 싶었던 겨." 순천행 대합실에서 노파는 내 손을 잡았다. 앞코가 벗겨진 펌

356

프스에 마지막 눈물을 한 방울 떨어뜨렸다. 손톱을 자르면 그의 기억도 잘려 나갈까?

그날 만나기로 했던 저자는 집을 비우지 않았다고 한다. 아무리 기다려도 오지 않아 오후에 출판사로 전화까지 했다고……. 내가 그렇게 초인종을 눌러도 대답 없던 집이었는데 다음 날 안개가 걷힌 길은 달라 보였다. 아마도 경혜를 다시 만나 그날 일을 이야기하면 노파와 나를 연기설로 이어진 관계라고 스님이나 할 법한 이야기를 구구절절 해 줄 것이다. 일면식도 없는 사람인데 고맙다고 노파는 내게 말했지만, 정말 일면식도 없는 사람이었을까? 경혜와 헤어진 그 남자는 어떤 인연으로 뒤늦게 만나 상처를 안게 되는 것일까? 경혜는 모든 것이 자연스럽게 흘러가도록 남자의 인생에서 조용히 빠졌다. 물 흐르듯이 인생도 그러해야 한다는 듯.

그가 마지막으로 나를 불렀던, 그 하루 동안의 일이 한낮의 짧은 꿈같다. 그와 나 그리고 경혜, 이제는 서로 다른 방향으로 깊은 강을 건너는 중이다. 어쩌면 지금은 아침의 반짝이는 햇살의 순간을 지나 아주 긴 땡볕과 해 저문 오후를 기다리는 것인지도 모른다. 짙은 운무 같은 세상 속으로 손을 뻗고 한 걸음 내디딘다. 앞에 무엇이 있는지 모르지만 길이 나를 향해 다가와 줄 것이라는 것만 믿고서. 명지, 너 어디로 가니? 나는 묻는다.

웨이 테이 하안

누군가의 손이다. 뜨겁고 축축한 손. 안개 속에서 불쑥 나타난 손이 발목을 움켜쥐고 놓아주지 않았다. 나를, 컴컴한 어둠 속으로 끌어내리려는 안간힘이 느껴졌다. 그 손은 힘없이 내 발목에서 떨어져 나갔다. 목소리가 되지 못한 마른 비명을 질렀고, 그 신음에 놀라 눈을 떴다. 축축한 이불을 걷으며 땀에 젖은 손을 닦았다. 미열이 남아 있던 차가운 손의 기억. 아마도 그들을 오래 기억하지 않았었는지도 모른다. 차가 시야에서 사라질 때까지 손을 흔들던 탐과 흥, 그리고 내 무릎을 껴안고 볼을 비비던 까만 포도 같은 눈의 아이.

새벽의 푸르스름한 기운이 지평선 너머로 스며든다. 학생들은 아직 일어나지 않았다. 어제 일정이 많이 피곤했을 것이다. 나 역시 온몸이 욱신거린다. 낮에 북베트남 군 게릴라의 지하요새인 구찌 터널 체험을 하고 온 터였다. 가로 50센티미터, 세로 80센티미터의 입구로 몸을 쑤셔 넣고 좁은 터널을 오리걸음으로 통과해야 했다. 그곳에 다녀온 후 아이들은 온몸이 뻐근하다고 저녁 내내 투덜댔다. 풀로 위장한 함정과 그 안에 뾰족 솟아 있는 칼들을 보고 아이들은 비명을 질렀다. 바닥에서 돌출한 창들이 하늘을 향해 솟아 있었다. 날카로운 창 27개가 네 줄, 혹은 다섯 줄 씩 나란히 줄지어 거꾸로 박혀 있어 함정에 빠지는 순간 그 창들이 순식간에 사람의 몸을 관통할 것이었다. 대안학교 프로그램을 통해 역사체험을 많이 해본 아이들이지만 접하기 쉬운 장소는 아니었을 것이다. 자신이 태어나기도 전에 벌어진 상황이지만 게임이 아닌 진짜 전쟁의 꼬리라도 잡아 본 느낌이었을까. 어떤 아이는 토했고, 어떤 아이는 재밌어 했고, 또 어떤 아이는 누구에게 인지도 모를 분노를 표했다. 나 역시 먼 이국의 시골 한구석에 한국군에 대한 증오의 표식이 있다는 사실을 알았을 때 비슷한 충격을 받았다. 그날의 나 같은 아이가 또 있다. 종석은 무슨 일인지 그 자리에 주저앉아 토하듯 앞으로 고꾸라졌다. '불후의 명곡'에서 '노브레인'이 부른 리메이크 곡을 혀 짧은 소리로 흥얼거리던 녀석이다. 월남에서 돌아온 새까만 김 상사……! 후렴구를 무한 반복하며 노브레인 코스프레를 하던 녀석. 미국에서 살다 한국에 들어온 지 얼마 되지 않은 아이다. 일반 학교를 다니다 이곳으로 옮겨 온 것이 작년 가을이다. 구찌터널에 도착하기 전, 다들 종석의 노래에 맞춰 제창을 했다. 그랬던 아이가 구덩이 앞에서 쓰러진 후 식은땀을 흘린 채 차 안으로 기어들어가 나오지 않았다.

올해 해외체험이 베트남으로 결정되었을 때 아이들은 자료 조사 과정에서 구찌터널과 따이한 증오비가 있는 곳을 알아내고 코스에 넣었다. 증오비에 대해서는 수요 집회에 참석하면서 알게 된 사실이지만, 실감하는 것 같지는 않았다. "내일은 탐 할머니 댁에 가는 거죠?" 저녁을 먹고 숙소로 들어가기 전 문경이 물었다. 아이들은 대답을 기다렸지만 나는 무거운 마음이 입까지 막아 버린 듯 뭐라고 해야 할지 몰라 가슴이 치받쳐 왔다. 5년 동안 나는 무엇을 했던가.

그들과 했던 약속은 어떻게 되었던가.

 5년 전 나비 기금 전달을 위해 베트남에 왔다가 그곳을 방문한 적
이 있다. 시민단체 '민중'의 명예기자 자격으로였다. 동유럽으로 출
장 파견되는 동료들을 보면서 부러워했다. '아, 이 더위에 베트남이
라니……' '민중'의 기자이자 베트남 본부장인 최 선배가 휴가를 떠
났다. 하필은 최 선배가 나를 지목하고 갔다는 것이다. '정말 엿 먹
으라는 소리인가' 하여 한동안 최 선배에 대한 원망이 가시지 않았
다. 아내의 출산을 앞둔 상황이라 신경이 바짝 곤두서 있었다. "거
긴 다음에 가면 안 돼?" 동갑내기 국장에게 시비를 걸었다. 나 역시
정직원은 아니었으므로 버틸 수도 있는 일이었다. "갔다 와. 또 언
제 갈 거야?" "왜 꼭 내가 가야 해? 나중에 최 선배에게 맡겨도 되잖
아." "한 번쯤 가 보고 싶지 않아? 자네에게는 더 특별한 경험이 될
지도 모르는데." 국장의 말에 나는 뜨끔했다. 술김에 내가 실수로
말했던가? 이제는 잊혀져가는 일에 또다시 휘말릴 것 같은 예감이
좋지 않았다. "이번 호에 기사하고 사진이 같이 나가야 하니까 고생
좀 해 줘." 지난번 찍은 사진은 비석에 새긴 글이 제대로 보이지 않
아 신문에 실을 수가 없다고 했다. 기금전달식에 참석했다가 증오비
까지 들러 사진만 몇 장 더 찍어 오라는 얘기였다. "천도재는 날마다
하는 게 아냐. 그러니 이번엔 꼭 갔다 와. 부탁해."
 그해는 위안부 할머니 두 분, 길 할머니와 심 할머니가 전쟁 피해
여성을 위한 나비 기금의 전달자로 함께 가기로 되어 있었다. 하지

만심 할머니는 갑자기 수술을 받느라 여행에 동참하지 못했다. 나와 함께 가게 된 길 할머니는 나비 기금을 만든 장본인이다. 베트남 전쟁으로 피해 입은 여성들의 사연을 알게 된 후 그녀의 제안으로 만들게 된 기금이라 더 설레어 했다. "우리는 많이 살았습니다. 못 볼꼴도 많이 보고 살았지만, 그래도 살아 있으니 이런 일도 해 봅니다." 그녀는 웃음을 지었다. 당시 스무 살 안팎의 소녀였다는 것이 상상이 되지 않았다. 하지만 누구나 그런 때가 있을 것이다. 떠나기 전날 광화문 행사에서 여자 가수들이 노래를 부르자 길 할머니는 쓸쓸한 미소를 머금은 눈길로 그들을 바라보았다. "나 어릴 적에도 저렇게 참했을까요?" 다음 날, 태어나서 처음으로 비행기를 탔다는 길 할머니는 말했다. "많이 보려면 많이 살 일이라더니 정말 이런 데도 와 봅니다."

우리가 도착한 첫날은 특별한 점심이 기다리고 있었다. 기금 수혜자 중 한 명인 탐 할머니가 기금 전달을 위해 간 우리들에게 특별한 점심을 대접하겠다고 집으로 오라고 한 것이었다. 민중 측에서는 극구 사양하는 의사를 밝혔지만 탐의 고집은 꺾을 수가 없었다. 우리는 차를 타고 마을을 지나고 들판을 달렸다. 산야는 낯설지 않았다. 먼지 뽀얀 흙길을 달리다 보니 앞에 한 남자가 다리를 절며 걷고 있었다. 한쪽 팔은 하릴없이 덜렁거렸다. 더없이 평화로워 보이는 시골 마을에서 벌어졌을 일들을 상상하기는 어려웠다. 하지만 자연은 그대로였다. 햇살은 따사로웠고 봄에 새로 순을 틔웠을 연둣빛 잎사귀는 눈부셨다. 가끔씩 들리는 낯선 새소리와 익숙한 개울물 소리가 조화롭게 하늘과 땅 사이를 가득 채우고 있었다. 자연은 인간이 파괴한 것을 복구하는 데 오랜 세월을 필요로 하지 않는 것 같았다.

나는 국장이 준 자료를 훑어보았다. 내가 태어나기도 전의 일이라 무관심했고, 아버지가 살아 있을 때 전우랍시고 찾아오는 친구들이 모두 주당들이어서 몹시 진저리치던 기억이 있을 뿐이었다. 계집애처럼 곱상하게 생겼다고 나를 놀리던 꼰대들. 특히 김 중사로 불리던 아버지의 친구는 수염 난 얼굴을 심술궂게 내 볼에 비벼댔다. 나는 그들의 술 냄새가 싫었고, 심장에 털이 났을 것 같은 동물적인 무신경함이 싫었다. 그들에게 트라우마 같은 것이 있을 리 없다고 생각했다. 그때는 아버지가 읽어 주던 시도 지겨웠다. 아버지의 학교 후배였다는 시인이 베트남에 다녀와서 쓴 시를 아버지는 살아 있을 때 애창곡처럼 불렀다. 누군가 그 시에 곡을 붙여 노래로 만들었던 것이다. 수요 집회에서 그 시인을 본 적이 있다. 시 낭송행사였다. 관계자로 의례적인 악수는 했지만 아버지 이야기를 꺼내지는 않았다.

탐 할머니 집에 도착했을 때, 머리가 하얗게 센 아주 작은 여자가 우리를 맞았다. 굽은 등을 감싸는 꽃무늬 블라우스에 주름치마를 입은 그녀가 탐이었다. 자신이 가진 옷 중에서 가장 좋은 옷인 듯, 노란색과 붉은색으로 염색 된 옷은 화려했지만 가난은 가려지지 않았다. 앙상한 얼굴과 뼈만 도드라진 손, 평생을 손가락질 받으며 살아왔을 휘어진 등이 유달리 눈에 들어왔다. 그녀는 그 작고 가녀린 손으로 마당 가득 잔칫상을 차려 놓았다. 시골 한 달 살림을 거덜 내는 게 아닌가 싶을 정도로 많은 음식들이었다. 아무리 기금을 수혜 받는 사람이라도 무리한 잔치는 의아스러운 것이었다. 탐의 친절에 대해서는 충분히 감사하며 우리는 우리대로 보조금으로 행사비를 충당하니 걱정하지 않아도 된다고 했지만 그녀의 간절한 눈빛은 우리를 놓아주지 않았다. "꼭 그래야만 됩니까?" 통역사를 통해 듣지 않아도, 그 눈빛만으로도 얼마나 그녀가 바라는 일인지 알 수 있었다. 절체절명의 임무처럼 우리의 허락 아닌 허락을 기다리고 있어 영문도 모른 채 우리는 그녀의 바람을 승낙하고 말았다.

길과 탐 할머니는 처음 보는데도 누가 먼저랄 것도 없이 서로를 알아보는 듯 껴안고 두 팔을 놓지 않았다. 어떤 자리보다 숙연해지고 생각에 빠져드는 시간이었다. 통역사가 옆에 서 있었지만 두 사람 중 누구도 그를 필요로 하지 않았다. 듣지 않아도 알고, 보지 않아도 알았다. 듣는 것보다 더 많이 알고, 보는 것보다 더 잘 알고 있었기에 그들은 한참을 붙안고 상대방의 눈물을 훔쳤다. 살아 있는 것을 확인하고, 또 살아갈 남은 날을 위해 서로의 팔을, 등을 토닥거렸다.

그런데 기금 전달식을 끝내고 식사를 하는 동안 탐이 나를 보는 눈빛이 예사롭지 않았다. 마치 예전에 알던 사람, 호감을 가지고 있던 사람을 오랜만에 만난 것 같은 수줍고 내외하는 눈빛으로 나를 보았다. 눈을 마주칠 때마다 배시시 웃으며 의미 있는 표정을 짓는데 마치 내게 무언가를 묻는 것 같았다. 처음 보는 타국의 할머니가 내게 짓는 그 표정. 그럴 리는 없겠지만, 불경스럽게 표현한다면 내게 어떤 방식으로든 어필하려는 그 태도가 납득되지 않았다. 숨기고 싶어도 숨길 수 없는 게 사람 마음이라지만 외국에서 온 낯선 남자에게 추파를 던지는 듯한 미소가 내내 불편했다.

"전쟁이 시작될 무렵 한국군 막사에서 아르바이트를 했어요. 베트남 대학에서 공부하던 오빠 덕에 한국어를 조금 알아들었어요. 정작 오빠는 전쟁이 시작된 지 얼마 되지 않아 전사했어요. 철모만 돌아왔지요. 구멍 난 철모를 보고 어머니는 쓰러졌어요. 그때부터 내가 가족의 생계를 꾸리기 시작했어요." 탐은 그곳에서 킴을 알게 되었고 서로 사랑했다고 한다. "그때는 적군과는 만나면 안 되는 상황이지요. 한국군이 우리 같은 현지 여자와 사귀면 바로 출국당할 수도 있었지만 우린 두렵지 않았어요."

언제 이별이 될지도 모르는 상황에서의 사랑은 점점 더 단단한 결속력으로 변했고, 결국 그렇게 될지도 모른다고 생각했던 우울한 이 실제로 일어났다. 킴이 다른 부대로 전속 발령이 나 떠나야 하는 상황이 되었다. 명절이 다가오는 때였다. 그가 고국에 있는 부모님 선물을 사야 한다고 시내로 나가는 것을 보고서야 이별이 다가옴을 그녀는 실감했다. 그는 곧 그녀를 데리러 오겠다고, 전쟁이 끝나면 한국으로 함께 돌아가자고 했다.

"지금도 묻지요. 왜 그 사람이었을까요?" '킴'이란 흔하디흔한 성의 남자를 정표처럼 가슴에 묻은 아오자이 입은 처녀가 눈에 아른거렸다. 얼마 전 어머니의 유품 가운데에서 찾아낸 여자 사진이 떠올랐다. 정확히 말하면 아버지의 유품이었다. 아버지는 베트남에 다녀온 후 몇 장의 사진을 가지고 있었지만 돌아가실 때쯤에는 한 장도 남아 있지 않았다. 유일하게 남은 사진이 그 사진일 것이다.

탐은 이야기를 끝내고 옆에 있는 젊은 여자의 등을 감싸 안았다. 호치민대학교 한국어과에 다니는 막내 손녀 홍을 자랑스럽게 소개했다. 홍의 반짝이는 눈매는 제 할머니를 닮았다. 하지만 우리들에게 호의적인 눈길을 보내지는 않았다. 그녀는 냉소의 말을 혼잣말처럼 중얼거렸다. 생목숨이라도 팔아 잘 살아 보겠다고 젊은이들을 사지로 보낸 게 어디 그 나라뿐인가? 어쩌면 잘못 들은 말일지도 모르지만 가슴이 뜨끔했다. 아버지 역시 그 눈먼 젊은이들 중의 하나였으니까. 홍은 자신이 태어나기도 전에 있었던 일에 대해서는 관심이 없다는 듯 행동했고, 가족들을 향한 약간의 경멸 또한 품고 있는 듯 보였다. 해답 없는 연민 끝에 도달하는 무기력한 애증이었을 것이다.

탐은 기금 전달식이 끝나고 마당의 잔칫상이 물려질 때까지 내 주위를 맴돌았다. 발그레해진 소녀 같은 얼굴로 무언가를 물어보려 하다가는 뒤돌아서고, 다시 다가왔다 멀어져 가는 일을 반복했다. 왜 차렸는지 이유도 불분명한 잔칫상의 음식들을 배부르게 먹고 쉬고 있는 통역사를 불러 그녀 곁으로 갔다. "혹시 내게 묻고 싶은 게 있나요?" 그녀는 한참을 머뭇거리다 되물었다. "킴은 어떻게 살고 있나요?"

아이들이 자고 있는 방을 확인하고 여명 속에서 한 장의 사진을 꺼낸다. 아내와 아이의 사진 뒤에 숨어 있는 또 다른 사진. 5년 동안 지갑 속에 그 사진을 넣고 다녔다. 그 안에는 아홉 명의 대가족이 옹기종기 서 있다. 사진 속의 가무잡잡한 얼굴들은 모두 웃고 있다. "무얼 그렇게 열심히 보세요?" 문경이 호텔 문 앞에 나와 있는 나를 부른다. 홈스쿨링을 하다 검정고시로 고등학교에 들어온 아이다. 수요 집회에 성실하게 나오지 않지만, 탐 할머니 이야기를 해 주었을 때는 제 가슴을 두드렸다. 나는 문경에게 사진을 보여 준다. 문경은 손가락 끝으로 얼굴 하나하나를 더듬으며 오늘 일정이 변경된 것에 대해 아쉬워한다. 잠을 못 잤는지 다크 서클이 내려앉아 있다. 자폐아처럼 유독 말을 안 하는 아이로 알려진 문경의 손목에서 페이즐리 손수건이 나풀거린다. 닭이 울기 시작한다. 아침부터 더위가 본격적으로 시작된다.

역시 아이들은 아이들이다. 어제의 기억은 모두 잊어버린 듯하다. 학생들은 잠을 깨자마자 차례로 식당으로 내려와 장난을 치며 조식을 해치운다. 밖에 나와선지 먹성이 좋다. 호치민 광장을 거쳐 시내 트래킹을 하는 내내 장난이 끊이질 않는다. "월남에서 돌아온 새까만 김 상사……." 습관처럼 흥얼거리며 아이들은 쌀 바게트로 만든 반미 샌드위치를 하나씩 들고 다시 버스에 오른다. 호치민 묘지를 지키고 있는 경비병들은 관람 시간이 끝났는데도 정오가 다가오는 뙤약볕 아래 꼼짝 않고 서 있다. 버스는 씨클로들 사이를 복잡한 미로를 통과하듯 아슬아슬 피해가며 달린다.

버스는 강이 내려다보이는 언덕에서 멈춘다. 한적한 공원 아래로 강물이 흐른다. 숲으로 들어가 자리를 잡는다. 아이들은 커다란 나무 아래 자리를 피고 앉아 배낭에서 노트북과 크로키 북을 꺼낸다. 며칠 동안 보고 들은 것, 인상적인 것을 기록할 것이다. 몇몇 아이들은 개울가 풀밭에, 또 몇몇은 바위 위에 앉아 그림을 그린다. 머리를 숙이고 있는 아이들은 무언가를 쓰고, 그리고 또 골똘하게 생각하고, 어딘가 시선을 주었다 다시 쓰기를 반복한다. 종석은 평소 답지 않게 개울의 바위에 앉아 무언가를 골똘히 생각한다. 엄지손가락을 아랫입술에 대고 있다.

일찌감치 과제를 끝낸 반장은 숲에서 가지고 나온 것을 전리품처럼 흔든다. 1m 정도 되는 구부러진 나뭇가지다. 반장은 그 나무를 정글을 헤칠 때 쓰는 낫인 마체테처럼 휘두른다. 문경은 베트남의 산야를 카메라에 담는다. 언덕 아래 강은 5월의 볕을 받으며 무심히 흐른다. 비늘 같은 빛은 생겼다 사라지고 또 다른 비늘을 만들어 낸다. 지금은 짙푸른 녹음 가득한 이곳 어디에도 핏방울이 떨어졌을 것이고, 강은 한때 붉게 물들었을 것이다.

"그런데 우리가 가기로 했던 곳은 왜 못 가게 된 거에요?"

강의 물비늘을 내려다보고 있을 때, 문경이 다가와 조용히 묻는다.

"……탐 할머니도 심 할머니 곁으로 갔대."

문경은 그런 줄 짐작했다는 듯이 고개를 끄덕인다. 손수건에 프린트 된 페이즐리 속으로 빨려 들어갈 듯 내려다보다 이마를 찌푸린다. 대안학교에 온 후 첫 번째 체험학습이고, 무언가 특별한 것을 기대했을 것이다. 그 기대 중 하나가 탐 할머니를 만나는 것이었던 것 같다. 우리가 출발하기 며칠 전에야 탐의 소식을 들을 수 있었다. 국장과 최 선배는 일부러 내게 이야기해 주지 않았다고 한다. 강가에 핀 키 큰 나무에는 손바닥만 한 하얀 꽃들이 피어 있다. 바람이 불자 하얀 아오자이 자락이 너풀거리는 것 같다. 무덤이라도 있었다면 사진 속의 아오자이 같은 하얀 꽃을 놓아둘 수 있었을까. 언덕 아래 강물은 도도하게 흐르고 있지만 막막하기는 그때나 지금이나 똑같다.

그날 탐은 주머니 속에서 귀퉁이가 찢겨 나간 사진 한 장을 주섬주섬 꺼내 보여 주었다. 군복 입은 남자와 하얀 아오자이를 입고 있는 스무 살 가량의 처녀가 나란히 해변에 앉아 찍은 사진이었다. 두 사람이 함께 카메라를 향해 포즈를 취한 게 틀림없는 사진이었지만 남자의 얼굴은 군모에 가려 잘 보이지 않았다. 사진 속의 탐은 지금의 탐과 달랐다. 하얀 이를 드러내고 수줍게 웃는 아리땁고 어여쁜 남국의 처녀였다. 아버지의 유품이었을 사진 속 월남 여자를 잠시 떠올리다가 이내 머리를 저었다. 탐은 지금도 킴을 사랑하고 있는 듯 사진 속의 남자를 손으로 쓰다듬었다. 지문이 닳아 없어진 손이 젊고 창창한 군인의 얼굴을 지나갔다.

"언젠가 이 마을로 나를 찾아온 한국인 남자가 있었다고 해요. 분명 킴이 보낸 사람이었을 거예요. 난 손녀의 출산을 돕느라 한 달 동안 집을 비웠어요. 그때 태어난 애가 바로 저 애예요." 탐은 홍이 안고 있는 아이를 가리켰다. 포도처럼 검은 눈을 한 다섯 살 정도 되어 보이는 남자 아이였다.

370

"그때 나를 찾아온 남자가 당신이 아닌가요? 킴이 보낸 사람이 아닌가요?"

그제야 사태를 제대로 파악했다. 내가 왜 이런 환대를 받고 있는지, 왜 이런 진수성찬이 차려졌는지. 그것은 기금 때문이 아니었다. 잘못 배달된 남의 선물을 손에 쥔 것처럼 난감했다.

"혹시나 킴일지도 모른다는 생각에 한 달을 앓아누웠어요. 그 남자는 얼마나 실망한 채 돌아갔을까요. 당신이 혹시 그때 그 한국 남자가 아닌가요?"

"……, 처음 듣는 얘기입니다. 저는 여기 처음 왔습니다." 나는 그 말밖에 할 수 없었다.

탐은 믿을 수 없다는 얼굴로 웃으며 잠시 기다리라고 손짓하고는 무언가를 가지고 나왔다. 그것은 낡은 롤라이 카메라였다. 문득 제목도 기억나지 않는 오래된 영화에서 가난한 청년이 시장 딸을 몰래 롤라이 카메라로 훔쳐보던 장면이 떠올랐다. 킴이라는 남자도 이 카메라로 탐을 바라볼 때 그 청년과 같은 마음이었을까? 롤라이 카메라 속의 탐은 어떤 모습이었을까? 탐은 카메라가 혹여 고장 날까 봐 한 번도 찍어 보지도 못한 채로 그가 오면 돌려주리라 고이 간직하고 있었다. 카메라를 건네면서도 혹여 떨어뜨릴까 걱정스런 모습으로 나를 바라보았다. 그것이 자신에게 어떤 물건인지 알 테니 조심해서 다루어 달라는 애원 같은 것이었다. 그러나 그것은 작동이 안되는 고장 난 카메라였다. 셔터도 말을 듣지 않고 수동초점 장치도 요지부동이었다. 킴이라는 성만 있는, 이름도 가르쳐 주지 않고 군모에 가려 보이지 않는 얼굴만 남긴 남자의 정표였다. 황학동 벼룩시장이나 골동품 상점에서 장식 목적으로나 팔릴 만한 것이었다. 부품이 없어 고칠 수도 없다는 말을 들은 것도 같다. 하지만 그 카메라는 그녀의 손에 있을 때는 그것으로 완벽한 정표였다.

"정말 그가 보낸 사람이 아닌가요?"

꼭 듣고 싶은 대답이 나올 때까지 계속 물어볼 태세였다. 아니라고 해도 그녀는 믿지 않을 것이다. 그때 탐이 가리켰던 아이가 내 무릎을 끌어안았다. 좀 전 홍이 안아 주던 아이였다. 그 아이는 동글동글한 눈에 장난기 가득한 웃음으로 낯선 사람들이 무얼 하나 구경하기 바빴다. 가지런히 벗어 놓은 우리들의 신발 왼쪽 오른쪽을 거꾸로 놓고 달아나기도 하고, 내 카메라의 렌즈를 눈에 갖다 대기도 했다. 아이는 내가 누군지도 모르면서 자신의 손을 내밀어 내 손을 잡았고, 내 허벅지를 두 팔로 껴안았고, 내 팔을 두 손으로 잡아끌었다. 어디로 가자는 것이 아니라 너는 나의 편이라는 확신이 선 우호의 표시요, 너는 나를 해치지 않을 것이라는 철썩 같은 믿음이 깔린 장난이었다. 조그만 손은 땀으로 꼽꼽하게 젖어 도마뱀 발바닥처럼 서늘하면서도 귀여웠다. 아이는 내 손가락 사이에 자신의 조그만 손가락을 끼우고 나를 보며 해맑게 웃었다. 나는 아이의 하얀 이를 보며 덩달아 웃었다. 제 몸집만 한 누렁이를 안고 낑낑거리며 걷던 아이. 그 누렁이의 등에 내 손을 올려놓던 아이. 그 아이는 지금 얼마나 컸을까? 탐이 기다리던 사람이, 킴이 보낸 사람이, 정말 나였다면 얼마나 좋았을까. 그들은 아버지와 혹은 할아버지와 같은 피를 가졌다는 것만으로도 우리를 미워하지 못했다.

　홍이 다가왔다. 내 눈을 바라보았다. 느슨해지는 마음을 다잡기 위해 필사적으로 오므리는 꽃봉오리처럼 비장한 느낌이 있었다. 자연의 힘을 배반하려는 안간힘이 느껴졌지만 때가 되면 저절로 벌어지는 꽃잎처럼 그들의 마음은 숨길 수가 없었다.

　"엄마와 한 동네에서 자란 한은 아버지를 찾아 한국으로 갔대요. 그리고 거짓말처럼 정말 아버지를 찾았대요. 우리처럼 기다리고만 있지 않았어요. 라이따이한 직업학교에서 한국어를 배우고 기술을 배웠어요. 잡종이라는 경멸도 그를 이곳에 눌러 앉히지는 못했어요. 공부를 잘하면 한국으로 보내 준다는 말에 코피를 쏟으면서 공부를 했대요. 결국 그는 아버지의 나라에 갔어요. 그리고 돌아오지 않아요. 그곳에서 행복한 걸까요?"

　"……."

　"어쩌면 나도 그래서 한국어를 공부하는 걸까요? 나도 떠나면 돌아오지 않을까요?" 홍은 나쁜 기억을 떨치듯 고개를 저었다. "얼마 전에 한국인 관광객을 만났어요. 내가 아르바이트 하던 가게에 들어와 돈을 바꿔 갔어요. 메콩 강 투어를 하고 왔다던 그 사람은 초코파이와 라면을 사고는 길을 물어보고 고맙다고 팁을 주더군요. 베트남 사람 같이 안 생겼다고, 혹시 한국인이냐고 내게 물었어요. 정말 한국인 같다고 하면서 사진을 찍었어요. 손님이 가고 난 후 거울을 봤어요. 정말 그럴까? 정말 한국인을 닮았나? 내가 할아버지를 닮았나? 금방이라도 할아버지가 나타날 것 같았어요." 홍은 나와 눈길이 마주치자 이내 고개를 돌렸다. "친구들은 모두 날 비웃었어요. 멍청한 홍, 한국 사람들은 다 그렇게 말해. 그래야 우리가 좋아하니까."

홍의 어깨에 손을 얹었다. 홍은 자신의 어깨에 올려놓은 내 손을 가만히 내렸다. "나중에 알고 보니 그 남자가 준 것은 모두 가짜 돈이었어요." 홍이 내 눈을 바라보았다. "하지만 지금은 달라요. 할아버지를 찾고 싶어요. 한이 그런 것처럼 나도 할아버지를 찾고 싶어요. 한의 아버지는 호주로 이민 가 있었대요. 할아버지도 다른 나라에서 살고 있는지도 몰라요. 우리의 존재를 알기나 할까요? 가짜 돈을 받은 날 서럽고 분해서 하루 종일 울었어요. 적군의 피라고 놀려대는 것도 참을 수 있었는데 그날은 그렇게 되지가 않았어요. 나 자신이 원망스러웠죠. 할머니를 어리석고 미련하다고 미워했는데 난 할머니보다 더 어리석었으니까요."

그때 일행 한명이 사진을 찍는다고 사람들을 불러 모았다. 먼저 단체 기념사진을 찍었다. 길 할머니와 탐 할머니는 서로의 손을 꼭 잡고 카메라를 보았다. 사진 속의 나는 웃지 못했다. 탐과 딸, 그리고 사위, 첫째 손녀와 손녀사위, 손자와 손자며느리, 막내 손녀 홍과 그 조카인 꼬마, 9명이 낡은 집을 배경으로 마당에 내려섰다. 둥글둥글하고, 편편하고, 가무잡잡하고, 서로 닮은, 그들. 그들의 얼굴에서 징그럽도록 질긴 피와 그 피를 담아 강둑을 깎아 내듯 도도하게 흐르는 시간을 읽을 수 있었다. 인간의 의지와 관계없이 흘러가는 시간은 복원과 재생의 제의를 충분히 담고 있었다. 탐 할머니는 평생 자식을 남편처럼 의지하며 홀로 가족을 일구어 냈다. 한 알의 씨앗이 평원을 이루듯. 탐의 오른쪽에는 딸과 딸이 낳은 아이들과 그 아이들의 아이가 차례로 잘 자란 나무처럼 듬직하게 서 있었다. 혼란스러운 마음 가운데 알 수 없는 안도감이 들었다. 살아있으니 누릴 수 있는 보답이었다. 나는 그들에게서 작은 웃음을 보았고, 그들의 긴 미래를 보았다.

길과 탐은 길게 포옹했다. 이국 만 리 떨어져 사는 자매들처럼 깊고 진한 포옹이어서 떼어 놓기 힘들었다. 그들은 물기 어린 눈으로 작별을 고했다. 이제 더는 만날 수 없을 거라는 사실을 누구도 말하지 않았다. 홍이 달려 나와 버스 가까이 다가왔다. 눈은 붉게 충혈되어 있었다. 그녀가 마지막이기나 한 듯이 나의 팔을 잡았다. 뜨거웠다.

"정말 우리 할아버지가 보낸 사람이 아닙니까?" 홍은 할머니의 말을 믿고 싶었다. 이제껏 나온 기금과 보조금이 모두 킴 할아버지가 보낸 것이며 이번에 할아버지가 보낸 사람이 직접 올 것이라고 할머니가 말했다.

그렇다고 대답하고 싶었다. 간절히 예스, 라고 대답해 주기를 바라는 눈빛. 설사 그것이 거짓이었다 해도 그녀가 바라는 대답은 그것이었다. 홍의 뒤에 선 탐은 오히려 담담해 보였다. 거짓도 진실이라고 믿을 만한 힘이 있어 보였다. 아이는 제 몸피만 한 누렁이를 안고 멍하니 우리를 바라보았다. 떠들썩하게 모였다 썰물처럼 빠져나가는 사람들을 보며 아이는 무슨 생각을 했을까. 차가 골목을 빠져나갈 때에야 아이는 손을 힘차게 흔들었다.

그때 그들에게 말하지 않은 것이 있다. 내 아버지도 킴이라는 성을 가진 파월 노무자였다고, 나는 말하지 못했다.

　아버지는 태권도 교관이었다. 용감하게 싸우다 전사했다면 국가 유공자 혜택을 받았을 것이다. 아버지는 군인과 장교들에게 태권도를 가르쳤고, 팔다리 육신 멀쩡하게 돌아왔다. 그런데 못 마시던 술을 배워 온 것은 무엇 때문이었을까? 베트남에서 돌아온 후 결혼을 했지만 알코올 의존증은 더 심해졌다. 내가 학교 들어갈 무렵쯤 되었을 것이다. 아버지는 술을 마시고 귀가하다 웅덩이에 미끄러져 정신을 잃었다. 다음 날 아침 동사 직전 구조되어 두 다리가 잘린 채 긴 세월을 살았다. 아버지는 술을 마시면 '티우이 배'를 좋아했다는 월남 처녀를 찾았다. 후배의 시였다. 티우이 배를 좋아하는 웨이 테이 하안이 산보하던 길에, 우린 철조망을 치고 지뢰를 묻었지……
　아버지는 몇 년 전 심장발작으로 더는 웨이 테이 하안을 찾지 못하게 되었다. 장례식에 온 아버지의 전우는 몇 되지 않았다. 김 중사는 며느리가 해 주는 아침밥을 먹고 누워 있다 무심히 걸어 나가 달리는 트럭에 뛰어들었다. 빗물에 피가 씻겨 내려가는 동안 신호등은 빨간불이 점멸되고 있었다. 어머니는 혼자가 된 후 아버지에 대한 이야기를 꺼낸 적이 거의 없다. 지난해 말기 암으로 세상과 이별했다. 어머니의 반닫이 서랍 속에서 발견한 건 아오자이 입은 여자의 사진이었다. 사진 속 여자는 웃고 있었다. 이국인이 틀림없어 보이는 여자 사진이 왜 어머니의 반닫이 속에 있었는지 모른다. 그때까지 어머니가 그것을 왜 가지고 있었는지도.

"그런 일도 있었군요." 문경은 손부채질을 하며 어른스럽게 고개를 끄덕인다. 아직은 우기가 아니어서 날씨는 견딜 만하다. 스콜이 닥치면 사우나와 다름없다. 귀 뒤로 흐르는 땀을 닦으며 먼 강으로 눈길을 돌린다. 문경에게 왜 이런 이야기까지 하게 되었는지 모르겠다. 여행 내내 문경의 손목에 감긴 손수건에 눈이 가는 것은 어쩔 수 없다. 문경이 아침에 본 사진 이야기를 꺼낸다. 사진 속 꼬마는 이제는 전쟁의 상흔이라고는 찾아볼 수 없는 맑은 눈으로 우리를 쳐다보고 있다. 사람은 그들을 버리고 갔지만 세월은 그들을 버리지 않았다. "난 또 있으니까 갖고 싶으면 가져도 돼." 나는 사진을 문경에게 준다. 문경의 손가락이 탐의 얼굴을 쓰다듬는다. 그리고 그 손가락은 홍에게로 갔다가 다시 아이에게서 머문다. 사진 속 아이는 누렁이를 껴안고 있다. 흙탕물이 냇물을 모두 흐리게 할 수 없듯, 시내는 맑은 물소리를 내며 흐르고, 그 시냇물은 강물이 되어 도도하게 흐른다. 그날 끝내 울음을 터뜨린 사람은 홍이다. 탐은 여전히 내가 킴이 보낸 사람이라고 믿었다. 끝까지 내게 손을 흔들며 웃었다. 하지만 언제 다시 오냐고 묻지는 않았다.

체험 여행을 떠나오기 전 아이들에게 탐 할머니 이야기를 해 주었다. 아이들이 관심을 보인 것은 의외였다. 어쩌면 정규 과정에서 튕겨 나온 아이들이어서인지도 모른다. 아이들은 탐과 홍과 꼬마를 보고 싶어 했다. 그러나 시간은 사람을 기다려 주지 않았다. 그동안 많은 일이 있었다. 그 많은 일 중의 대부분은 이별과 관련된 일들이었고, 죽음은 더 이상 되돌릴 길 없는 이별이었다. 길 할머니와 베트남에 함께 가기로 했던 심 할머니는 수술 후유증으로 깨어나지 못했다.

아이들을 불러 모아 공원의 파고라 아래 둘러앉는다. 문경은 크로키 북에 붉은 아오자이 입고 농을 쓴 여자를 하얀 꽃이 핀 나무와 함께 그려 놓았다. 어떤 아이는 어제 본 풍경을 또 어떤 아이는 평화로운 초원과 강을 그렸다. 각자가 그린 그림들을 하나씩 설명하고 아이들은 도시락을 먹는다. 그 사이 미국의 반전 시위에서 죽은 대학생들에 대해 이야기하고 '티우이 배'와 '웨이 테이 하안'이 나오는 시를 읽어 준다.

그 티우이 배(裵)를 좋아하던 월남 처녀 / 웨이 테이 하안이 산보를 하던 길에 / 우리는 철조망을 치고 지뢰를 묻었다. // 그 철도청장 딸은 철주까지 걸어 나와 / 슬픈 얼굴을 하고 되돌아갈 적에 / 달팽이는 철조망 가에 핀 / 이름 모를 꽃나무에 기어오르고 있었다. // 고 언제나 아가씨 뒤를 따라 쫄랑거리던 / 그 집 귀여운 개가 지뢰를 밟고 죽은 이튿날 / 티우이 배는 다시 하안을 볼 수 없었다. / 전장의 아침은 조용한 꿈속이었다.

/ 그리고 조용한 이별이었다. [1]

　아이들은 왜 사람 다니는 길에 지뢰를 묻느냐고 묻는다. 철조망이 없는 나라는 없느냐고 묻고, 또 전쟁이 없었던 나라는 없는지 묻는다. 반장은 그것도 모르냐고 죽창으로 아이들 머리를 두더지 잡기 게임처럼 두드린다. 아이들이 장난치는 소리와 웃음소리가 허공에서 이명처럼 흩어진다.

　차에 탄 아이들 몇몇은 잠에 곯아떨어졌다. "다음 코스는 해변 마을이지요?" 누군가 묻는다. 그 바닷가 마을은 탐 할머니의 고향이기도 하다. 마지막 날 코스에 넣으려고 하다 바꾸었다.

　마을에 도착한 것은 해가 지기 직전 뜨거운 공기가 대지를 달구고 있을 때다. 어딘가 있다는 바다는 보이지 않는다. 대신 푸른 들판이 우리를 맞는다. 하늘로 치솟은 회색의 위령탑이 태양 아래 우뚝 솟아 있다. 다행히 증오비는 위령비로 바뀌어 있다. 몇 년 전 대통령이 베트남을 방문하여 비공식적이나마 사과를 했다고 하더니 다행이라면 다행이었다. 다른 관광객들도 옷차림으로 봐서는 한국인들 같다. 그들은 위령탑 주위에서 사진을 찍는다. 매미 소리를 들으며

---

1) 신세훈의 '베트남 엽서'

아이들은 벽화에 새긴 그림 주변으로 몰려든다. 풀벌레 소리와 소의 울음소리가 들리는 녹색의 평화로운 풍경과는 다르게, 벽화 속에는 그날 벌어졌던 장면이 그대로 담겨 있다. 아이들과 여자들, 그리고 노인들의 이유 없는 죽음. 거기 남아 있던 탐의 사촌 역시 희생자였다는 사실은 나중에서야 알게 되었다. 누군가의 가족이며, 누군가의 친척이며, 누군가의 친구였던 사람들.

머리 위로 지옥 불처럼 뜨겁게 해가 내리쬐인다. 아이들은 말이 없다. 논에서 날아 온 날벌레들이 아이들의 머리 위를 맴돌고, 집단 묘지 위의 잔디는 바람에 한들거린다. 자연에게는 짧게만 느껴지는 시간이 인간에게는 얼마나 긴 터널이었을까. 눈이 작은 베트남 안내자는 이곳이 천국이요, 하는 표정으로 한국 관광객들을 위해 기타를 치며 노래를 부른다. 평화를 기원하는 노래라고 어설픈 한국말로 설명까지 해 준다. 까만 포도 같은 눈이다.

여학생들의 짧은 비명에 문경이 달려간다. 종석이 뒤로 나자빠진 것이다. 어디 아프냐는 물음에 대답도 않고 종석은 아이들의 부축에 일어나 온몸을 이리저리 비틀어 댄다. 뒤로 자빠지며 땅을 짚으려다 팔목을 삔 것인지 부축할 때마다 얼굴을 구긴다. 문경은 종석의 머리에 묻은 흙과 풀을 털어 낸다. 팔꿈치를 따라 한 줄기 피가 흘러내린다. 문경은 손목의 손수건을 풀어 종석의 상처 난 팔목에 묶는다.

차 안은 조용하다. 아이들은 대부분 혼자만의 생각에 골똘히 잠겨 있다. 반장이 머리를 감싸 쥐던 손을 푼다. 난해한 미적분 문제를 앞에 둔 표정이다.

"친척 할아버지도 월남 갔다 왔다고 했는데……."

아이들은 내일이면 조금 잊을 것이다. 한국에 돌아갈 때쯤이면 다 잊을 것이다. 내가 그랬듯이. 5년 전 베트남에서 돌아오자마자 아이가 태어났고, 산후우울증으로 고생하는 아내를 따라 병원에 다녔고, 장인어른의 병실을 지켰고 어머니의 상을 치렀다. 탐과 홍은 지난 신문 속 삽화처럼 기억 속에서 서서히 지워지고 있었다. 간밤에 누군가 내게 손을 내밀었다. 내 발목을 잡은 손은 필사의 힘으로 내 발목을 잡고 올라오려는 손이었을지도 모른다. 이제 홍의 얼굴도 더는 볼 수 없을 것이다.

월남에서 돌아온 새까만 김 상사……. 한 녀석이 습관처럼 콧노래를 흥얼거린다. 흥이 나지 않는지 슬그머니 노래의 꼬리가 사라진다. 반장이 녀석의 뒤통수를 친다. 탐이 기다렸던 '킴'과 '김 상사'는 얼마나 먼가. 흙길을 달리느라 심장이 돌로 빻는 것처럼 쿵덕거린다. 차의 뒤꽁무니로 뽀얀 먼지가 날린다. 종석은 페이즐리 손수건을 감은 팔꿈치를 창에 걸친 채 턱을 고이고 창밖을 바라본다. 문경은 팔을 창밖으로 내밀고 바람을 맞으려는 듯 손바닥을 편다. 바람이 점점 희미해져 가는 손목의 상처를 쓰다듬는다.[2]

---

2) 탐의 이야기는 실제 사연을 차용했음을 밝힙니다.

당선 소감

심사평

제7회 김만중문학상 당선 소감

소설 부문 금상

·

이서진

참된 글은 이것뿐

낯선 대문을 열고 들어왔습니다.

대문간 문패는 주인의 이름이 올곧게 새겨 있습니다. 풍상우로의 세월을 함께 한 흔적입니다. '서포 김만중'.

대개가 그러하듯 저 또한 단발머리 시절 선생을 외고 다녔습니다. 고전시험을 망치지 않으려면 하는 수 없는 노릇이었습니다. 그때나 이제나 이 땅의 교육 현실은 별반 다르지 않았습니다. 선생의 생애와 문학을 화학 주기율표 암기하듯 숫제 외우면서 먼 길을 걸어 학골 오갔습니다. '조선중기 문인 소설가 유복자 유배문학 국문정신 구운몽 사씨남정기 서포만필…….' 그뿐입니까? 선생이 정철의 가사를 '참된 글은 이것뿐'이라고 칭찬하신 탓에 덩달아 세 편의 가사 (관동별곡 사미인곡 속미인곡)까지 달달 외던 기억이 새록새록 합니다.

384

깨달음은 급작스런 터라, 수상소감을 적는 지금 저는 이내 아연해지고 말았습니다. '과연 내 글은 참된 글인지······.'

선생의 대문을 들어서서 저는 그저 멍하니, 서 있을 뿐입니다. 경중경중 뛰어가서 문지방을 넘을 자신이 없습니다. 겨우 마당에 서서 두리번거릴 뿐이지요. 그리곤 댓돌에 뒷짐 지고 서신 선생을 불현 만납니다.

'네 글에 진실을 담고 있는가?'

선생의 눈빛이 형형합니다. 저는 움찔, 놀랍니다. 준열하신 선생의 물음에 들어왔던 대문을 다시 나가고 싶은 심정이 됩니다. 저는 그렇습니다, 라고 답을 드릴 수 없습니다. 왜냐하면 예의 물음은 '너는 진실한가?'와 다르지 않기 때문입니다. 글과 사람됨은 결코 떼어놓을 수 없음을 잘 알고 있습니다. 먼저 사람이 되지 않고 글을 이룰 수는 없을 것입니다. 글을 방편 삼아 사람을 이루려는 비루함은 더더욱 안 될 일입니다. 선생의 '참된 글'을 용렬한 저는 다 헤아릴 수 없습니다. 직언과 직필로 일관하셨던 선생의 생애를 통하여 짐작해볼 뿐입니다. 참된 글이란 삿되지 않으려니······.

이왕에 염치없이 대문을 열고 들어왔으니 내쫓지만 않으신다면 마당 한구석에서라도 글을 지으려고 합니다. 자칫 떳떳하지 못하고 부끄러운 글이 될까, 늘 경계하겠습니다. 글 짓는 자의 안테나도 늘 세워두겠습니다.

겨우겨우 쓴 제 소설에 마음을 나누어주신 세 분 심사위원님께 감사드립니다. 넉넉한 심사평 근간에 소리 없는 죽비가 자리했음을 유념하겠습니다. 남해군민과 유배문학관 문학상관계자 분들께도 감사드립니다. 분에 넘치는 육친의 인애는 제게 사랑의 빚을 남겼습니다. H의 선량함이 인간의 아름다움을 신뢰하게 합니다. 두루 고마움을 전합니다.

아침에 본 하늘은 높고 푸르렀습니다. 그 하늘 아래 숨 쉬고 있어 감사한 날들입니다. 정진하겠습니다.

김민주

아직은 이 길에 머물러도 된다는 허락

누군가의 마음 안으로 들어가는 것은 무척이나 괴로운 일이다. 기쁜 일은 모두 발산되고, 미처 수렴되지 못하거나 희석되어 흘러가지 못한 것들이 마음 안에 갇힌다. 그런 여과물들이 자기 안의 그릇보다 커서 밖으로 흘러넘치는 것이 눈물이라는 말을 들은 적이 있다.

가끔 잠에서 깨 꿈도 아닌 격한 슬픔에 울음이 치받쳐 올 때가 있다. 분명 내 일이 아니건만 내 일처럼 다가온 누군가의 고통이 명치를 가격할 때다. 그럴 때는 산소 호흡기를 달았을 때처럼 크고 깊은 호흡을 한다. 그 슬픔이 생생하여 고통스럽고 괴롭다. 그때마다 고개를 젓고, 손사래를 치며 도망친다. 얼마 가지 못해 번번이 발목을 잡히고 만다.

고통스런 창작자이기 전에 행복한 감상자이기를 원했다. 다행히 나는 인생을 사랑한다. 인생이 가자는 대로 고삐를 잡고 가만히 따라왔다. 야생마처럼 난폭한 길잡이는 손바닥에 굳은살을 만들어 주었다. 무형이든 유형이든, 생물이든 무생물이든, 내 안에서 나온 것들에 대한 책임감이 이제껏 나를 살게 하고, 또 살맛나게 했다. 내 안에서 생겨나고 자라, 나의 피를 받고 세상에 태어나, 나의 땀과 나의 희망을 먹고 자란 것들 모두의 힘이다.

　처음부터 준비되어 온 인생이라면 적어도 시행착오는 적었을 것이다. 하지만 이 시행착오가 아니었다면 이 길을 생각지도 못했을 것이다. 인생의 의외성을 사랑하기에 이 길을 조심스럽게 한발, 한발 내디딜 뿐이다. 아직은 이 길에 머물러도 된다는 허락이 내게는 소중하다.

　좋은 글을 쓰고 싶을 따름이다. 문학이든 다른 예술이든, 도구가 무엇이든지 간에 세상이 거울처럼 투영된 작품 앞에서 자신을 되비춘다. 나의 모습은 타인의 모습이 되고, 타인의 모습은 내 모습이 되기도 한다. 이러한 문학적 행위가 나와 타인의 간극을 조금이라도 줄일 수 있다면 좋겠다. 작가적 자존심이 아니라 인간으로서 지켜야 할 품위와 자존심, 내 안의 나와 한 약속, 인간에 대한 약속을 지키는 글을 쓰고 싶다.

　내 안에서 나온 것들, 빛을 보지 못하고 어둠 속에 웅크려 있던 것들이 세상으로 나갈 기회를 주신 심사위원 여러분께 감사드린다. 또 좋은 것을 보면 감동할 줄 알고, 아름다운 것을 보면 아름답다고 할 줄 아는 섬세한 감상자의 자질을 주신 부모님께 감사드린다. 무뚝뚝한 딸이지만 사랑하는 부모님께 이 소식을 전할 수 있어서 기쁘다.

한 여자의 심리적 흐름과
추이를 표현하다

문학상 명칭과 성격 때문인가, 역사물이 응모작의 대종을 이루고
있었다.

역사물이 응모작의 대종을 이루고 있다 하여 어찌 문제가 되겠는
가. 다만 역사물이라 할지라도 소설적 조건을 두루 갖추고 제대로
형상화되어 있어 재미와 감동을 충족시킬 수 있느냐 아니냐 하는 것
이 문제일 따름인 것이다.

역사적 사실을 다룬 응모작 대부분이 사료의 나열에 그쳐 있어 아
쉽고 안타까웠다. 역사소설이 갖추어야 할 기본 조건, 즉 작가만의
새로운 역사 해석이나 인물의 깊은 연구 및 사건의 재구성 등 독창
적인 작품을 찾아보기 힘들었던 것이다. 안이하게 널리 알려져 있는
역사적 사실에 인물을 꿰맞추려 애쓰고 있는 작품이 대부분이었다.
작품 전개 또한 주로 설명에 의존할 뿐 인물묘사, 정황묘사, 심리묘

사 등 소설의 기본적 요건에 충실한 작품도 찾아보기 힘들었다.

역사가 무엇인가. 인간의 야망, 탐욕, 도전, 쟁투 이런 심리적 기재와 행동의 결과물 아닌가. 피가 끓는 살아 있는 사람들이 엮어 낸 것이다. 그러므로 역사소설은 비록 과거의 일이지만, 당연히 생생히 살아 있는 인물의 심리 변화에 따른 박진한 행동이 전개해 나가는 자연스런 흐름이 요구되는 것이다. 이런 소설적 장치를 두루 갖춘 살아 있는 작품을 찾아보기 쉽지 않았던 것이다.

그런 가운데 장편 「마지막 메이크업」과 단편 「너의 목소리」를 만난 것은 다행이었다.

「마지막 메이크업」은 남편의 권유로 뷰티 메이크업에 종사하게 된 여자의 이야기이다. 신춘문예에 당선한 신출내기 작가인 여자는 어려운 작가의 길을 일찍이 단념하고 신부 메이크업에 뛰어든다. 그리고 얼마 지나지 않아 여자는 건설 현장에서 추락하여 사망한 남편의 시신을 메이크업한 것을 계기로 시신 메이크업을 병행하게 된다. 공교롭게도 웨딩스튜디오 '눈부신 아침'에서 인생을 새 출발하는 신부 화장과 상조회사 '모심'에서 삶을 마감한 망자를 곱게 화장하여 세상과의 전별을 돕는 시신 메이크업을 병행하는 것이다. 상조회사 조대표의 신부 뷰티 메이크업을 계기로 여자는 뜻하지 않았던 정규직인 상조회사 전속 아티스트로 자리 잡게 된다.

여자는 세상을 떠나는 망자들, 어린 학생에서부터 90대 할머니에 이르기까지 망자들을 곱게 화장시켜 세상과 전별하게 하는 심상하지 않은 나날을 보내며 삶과 죽음의 여러 얼굴을 목격한다. 시신을 잘게 부셔 독수리 밥으로 제공하는 티베트의 천장의식을 그려 우리의 장례 풍습과 대비하기도 하고, 다큐멘터리 「엔딩 로드」를 통해 우리들의 삶의 마지막 모습을 잔잔히 제시하기도 한다.

작가의 소재 장악력에 신뢰가 가고 문장도 무리가 없는 편이다. 무엇보다 신부 메이크업을 했던 상조회사 조대표의 부인 애랑의 자살로 그 시신을 메이크업하며 시신 메이크업에서 손을 떼기로 결심하는 여자의 심리적 흐름과 추이 등 작품의 구성 또한 대체로 자연스러운 편이다.

단편 「너의 목소리」는 매우 완성도가 높은 수준작이다. 내면에서 들려오는 목소리에 이끌려 문득 생활의 궤도를 벗어나 헤매는 여인의 하루 동안의 적막을 그린 작품이다. 불현듯 삶의 궤도를 이탈하여 떠나 버린 남편의 부재를 견디지 못한 여인의 돌고 도는 한낮의 링반데룽이 은은하다. '자네 어데 가나?' 그래, 결국 남편이 삶의 궤도를 이탈한 호수로 가는 여정이 된 것이다. 남편과 동행하여, 세상을 뜬 신입사원의 어머니와의 조우와 이상한 현실적인 동행 또한 은밀하고 적절하다. 결국 호수에 이르는 여인과 노파는 연기설로서도 다 설명되는 것은 아닐 듯, 느낌이 깊다.

심사위원들은 어렵지 않게 「마지막 메이크업」을 금상 수상작으로, 「너의 목소리」를 은상 수상작으로 합의하였다.

심사위원: 김정자, 이규정, 유익서

제7회 김만중문학상 소설 부문 수상작품집
금상 · 마지막 메이크업
은상 · 너의 목소리 外 1편

초판 1쇄 인쇄일 2016년 10월 21일
초판 1쇄 발행일 2016년 10월 27일

지은이 이서진 · 김민주
저작권자 남해군 · 김만중문학상운영위원회
펴낸이 양옥매
디자인 이수지
교 정 조준경

펴낸곳 도서출판 책과나무
출판등록 제2012-000376
주소 서울특별시 마포구 월드컵북로 44길 37 천지빌딩 3층
대표전화 02.372.1537 **팩스** 02.372.1538
이메일 booknamu2007@naver.com
홈페이지 www.booknamu.com

ISBN 979-11-5776-293-4(03810)

이 도서의 국립중앙도서관 출판시도서목록(CIP)은 서지정보유통지원 시스템
홈페이지(http://seoji.nl.go.kr)와 국가자료공동목록시스템
(http://www.nl.go.kr/kolisnet)에서 이용하실 수 있습니다.
(CIP제어번호 : CIP2016025274)